論創ミステリ叢書

91

梅原北明探偵小説選

論創社

梅原北明探偵小説選　目次

創作篇

評論・随筆篇

凡　例

一、「仮名づかい」は、「現代仮名遣い」（昭和六一年七月一日内閣告示第一号）にあらためた。

一、漢字の表記については、原則として「常用漢字表」に従って底本の表記をあらため、表外漢字は、底本の表記を尊重した。ただし人名漢字については適宜慣例に従った。

一、難読漢字については、現代仮名遣いでルビを付した。

一、極端な当て字と思われるもの及び指示語、副詞、接続詞等は適宜仮名に改めた。

一、あきらかな誤植は訂正した。

一、今日の人権意識に照らして不当・不適切と思われる語句や表現がみられる箇所もあるが、時代的背景と作品の価値に鑑み、修正・削除はおこなわなかった。

一、作品標題は、底本の仮名づかいを尊重した。漢字については、常用漢字表にある漢字は同表に従って字体をあらためたが、それ以外の漢字は底本の字体のままとした。

創作篇

特急「亜細亜」

はしがき

——一体、こんな材料が、そのまま、読者の趣好に投じる小説となるや否や？　実は、こう書き出す間際に当っても未(いま)だ、私は内心、惑わざるを得ない気持にある。

然らば何も、そう自己の不見識まで告白しながら、性急に書くにも当るまいがと、諸君は借問されるであろうが、この甚だ生々しい材料は、いわば現今の世界変革期と、混乱の時局の中に、稀々(たまたま)、何者かが遺失した「国際線の落し物」であって、まだ落し主の手を離れてから幾月も経過していない——いわば煙の出ているような際物なのである。

その煙が冷却(さめ)ると、この材料価値は著しく低下する。小説の材料価値とは、専ら興味に存する。なぜ時経ってはそれが低下するかといえば、この材料の内容は、目下頻々と報道されつつある暗黒ソ聯内の粛正工作と呼ぶ——次々の怪奇なる大量銃殺事件中でも、極めて最近の——昭和十二年の六月事件（支那事変勃発約一ケ月前）から緒を発していて、話の主人公ともいうべき日本側の一女性山崎ユキ子氏が、偶然にも、戦下の上海(シャンハイ)で出会った、ソ聯極東要塞司令部の作戦第二課長ガリコロフ中佐から渡された極東の秘密——不開(あかず)の函のパテントは、あまりにも問題が重大だし、またあまりにも現実過ぎるので、これを語るにも時移してはかえって、事実性を疑われて、小説らしき小説と思われてしまい易い懼(おそ)れがあるからである。

それとまた、今の時局では、暗黒ソ聯と北支南支及び日本をつなぐ一聯の鎖(チエン)——亜細亜(アジア)環状線内の事々は読者の関心の中心でもあるし、読む方にも、今なら予備知識が種々(いろいろ)できているから、そこからも多分な興味で示唆を醸し出すであろうし傍々(かたがた)、発表するならば今が得策とも考えたわけである。

で、敢てこんな「はしがき」までおいて、書くことには決めたが、何しろソ聯の国内事情などというものは、現在のところ、どんな腕ききの海外特派員でも探知できるものではなく、ましてロシヤに旅行した経験もない筆者なので、前にも云ったとおり、さて、書くとなると、当惑を感ぜざるを得ない。

そこでここ二ケ月間ほどに、あらゆる書物の蒐集に努めて一覧したが、私の求めるようなソ聯、解剖の書は、時局ものは勿論、旅行記といえども殆ど乏しい。ある程度のにおいを嗅ぎ得た位なものであった。

ここで再び私は、ソ聯という暗黒国家の蜜蠟の栓が、かくまできびしくその漏洩を守っているものかと、愕きを新たにした。これが封建時代とでもいうならば、日本にも薩摩藩みたいな国があったが、今の世界に、こんな覆面国家が平然と厳存して、しかも大使館を交しながら、亜細亜の大部分の面積を暗闇で占めていることは、何としても、文明の奇異としか思えない。世界七不思議をかぞえるなら、一番に、ソ聯の暗黒が、誰の頭にものぼるであろう。

そういうお国からのソヴェート国民から、更に、国家の面貌以上、奇怪な人間や事件が生れ出すのは、むしろ当然と云ってよい。私に、この大きな「亜細亜の落し物」みたいな材料を齎(もたら)したM君は、勿論日本人ではあるが、こん度の日支事変でも、八月十三日まで南京(ナンキン)に踏み止まっていたし、広東(カントン)、上海、北支、ソ聯国境など、常に足にまかせて飛躍している人なので、稀々(たまたま)、こんな大きな落し物を、世界変革期の激しい四ツ辻で、踏みつけて拾ったものだろうと思う。

正直に云っておくが、私の小説は、M氏からもらったその材料を殆どそのまま書いて行くに等しい。この場合、私自身の小説的構想力などは、何の用もなさないのみか、かえって実際感を損ねるに過ぎないからである。ただ主人公の山崎ユキ子氏とか、現在、皇軍の征地に立って参戦している日本将校の氏名などは、云うまでもなく、仮名と承知しておいて戴きたい。——それと、日本の軍政上に、書いてはおもしろからぬ点なども——××、○○等の手法を踏襲するしかない。

ドレスと将校服と

一

六月といえば、モスクワでも、若葉がそよぎ、真昼は薄い汗さえ感じる。

しかし、市民の顔には、何か不安な影が濃かった。街にも、妙に尖った空気が澄み、碧い空の下を行く人影や交通機関のながれが――それもひどく沈黙を守って、空疎にただ動いているといったふうにしか眼に映って来ない。

モスクワの最高軍事裁判で、一名の元帥と、七名の大将が○国との間に密約を結び、売国的な陰謀を構成しつつあったという嫌疑で、即決銃殺を宣告された。そしてその日のうちに、被告八名全部が、宣告どおり刑を執行され、国内中、重苦しい一日が暮れたのだった

この新聞(ニュース)は、全世界の耳目を衝動した。わが読者達の記憶もまだ生々しいはずである。例の、トハチェフスキー事件と呼ぶ、極東赤軍粛正の大暴風(おおあらし)がそれだった。

その翌日の事といえば、日本の昭和十二年六月十二日にあたる。

時間は、午前四時半頃であったという。

ウラヂオストックを発車したハバロフスク行の急行列車が、ウグロワヤの駅を通過したのは、夜明け方の四時二十分であるから、大陸の東方地平線に、ぼんやりと、薄紅(うすくれない)の雲がゆるぎ出した頃なのだ。

「おおういっ……待てよっ」

闇の中で、大きな人声がした。

ウグロワヤの保線区から、暁の急行列車が、たった今、通過した直後なのである。

「愚図(ぐず)ゥ。何をしているんだ。てめえこそ、早う来いっ」

遠くから呼ぶ声に対して、こっちでも、二人の線路工夫が、立ちどまって、こう呶鳴り返していた。

駅からちょうど五〇〇サーゼン――日本の約十町弱の地点で、勿論、一般人の通路ではない。

「おお――いっ、来てくれよ、変な物が線路に落ちているんだ」

後ろの方では、なおこう呼び返している。

二人の線路工夫は

「ちぇッ……」

舌打して、なかなか戻りそうもなかったが、仲間らしいもう一名が、あまり呼ぶし、幾ら待っていても来ないので、鶴嘴(つるはし)を専用路の草むらへ抛って、すたすた駈けて行った。

半町ほど戻ると、仲間のもう一名の男は、凝(じっ)と、線路の上を見つめながら、何に気を奪われているのか、及び腰になったまま、二人の来るのを待っていた。

「何だ！　レリコフ」

「おう。見ねえ、あれを――」

レリコフは、指さした。

二人も、暁闇(ぎょうあん)の大地に、鰻(うなぎ)の皮を延ばしたように光っている線路を透かして、

「おや？　……トランクじゃねえか」

「そうらしいんだ」

「あわて者の乗客が、昇降口から落したに違いねえ」

「だって、二つもだぜ」

「え？　……一箇(ひとつ)じゃねえのか」

「――向うにも」

レリコフは、そこから十メートルほど歩いて、もう一箇のトランクの場所を教えながら手に提げてみた。

「重いぜ！　莫迦に」

「こっちのも、軽くねえや」

「どうしたらいいんだい、一体」

「当りめえな事を訊いてやがる、駅へ届けるしかねえじゃねえか。……ふふん、レリコフ、汝(てめえ)はこんな大きな物が、ポケットに入ると思っていたのか」

「そ、そうじゃねえよ。じゃあ、駅まで担いで行こう」

レリコフは、肩に乗せて歩き出した。

もう一箇のトランクは後の二人が交代で持って行ったがその交代が待ち遠しいほど、彼等の筋肉で提げてさえ、重い物だった。

「何だろう、中味は」

「書籍(ほん)だぜ、この目量(めかた)じゃあ」

「いや、女のお荷物ってえと、たいがい、これくらいな重さはあるぜ」

一町ほど先に、駅の建物が見え出した頃、空も鯖色(さばいろ)に明るくなって、朝焼け雲が、真っ紅に一筋、ホームの後から虹のように走っていた。

「――あれっ？」

レリコフは、また立ち止まった。

自分の作業服の胸に、血を見たのである。ふと、掌(て)のひらを見ると、掌にも、指の股にも、赤いものがこびり着いている。

どきっとしたように、その手は、あわてて胸のボタンを外していた。

「はてな、俺の血じゃあねえが?」

呟きながら、何気なく先へ歩いて行く仲間の提げているトランクを見た。ぽと！　――と、そのトランクからも、血らしいものが、こぼされて行く。

「わっ？　血だっ」

レリコフは、肩に担でいたのを抛り出して呶鳴った。

続いて、も一つのトランクも、押(お)っぽり出された。

二

ウグロワヤの警察署長は、署員、警察医等をつれて、すぐ自動車で駅長室へ乗りつけた。

「あちらです。――駅長も、あちらへ参っておりますが」

駅員は、すぐ案内に立った。

線路から向うのホームに飛び上って、物々しい人数が、そのまま、線路づたいに駈け出して行った。

発見者の線路工夫に、氏名、時間、場所等を質問して――最初落ちていた場所に、チョークを付け終ると、

「開けてみますから、立会って下さい」

と、署長は、駅長へ立会を求めた。

二箇のトランクの錠前は、環視の中で、ぶち壊された。

「……アッ?」

無数の顔に、蒼白い愕きの一色が、さっと走った。

一箇のトランクの方には、ソヴェート軍部の将校服を着たまま、四肢(てあし)を切断された死骸が詰め込まれてあった。

もう一箇の方には。

――これは婦人だった。

アフタヌン・ドレスを身に纏(まと)っている。四肢の切断されてあることは同じだった。顔は人相の判定がつかないほど、鋭利な刃物の悪戯に会っていて――眉、眼、唇、などの特徴のわかる所ほど、それは念が入っていた。

頭部に障(さわ)ってみると、どっちの死骸も、氷を入れた氷嚢みたいに、砕けている内部の骨がぶよぶよする。当然、皮膚は弛緩し、どう寝かせても、輪廓はゆがみ、生前の

人の片鱗でも、この死体から面影を想像することは、不可能である。

なお、検めてゆくうちに、人々は、もっと厭なものに出会った。どッちの死骸からも、局所が剔り抜かれてあった。警察医のほかは総て、面を外むけて、

「……痴情だ」

と、口走って、誰ともなく、そこらへ唾をし合った。

「大事件だ……。これは！」

署長は、事実の惨鼻よりも、ソヴェート軍の軍服に対して戦慄をおぼえた。

なぜならば――つい昨日――時間としてはまだものの十時間とも経っていない前には、元帥トハチェフスキー以下、前レニングラード軍管区司令官のヤーキル大将等、八名の赤軍主脳部の者が、銃刑に処せられたばかりであった。――その国家的な余波の恐怖やら、赤軍内の見えない渦乱が、まだこの署長の胸からも、一国民の憂いとして、消え去る間のないうちに――彼はこの軍服の死者と、華やかなアフタヌン・ドレスの鮮血に接したのであった。

三

事件の捜査本部は、ウグロワヤの警察本署となったが、死体は、すぐ自動車で、ウラヂオストックの赤軍病院の解剖室へ、運ばれて行った。

「ただ今、博士が、解剖の結果を、お告げなさるそうですから」

助手は、控え室へ来て、こう前触れした。

朝から、そこに詰て、博士の発表を待ちかまえている捜査本部の刑事主任、その他、功に逸りきっている連中は、あわてて吸いかけの煙草を揉み消して、もう手帖と鉛筆を固く持っていた。

法医学解剖の権威、モルチャフスキー博士は、やがて、メモを持って、そこへ現われた。

「軍服を着けた男の致命傷は――」

と、博士は、音読するように云った。

「――一見、左背部から心臓部を貫通しておるピストルの如く思わるるが、実際は、犯人と格闘中に、顔面ならびに右肩骨、そのほか、数ケ所に痕跡のある鋭利なる

ナイフにて突かれ最期に、下腹部の小腸を突かれた傷と、被害者が倒れた後、左頭部の動脈を一刳(けつ)された傷が致命傷なりと認められる」

「……」

博士の顔に注がれる凝視と、鉛筆の音とが、語尾の消えた後を微かに走りつづけている。

「――出血多量。――絶命はそれから約十分後」

「博士」

と、訊く者がある。

「すると、心臓部の弾痕は、絶命後に、加えられたことになるのですか」

「そうです」

筆記している者の面上に、事件の環が、急に大きく拡大され、息をのんで鉛筆を走らす者や、凝と、ガラス窓の外へ、眼を外らして爪を噛む者もある。

「次に。――時間であるが、兇行は、六月十一日の午後十一時以後に行われ、怖らく深夜十二時頃には、死体の処置を終ったであろうと推定される」

「婦人の致命傷は?」

「これから申し上げる」と、博士はメモの裏面を返して――「左の乳房の直下より銃眼を上方に向けて心臓を射貫かれておる。ピストルの弾痕は正確に一発、致命傷と判明するものであります。――ただ諸君として、重要な参考になるであろう点は、射殺の折、加害者の向けた銃口は、被害者の肉体へ、極めて接近していたという点で――殆ど肉体へ着けて射ったかと思わるるように、弾痕の傷口が、よく見ると、焦げている事である」

「婦人の方の経過時間は?――男の方と同時間ですか」

「甚しく違う。――死後二十五時間前後を経過しておる。そして、五年以上結婚生活をしたものではあるが、妊娠体験なし」

と、結んで――註釈的に、後はメモを顔の前から離して雑談的に云った。

「死後二十五時間というと、ちょうど、十一日の午前六時前後になりますなあ。そのせいか、まだ婦人は朝飯も喰べておらなかった。胃袋には、前夜の残溜物すら認められません。――それにひきかえて、軍服の男の胃には、食後約四時間ほどを経過したビフテキと、すでに消化された人参の繊維とが少量残っておったのです」

朝の一事務として、簡単に報告し終ると、博士は、まだ朝飯前だと云って、さっさと、そこを立ち去った。

赤色暴風日

一

解剖の結果を基本として、ウグロワヤの警察署内の捜査本部では、即刻、手配(てわ)けの実際にかかる前に、署内主脳部だけの、十分間会議にかかった。

刑事主任と署長が、ヒソヒソと、顔を寄せ合っている間に一人は、即急に推定表を作っていた。

婦人死亡。十一日午前六時前後。ピストルにて銃殺されたるもの。

将校服の男の死。右、婦人より約十七時間後にあたる同日十一日午後十一時以後。惨殺されたり。

右死体二箇とも、即時に、トランク詰めとして、犯人あるいは何者かの手に依って、約四時間半後の十一日午前三時四十一分、ウラヂオ発の列車に持ち込まれ、ウグロワヤ駅を通過、間もなく、車中より投棄したるものと推定さる。

男死体の軍服は、赤軍佐官級のもの。肩章は、捥(も)ぎ去られて無し。

婦人死体のアフタヌン・ドレスは、赤地花模様。切断されたる左足は、靴下もなく素足。右足にのみは、靴下は勿論、カンガルーの特製編上げ靴を穿(は)いたまま、同様トランク内より発見さる。

――なお幾つも項目を分けて、一方でそんな表を作っている間に、別室では、憲兵隊や鉄道沿線へかけている電話のベルが、絶えずけたたましく鳴っていた。

「なあに、そう御心配なさるほどのものはないでしょう。一見、ひどく手はこんでいるが、手のこんでいるほど、かえって吾々にとっては、楽ですからな」

刑事主任は、そう云って、自信のある顔を示した。

「――例えばです、犯人は、念入りに四肢を切断したり、死体の顔面を、見分けのつかぬほどメスで切りさいなんだり、局所にまで、手のこんだ惨行をやっていますが――一つの被害者には、軍服という大きな捜査の手がかりになるものを遺し、また、女の方には、アフタヌン・ドレスという、これは模様や地色に依って、忽ち被害者の年齢や境遇を考査させる大事な物を忘れているではありませんか」

「いや、自分は反対に考えるね」

署長は云った。

「そこに、かえって、何故か？　の疑問がわく。――そういう重大な証拠の湮滅を、犯人が忘れたとは考えられない。かえって、怪しまれる点じゃないかな」

「二つの見解が生じますな」

「とにかく、佐官級の軍人で、失踪者がないか、各地の軍管区司令部へ、急電を発してみよう。――沿線、遺留品、その他の捜査には、任意に活動したまえ」

だが、活動の総ては、やがて何の効もない事がわかった。

第一に、ソヴェート赤軍の佐官級の者で、行方不明の将校がなきや否やを、各地の軍管区司令部へ照会してみても、一つとして、確答はなかった。

なぜならば、一九三四年の十二月に、モスクワに勃発した並行本部事件、また、翌年一月の合同本部事件、それからつい数日前のトハチェフスキー事件――というふうに、連続的に行われた赤軍未曾有の部内清掃の大暴風で、大量銃殺に処せられたもので、ゲー・ペー・ウに検挙された者や、今なお途中護送中の人々やら、あるいは脱走者やら、所在不明の裡にある者やら――怖らく、その数さえ適確には分るまい。

しかも、ゲー・ペー・ウの検挙は、決してそれで止んだわけではない。いや、昨日よりは今日、今日よりは明日（あした）へ、もっともっと、予想を許さない低雲が、全ソ聯を蔽っている場合でもある。

「署長、あの照会電報はむだでしたな」

「そうさ、あまりに大きな波動は、波動の中に有ることも、つい忘れるものさ」

彼はまずい顔を作って、協力している憲兵隊の者へ、苦笑を洩らした。そこで当然な疑問を、署長は抱いた。

（――犯人め？　時局を利用して、わざと、どこからか古軍服を持ってきて、擬装したな？）

しかし、それとて、断定はつかなかった。

一面、足どりの方を見ると、犯人を乗せていると考えられる列車がハバロフスクに到着するにはまだ時間があった。朝のうち、線路上でトランクを開けた頃なら、列車はやっとウラヂオ・スキイ区からウッスリーの間を疾走していた。その間には、都会らしい都会はないし、ニコリスクに到着するまでには、まだ一時間半ほどかかるわけだったから、あの時、俊敏なる刑事を、先の駅へ張り込ませたら、あるいは、真犯人か被疑者かを、見出すことが出来たかも知れないのである。
だが、時すでに遅しであった。捜査本部の時計はもう、午前八時二十分を指針している。

憲兵隊の者と、署長は、まずい顔を見合せていると、突如、またどこからか、その卓（テーブル）の電話ベルが鳴った。

「——え？　赤軍病院の解剖室？　……は、自分が署長ですが。……やあ、モルチャフスキー博士でいらっしゃいますか。今朝ほどはどうも」

受話器を耳に当てた署長の眼は、空虚（うつろ）を見つめながら緊張した顔になった。

二

モルチャフスキー博士は、朝飯を食べている間に、忘れ物を思い出したように、茶を喫（の）むとまた急いで解剖室へ引っ返した。

そして、間もなく彼は、彼自身で署長へ電話をかけた。

「——先刻の報告の後から、もう一つ発見がありました。それはですな、軍服のカラーに、〇の中にXの印があった事です。周到な犯人の用意は、ポケットの底の塵まできれいにはたいておりますので、当然、カラーも脱って捨ててありますが、生憎と、そのカラーは被害者に使われている頃に、ホックが馬鹿になっておったとみえ、襟の後へ直接絹糸で縫いつけてあったのですな。——で犯人は、これを無理に力を入れて引っ張ったものと思われます。そのため、カラーは糸で縫い着けられた小部分を軍服の襟に残っておったです。——朝飯をたべながら、ふと思い出して、今調べてみると、そのカラーのわずかな残片に、Xの印が認められたので、早速、お報（し）らせするわけです」

「や。有難うございます。重要な手がかりになります。——遺留品の方としては、そんな程度でしょうか」

「それから、靴ですな。女の片足が穿いておる靴。カンガルー製の靴などは、お洒落者でなければ穿きますまいよ」

「靴の方は、ウラヂオ中の靴屋を、残らず捜査させております。ドレスの方も——」

と、署長は受話器を離しかけたが、まだ雑音の中に、博士の声がしているので、

「……ハ？　……何ですか？　……は？　……」

と、顔を顰(しか)めた。

すぐ、明確に、博士の声がもどってきた。

「——毛髪です、毛髪」

と、先でも、焦(じ)れて繰返していた。

「え。……毛髪がどうしたんですか」

「婦人の毛髪検査ができたといって、今ここへ、助手が云って来ましたから、ついでに、お聴取りねがいたいです。……電話を代りますから」

博士に代って、助手の声が、事務的に、すぐ続けた。

「女性死体の毛髪を顕微鏡検査に依って見ますと、彼女の髪の毛は、コーカサス生れの女が持つ特有なものでありまして、なお、アスピリンの中毒患者であることが証明されました。——以上であります」

法医学的な証明の追加によって、捜査本部は、俄然色めいてきた。同時に、捜査本部は、犯行の中心地と推定されるウラヂオに移すべきであるとなされ、一警察内から本格的な捜査陣へ進出すると共に、数十名の探偵は、全市の靴屋、洗濯屋、医院の三方面へ向って主力を注いだ。

三

一軒の靴屋から、靴の註文主は、すぐ分った。

「これは確かに、てまえ共で売った品ですよ。——そうですな、一ケ月ばかり前でしたろうか。お収めした先は、要塞司令部付の作戦第二課長さんで、ガリコロフ中佐のお宅でございました」

聞き出した探偵は、勇躍して、本部へ馳けこんだ。

すぐ、要塞司令部へ電話をかける。

返事は、こうだった。

「ああ、ガリコロフ中佐。——中佐は昨日から病気欠勤だがね」

一方、探偵たちは、中佐の居住しているレニンスカヤのアパートへ向って、自動車を急がせていた。

中佐は「ツウエトナヤ・ガブースタ」の36号と38号の二部屋を借りていた。

しかし、彼等の予期は、中(あ)たった。ノックしても、中から何の答えも聞かれなかったのである。

「御旅行です」

と、事務所の者は云う。

「――ですが、すぐお帰りになると仰っしゃってお出かけでしたが」

探偵たちは苦笑して、合鍵を求めた。

部屋を開けると、ガリコロフ中佐夫妻は、十日の晩以来、ここへ帰ってきていないことがすぐ証明された。ドアの隙間に差し込まれたままになっている新聞は、十一日の朝刊と夕刊と、そして今日までの新聞が、手もつけずに溜っていたからである。

本部の応援も後から馳けつけた。

部長探偵のさしずで、綿密な家宅捜索が始められた。

「洗濯屋の受取はないか」

反古（ほご）を調べている者に訊きながら、部長探偵は、たくさんな合鍵を持って、やっと、洋服簞笥（だんす）を開ける事に成功した。

「……アア、これだ」

彼は、一箇のカラーを取上げて、部下の者へ示したカラーには、X印が見られた。

「あっ、洗濯屋の受取もありました」

「あったか」

「これでしょう」

「誰か、洗濯屋の主人か、責任者をここへ呼んで来給え」

すぐ店の老爺（おやじ）がここへ連れられて来た。

カラーを見せると、老爺は、

「はい、これは、私どもの店で、他家様（よそさま）から預かっている品と間違わないために、目印に着けておいたのに違いございません」

「他の家の物には、同じ印を着けたことはあるまいな」

「ございません」

「よしっ」

断定はついた。

続いて、事務所で雇っている三名の掃除婦を、参考人として呼んだ。

「このアフタヌン・ドレス――見た事があるか？」

掃除婦の一人は、首を振った。

「いいえ。……ございません」

「見ない？」

「ええ」

「そっちは」

すると、後の二人の掃除婦は、眼をまろくして叫んだ。

「オオ、奥様のです。つい一昨日の午後一時頃、この二人で階段をお掃除していると、ガリコロフ中佐の御夫人が、このドレスをお召しになって、私たちへ笑顔を見せながら降りていらっしゃいました」

「よろしい。——では」

と部長探偵は少し歩を移して、彼女の化粧テーブルの上から、中佐夫人自身の写真飾りを持ってきて、掃除婦に示した。

「これは、ガリコロフ夫人の、極く最近撮ったものかね?」

「はい、そっくりでいらっしゃいます」

その写真は、本部に持ち帰られた。そしてすぐ、約二百枚の復写となって、全市の医院へ配付された。

(——本写真は、要塞司令部付、作戦第二課長ガリコロフ中佐夫人であるが、もし貴院において、彼女を診察せられし御記憶あれば、至急、御報告ありたい)——旨の印刷物が添附されていたことは云うまでもない。

反響はすぐあった。

「彼女を診察したことがあります」

そう名乗って来た医師が、ウラヂオ全市から、十一名の多きにのぼったのである。

「レーニン章」所持者

一

彼女を知る十一名の医者の中から、本部では、歯科医、耳鼻科、眼科などは、これを省いた。

残余の、婦人科と内科の医者を糺(ただ)すと、それ等も、ほんの二、三度の来診であったに過ぎず、従って、期待していた有力な材料にはならなかった。

ただ、彼女の住んでいたアパートの裏通りに開業しているドロジーというドクトルの申し立てによると、

「そうです……中佐夫人は、私の妹の同窓生(クラス・メート)でして、私が、あの方を診療したのも、その妹の紹介からでした」

と、かなり審(つぶ)さで、傾聴に値するものがあった。

「——ですから、中佐夫人の体質はよく存じております。彼女は、猛烈なアスピリン中毒者でしたなあ。……

そう、何でも原因は、二年ほど前に、感冒に犯された時、医者のくれたピラミドンで、忽ち熱がとれて以来、信仰的に、常用してきたらしいです。――が、御承知の通り、あれは劇薬です。正確な薬名でいえば、ヂミチール、アミド・アンチピリン。――こいつを健康の時でも、常習的に服んだひには堪りません。耳なり、嘔吐、それから血管神経障害から、体温は低下しますし、皮膚には、蕁麻疹様の発疹があらわれ、無慾状態の昏睡からなお、いろんな中毒症状を起すに至ります」

「それを連用していたのですか」

「いや、彼女の医者も、当然、それは断ったでしょう。――けれど彼女は執拗に求めたに違いありません。そんな時、医者が患者の一時抑えに与えるであろう物は、アスピリンです。それです。――きっと」

「アスピリンなら普通薬でしょう」

「ですが、あれだって連用すれば、胃壁をこわすし、永い間には、ピリン性の中毒症状と同じような昏睡状態や無慾症状になります。そこまでの中毒になると、もう回復は容易でありません。――彼女は正しくその一人なんですな。私は本人から聞いております。その無責任な医者は、その後、遠地へ移転してしまったので、彼女は非常な懊悩の日を送っていました。……で稀々、私の妹の紹介で、私に治療を求めてきたわけです――いや治療法ではなく、彼女の信仰になっているピラミドンが欲しいので」

「なるほど」

「ところが、私の正直な診断は、かえって彼女に悪いことをしました。――なぜならば、私は一見して、これはピラミドン中毒でなく、貴女の今まで服んできたものは、アスピリンであると、明白に云ってあげたのです。すると、彼女は私の治療をすてて、忽ち、街の薬店へ走りました。あれならいくらでも手に入りますからね。――そうして、私も彼女も、縁なき人に終ったわけでした」

　でも、彼はその間約二月ほどの処方箋を提出して、一時はどうかして癒してやろうとしたという努力を、自分で証明して引取った。かくて総ての方面から、被害者がガリコロフ中佐夫妻であることは確認されたが、犯人については、まだ何等の暗示も認められない。

　最初の、痴情説などは、大人の仲間では、疾くに一笑に附せられてしまっている。犯行の動機は何か？

　今は、その黒一点のみが、残されていた。

すると、翌日の十三日。

――つまり六月十三日午前十時頃のこと。

ゲー・ペー・ウのウラヂオ本部は、突然、モスクワ総本部からの無電至急報に接し、

（ガリコロフ中佐事件に対して、犀利（さいり）なる活眼と、鋭敏なる頭脳の下に、新たなる方針を確持せよ！）

と激越な辞句の次に、こういう示唆をうけたのであった。

（彼、ガリコロフは、惨死の被害に遭わなくても、あの当日か、わずか二日かを猶予すれば、今回の赤軍大清掃の網にかかり、トハチェフスキー系の嫌疑者の一名として、銃殺さるる運命にあった人物である！）

ここに至って、俄然、局面は大きな転換をせざるを得ない。警察中心の捜査方針とその本部は、即時に解体を見た。

同時に、ゲー・ペー・ウ浦塩（ウラヂオ）本部が、これらに代るものとなった。

二

折も折である。――その六月十三日未明には、モスクワ本部の命令で、五百名のゲー・ペー・ウは、八十台以上の自動車に分乗して、朝霧の中から、百方へ疾駆して行った。

去る五月十九日から六月十一日に亘る極東赤軍の大粛正と呼ぶところの――第三次検挙が、矢つぎ早の暴風（あらし）となって、各所の被疑者の寝込みを襲ったのであった。

その日、挙げられた巨頭のうちには、極東鉄道長官のレンベルグの名がある。彼は、視察旅行から帰ったばかりで、十四日には、浦塩鉄道局で、「平戦時における極東の輸送能力」を会議する席へ、議長として出ることに決まっていたほど――それは不意打ちだった。

クレムリンの手足、ゲー・ペー・ウの一隊が、彼を監禁所にぶちこんでいる頃、べつの一隊は、港務局長官を逮捕しその次席、その企画課長、帆船係長などという中堅どころまで、網の目から遁さなかった。

いやなお、浦塩のスターリンとまで云われたミヤキー

ニン（市共産党委員会書記長）までが、その朝、監禁所へ現われたには、ゲー・ペー・ウ自体の者たちまでが、度胆を奪われた。

　ましてや一般人は、ミヤキーニンの逮捕という現実まで見ては、生きたそらもなかった。――もう容易ならぬ国家的な変貌だと知った。誰もが、恟々（きょうきょう）としていた。そして身に降りかからぬことを祈った。

　特別監禁室の中で、ミヤキーニンは、同房の港務局長官に、歯を剝いて、絶叫した。

「おいっ！　スターリンは遂に、旧ロマノフ王朝の亡霊に取り憑かれて発狂したぞ。さもなくば、彼奴（きゃつ）は畜生だ、血の悪魔だ！　革命以来、今日まで党のために、かくまで身命を賭して闘ってきたわれわれを、一片の命令で、こういう目に遭わせられるものか。これが人間にできることかっ」

　蒼い顔に、眦（まなじり）が裂けて見えた。

　港務局長も、白っぽく乾いた唇をふるわせて呶鳴った。

「われわれはこのまま、銃殺されるのか。スターリンこそ祖国の敵だと、公然、白日の下で云わずに死ぬのが残念だ。正義の虐殺者め！　ああ、われわれは今にして悔いる。なぜこの悔いを五年前に懐かなかったかと」

「――もう遅い！　彼奴の魔手に斃れるより、潔よく、祖国の万歳を絶叫して、自決しよう」

「おおっ。ウラー！」

「同志（タワリシチ）よ、ウラー！」

　轟然！　また轟然！　二発のピストルの音が窓外に洩れた。

　血のように赤く薄曇りした太陽の下に、その日、浦塩鉄道従業員だけでも五十七名、林業人民委員会の地方有力者の党員だけでも百二十八名――それらは雑魚（ざこ）のように、護送されて来た。

　ゲー・ペー・ウの地下室にある拷問所からは、呻き、泣き声、苦痛を訴える叫び――発狂した者の呶号、スターリンを罵る者など、地獄の声が夜まで聞えた。

× × × ×

　ガリコロフ中佐の捜査方針の建て直しも、そんな騒ぎで、ゲー・ペー・ウに移管の形式は取ったが、当日は遂に、それからどうするという策もなく終った。

　――いや、そう云うよりも、一人や二人が殺害された詮議などに、可笑（おか）しくって、熱意が持てないと云ったほうが、人々の心理に近いものであったろう。

殊に、ゲー・ペー・ウ浦塩本部長などは、頭の片隅にもうそんな事は忘れてしまったように、大量検挙の方へばかり躍起となっていたが、翌十四日の朝、部長室の扉(ドア)をノックして、

「お忙しいでしょう」

当然な事を云いながら、その後で、

「時に、ガリコロフ中佐の事件ですが、あの事件に関する、犯人の捜査及び逮捕など、一切の権限を、不肖にお任しくださいませんか」

と、申し出た人間がある。

「え？　何だって？」

本部々長は、寝不足な眼で、そう訊き返したが、相手の顔をまじまじと見るに及んで、

「やあ、ヤゴーダ君か」

と、始めて、彼の言葉の意味と、ガリコロフ中佐の宿題を頭の中で、思い出しているふうだった。

「お邪魔になるでしょう。御返辞を聞けば、すぐ失礼します。――不可(いけ)ませんか？　ＯＫですか。わたしの申し出では」

ヤゴーダは、例の椅子へ腰かけて、相手の唇を見澄ました。

彼は、モスクワ直属の辣腕なクレムリン・スパイだった。スターリンのお覚えも目出度く、今日までに、幾多の赫々(かくかく)たる功績を有しているのみでなく、今もなお、極東赤軍内に恐るべき眼を光らしている人物で、ソ聯の一等名誉章たる「レーニン章」の所持者でもあった。

鍵輪(キイリング)

一

その朝、ヤゴーダの申し出では難なく容れられた。ゲー・ペー・ウの浦塩本部にとっては、今の場合といい、事件の持つ厄介な性質といい、それをクレムリン直属のヤゴーダが買って出てくれるとすれば、望んでもない僥倖(しあわせ)で、渡りに舟とも云いたい所だった。

「やあ、ほんとですか。――それゃア有難い。ぜひそうお願いしたい」

本部長は、正直に感激して、

「あなたが責任をもってやってくれるとなれば、勿論、一切の権限はお任せする。——協力はするが、捜査方針、その他は、総てあなたの意志どおりにやって欲しい」

と、誓った。ヤゴーダは当然、自信をもって頷いた。

「実は、ガリコロフ中佐の身については、前々から私としても多少不審を抱いていたのです。そこへ今度のああした事件なので、他ながら諸君のお手際を、興味ぶかく拝見していたわけですが——、私の観るところでは、事件はまだ全然謎の外を遶って噪いでいるとしか思えない。で、あれをもっと掘り下げて見たなら、意外なものが飛び出すかも知れません。——そう、僕だけは確信してるわけですが、まああまり広言は前に吐かない事にしましょう。いずれ、吉報を齎らした上として——」

笑いながら、彼は握手を残して、室外へ消えて行った。

間もなく、三名のゲー・ペー・ウは、レニンスカヤ街のアパートへ乗りつけて、中佐の借りていた36号と38号の部屋へ現われた。そのうちの一名は、云うまでもなく、クレムリン直属スパイのヤゴーダであった。

捜査方針の全権能が、一度彼の手に移ってからは、疾風迅雷に、あらゆる方向に彼の姿が見られ、彼の触覚がうごき出したのである。

「これを、全部の家具に、合せてみ給え」

ヤゴーダの手から、一箇の鍵輪が渡された。受取った二人は、その輪に繋がっている沢山な鍵を、いちいち家具へ当ててみた結果、

「ここの居室で使っていた合鍵は、この中のたった七箇だけです。後はすべて、ここにある物の鍵ではないようです」

と、云った。

「よろしい。——では念のために」

と、ヤゴーダは再び命じた。

「七箇の鍵で開く抽斗しの物を、残らず本部へ押収してゆき給え。僕は、この足ですぐ他へ廻るから」

二

「やあ、しばらく」

浦塩要塞司令部の一室で、握手を交している主客がある。

一人は、作戦第一課長のチエペリイであり、客は今こ

こへ姿を現わしたばかりのヤゴーダであった。

「第二課長のガリコロフ中佐のことでちょっと伺ったのですが」

「ああ、偉い事になったなあ、中佐も」

「何か、御感想はありませんか」

「ないね、同じ司令部にいても、勤務室は離れているし、無口な男で、滅多に冗戯(じょうだん)を云い合う事もなかったから。――ただ気の毒だというほかはないな」

「ガリコロフ中佐が、平常(ふだん)使っていた机の抽斗、書類函などを、一応この合鍵であわせてみたいので、来たわけですが、御便宜を与えてくれませんか」

「よろしいでしょう」

チエペリイは立会を承諾した。そこでヤゴーダは早速、第一課長の案内で、今は主(あるじ)のない第二課長室へ這入(はい)って行った。そして先ほどアパートで残された七箇の鍵をいろいろな物に当てて試みた結果、最後まで遂にここの何物にも当て嵌(はま)らない二箇の鍵を手に残した。

「ありがとう」

チエペリイに礼を云いながら、彼はその二箇の鍵だけを、輪から抜き除(と)って、べつなポケットへ大切(だいじ)そうに蔵(しま)い込んだ。

だが、彼はすぐ去ろうとはしなかった。一隅にある重要書類金庫の中を検(しら)べさせて欲しいと望んだ。

すると、チエペリイは軍の態度を身に持って、即座に、彼の申し出でを拒絶した。

「機密書類は、絶対に機密書類です。遺憾ながら、いくらレーニン章の所有者であるあなたにも、お目にかけるわけに行かんですな」

「――では」と、ヤゴーダはやや興奮した眼いろで押返して云った。

「クレムリンの直接司令書を持参したらば、お見せになるでしょうな」

しかし、チエペリイはなお、首を振って、信念的な態度で答えた。

「いや、そうは行かんです。たとえクレムリンのスターリン閣下の御命令であろうとも、軍の機密は絶対です。もし強いて御覧になりたければ、スターリン閣下から国防相のヴォローシロフ閣下へお話しになって下さればよいかと存じます。国防相からの指令ならば、これは軍としても、否む理由はありませんから」

「なるほど」

「それ以外には、あなたに御覧に入れる方法も自由も、吾々は持たぬのです」

「解りました」

ヤゴーダは、釈然と打ち溶けた顔をほころばせて、

「軍律の神聖を厳守すること、貴君の如き軍人を持つわがソヴェートは、幸福であります。いや、どうも失礼しました」

　要塞司令部を出た彼は、ふたたび自動車へ刎ね込んで、浦塩の銀座といわれるレニンスカヤの大通りを駛らせ、ある鞄屋の前に停まると、すぐ跳び降りた。

三

「どうだね、店舗の方は」

　ぶらりと寄ったような顔して、ヤゴーダは声をかけた。鞄屋の支配人と彼とは、懇意な仲だった。

「おう、旦那ですか。だめですよ、この頃はもう」

「どうして」

「どうしてかって、その理は、旦那方のほうが、よく知ってなさるはずじゃございませんか。きのうも、ゲー・ペー・ウに検挙られてゆく連中の自動車が、朝っぱらから不気味なサイレンを吠え立てて、何台通ったか知れませんぜ」

「あははは。そう脅えるなよ。いくらゲー・ペー・ウだって、鞄屋にまでは襲って来やせんから」

　笑いに紛らしながら、彼は宿題のポケットから二箇の鍵を取り出して、掌のうえで玩具にしていた。

「何です旦那、それゃあ?」

「多分、トランクの鍵だと思うんだがね。ちょっと君に鑑定もらいたいと思って」

「ヘエ……? ……どれ拝見しましょう」

　支配人は受け取って、一見すると、何に使用される鍵か、商売がらすぐ知ったが、なお入念にひねくり廻した後、彼の手へ戻して云った。

「旦那、この一箇の方は、駄ものですよ。ありふれたスーツ・ケース用の鍵か何かでしょうよ。けれども、ひとつの方は、こいつあ重用金庫用の物で、ちょっと見には安ッぽく見えますが、どうしてなかなか手間の混んだ物で、五ルーブルや七ルーブルじゃ出来ません」

「ほう、そんなによく出来ているかね」

「手間賃に関わらず、普通の鞄屋じゃ怖らく製れないでしょう。こんな鍵を拵える職人は鞄屋には不必用です

からね。——よく御覧なさい、この先っぽが」

と、支配人は再び彼の手から鍵を取って、

「——この鍵の先にとても難かしい仕事がしてあるんです。何気なく見たんでは、不細工な坊主鍵のようですけれど、この尖端の両側に微かに刻まれてある部分は、みんな精密機械の御厄介になったもので、千分の五ミリも狂ったらもう鍵の性能は無くなっちまうような厄介な代物ですよ。——ですから、こんな鍵を作る職人はみんな顕微鏡と首ッ引きで仕事していますよ」

「……ふゥむ、すると、一体これは、どんな金庫に使われるものかしら？」

「そうですなあ。……まあ、わたしの鑑定じゃ、銀行の貸金庫の鍵じゃないかと思いますがね」

「あ、なるほど」

「そこらが、当らずといえども遠からずッて所でしょうな。貸金庫に大低、一つの銀行金庫のうちに、三百箇ぐらいな貸函があるもんです。そして大金庫の扉は、御承知のような電気装置ですから、そこは係りの銀行員が開けますが、内部の貸函を借りて利用している人は、その大金庫の中へ這入って、自分の金庫函の番号のついている鍵穴へ、こんな鍵を入れてちょっと押すと、函の抽斗がスッと二、三寸ほど前へ出てきます。あとは手で抽き出して、それへ保管しておく物を出し入れするわけです。……え？　閉める時ですか、閉める時は、鍵は要らないんです。ぐいと押せば、自動的に鍵がかかってしまうので。……ですから、この鍵にも、そこに特徴がありますよ」

「いや、大きに有難う」

もう無駄話をして装っているゆとりもない。ヤゴーダを乗せた自動車は、ウラヂオ中のソヴェート銀行を駈け廻って、貸金庫を兼ねている銀行について隈なく糺してみた。

だが、どこの銀行の貸金庫係りからも、

「ははあ。せっかくのお訊ねですが、この鍵は、当銀行で発行したものではございませんが」

と、いう返辞を聞くばかりだった。

彼は、些か落胆した。

しかしいつも、最後の五分間の粘りで成功を見ている彼には、そんな事では挫けない信念があった。……で更に今度は、外国銀行へ当りをつけて廻った。そしてその外国銀行も、殆ど絶望に近いものとなって、後余す所は、わずか三ケ所という土壇場まできた時に、俄然、彼の信念は、またしても彼を信念づけた。

「ア……。これは私どもの銀行から、貸金庫の使用者へ渡してある鍵に相違ありませんが」

と、云う金庫係りに、遂に出会ったのであった。

黒と緑

一

——だが。

(しめた!)と、彼が欣ぶにはまだ早かった。

ヤゴーダの突きとめたナショナル・シチー・バンクの浦塩支店員は、彼の要求に対して、こう答えた。

「いかにも、この鍵は、当銀行の貸金庫のもので、第百八十三号の函に該当する鍵であることは間違いありませんが、御本人以外の方がお持ちになっても、貸金庫規定として、御使用を認めるわけには参りません」

ヤゴーダも勿論、それくらいな常識を心得ないわけではない。だが、一気にここまで猪突してきた気持には、当然なその行当りのあることを考えておく余裕すらなかったのである。

——で彼は、厚顔ましく次のような嘘を云って押してみた。

「そうでしょう、規定はよく存じています。ですから、この鍵を持参してきた以上、僕が金庫を借りているその本人ですが」

「ああ、御本人ですか、それは失礼しました。——でちょっとお待ち下さい」

係員は、謝罪して、奥へ消えた。

ヤゴーダは煙草をつけた。そして、最後の一箇の鍵に依って開かれる、この貸金庫の函から現われるものを、心密かに想像していた。

「お待たせいたしました」

係員は戻ってきた。

すぐ金庫の方へ案内されるものと思って、ヤゴーダは同時に椅子から立った。

すると、係り員は、両手へ載せてきた分厚な台帳と、彼の顔とを、交る交る凝視してから、

「まことに、残念ですが、お見受けする所、お届けに

なっている御本人のお写真とは、まったく別人と思われますので、このまま、お帰りをねがいたいですが」

と、案に相違してきた。

ヤゴーダは、顔も赤めなかった。

「いや君。何も本人だと云ったわけじゃないよ。僕は本人の代理で来たのだから」

「では、御本人の委任状をお持ちですか」

「アア委任状が要るね。……じゃあ、後刻持って来よう」

係り員は怪しみの眼を露骨にした。ここの支店員は皆、皮肉とユーモアに洗練された紐育（ニューヨーク）人種である。今にも、ヘラヘラと笑い出しそうな顔をしながら、しかもいよいよ、慇懃（いんぎん）に云った。

「新聞を御覧なさいますか。つい二、三日前の新聞に大きく出ておりましたが、御持参の鍵に該当する函をお持ちになっている御当人のガリコロフさんは、惨殺されていらっしゃいますね。――ところで、御本人の委任状を持っておいでになるとすると、天国から速達便ででも送ってもらうおつもりで御座いますかな?」

二

かなり厚顔なヤゴーダも、紐育調の流暢（りゅうちょう）な皮肉には、ちょっと顔が火照（ほて）った。

同時に、彼の誇（プライド）は、憤（む）かっとなって、内隠しからソヴェート政府の証明書を出すと、やや肩を張って、それを相手の眼へ突き出した。

「いや、お手数をかけた。実は、角張りたくないものだから、黙っていたわけだが、何を隠そう、僕はこの証明書が明示している通り、クレムリン直属の高級警察官であり、またレーニン章受章者でもあるヤゴーダです」

「ああ、左様ですか」

紐育ッ子には、少しも反射がなかった。

「今、君の云った――ガリコロフ中佐の事件で、犯人捜査上、ここの金庫内の借主の函を、一応検討してみる必要があって来たわけです。勿論、行員の立会いの上でいいのですから、ひとつ百八十三号の函を見せてくれませんか」

「お断り申します」

「いけない？」

「はい。御本人か、御本人の委任状を持たれた方以外には、いくら、警察官でも何でも、お開けさせる事はできません。もっとも例外としては、他にもう一つの方法があります。それはソヴェート裁判所が、職権をもって臨む場合で、その場合判検事だけは自国の法律を代行して、これを開けることができるでしょう。――それ以外にはいけませんな。当銀行は、御承知の通りアメリカの銀行で、アメリカ政府の保護の下に吾々もある人間ですからね」

そう云って、係り員は、大きな台帳の頁をポンと合せて、小脇にかかえ込むと、

「――どうぞ悪しからず」

と、云い足して、笑った。

三

ヤゴーダが不快な顔いろを漲らして大股に立ち去ってから約二時間後である。

ちょうど、銀行は退け際だった。

「先刻の者だが」

と、彼は再び、銀行の窓口へ、名刺を突き出した。

名刺は、三枚あった。

彼のうしろには、二名の役人が従っていた。

帰りかけていた行員は、眉を顰めて、名刺は、次々の手へ移されて行った。

役人は、ウラヂオストック地方裁判所次席判事ゼールカロフと――もう一名は、内務人民委員部の検事ジョーストカであった。

「どうぞ」

係り員の顔つきにも、今度は、揶揄の色もない。

三名は、案内について、大股に貸金庫の電気扉へと闊歩した。そして大勢の行員が立会いの上で、金庫内の第百八十三号の函は開けられた。

ところが、函の中には、何も無かった。ただ空っぽな函の底に、一枚の古新聞が敷いてあっただけである。

「……？」

物々しげに――最前の業腹な気持ちもあって――息喘き切って臨んだヤゴーダも、これにはてれた唇を結んでしまった。

「何か、もっと、お調べになりますか」

またしても、係り員の言葉は、彼の耳には皮肉に響いた。

「もういい」

ヤゴーダは、函の底敷の古新聞をポケットに畳み込んで、後へ退がった。

行員たちは、苦笑しながら、しかし恭しく三名を玄関へ見送った。

――もう浦塩の市街には、夜の灯がまたたいていた。

彼は、二人の役人に途中で別れ、へとへとになって自宅へ戻った。そして一室の寝床に体を抛り投げると、走馬燈のように、一日の行動と、自己の智能を、自己で批判して、考え直してみた。

「……そうだ」

彼はふと、ドイツの共産党分子が、曾つての大戦中、通信暗号に古新聞を利用していたことを思い出した。脱ぎ捨てた上着から、彼はさっきポケットに突っ込んできた古新聞を取り出した。幾つにも折られてあるそれを、何気なく拡げて見たのである。――するとその間から、無地のコロンペーパーのような細かい紙切れが四、五枚ほど、はらはらと靴の先へ舞い落ちた。

四

「……おや、何だろう?」

一枚を拾ってみた。

やはりコロンペーパーの紙切れにすぎない。どう見ても、それは変哲もない単なる白紙だった。

けれど、その刹那に、彼の頭をチラとかすめたものがある。――だが、そこまでは少し思い過ぎのような気もして、

(真逆か?)

と、自己の閃きを、自己の理智で葬り去ろうとしたが、

(いや、待てよ)

無駄とは思いながら、燐寸を取って、しゅっと磨った。そして、コロンペーパーの紙切れを大事に焙ってみたのである。

「……おやッ?」ヤゴーダは思わず呶鳴った。

見よ! 見よ! 彼は手を顫わせて、焙った紙切れを凝視した。淡い緑色の線が出てきたではないか。

「おお。――こいつは、インヴィジブル・インキで書

いた秘密図面だ」彼は、後の四枚を悉く焙ってみた。

そのうち、二枚の紙切れには、黒色の線が現われ、他の二枚は、最初のものと同じ緑に出た。

緑色の方は、ニッケル硝酸塩の無色インキで書かれたものであり、黒く焙り出された方は、酢酸塩の水溶液で書いたものであろう事は、深く糺してみるまでもない。

「――何だろう？ 何だろう？ この図面は」

彼はもう寝床などに落着いては居られなかった。その紙切れを燈火の下へ並べて、自分は自問自答しながら、抑えることの出来ない昂奮を持って、部屋中をぐるぐる歩いていた。

国外か・国内か

一

「どうなすったの」

ヤゴーダの妻は、食堂で待ちしびれていた。

「もういっぺん、旦那様にそう云っていらっしゃい。スープが冷めますって」

女中は、戻ってきて、畏(おそ)る畏る告げた。

「今夜は、召上がらないと仰っしゃいます。……何ですか、変な御様子でございますよ」

彼の妻は、独りで晩飯を済ました。そして彼女もまた、不機嫌に女中へ当りちらしていたが、気がかりになるとみえて、自分で良人(おっと)の部屋へ行ってみた。

ヤゴーダは、檻の中の狂人(きちがい)みたいに、歩いている。

「……あなた」

「緑、緑。……二枚の黒色のほうは、確かに製図線だがなあ？」

「……あなた」

「――三枚の緑色の方は、一体何だろう。ラヂオの配線図のようでもあるが、何もそんな物を……？」

「あなた！」

吃驚(びっくり)したように、ヤゴーダは、妻の顔を振り向いた。

「なんだ」

「何をぶつぶつ云っていらっしゃるの」

「女の知った事じゃない」

「映画を観に行らっしゃらない？」

「ばか！」

「……？」

「それどころじゃない！　俺はまた、出かけなけれゃならん。運転手に自動車を出しておけと云え」

一時間後には、彼はもう要塞司令官の官邸に居た。

卓の上へ彼が取り出して云う――奇異な紙切れを、一枚々々、審さに視て行った司令官は、

「……ふうむ」と、彼の説明に頷いたきり、三十分間も、それを睨んだきり、何も云わなかった。

そして、やっと、呻き出すように云った返辞は、

「解らん！　これゃあ、わしにも解らんものだ」

と、いう言葉だった。

「――だが、ヤゴーダ君。明朝になったら、何とか解決がつくかもしれん。技術本部の技師や、電気課長なども寄せて、鑑定させてみたら、あるいは――と思うんじゃがね」

「では、明朝またうかがいます」

ヤゴーダは、やむを得ず、自宅へ帰って、ベッドへ潜りこんだが、到底眠れなかった。

夜明け方に少しうとうとしたきりだった。起き出ると、その日は六月十五日である。怖らく、一生涯を通じて、彼のその日は、永久に忘れることの出来ない日であったろう。

二

要塞司令部の技術官たちは、鳩首して、五枚の紙きれを、鑑定台にのせた。

研究の結果、判定はついた。わずか四十分間ほどのうちに。

――同時に。

並居る技術官たちの小さな瞳孔を離れて、ソヴェート赤軍としてまた、国家としての――未曾有なる大事件の面貌が、突忽として、ここにはっきり見えてきたのである。

数名の審定を蒐めて、技術課長は云った。

「――五枚の紙切れのうち、黒色線の現われている二枚は、明らかに、要塞の心臓部ともいうべき電気室の構造であります。地下格納庫から、ボタン一つで、飛行機を飛翔させる装置――また、堡塁の地下道を聯結している地底軍用鉄道――それから地下兵営だの火薬庫だの

——総てはこの電気室を心臓部としておるものでありますから、浦塩要塞の生命がここにあることは云うまでもありません」ことばを切って、

「また——次の緑色のほうでありますが、これは、黒が要塞地底図であるのとは反対に、外部の地上図面の一端であろうと推定されます。三枚の緑色線は、おそらくどこか重要地点の砲台配備ではないかと存じますが、この小紙片に現われている線だけで、どこと明確に指定することは困難です。——そしてなお、もう一言、厳密なる査定眼をもっていうならば、この小紙片の五枚とも、全部が書き損じだろうという事です。僅かな線の引き違えをした跡が見られます」

という鑑定であった。立会いの中にいた司令官は、

「技師長。課長」

と呼んで、急に厳かな態度をもって、途中から云い渡した。

「この事については、一切口外を禁じる。本部の許可なく、他へ漏洩した者は、厳罰に処すから、諸君もそう御承知ありたい」

三

ガリコロフ中佐は、死んでいるのだ！　惨殺されたのだ！

新聞もそう書いた。警察方面も総てそう認めた。ゲー・ペー・ウの浦塩本部も、それが動かぬ拠点として活動していた。

そして、数あるクレムリン・スパイの中でも、ソヴェート随一の活眼家と許され、自分も自負しているヤゴーダでさえも、六月十五日の朝までは、あの男女二つのトランク詰の死者を、ガリコロフ中佐以外の人間へ向けて、誰であろうなどとは、考えてみたこともなかった。

(——大間違いだ！)

ヤゴーダは、他を罵る前に、自分の頭をつかんで、毛の生えている愚鈍なる物を、腹立たしげに叩いた。

——あの空っぽな貸金庫の函を見ろ。

——顕然と焙り出された紙きれを見ろ。

何が、単なる情痴の犯行なものか。

怨恨沙汰？　——それも当らない。

犯人は売国奴である。もし、殺された人間がやはりガリコロフだとすれば、その下手人は当然、外国のスパイでなければならない。ドイツのスパイだ。乃至は日本のスパイだ。そう断言してもいい。要するに犯行者は、国外か国内か？――

要塞司令部の主脳部の意見も、ほぼそれに一致した。しかし、これ以上の探査に、司令部としては、何の策もあり得なかった。当然、ヤゴーダの活躍に待たなければならない。

ヤゴーダは、モスクワ総本部へ打電した。

ガ中佐事件・国外トノ聯携ノ疑イ濃厚。不肖、身命ヲ賭シテ当リタシ。本事件ノ捜査期間中、絶対指令権ヲ附与サレタシ。

クレムリンのスターリン秘書室から折返してきた返電には（諾！）――と、あった。

彼はその返電をつかむと、即刻、ゲー・ペー・ウの中から約五十名の辣腕を選ぐって、これを自己の手足とし、疾風迅雷に捜査陣を立てた。隊は、二つに分けた。

そして一方は、ガリコロフ中佐の勤務方面と、素行及び、売国的行為の有無を調査すべく、八方へ急派した。

また、半数のゲー・ペー・ウに対しては、惨殺された被害者は、やはり中佐自身であると仮定して他の犯人の捜査に向け、「情報があっても無くっても、夕刻六時までに、僕の私邸にまで帰って来い」と、厳命して放した。

その日の昼間のうちはまだ、この二つの岐点に立って、彼自身の考えも迷っていたのである。

ヤゴーダは、前夜一睡もしなかったので、それから昼寝して、六時を寝床で待っていた。

ちょうど燈ともし頃の――六時何分頃。

階下の幾室かは、諸方から戻って来た部下の影に充満していた。そして次々に呼ばれて、薄暗い階段を登ってくる一人一人の口から、ヤゴーダは、更に新しい諜報と、意外な事実を、幾つも訊き取った。

彼は生きている

一

まず第一に、彼の部屋へ這入ってきた部下を、ヤゴーダはじろりと睥睨(へいげい)して云った。

「報告があるなら早く云い給え。僕はこれから約二時間内に五十名近い部員の報告を、一人で訊かなければならんのだから——」

「はい」と、部下は直ぐ口を開いた。

「数日前、ガリコロフ中佐は、港務局の倉庫主任に命じて、平戦時の貯蔵被服と兵糧(ひょうろう)の専門的統計を、提出させたそうであります」

「それだけか」

「——いや、まだ、極東運輸石炭トラストの社長コーチンは、やはり同中佐の命で、平戦時の炭出量の調査表を提出していますし、また、軍需資源調査官のフーベルマンは、製油、冶金工業、自動車トラクター、飛行機製作、製粉、セメント、製靴など、あらゆる重工業関係の一覧表を求められ、つい四、五日前に、同中佐へ手交したと云いました。——その他、詳しいことは、私の取って参ったこの覚え書をごらん願えれば明白であります」

と、云って引退がった。

第一の部下が置いて行った報告書には、口頭で述べた事項のほかに、極東運輸動員課長のプルイヤフが、同じくガ中佐の要求に依って、

一、シベリヤ鉄道の複線化の進行状態。

二、機関車工場、修理工場等の能力、及び私自動車路案の内容。

三、同、航空路方面の秘密的数字。

等々、驚くべき機密を、提供している事実を、羅列してあった。

これだけでも、ヤゴーダは、全身の戦慄が止まなかった。

だが、更に、第二番目に這入ってきた部下は、肩を昂(あ)げてもっともっと彼の顔色を奪い去った。

「私は思うところあって、前極東特別赤軍司令部の築城課長をしておられたスタールシイ閣下をお訪ねしまし

た。案のじょう同閣下は、ガリコロフ中佐からの依頼で、もうだいぶ以前ではあるが、ハバロフスクにおけるトーチカ配備図を手交したことがあると申されました」

「えっ？ ……あの将軍がか？」

「はい。何しろガ中佐は、要塞司令部の作戦第二課長という職権と枢要な位置にあった事ですから――彼の職務上、その要求は当然な――一つの研究課題でもあり、また彼の望みに依って提供したところで、些かの不審もないと弁明なさいました」

「それは――当然――そうだが」

ヤゴーダの舌はもう唾液もなく、声もかさかさと乾いていた。

「で……その内容はどんな程度か」

「ソ満国境の衝突、ウラヂオからニコリスクに連なる線。それから黒河(こくが)沿岸のブラゴエチェンスクを間に包囲形トーチカ線。また、シベリヤ一帯のトーチカ砲塁などです」

「そんな……広汎に亘ってか」

「なお――べつに内容的な、偽装トーチカの種別、トーチカ地下道図、戦車迎撃壕などと――それに、耐力試験表をも参考に添えて、差出したと云っておりました」

――第三番目の報告。

――第四番目に這入ってきた者の報告。

次々と、彼の耳は、驚愕に打たれて行った。そんな報告ばかりを、四十幾名から正直に訊き取っていたら、いかに犯罪に麻痺している彼でも、心臓から血の嘔吐(へど)を吐いてしまったろう。

十幾人目まで訊いて、彼は、

「もういい！ 後の者は這入って来るな。――書類にして、持って来い」

云ったかと思うと、彼は、油汗をうかべて、寝床(ベッド)へ仰向けになってしまった。

極東の恐敵日本に備えるために十余億の巨費と、五千名の流刑囚を工事後に惨殺して築きあげたといわれる、ウラヂオの堅塁も、今や、この大事件の前には、何等の価値もなくなったに等しい。

あるいはまた、十五億の巨費と、強制労務の民衆を鞭打って、蜿蜒(えんえん)、ソ満国境に張ったトーチカの万里の長城も、その裏面構造を国外へ曝したとしたら、抑(そも)、どれほどな価値があるか。

「ああ、ソヴェートのために、これは夢であってくれればいい」

彼は、何度も呻いた。

自分は今、スターリンの寵愛をうけている。クレムリンの信頼は絶対的なものだ。故に、彼は今の国家を支持する！

「べらぼうな奴がいるものだ。不敵な売国奴め！　八ツ裂きにしても飽きたらん。――この上はただ、ガ中佐を、一日も早く逮捕するあるのみだ」

しかし――あまりにも彼を痛憤させた血は、翌る朝まで、顛転と、ヤゴーダを眠らせなかった。

二

ペトロウェッチは、ゆうべ顔を見せなかった。

自尊心のつよい男なので、五十名近い雑輩の中に交じって報告するのが估券にかかわると思ったに違いない。

「おや、御主人は、まだお寝みですか。さすがに、余裕綽々というところですな」

きれいに髯チックを用い、瀟洒な身装をして、彼はわざと翌朝の午前九時半ごろ訪れた。

「ウェッチさんが見えました」

と、妻から聞くと、ヤゴーダは飛び起きた。彼が股肱と頼んでいる最愛の部下だからである。

まだ些っとも、整理されてない頭脳のまま、彼はわずか十五分間も経つと、

「やあ」と、客間へ顔を出した。

ペトロウェッチは、彼の顔を見るなり、だしぬけに云い出した。

「ガ中佐は生きてますね。確に――そうですこれはもう確実ですよ。彼が蒐めた国境の機密書類一切と共に、どこかに生きているに違いありません」

漠とではあったが、ヤゴーダもそんな六感が動いていないではなかった。だが、彼はわざと、さも、驚きを落着けるような顔して、

「ええ、生きてる？……君はどうして彼の生存を証明するのかね」

と、云った。

「いつもの癖ですよ」

笑いながら、彼は椅子へかけた。ヤゴーダも、気がついて椅子を取った。

「――人が東だというと、一応、いや西だと自分で決めてみる私の例の癖ですな。そしてそれを、最後の最後

まで、科学づけようとして、人から離れて独り苦しむ癖です。——だが今度は、その嫌われる癖が、効を奏したようなんで」

ヤゴーダは聞いているうちに、大脳の鈍痛を抑えたくなって、眩しげに顔をしかめた。実際、ゆうべを最後にして、尠(すくな)からず脳の健康を破壊したように思われた。

「——君、今朝は気が急(せ)いておるんだが」

「ごもっともです、要約して云いましょう。——中佐夫人の死体はアスピリン中毒者という法医的証明がついて、あの方は、私も疑いません。——けれど、ガ中佐自身の死体についてみると、靴やカラーは、中佐の物であると証拠だてられたが、肉体が確実に、彼のものであるという証拠は、一つも挙げられていないではありませんか」

「……ム。……む」と、ヤゴーダは俯向いて傾聴していた。いや自己の頭脳(あたま)を、水へ浸けるように、そうしていた。

「——仮に、何者かの肉体を持って来て、自分の軍服を着せ四肢や顔面を滅茶々々にしておいても、あの現状は作れますからな。——夫人の死体と一緒に——そして痴情関係へと——何たる子供欺しの甘手でしょうか。笑うべき低徊です」

ペトロウェッチの薄い舌は、神憑(かみがか)りのように、流暢に述べ出した。

「——中佐が、自分及び妻の死体を、痴情のためと見せかけた作為の裏には、それに依って、ゲー・ペー・ウ直接の嫌疑を一時でも回避し、警察捜査にかけられているうちに、国外へ脱出しようと計ったものに違いありません。——また、中佐の死体検案書と解剖報告は、たった一つ、重大な部分を落丁しています。それは歯です。中佐はその昔、中尉時代に、右の犬歯に白金(プラチナ)と、左の大臼歯に金嵌(きんかん)を入れていました。これは作戦本部の一将校の話から辿って——その歯科医までつきとめた上の立証です。——ところがですね、念のため、もう一度死体検案書と解剖報告を読んでみると、死者の歯は、完全無欠とある……上下三十二枚と記入されてあるではありませんか。——さすがの中佐の仕組んだ一場の劇も、とうとうここで尻尾を出しておるから愉快じゃありませんか」

三

――では、夫人の死体の焼け焦げのある弾痕。また、中佐夫妻のない後の部屋の状態、それからなお、中佐そのものと今日まで思われてきた男の死体は一体誰か？

ペトロウェッチは、それにもちゃんと、科学的な解釈を下して、

「男の死体は、彼の共犯者です。その方面へは、人を派して調査中ですから、きょうの正午までには確報が届きましょう。――その共犯者某は、事件二日前からの、ゲー・ペー・ウの粛軍大検挙に恐怖を起して、中佐のアパートへ、急報に行ったものです。――中佐も、身辺に火がついたものと、突嗟に、恐しい肚を極めたに違いない。――その第一手段として、共犯者の同志を殺したのです。勿論、良人の大事と、夫人も協力したことは、死体検案書にあるとおりです。――そして夫人はなお、夜明けまでかかって、その出血にまみれた床を、掃除したことは、あの部屋が、白々しいほど、整頓されてあったことでも思い当ります」

と云い、更に、夫人の殺害法を説いては、

「――それから夫妻協同で、大型トランクへ、男の死体を詰め込んでから、おそらく、中佐は夫人に向って、こう宣告したでしょう。……もう最期だ、第二、第三と、ゲー・ペー・ウの検挙は襲来するにちがいない。武人の妻らしく、おまえも死んでくれと――。そしてまず拳銃で彼女を一発に撃ったのです。――なぜそう云えるかと云えば、あの死体の弾痕の傷口が焦げたようになっているのは、銃口を皮膚へ押し当てて撃ったからでありましょう」

――もう多くを聞く要はない！

それから二箇のトランクが、疾走中の列車から暁の鉄路へ捨てられたまでの経路は――もう聞くまでもなく、ヤゴーダの脳裡にも明瞭に描くことができた。

楚々たる姐御（あねご）

一

　昭和十二年六月十六日。

　クレムリン首脳部は、ゲー・ペー・ウ長官のジーヨフを初め、全国ゲー・ペー・ウ都市部長に招電を発し、その後、徹宵（てっしょう）秘密会議の行わるる事、前後三昼夜にも及んだという。

　なお、それに続いて、コミンテルンの東洋部長以下、各部門を集めた全体秘密会議も開かれ、独裁官スターリンと、国防相ヴォロシーロフ元帥は、交々（こもごも）立って、

「諸君は、ソ聯のあらゆる機能をもって、憎むべき売国奴、ガ中佐を逮捕し、彼の手にある国防機密書類を奪還されたい」

　と、語気あらく叱咤し、

「そのためには、最大の犠牲も惜むものでない。――それが敵国の手中に入らぬ前において！」

　と、結んだが、スターリンは更に起ち上って、

「余は、その目的を遂げたる殊勲者に対し、民衆に代って、祖国最大の功績章（ソヴェートの英雄章）を贈るであろう」

　と、絶叫した。

二

　疾風の如く！　火急に迅速に！

　機能の活動と、目的への邁進は、それに尽きている。

　国内捜査は、大規模に続けられ、同時に、（ガ中佐は、すでに国外へ脱出したもの）と、いう見地から、国外追捕員は、即日、次のように決定された。
　一、ゲー・ペー・ウの精鋭千名派遣
　　内訳（イ）支那語及び英語の話せるもの　四百名
　　　　（ロ）独逸（ドイツ）語に自信あるもの　三百名
　　　　（ハ）日本語を充分話せる者　二百名
　　　　（ニ）仏・伊語に達せる者　一百名

一、東洋コミンテルンの精鋭五百名派遣
一、ラスヴェドゥール（赤軍探偵部）五百名派遣

で――このうち若干名は、各国の大公使館員となって、正面から堂々とパスポートで出発し、他の大部分は、便宜上、支那大陸を足場として、ウラヂオストックから天津太沽（てんしんターク―）へ――青島（チンタオ）へ――上海へ――各々船便を取って下船した。

また、空路を飛んで、モスクワから甘粛省（かんしゅく）の蘭州に入ったり、西安（せいあん）その他の地方へ、分散した者も多い。

それからまた、ソ聯の外務人民委員部から、直接、在外使館にあてて、

（ガリコロフ中佐を逮捕せよ）

と、詳密な暗号電報を発したことも、云うまでもない。

更にこの事件から、大きな波動をうけたのは、極東赤軍の責任者で、

（国防軍務の怠慢――）

というかどで、夥しい罷免者と、被検挙者が続出し、ために、恐怖の赤軍は、流言と疑心暗鬼に囚われて、遂に、一度退官したブリュッヘル元帥が再任を帯びて、鎮圧に駈けつけるまでの暗澹たる動揺を一時呼び起したのであった。

――さて。

それにひきかえて、ガ中佐事件で、一躍有卦（うけ）に入った男はペトロウェッチであった。

もし、ヤゴーダが健康を害さなかったら、あるいはまだ、彼は永久の二枚目役者でいたかも知れなかったが、そのヤゴーダが、クレムリンへ病気の届けを出したため、国外派遣の大任は、彼の肩へ落ちたばかりか、ガ中佐の生存を科学的に立証した功で、出発に先立って、レーニン章を授与された。

そして彼は、上海へ向った。

なぜ、彼は上海を選んだか？

仮に、日本の特務機関の支持の下に、ガ中佐が、長崎や神戸へ飛ぶにも、あるいはまた、独逸とか伊太利（イタリー）とか、その他の外国特務機関と連携を取って欧羅巴（ヨーロッパ）へ走るにも、一応、上海はどこよりも好都合な潜伏場所と考えられたからであった。

――それと、もう一つは。

曾つて、ガ中佐は、駐支大使館付きの武官として、上海にいたことがある。いかなる犯罪者も、必ず有縁の地へいつか彷徨（さまよ）って来る。――まして以上の便宜があり、地の理に明るい土地でもあるから、この推論に外れはな

いものと――すでにペトロウェッチは、そこへ下船する前から北叟笑(ほくそえ)んでいたのである。

三

上海一流のキャバレー・カルトンは、東京のホールでいえば、フロリダの約二倍もあろうという広さ。しかし、その十時過ぎからの乱痴気騒ぎは、決して日本などには見られない――国際人種(インタナショナル)の酔いどれ展覧会だった。

五色の蜘蛛(くも)の巣――テープの渦に巻き込まれて、インチキ・トロットやジャズの乱舞に、十二時、一時ともなれば、いよいよ、あらゆるものが正体を失い、酒の壜も踊り出し、照明も浮かれだし、黒ン坊のサキソホンも飛出して、この世とも思われない毒々しさと、痺睡のクライマックスを現出する。

「何を笑うのさ！……泣くのがおかしいのかえ！……。泣くほどお酒が甘(うま)くなってくるんだから仕方がないじゃないか。涙が酒のさかななんだよ」

このカルトン・カッフェで「酔っぱらいの姐御」で通っている孫千芳(そんせんほう)は、こん夜も、ステージの両側にあるテーブルばかり渡りあるいて、

「姐御、ひとつ願いましょうか」

と、相手(パートナ)に迎える者があっても、

「ちぇっ、お前さんなんかと、おかしくって――」

と、平手で客を撲(は)り飛ばしたりする始末である。

でも、この女に、そうされても、何かしら怒れないような不文律が、この出鱈目の世界にはあった。横顔を撲られた客も、見ている客も、かえって、どっと笑って、杯の挙がる機(しお)になるのだった。

「泣け泣け、泣きたいだけ」

「――泣かしてよ」

孫千芳は、ウイスキーを仰飲(あお)って、側にいれば、それが男でも女でも、誰だってかまわない、顔を投げ伏せて、気がすむまで、泣かずにはいなかった。

便宜上、ここに孫千芳と云ったが、それも彼女の本名ではない。彼女は日本人である。年齢(とし)も――見たところまだ二十二、三にしか見えないが、ほんとはもう二十八歳なのである。

客は勿論、大半以上、英米人であり、仏蘭西(フランス)人であり、その他世界のあらゆる人種の顔寄せ場みたいな中であるから、彼女が、酔うと飛ばす日本語の啖呵には、往々通

じないものがある。

でも稀に、日本語を喋る客が、

「何がそんなに悲しいのだい?」

と訊きでもすると、

「お黙りよ!　おまえたちの知ったことかい!……。

ああこれが泣かずにいられるかっていうんだ。――わが身を見れば、この姿。……ふふん、支那人の妾にまで成り下がれば、これより下の生き地獄は無いじゃないの」

そして、こうでも云えば直ぐにまた、ぐい飲みだった。

――泣くほどお酒が甘くなる!

ほんとにそうかと側目にも見えるほど、舌づつみを打って、グラスの底を強く置くのだった。

四

それは六月二十五日の晩だった。

夕方のテイ・ダンスの一刻から、十時までのお上品ぶった時間が過ぎて、

「さあ、これから――」

と、バンドも照明も客も色めき出してから間のない頃であった。

孫千芳も、まだそう酔っていない。

神妙に、代る代るの客へ、相手に立ってステージを繞っていた。

酔わない時の彼女は、いかにも楚々とした大和撫子だった。ほんとの年齢などは知っている者はないので、彼女が酔っていう別人みたいな放言に、

(――もう二十や三十じゃないぞ)

と、観察を下しているだけのものだった。

で――楚々たるしらふの彼女に、

「おや、今夜はまだ、おとなしいね」

踊りながら云いかけでもすると、それすら羞恥かむように相手の肩越しに、ニッと笑顔を送ってその顔を反向けてしまう。

そんな折の彼女には、姐御などという名称は、あまりにもそぐわない気がするほどだった。

彼女たちと席を並べているこのカルトンの職業ダンサーは約二百名ほどもいた。半分は支那女性で、アメリカの女、仏蘭西女、伊、白、露、スペイン――黒いマニラ女などの中にあって、日本の女性はわずか九人ほどしかいなかった。

そして、彼女たちの大部分は、亭主持ちであり、その亭主は、盛り場の遊び人が大半を占めている。真面目で夫婦共稼ぎ――というようなのは、極めて少い。その他はたいがい金持のパトロンを持っているか、ここから客と崩れた先で、思い思いな夜を明かすのである。

孫千芳にも、パトロンがあった。孫某という富豪の御曹子で――その支那息子が、日本名では承知しないので、孫千芳などとつけているが、彼女は純粋な大和撫子で、原籍は熊本市、上京して目白の女子大にも卒業間ぎかまでいたというインテリでもあった。

それはそうと――その夜、六月二十五日の十時半頃、ふと彼女の前に立って、

「私と踊りませんか」と、云った男がある。

彼女は、素直に応じながら、心のうちで、

(白系ロシヤ人――)

と、直感したが、その男は、あまり上手でもない英語で、踊るとすぐ、意外なことを話しかけた。

「ずいぶんお久しぶりでしたね。多分もう貴女は、ここには居ないだろうと思っていましたが……」

「……えっ？」

彼女は、踊りながら正視してみた。

しかし、まるで覚えのない顔だった。

三日月痣(あざ)

一

思い出せない。どう考えても、こんなロシヤ人に覚えはない。

「……お間違いじゃありませんの」

彼女が、まじまじと、相手の顔を見つめながら云うと、

「いいえ」と、男は笑う。

その笑う顔には、なおさら、どこで見た記憶もなかった。

「……まあ、おかしいわね。わたし今夜はまだ、ちっとも酔ってはいなくってよ」

「よく見てください」

「はて？……いつ？……どこで？……嫌ですわ、揶揄(からか)っちゃあ」

遂に、手を解いて、彼女が笑ってしまうと、その男は、いかにも満足そうな、そしてさも愉快になったように、胸を反らした。

「いや有難う。貴女にすら、僕が誰であるか分りませんか？ ……分らんですか？ ……。いやそれで僕も、大きに安心しましたよ」

「いやあー、この人」と、彼女は打つ真似して、

「もういい加減にしてよ。そんな真面目くさッた顔をして」

すると、男はいよいよ、愉快で堪らない時のように、

「あははは。そうですか——そんなに判りませんか」

「じゃあ、一体あんたは誰？」

「ははは。まあいいです」

「誰なの？ え？ ……誰方？ ……名だけでも仰っしゃってよ何だか、気になるわ」

「お忘れですか。実は、ウドーベンですよ」

「……えっ？」

彼女は、ステップを忘れて、直立してしまった。

二

その頃もうステージ狂燥は、人眼の中に人眼も何もなくなっていた。どんな囁きを交していようが、ステップを止めていようが、注視する者などなかった。

だが、彼女が、あまりに吃驚した眼をみはったので、ウドーベンと名乗ったロシヤ人は、一瞬、ちょっと口をつぐんだがどうしても、自分が自分である事を、彼女に得心させたい慾望が抑えきれないもののように、

「——あなたは、覚えはない、どうしても、初対面だと云い張りましたね。あははは、そうは云わせませんぞ。そう……もう三年ばかり前になりますな。毎晩のように、このステージで、あなたと踊った彼のウドーベンは私ですよ。——変ったでしょう！ ……あれからひどい病気をしましてね、眼も手術し、鼻骨も手術したんです。あまり顔筋肉をいじり捏ね廻されたので、唇も少しこう引っ吊れてしまったです。……ですが、悪い病気じゃありませんぞ、蓄膿症の非常に急性なのに犯されたのです。ですから、声までは変っておりますまい」

そう云って、懐しそうに手を握りしめ、

「……この声、この声。よく聞いてください。思い出せるでしょう」

「……まあ、じゃアあなたが、ウドーベンさんですか。あのロシヤ大使館付の武官をしていらっしゃった……？」

「そうです。――そうだ、声よりも、もっと判っきり思い出せるものをお見せしよう」

ウドーベンは、彼女を拉して、酒場の隅の――なるべく灯暗い所を選んで、腰かけさせた。

そして左の手頸のカフスボタンを外して、そっと、腕を捲って見せながら、

「どうです、この焼傷の痕を見たら、もうお疑いはないでしょう。――この焼傷だけは、貴女と僕以外には知ってる者はないわけですからな」

「……ああ。ウドーベンさん」

彼女は初めて、曾ての人の実感を呼び起した。ロシヤ人特有な馬鈴薯の薄皮みたいな色をして皮膚にも、判っきり思い出があった。

三

三年前に――おそらく彼と踊った夜は、二十日間も続いたろう。その間に、酔いつぶれた身を、ウドーベンに任せて、彼と共に、自分のアパートで夜を明かした事が二度あった。

そのうちの一夜。

彼女が朝飯をこしらえている側から、ウドーベンが戯れに、

（僕も、お手伝いしよう）

と手を出した時、何の弾みか、フライパンの縁で、肱の辺に、小さい三日月形の火傷をしてしまったことがある。

「もう、わかったわ」

「わかりましたか」

二人は、ウイスキーの洋杯を挙げて、カチと合せた。

「――じゃあまた、上海の勤務になっていらっしったの」

何気なく、彼女がこう訊ねると、いかにも唐突けに受

けたように、

「え？……いや何。――今度はね、軍隊生活からきれいに左様ならさ。正直に云えば、御承知の粛軍でね、お払い箱になったのさ」

「お止しになったの、軍人を」

「ウム。――どこかこの上海で勤め口でも探そうと思っているが――時に君、どこか静かなアパートはないかね」

「あるわ」

彼女の手に持たれた洋杯は、もう八、九杯目であった。

――少し、いつもの調子が出初めて、

「わたしの居るアパートはどう。わたしが居てはお嫌？」

「願ってもない――と云いたいですな。もう忘れちまったがどの辺でしたかしら」

「ベルギイ領事館のすぐ前」

「どんな人が多くいますか」

「案外、お澄ましが多いのよ。イギリス人が大部分ですからね。日本人は、わたし一人」

「僕の国の者は……？」

「さあ、待ってよ……。いたかしら？　いや、お国の方はいなかったわ。……じゃあお寂しいんでしょ」

「いや、そんな事もないがね」

「淋しかったら、わたしの部屋へ、遊びにいらっしゃればいいでしょ」

「あなたはまだ、お独身（ひとり）ですか」

「ホホホホ……そんな事、どうだっていいじゃありませんか。……注いでよ、もっと、もっと」

いつもより早くそして他愛なく彼女は酔った。と云っても勿論、今夜の酔いは、しん底から酔っているのではないが。

もう午前二時過ぎていた。ウドーベンは、自動車の中へ抱え込んだ後までも、彼女の介抱をさせられていた。しかしそれは、彼が心で望んでいた通りになったとも云えるのである。

中篇・はしがき

作者曰く。と、一言ここで挿（はさ）ましてもらいたい。

事実を事実のまま書くとなると、小説家は案外不器用で、うまい小説を書くより遥かに困難を感じる。

前編三回に亘って、赤軍の中堅将校ガリコロフ中佐が、クレムリンの粛軍大検挙に先手を打ち、浦塩の要塞地図と極東赤軍の機密を握って、破天荒な国外脱出をやり終せた後、すっかり容貌を変えて、その後、昭和十二年六月二十五日、上海のキャバレー・カルトンに、ウドーベンと変名して現われた所までを書いたが、ここで一応、その晩、彼の相手(パートナ)となった日本人の舞踊手(ダンサー)で通称「酔っぱらいの姐御」で通っている山崎ユキ子の身上(みのうえ)を明らかにしておかないと、これからの彼女の行動と気持に闡明(せんめい)が欠けてくる。

ところで、その山崎ユキ子なるインテリ女性が、何で上海三界まで流れて来ていたか、また、好きでもない支那人の旦那(パトロン)に肉体を持たれたり、「酔っぱらいの姐御」などという女だてらの異名までとって、カルトンで働いていたかを語るには——一度ここで前篇三回の話から岐(わか)れて——月日をじっと溯らなければならない。

これが小説構成法でゆくと、何の縫目も見せず、自然に話を元へ運んで行けない事はないが、この素材を私はそういう風に扱いたくない。小説的な技巧を極力加味したくないのである。

で、正直に、断わってしまうわけだが、これから先、数章の話は、彼女の辿ってきた過去の経路に移り、従って年月も一応、昭和十二年より七年前の——昭和五年に溯ることを、読者諸子は、お含みあらんことを希(こ)う。

無口な彼

一

県立女学校を卒業すると、すぐ山崎ユキ子は上京した。東京女子高師の入学試験をうけるためだった。

熊本市の女学校にいるうちは、才媛と云われていたのに、どうしたのか、女子師範の入学試験では落第した。そのために、目白の女子大を受験(うけ)て、英文科に入学(はい)った。

——それはもう、来年は女子大を卒業するという前年の春だった。彼女の人生は、ある一日の出来事から、数奇な岐路へ入った。

雑司ケ谷の鬼子母神に近い彼女の下宿先へ、不意に、同窓の品宮てる子が訪ねて来て、

「この方、わたしの郷里のお友達なんだけど、事情があって、家出して来たのよ。――わたしの家へ泊めてあげたいのだけど、すぐ分ってしまうし、思案に余ってお頼みに来たのよ。……御生（ごしょう）、ほんの十日ほどでいいですから、貴女の手許に匿（かく）まって置いてくださらない？」

と云うのであった。

連れて来た人を見ると、いかにも田舎娘らしい、地方の紡績女工でもあるような身装（みなり）の女性なので、

「ええ、この家でよければ」

と、ユキ子は、何気なく承諾して、そのまま自分の下宿に泊め置いた。

一週間ほど経つうちに、

「山崎さん、お友達には悪いかも知れないけれど、あの女（ひと）、何だかおかしいから、早く他へ移ってもらったらどうですか」

下宿の小母さんは、彼女にそっと注意してくれた。

ユキ子の留守というと、雑多な人間が訪ねてきて、彼女の借ている部屋をわが物顔に閉め切って、密談しては帰るというのである。

「――それも、眼の凄い職工さんだの、電車の車掌のような男だの、青白いインテリさんだの、女工みたいな人だのばかりでね」

と、小母さんは、声を低めて、追（つ）け加えた。

けれどユキ子はそう気にも留めなかった。約束の十日は過ぎたが、てる子は引取りにも来ないし、同居の女も、動く気ぶりはなかった。

「もし……。ちょっと」

学校の帰途だった。こう呼び止めた男がある。ユキ子が足を止めると近づいて来て、

「高田署まで、御一緒に来て下さい。僕はこういう者です」

名刺を示されて、彼女はどきっとした。勿論、その男は刑事であった。

留置場の保護室へ抛り込まれたまま、ユキ子は真っ暗な数日を送った。――何でこうされているのか、理由も原因もわからない。ただ、生れて始めての恐しい体験と、堪え難い恥に心を嚙まれて、頭も乱れ、夜も眠れなかった。

拘禁されてから二週間目だった。突然、訊問室へ引き出された。ガラス戸越しに世間の音や光に触れると、彼女は、泣き尽した涙を新にして嗚咽した。

司法主任は冷然と――しかし気の毒そうにこう云った。

「やっと、事件は闡明に解決を終りました。長い間、お留めして済みませんでした。しかし貴女もやたらな者を自分の下宿へ匿った事はよくなかった。貴女の部屋に置いといた女工風の女は、共産党のハウスキーパーであったんです」

そしてなお、事件の外廓を説明して、

「これからもある事です。——が、今度はもうよろしい。お帰りなさい」

と、署から放たれた。

二

「おお、ユキ子さん。……まあすっかり痩せて」

「……小母さん」

下宿へ帰るなり、彼女は、迎えてくれた人に抱きついて、いつまでも啜り泣いた。

「あなたも辛かったでしょうが、家でもまあ、大変な騒ぎだったんですよ」

下宿屋の小母さんは、留守中に出た新聞記事を繰り拡げて見せた。警察から家宅捜索に来るやら、参考人として呼ばれたり——そんな話を聞くと、彼女は自分の災難を訴えるどころでなく、

「すみませんでした。……どうもすみません」

ただ、もう詫る他なかった。

学校へ行けば、学校内のうわさも喧しかった。半月ぶりに登校した彼女の姿を、生徒たちの眼は皆、意味ありげに見まもるのだった。

「山崎さん、学監室まで、ちょっと顔をかしてくださいませんか」

学校側の者は、彼女を呼んで、

「困るのは、生徒の口より、かえって生徒たちの家庭の声なのでして——」と、云うのだった。

「貴女に、何の罪もない事は分っていますが、何しろ新聞記事を見た父兄が、校内に赤の分子でもいるように考えて、非常にうるさく云うので、お気の毒ですが、ひとつ他へ転校して戴くとか、ここ一年か半年、休学してもらうわけにはゆかないでしょうか」

「……よく分りました」

彼女は翌日、退校届けを出した。

それからだった。彼女が急転下に、自暴自棄へ走って行ったのは。

「共産党の運動になど費(つか)う金は、今月限り送金しない。前非を悔いよ。親戚一同」

そんな書留郵便を手にした時、彼女は、一度は泣き伏して、言い訳の手紙を細々と書きかけたが、頭脳(あたま)が乱れてくると面倒くさくなって、

「もう、どうでもなれ」

と、呟いて、遊びに出てしまった。

西銀座の裏通りに、独逸人のマダムが経営している小さな酒場がある。客筋は知識階級の者が多く、人目立たない店であったが、ユキ子は雑司ケ谷の下宿を引払うと、間もなく、ここに女給として姿を見せていた。

店へ出てからまだ一週間目ぐらいだった。その一週間のあいだに、二度も見えた坊主刈の骨ぐみの逞しい客が、その晩も来て、

「君はまだ馴れないね」

と、ユキ子の動作を、微笑んで眺めた。

田舎紳士の着るような光った大島を着て、喉に釦(ボタン)の見えるシャツを着ている。およそこの界隈のモダンボーイとは肌合いの遠い野暮臭さであるが、あまり口数もきかないし、軽い冗戯は云っても、どこかに真面目なところがある。そして話すと、話題はひろくて、殊に国際的な知識が豊かであった。

「ええ、わかりますか」

ユキ子は初めから、この人の真面目な中の微笑(ほほえみ)に、打ち解け易い気もちがわいた。

「わかるねえ、やっぱり……」

そんな事ぐらいしか云わないのである。そして、八時前後に来て、二本のビールをあけると、さっさと帰ってしまう人だった。

三

実業家でもないし、新聞記者ではないし、弁護士かしら？　否(いや)、そうでもない所もあるし。

「きっと、坊さんだわよ、あの人」

他の女給も、そんな事を云って、当てくらをしたりしていたが、ユキ子は、彼の職業など問題でなく、灯燈(ひとも)る頃となると、その姿が待たれてならなかった。

「並木さんていうのよ、あの方の名」

友達から囃やかれて、彼女は、何という事もなく顔を紅らめた。その頃になって、並木と呼ぶ彼氏の素姓もや

っと分った。

彼は軍人であった。しかも大尉という少壮士官で、そう分ると総てがきびきびして、酒を飲むにも、どこか沈重な風に見えてきた。

「どうしてこの頃はあまり行らっしゃらないの?」

「素姓が知れたからさ」

「あら、軍人だから、こんな所へ、来てはいけないと仰っしゃるの」

「そんな事もないがね」

「じゃあ、もう少し、時々顔を見せてくださいな」

「こんな顔をか」

坊主刈の頭を撫でて、並木大尉は、やはりビール二本でさっさと帰ってしまった。

彼の足が遠くなるのと反比例に、彼女の恋は募って行った。その前に、彼の住所を訊いておいたので、秋から冬――にかけても、幾度となくそこへ、ユキ子の方から訪ねて行ったほどだった。

ふたりはいつか、思慕だけでなくなった。ユキ子は生理的にも、七日も会わずにいると胸が傷んだ。狂わしいほど会いたさに燃えた。

昭和六年の新緑の頃だった。


日曜なので、午前中でもと、彼の好きな果物と、一輪挿にさす花を買って、丹後町の下宿を訪れると、

「並木さんは、一昨晩、お立ちになりましたが」

と、女中が云う。

あまりの意外さに、

「えっ? どちらへ」

彼女の声は、持っている花と共に、打ち顫えた。

「あら御存知ないんですか。陸大を御卒業なすったので、原隊の久留米へお帰りになったのですよ」

愕然としたまま、全身が痺れて、暫くは口もきけなかった。

幾日かを彼女は真っ暗に送った。夜も思うと眠れなかった。

(騙されたのだ)

当然、彼女は恨んだ。男性の酷薄な気もちを憎んだ。

しかし、酒場へ出なければ、生活してゆけないので、青ざめた恨みへ紅を塗って、一夜ごとに、酒は強くなって行った。

だが――間もなく彼女は、自分の肉体からある自覚をうけて、その酒も、恐くて飲めなくなった。

妊娠していたのである。

小さき遺骨

一

その年の暮の寒い灯ともし頃だった。

午後五時何分かに、久留米駅へ着いた下り列車の三等から、白い毛糸編みのベビー服につつんだ嬰児(あかご)を抱いてホームへ降りた産後窶(やつ)れの若い女性がある。山崎ユキ子であった。

「聯隊まで行って下さい」

駅前の人力車を呼ぶと、彼女は一図な心をそれへ乗せて、瞳も反らさなかった。

「泣かないでネ……泣かないでネ……」

乳のみ児がむずかると、彼女は怺(こら)えきっている涙がつい溢れかけるので、頼むように頬ずりして呟いた。

聯隊へ着いて訊くと、

「並木大尉は、四時半頃、自宅へ帰られました」と、いう事だった。

住居(すまい)の町名と番地を訊いて、彼女はおどる胸を鎮めながら、再び人力車を駛(はし)らせた。

夜ではあったが、すぐ分った。しかし生憎と、大尉は寄り道でもしたのか、まだ家に帰っていなかった。そして一人の婦人が、仄暗い電燈の光りを背後(うしろ)に、玄関へ出てきて、

「どなた様でございましょうか。わたくしは並木の家内でございますが……」

と、手をつかえて云った。

その婦人の肩へ、奥から出てきた腕白そうな男の児と、まだ小さい女の子が取り縋って、母と共に、不審そうな眼をして、玄関の外に立っているユキ子の姿を見まもるのであった。

「まあ、お上り下さいまし、そのうちに良人(たく)も帰りましょうから」

「は……はい。……有難うございます」

ユキ子は、自分の顔いろが、どんなに蒼く見られるかと思って、家の中の明りへ面が向けられなかった。

「……あの、実は、東京でおちかづきになった者ですが、ちょっと久留米まで用向があって参りましたので、

ついでにお訪ねしてみただけでございますが」

　後はどう云ったのか、自分の言葉も、先方の声も、耳には聞えなかった。

　あやうく蹌踉めきそうな足元を、必死に踏み怺えながら、往来まで駈け出ると、彼女は全身の血を一度に口から吐くように、わっと思わず声をあげて、白毛糸のベビー服を嚙みしめた。

　その晩の終列車に身を投げこむと、もう嬰児に乳をやる気力すらなかった。

　列車と列車とを聯結しているドアの外の暗い旋風と、ごうごうと誘う車輪の音は、夜もすがら、彼女へ死を呼びかけた。

「……この子が」

　そしては、胸に抱いている寝顔に、涙があふれた。

　憎い！　呪わしい！　口惜しい！　あらゆる感情に血がつかれ果てて、昏々と、窓へ顔を凭せかけたまま、うとうとしたと思うと、やがて列車の外には、夜明けの雲が美しく彩られて、痺れた頭のしんにまで、朝の光が泌み透った。

「――働こう！　働こう！　この子のために。わたしはこの子から酬われればいい。愛した者を憎むのが幸福か。愛した者を愛しきってゆくのが幸福か。……もう憎むのをやめよう。この子を抱いて、あの人の家庭の平和を祈っていよう」

　暁の空を見つめているうちに、ふと、彼女の気持は一転していた。

二

　正月から彼女は酒場へ出ていた。争えない肩の肉は薄くみえたが、頰の窶れは、化粧にかくしていた。

「こんどは上海ですとさ」

「え、戦争なの」

「満洲事変が拡がって、上海へも兵隊が行くんですとさ」

　けたたましい号外が全市に撒かれた夕方、ユキ子は、酒場へ出るとすぐ、号外に顔を寄せている友達の声を聞いた。

　それはちょうど昭和七年の二月二十八日の事だった。前年の九月十八日に勃発した満洲事変から飛び火して、俄然、第一上海事変の出兵となった時だった。

戦況は、日増しに、大きくなるらしく見えた。善通寺第十一師団の聯隊と、福岡の碇（いかり）大隊、及び工兵第十八聯隊、それに久留米、小倉の二聯隊によって組織された下元混成旅団は、逸はやく、出征の途に上った。

（久留米の並木大尉も、部隊長として、出征した）

と、人伝てに聞いたユキ子は、友達が止めるのもきかないで、子どもを乳母の家へ預け、単身、上海へ渡航してしまった。

上海の居留民は、続々、内地へ避難してくるという矢先へ、彼女は上海へわたり、すぐカッフェに住みこんで、ひたすら、並木大尉に会える機会を待っていた。

植田中将の第九師団が続いて上陸する。白川大将が軍司令官として、二月二十一日の総攻撃に移る。

戦禍の上海は、刻々、危険をまして行ったが、彼女は、並木大尉の武運を祈り、また日本に残してきた子どもの健康を祈りながら、

（一日でも、あの人に会わないうちは）

と、死を賭して、弾雨の上海に、踏み止まっていた。

三月五日の停戦会議となって、居留民は、ほっと愁眉をひらいた。

廟行鎮（びょうこうちん）や、大場鎮（だいじょうちん）、江湾鎮（こうわんちん）などの、幾多の忠魂が激戦した跡には、毎日、居留民の手向けや、外国人の見物が、雑閙（ざっとう）した。

爆弾三勇士の跡や、返らぬ英魂の遺蹟には、新しい墓標の杭が立っていた。彼女は、香華（こうげ）を持ってそここを弔いながら、毎日、並木大尉の所属する隊をさがし歩いた。

するとある日、新戦場で会った一将校が、

「ああ久留米の並木大尉の部隊か。あの隊は君、もう五日ほど前の船で凱旋したよ」

と、無雑作に告げた。

三

ユキ子は大きな悲しみと絶望の底へ突き墜された。一度はすぐ、

「次の船で、久留米へ――」

と思わぬでもなかったが、凱旋の良人を迎えて歓ぶ並木の妻や――そして平和な家庭の子たちを考えると、

「そこへ自分の姿を見せては」

と、どうしても、心は脆（もろ）く鈍ってしまう。日本女性の

みが持つ——陰にあっての愛と犠牲の心に引もどされてしまう。

一日も、カッフェの勤めを欠かしては、生活もしてゆけなかった。五月が過ぎ、六月も過ぎ、こうして悶々のうちに真夏となったが、そこへまた、
アカサマ、キユウビヨウ、キトク
と、東京に預けてきた嬰児の里親からの、電報が届いた。

「ああ、どうしよう?!」

その時こそ、彼女は、気も狂わしくなった。

一日とて、子どもの身を、忘れていたことはない。しかし、毎月の養育費の送金にさえ追われ勝ちで、帰ろうとは思っても、旅費の工面もつかないため、つい幾月かを過ごしてしまったのであるが、その電報を手にすると、身の周りの物を洗いざらい売払って、翌日出帆の長崎丸の切符を買った。

「どうぞ、わたしの帰るまで」

と、彼女はその夜、寝床に入ってからも、壁へ向って、掌を拝せた。神棚のない洋室である、壁を拝むほかなかった。

まんじりともせず、埠頭の汽笛を聞き明かして、夜が明けると早々、身支度をし、靴下を穿きかけていると、

「おユキさん、また電報です」

と、宿の者がドアの隙間から差しこんで行った。

「……?」

彼女は、その電報を手にしたまま、まったく茫然としてしまった。もうその時には涙も出なかった。ただあまりにも皮肉な、無情な、運命の翻弄に、むしろ太々しい度胸さえすえてしまった。

サクヤ九ジ十五フン、ニユウインチヨクゴ、アカサマ、シボウシタ、ヘンマツ
何度読んでも、電文は同じだった。

「もう帰らない！　帰るもんか！」

彼女は、寝床へ身を投げた。出帆の時間がきたので、ボーイが扉をたたいたが、起きなかった。——やがてよほど経ってから、まるで嬰児のように嗚咽して泣く声がドアの外にまでも洩れた。

トランクも旅行具も売飛ばした。切符も現金に返してもらった。その全部を葬儀代として電報為替で日本へ送ってから、また、気のすむまで泣いていた。

彼女から同時に打った電文の返辞には、
スミマセン、スベテオネガイ、イコツダケ、オク

ツテクダサイ

と、あった。

それからの彼女は、驀(まっ)しぐらに、いわゆる「上海の女」の彩(いろ)へ同化して行くのに急であった。

「……何だって、恋愛がどうしたって？　人生がどうだっていうのさ。……あんまりおかしい事をもっともそうに云うんじゃないよ。わたしなんざ、哲学のての字を解らないから、まだ助かっているというものさ。その暇に、お酒をのんだ方が、どんなに手ッ取りばやくって、解りいいか知れやしない。……何、お酒は毒だって。御じょうだんでしょ。――支那人の妾にまで成り下がって、この上に、毒も薬もあったもんか。日本という有難い国に生れながら、これ以上、どこまで成り下がれると思うのさ。……ホホホホ、アハハハハ」

酔っぱらいの姐御はいつも朗かだった。

キャバレー・カルトンに現われてから今年で四年目。

たった四年の間に、こうも変れば変るものかと――ユキ子の前身を知る者もないだけに、敢て、眼をみはって嘆息する者もない。

×　　×　　×

以上、山崎ユキ子の経路を語り終ったところで、もう一度、改めて云っておこう。かくて今は、昭和十二年の六月、彼女の年は、二十八歳。

第一上海事変の恐騒もかすれて、盛り場の灯は夜ごとに爛れ、褪せた青春をぬりかくして、彼女の酒の息も夜毎に熟れていた。

隣の空室(あきしつ)

一

「ウドーベンさん。……何年振り。何年振り？」

囈言(うわごと)のように云いながらユキ子の孫千芳は、男の膝へ凭れて、自動車の揺る毎に嘔吐気(はきけ)を怺(こら)えるらしく、眉をしかめた。

「三年目ですよ。三年目で会ったわけですな」

「そう……三年……よく忘れなかったわねえ」

「あ……もうベルギイ領事館の前です。貴女のアパートはあそこでしょう」

「嫌、嫌、降りるのは。いつまでもこうしていたいのよ」

「部屋まで送って行きますよ。さ、降りましょう」

ウドーベンは、彼女を抱きかかえて、やっと自動車から降ろした。

エレベーターに這入ってからでも、彼女は彼の手を離さなかった。

「嫌よ、嫌よ、すぐ帰っちゃあ」

ウドーベンは、間が悪そうに、エレベーターボーイに銀貨をつかませて、

「何階だい、孫千芳さんの部屋は」

「五階です。――御案内しましょう」

「このアパートは、割合いに自由だな」

「ええ、酔っぱらいさんや、夜更かしのお客がたんと居りますからね」

「部屋の空きはあるのか」

「ちょうど、孫千芳さんのお隣りが、一昨日（おととい）空いたばかりです」

ウドーベンは何か頷いて、

「上海へ来たばかりだが、ホテル住居も不経済だから、僕もひとつここを借りるかな」

と、呟いた。

彼女の部屋は、五階の廊下の奥で、窓際のよい位置だった。

「……じゃあ、お寝み」

ウドーベンは、彼女を寝床へ納めると、そう云って、少し手持ち不沙汰に帰ってしまった。

孫千芳は、舞踏服のまま、横になって、その時はもう、返事もせず眠っている様子であった。

二

ウドーベンの靴音が消えてゆくと、彼女は寝台から手をのばして、窓のシャッターを引っ張った。

きりきりっと、シャッターが巻き上る。夜明け近い風が吹き込む。

「怪訝（おか）しいよ……どう考えても」

すっと立って、洗面器の前へゆき、ホールの埃と白粉（おしろい）を洗い落した。そしてやたらに手や顔を拭くのだった。

ウドーベンの汗の手に触れた箇所を、潔癖に拭きとるよ

うに。

「……そうだ！　きっとそうだ！　……ソヴェート政府から密命をうけて、日本の対支政策をスパイに来たにちがいない」

鏡の中の自分を見つめて、彼女はこう呟いた。

「――三年前には、この上海にいて、ロシヤ大使館付の武官だったのが、急に、軍人をやめて、職業を探しているなんて……真に受けられたものじゃない。殊によると、私が日本の女だから、私を使って、何か探ろうとでも思っているのかも知れない。……ふふん……」

煙草を取って、ベッドの横へ腰かけ直した。

「甘く見ちゃいけませんよ。白粉崩れはしているか知れないが、骨まで腐っちゃいないんだからね。こんなになっても、私の胸にはまだ、並木さんが住んでいる……」

一本の煙草を喫いきると、彼女は電燈を消して、ほんとに寝に就いたが、頭が冴えて、眠れなかった。

怪しいウドーベン。

今夜ホールで会った途端に胸へきた直感が、どうしても打消せなかった。それからそれへと、興奮が駆り立てられてくる。蓄膿症の手術をやって――と云ったが、いくら大手術をしたにしろ、ああ顔が変ってしまうものではない。

踊りの相手となりながらも、顔を接し合って、仔細に見たところでは、眉毛も瞼も鼻の恰好も、明らかに、整形手術で変えたものとしか思えなかった。

そればかりでなく、自分の前に立った最初の時、

（私が誰だか分りますか）

と、何度も訊ねて、自分の顔を、一目に試験するような態度でも、あの変貌に、意味のあることが分る。

まったく最初は誰だか見当もつかなかったが、はっと、気づいた後も、

（知りませんわ。貴方と前に会った事なんかあるもんですか）と、わざと云ってやると、

（分らない？）

と何度も念を押したあげく、いよいよ、空とぼけて首を振ると、

（ウドーベンですよ。この声ぐらいは、どこかに覚えがあるでしょう）と、さも満足そうに、驚喜したあの時の様子でも、彼女には、大きな疑いが抱けたのであった。

で――送って来る自動車の中でも、わざと泥酔してみせて、彼の心を引こうとしてみたが、どこか固い要心を

している風がみえる。気をゆるさない眼ざしが光っている。

「ソ聯の人間で、赤の潜行隊か、スパイでない人間はありやしない。もしそうだったらおもしろい。あべこべに、あの男から何か探り出して、並木さんへ報らせてあげよう。何かそれ位な働きでもしなければ……」

どんなに酔って帰った晩でも、この部屋にあるわが子の遺骨と、並木のことを思い出さない時はなかった。

今も彼女は遠い恋を離してはいない。確とひそかに胸に抱くのだった。——しかしそれは以前のような思慕とは違う。自分の肉体には見限りをつけながら、ひたすら汚さぬ赤心だけをそっとべつに置いて、胸の隅から、折ある毎に、あの人の武運と前途の幸を祈るに止まる恋だった。

翌日、十一時頃、彼女は寝床を出た。そしていつものように風呂に入って、昼と朝飯を兼た食事を摂っていると、

「おや、お食事ですか、あんなに昨夜は酔っていたのに、よく二日酔いしませんな」

ウドーベンが訪問してきて、ドアの側に立つと、非常な快活を装って云った。そして、急にまた、

「ごゆるりお済ましなさい。失礼して、どこかで、お待ちしていますから」

戻りかける様子に、孫千芳はあわてて、

「あら、いいんですよ。もうお食事はすんだ処ですから」

「関わないですか」

「さあ、どうぞ」

「この部屋はいいですな。……実は、僕も今、事務所へ寄って極めてきましたよ」

「どうお極めなすったの」

「隣りの空いてる部屋へ、引っ越して来ることにしました。荷物はたったトランク二箇です。今日から移りますから、どうぞよろしく」

「まあ、ほんとですの」

彼女は欣しそうな媚を呈して、ウドーベンの怪異な顔を、昼の光線でまた、凝と見直した。

スパイ第一課

一

その日からウドーベンは、彼女の住むアパートの隣室を借り受けることになった。

「今日は、なんて吉(い)い日だろ」

山崎ユキ子の孫千芳は、心から歓んでみせた。

ウドーベンは、真顔になって、

「そんな吉い日ですかな。何も考えずに、急に引っ越して来ましたが」

「いいえ、わたしにとっての吉日よ。こう見えても、わたしには、誰も親身になって話す友達なんてないんですもの。――これからは、思い余る事も話せるでしょう。愚痴も聞いて下さるわね」

「酔っぱらいの姐御は、酔っぱらっている時としらふと、たいそう違うんですな」

「ほんとは、とてもわたし、弱い女なの。……弱いからつまりお酒の力を借りるのよ」

「覚えてますか、ゆうべ、自動車から降りる時の、駄々ッ子ぶりを」

「もうよしてよ」

彼女は、羞恥(はじら)いながら、

「わたし、これからは、もっと貴方に、徳儀をもつわ。……でないと、飽きられちまうといけないから」

「いいですよ、飲んだ時は飲んだ時で。……けれど君には、孫大人(ターレン)という歴乎(れっき)とした旦那(パトロン)があるんだから、その方に飽きられないようにしないと」

「嫌いさ！　あんな嫉妬家(やきもちやき)」

気を悪くしたように、彼女はぷいと、顔を顰めて、起ちながら、

「ウドーベンさん、お荷物は？」

「荷物、――荷物と云っても、独り者ですからね、そこへ置いてある大型トランク一箇だけですが」

「掃除をしましょうよ、先に。――あなたの部屋、開けて頂戴」

「手伝ってくれるんですか」

ウドーベンは、自分の部屋を開けた。

彼女は、世話女房気どりで、彼の部屋をすっかり綺麗にしてやった。そして自分の部屋から、カットグラスの灰皿や花などを持ってきて、殺風景な彼の部屋を、気儘に飾り付けた。

二

「ありがとう。ああ、これで落着いた」

ウドーベンは、茶を喫みながら、一時間ばかり卓(デスク)に向っていたが、午後二時頃、

「ちょっと、外出してきます」

と、彼女の部屋をのぞいてから、せかせかと、出て行った。

彼女はすぐ、

(尾行(つけ)てみようか)

と思ったが、初日から下手な尾行などして、怪しまれたらと、何もならないと考えて止めてしまった。

そして、彼が出て行った後なのに、頻りに動悸を覚えた。大きな運命の底波に見舞われている気持だった。

(自分が彼を完全にスパイするか。彼のために自分がまったくスパイされてしまうか)

争闘にかかる覚悟を心に抱くと、肋骨(あばら)の膨らむような胸の鼓動が、自分の耳にも聞えるほどだった。

だが、彼女はまったく、スパイの経験を持っていなかった——で、ユキ子の孫千芳は、ウドーベンが外出したのを幸に、南京路の美的書店(ミテショチン)に行って、そこの書棚を、丹念に物色した。

「……あ。こんな書(ほん)がある」

彼女は、一冊抜いて、掌のうえに開いた。

それは独逸の軍事探偵王といわれたバイエルマイステル中尉の著で、

=英文版スパイ奥義書
ともいう物だった。

書店の包装紙にくるまれたその一冊をかかえて、彼女はその足ですぐ、働き先のカルトン・カッフェへ行った。そして仲良しの黒ちゃん——(黒ン坊)の私室(へや)をたたいた。

黒ちゃんは、黒ン坊とはいえ、伊太利の国立音楽学校を出身した男で、このカルトンでは、ジャズバンドのコンダクターをやっている幹部なのである。

「おや、孫千芳さん、どうしたんだい、今頃の早出っ

ていうのは」

「あんたの私室を、借りにきたのよ」

「逢曳かい」

「だれが、こんな所で、——何でもいいから、この部屋を、今夜一晩、わたしに貸切ったことにしてくれない」

「変だね。何するんだい」

「これを読みたいの」

包装紙のうえから、表紙をかるく叩いてみせると、黒ちゃんは、胸を反らして笑った。

「酔っぱらいの姐御が、読書をするなんて、近来の珍事件だぜ。——何の書だい、いったい」

「いいわよ」

身を反らしながら、彼女は、黒チャンの手へ、

「お部屋代」

と、ささやいて、金を握らせた。

「そしてね、わたし今夜は、踊りには出ないから、どんなお客が来ても……休んでるって云っといて頂戴」

「旦那が来ても」

と、黒ちゃんは、拇指を見せた。

「孫？……、今夜は来やしないけれど、来ても、勿論、居ない事にしといてよ」

三

黒ちゃんを追い出すと、彼女は部屋の鍵をかって、急仕込みな研究の緒にかかった。

英文版スパイ奥義書、四六版で約五百ページもある分厚なものだった。泥棒を見て縄を綯うような彼女の読書は、極めて、幼稚な思い着きにすぎなかったが、それでも、この一冊の書物が、彼女にとっては、どれほど、後日の役に立ったか知れなかった。

今はその——彼女のために役立ったと思われる部分の——項目だけを、左に摘出しておこう。

——彼女はまず、ウドーベンは、どの種類に属するスパイだろうかを、その書に訊ねてみた。

愛国スパイ。冒険スパイ。利権スパイ。外交スパイ。軍事スパイ。商業スパイ。逆スパイ。煽動スパイ。二重スパイ——などといろいろな細目があるが、彼はソ聯の軍人であるから、彼女は軍事スパイの項を先に拾い読みした。

その軍事スパイの中にも、外交に、戦略に、後方攪乱に、機密奪取に、反間作戦法に、実戦偵察に——あらゆる人智が怖しいばかりに行き亙って書かれてある。

それから、彼女は、スパイ第一課ともいうべき変装法から——通信法、接近法——と次々に眼をさらして行った。

愉快なことには、独逸スパイ学には、日本の甲賀流忍術の「表五遁（とん）」や「裏五遁」が、そっくり移訳してあることだった。

例えば——

天遁とは、気象利用の日遁、月遁、星遁、霧遁、雨遁などとあるから、それをいろいろ科学づけて解説してあるし、また甲賀流でいう忍法六具という携帯品なども、現代的な隠れ道具に改めて書いてある。

「やはり日本は昔からこんな智識にも優れていたのだ……」

彼女はそんな優越をおぼえて愉快だった。

また、この書に依って痛切に教えられた国際間の深刻な密偵戦から、

「日本人は、もっと、外国のスパイに、要心しなければ——」

と、母国の人々の、あまりに平和そうな顔を思い浮かべて、不安になった。

——もう宵である。

いつもの宵である。ホールには、踊りのバンドが聞えだした。

だが、彼女は、書物に屈（かが）んだきりだった。

——秘密文書移送の要訣。

そんな所を、熱心に読んでいた。

スパイ自身が、秘密文書を運ぶには、従来の方法——靴底だのコルセットだの手袋の中に隠すなどはすでに古い手段である——洋傘（パラソル）の柄の中に隠したら必ずその上は石鹼を詰て密栓し、更にセルロイドを溶解して流しておくべきである。マドロス・パイプのがん首に秘めた場合は、煙草をつめておき危険に迫った時は、火をつけて燃してしまう。また、精巧な秘密義歯（いれば）を利用することや、貨幣の中をクリ抜いて、その中に隠す方法なども、次々に、彼女は読んだ。

もっと、興味をひいたのは、インヴィジブル・インキの用法だった。

彼女は、幼い時、よく遊戯（おもちゃ）にした、焙り出しを思いだした。

＝レモンの汁で書いた文字を焙り出すと、茶褐色に現われてくる。

＝銅硝酸塩で書いた白紙を焙ると、赤色の文字が出てくる。

こんな単純なことでも、彼女にとっては、

（白紙でも油断するな）

という予備知識になった。

偶然にも——それは後の話だが——先にガリコロフ中佐が秘密地図を描いた場合に用いたインキは皆、インヴィジブル・インキの黒色現と緑色現との二種（ふたいろ）であった。それはすでに、ヤーゴダ探偵に依って、暴露されてはいたが、その浦塩要塞の秘密図がガ中佐の手で国外へ持ち出されてから、転々と在所（ありか）を移動した後——計らずも彼女は、その重大な「白紙の秘密」を、この時の遽（にわ）か仕込みでいとも幼稚なスパイ学から摑むことを得たのであった。

四

読み疲れた眼をあげて、

「——おや、もう午前三時」

彼女は、書を閉じた。

階上のホールは、その頃が、乱痴気ダンスの酣（たけなわ）であった。

ユキ子の孫千芳が、カルトンを出て行く姿を見かけると、いつも出口にいる靴磨きの親爺が、

「姐御、今日は酔っぱらっていねえんですか」

と、声をかけた。

「ああめずらしいだろ」

彼女は、それを機（しお）に、靴磨きの手へ、一元銀（だま）を握らせて、

「おまえさんの道具箱の底へ、これを預かっといてくんない」

「へい。お易い御用です」

「人に見せたり、紛失（なく）したりすると、肯（き）かないよ」

そこからアパートまでは、歩いても、五、六町しかな

かった。彼女は途々（みちみち）も、映画で見た女スパイのマタハリにでも自分がなったような幻想に囚われていた。

幾分でも、書物によって、眼を啓（ひら）かせられてから再び――ウドーベンの挙動や、あの怪異な顔の変り方を考えると、今ではよけい判っきりと、

「ソ聯のスパイ」

と、彼を断じることができた。

そして、彼女はひそかに、

「もう、こっちのもの――」

とまで、心の裡で、自負していた。

しかし、彼女のこの判定は、実際は誤まっていたのだ。ウドーベン事、実は、ガリコロフ中佐で、ソ聯脱出のお尋ね者にはちがいないが、本国の使命をうけて来たスパイではない。――むしろゲー・ペー・ウから追い廻されて身の置き所もなく、上海に遁入して来た日蔭者なのだ。スターリンの暴戻（ぼうれい）な独裁殺戮と相次ぐ大検挙に対して、復讐的な逆手を打ち彼が、国土の生命線とたのむ満ソ、浦塩の膨大な要塞地図をトランクに詰めこんで、暗黒国家のソ聯から逃げてきたソ聯人なのである。

だが、彼女の誤認は、そのまま「誤認の奇功」を奏さない限りもない――。彼女はあくまで、彼をスパイと思いこみ、そして逆に、彼をスパイしてそれを意中の人に報らせようという――恋と愛国心のふたつの中に、せめて、生きがいを見出そうとしていた。

――並木大尉。

ああ憎い人、忘れ得ない人、恋しい並木大尉。

彼女は、その男性へ、自分の最後の愛を示すことが、もうこの世でするたった一つの事業と、思い込んでいた。

星の下を歩いていると、とめどなく、涙がながれてきた。――しかし今までのように、酒にながしてきた自暴な、虚無的な涙ではもうなかった。

アパートの五階へ帰ってみると、ウドーベンの部屋は、閉まっていた。まだ帰らないのか、寝ているのか、鍵穴から、明りは洩れていない。

――だが、自分の部屋をあけてみると、電気がついていた。そして、嫉妬家の孫大人（ターレン）が、苦虫を嚙みつぶして待っていたのであった。

封蠟

一

「――あら？」

彼女は、心とはまるで反対な、笑顔を作って、

「……来ていらっしったの」

と、孫の肩へ抱きついた。後から接吻を求めた。

孫は、まずい顔を、横に振った。

「どこへ行ったんだ？」

「どこって？　……お店へよ。わたしの勤め先は、カルトンよりないじゃないの」

「うそ云え」

「どうして」

「カルトンへ行ったら、きょうは休んでると黒ン坊が云ったぞ――酒の気もない顔をしているじゃないか」

「すこし、体のぐあいが悪いのよ。……だから、夕方お店まで行ったのだけど、踊るのが懶（ものう）いから、誰が来ても、休みだと云っててくれって、黒ちゃんに頼んでおいて、部屋で横になっていたのよ……。怒ってんの……え、あんた」

「……」

お坊っちゃんの孫大人は、自分の肩に眼をあてて彼女が泣いている――と意識しながら、なおむッつりしたま、口を歪めていた。

孫は、浙江（せっこう）財閥の一人で、中国銀行の重役をしている有数な富豪（かねもち）の御曹子だった。親の顔で、彼も、上海中央取引所の理事という肩書をもっていた。五万や十万の小遣銭には、いつでも不自由しない男である。

彼は、その金力で、彼女を自分の二号にしたが、その時の条件として、

（わたしは、踊りが好きなんですから、今までどおりカルトンに出さしておいてくれるならば）

と、いう約束を容れている。

これは、後になってみると、彼女にとっては、自由な逃避場だったが、孫にとっては、何かにつけて、不安で不満でならなかった。

「……いやあよ、ね、怒ってんの」

硬ばっている孫の肩を揺すぶりながら、彼女は、潤ませた眼を、わざと、孫の顔の前へ覗き込ませて、

「あたし、あなたに捨てられたらどうしよう。……きょうも、一日じゅう考えちまって、頭が痛くって、痛くって」

「飲みすぎるからだよ。だから、カルトンは辞めろって云ってるんだ」

「……ね、あんた、こんどこそ辞めるわ。もうお店へ行かないわ」

「え。……ほんとか」

孫は、急に機嫌を直した。同時にまた、疑うような眼をした。

今まで、何度もこの問題は、二人の中の揉め事になったが、噯にも、辞めるなどと云わなかった彼女は、自発的にこう云い出したので、彼が怪んだのもむりはなかった。

二

「おい、ほんとかい。気紛れじゃあるまいね」

孫は、信じない顔つきで、念を押した。

彼女は、その胸へ、抱きついて甘えた。

「あたし、今夜は酔っていないでしょう」

「どうして、辞めると決めたのかね。——何か理由があるんだろう」

「理由？……あるわ。……だけど、それを云ったら、あんたが怒るから嫌」

「ばか、なぜ俺に云えないんだ。——そんな秘密をひとりで抱いているから、酒をあおったり、泣いたり、煩病ったりするんだ」

「……じゃあ、寛して下さる」

「話してみるさ」

「それだけじゃ嫌。どんな事でも、過去の事なら、寛してやると、約束してくれなくっちゃ」

「過ぎた事なら、寛すも寛さないも、仕方がないじゃないか」

「じゃあ、云うわ」

彼女は、べつな椅子へ回って、もじもじと自分の指へ、俯向いた。

「実は、実は……あのあたし……あなたと一緒になる前に、ある男に、強迫された事があるのよ」

「ふむ……」

と、孫は蒼白くなりながらも、平気を装った。

「二、三日前に、その男に、ホールで見つかってしまったんですの。その前にも、何度かお小遣を強請(ゆす)られたことはあったけれど、貴方のお世話になってからは、極力会わないようにしていたので、ずっと分らずにきたと思っていたら……」

「それで体の悪くなるほど鬱(ふさ)いだのか」

「だって、最初から好きだった人じゃないし、その畜生みたいな男でしょう。だから、そいつに訪ねて来られると、何だかわたし、総毛立って、嫌で嫌で、ぞっとしちまうんですもの。――するとまた、こっちの顔いろにつけこんで、オイ、もういちど、同棲(いっしょ)になろうじゃねえか――なんて云うのよ。それが嫌なら、手切れ金を作れって云うし」

「僕との間を、知ってるんじゃないか」

「さ、どうでしょうか。わたしは、貴郎(あなた)の名なんぞ、決して出さないことにしてるんだけど……何しろ、平気で人殺しぐらいやる人間ですもの、おッ恐(かな)くって」

「遣ったらいいじゃないか。――金で済むなら」

「でも、ほんとに、癪に障(さわ)ちまう。……そうかって、わたしには、どうしようもないほどの額を云うのよ」

「幾値(いくら)?」

「いくらとは、切り出さないんですけど、手切れ金を作れば六月二十日出帆のダグラー号で英国へ帰るから、纏まったものを出せ、その算段がつかねえなら、切符をムダにしても、上海に踏み止まって、おめえの厄介になるより他、身の始末がつかねえんだ――なんて嫌がらせを云って、ほんとに、ポケットの中からダグラーの切符だけは買って持っているんですよ」

「確かね。英国へ帰るっていうのは」

「それは、間違いないらしいの。ただ、そんな高飛びする気でいる所ですから、何をやるか知れないでしょう。それがもう気味が悪くって……。アアもうあたし、懲々(こりごり)したわ。これからは、ホールも辞めて、きっとおとなしくなるけれどね……ね、あなた、御生ですから、わたしを助けて下さらない」

「それゃあいいさ。君が、今云ったように、順良になりさえすれば」

「すみません」

彼女は、コニャックの栓を抜いて、二つの杯を並べた。

隣りのウドーベンの部屋では、ことりともしなかった。

翌日、孫は、彼女の部屋から戻ってゆく時、五千元の小切手を書いて行った。

三

勤め先のカルトンは辞めた。

ポケットに軍資金はできた。

彼女の心構えと準備はそれで整った。数日の後、彼女は、隣室のウドーベンを自分の部屋へ引入れて、ウイスキーを飲んでいた。

「おいっ、おいっ」

扉の外で、孫の声がした。

孫は這入ってくるなり、この光景に、持ち前の嫉妬の青筋を額にふとらせたが、ウドーベンのてまえ、努めて平静に、

「誰方だね、こちらは」

と、訊いた。

彼女は、軽く、

「ウドーベンさんと仰っしゃって――以前この上海のソ聯領事館付の武官として来ていらっしった頃のお知合ですのよ」

「はあ……そうですか」

「こちらは、わたしの夫君の孫です」

彼女が正式に、彼を自分の夫君として紹介したので、孫もいくらか機嫌が直って、

「どうぞよろしく」

と、云った。

ウドーベンも、それに対して、

「もう軍人は、辞職しましてね、将来は、実業界へでも乗出そうかと思っています。よろしく」

と、これもさり気なく挨拶した。

ところがまた、すぐその翌日だった。

今度は、彼女の方から、ウドーベンの部屋へ行って、冗談ばなしをしている所へ、またぞろ突然、孫がやって来て、それを見ると、

「おい、あまりお邪魔になりゃあしないかね」

と、不快ないろを漲らして、嫌味を云った。

刎ね返るように、ウドーベンの部屋から出てきた彼女は、孫の胸へ跳びついて、

「あら、トランプの占が中たった、やっぱり来て下すったわね」

すかさず彼を捕えて、今日は二人で映画を観に行きたかった所であったと云って、外へ伴(つ)れ出したので、渋々ながらも孫の機嫌は直った。

こうして、カルトンを辞めてからというものは、孫が毎日のように、わざと不意を襲うかのように——訪れるので、彼女が目的へ進むにも、並々ならぬ気骨が折れた。

空しく二週間ほどは過ぎた。しかも彼女はまだ、ウドーベンへ向って、何も働きかける遑(いとま)がなかった。——それもこれも嫉妬家の孫の眼ざしが、急に、二つの部屋に光り出したためだった。

スパイ学は、なかなか書(ほん)のようには行かなかった。彼女はこの事業に、孫の感情を計算に入れてなかった。

(愚図々々するうちに、この機会(チャンス)を逸したら——)

と、孫と腕を拱(く)んで遊びに出ている間も、心は絶えずウドーベンの部屋にあった。

四

だが、その間にひとつ、彼女が不審に思い出したことがある。それは、ウドーベンの、常に恟々(おどおど)しているような——眼である。また挙動である。

彼が、ソ聯政府のスパイなら、当然、もっと行動に積極性がなければならない。絶えず攻勢的な機智と、鋭い眼光が、ピチピチ働いていなければならないはずだ。

ところが、ウドーベンの様子は、およその正反対に見える。風の音にも心を措く——弱々しい神経が内部に見透かされる。

(軍事探偵(スパイ)でないとしたら——この人物はいったい何だろう)

彼女は、この謎を解くために、折あるごとに、ウドーベンへ接近して、しどけなき女の油断を、わざと見せては、彼の心の警戒線を探ったが、何か、ちょっとでも話題が、そんな所にふれると、ウドーベンはすぐ話を外らした。

その保守的な！　消極的な！　いよいよ、この男は、

正式な命令をうけて国外へ来たクレムリンのスパイではない。

こう判断がつくと、彼女の彼に抱いている疑問は、なおさら、濃く深く大きくなった。――そしてその眼は、ウドーベンが寝台の下に突っ込んで、ひとの踵に触れても、すぐはっと眼に色をあらわす――大トランクへ向って、密かに注がれ出した。

ここへ引っ越して来た時から持っている、たった一つの大型トランク。彼はその中から、何と何をこの部屋へ取出したか。見廻すところ、何もありはしない。

しかも厳重に鍵をかけて、部屋の掃除をする時にも、トランクの位置は変えたことがなかった。勿論、彼女もわざと、それへは足の先も触れない事に注意していた。

「おや、ウドーベンさん、こんなに早く、もうお出かけ？」

ある朝。

あたふたと出てゆく彼の姿を見かけて、彼女が扉をあけて声をかけると、

「おう、昨夜は」

と、ウドーベンは、彼女の部屋をのぞいて、そこに孫がいないのを見ると、扉の陰へ、彼女の体を押しつけて強い接吻した。

「行ってきます、ちょっと」

「どちらまで」

「友達の勤めている汽船会社に、急用が起ったので」

「あら、さびしいわね」

「午後三時頃までには、帰ってきますよ」

「晩になると、また、孫が来るかもしれないから、早く帰ってね」

そんな一瞬だけ、ウドーベンは、胸の中の暗いものも、悩々した眸も、どこかへ遣ってしまって、

「おお、一時間でも早く、帰ってきます。――二時頃までにはきっと」

もいちど、接吻して、にこやかに笑いながら、元気よく出て行った。

五

ウドーベンがちょうどアパートの玄関を踏み出した頃を計って、彼女は、あわただしく、五階から馳け降りた。

「――あら、もう見えない」

玄関から往来を見廻して、当惑したように、事務所のそばへ戻ってきた。

「爺やさん」

事務所の小使は、先刻から彼女の姿を覗いていた。

「なんだね、孫大人の奥様」

「いやだよ、奥様なんて」

「だってもうカルトンの方はお辞めなすったし、この頃はちっとも、酔っぱらいの姐御らしい所は拝見しねえもの」

「よしてよ。それどころじゃない、今、ウドーベンさんの部屋でお喋舌りしてるうちに、時間が来たと云って、急にあの人、出かけちまってさ……わたし困ったわ……孫が来ると」

「何か、忘れ物でも、あのロシヤ人の部屋へ、置き残したんですか」

「そうなの……。孫ときたら、爺やさんだって知ってるだろう。あの通り、とてもお嫉きさんなんだからね」

彼女は、二枚の大洋銀を、小使の手にそっと握らせて、

「合鍵を貸してくれない」

と、耳元へ云った。

老爺は黙ってうなずいて、階段の下から、手招ぎした。


彼女は、かくして易々と、ウドーベンの部屋へ這入った。

初めて、彼女のスパイ学の初歩は、実際にぶつかったのだ。彼女は、常に眼をつけている大型トランクの前に屈みこんだ。そして封蠟を溶かしてその鍵穴へたらし込み、冷却るのを待って、そっと剝ぎ取ると、ちょうど、歯医者のやる歯型と同じような物が手に乗った。

大事に、それを紙につつんで、肌にしまい込み、念のために、もう一箇型を取った。

ドアの外へ出てそこを閉めながら、腕時計を見ると、わずか八分間しかかかっていなかったが、怖しく長い時間のように思われた。

小使の爺やに、合鍵を返してから、いちど自分の部屋へもどったが、間もなく身支度を更えて、一散に街へ出た。

「黄幌車、黄幌車。——」と人力車を呼んで飛び乗るなり、早口に彼女は車のうえから云った。

「マジェスチッチ・ホテルの裏通りを真っ直——纂爾鳴踏の四つ角まで」

黄幌車は、行く先をよく呑み込めないうちに、ただ急かれて馳け出した。——ほっとしてから、彼女は初めて、

烈しい動悸を打ちつづけていた自分の胸に気がついた。

そして四ツ角へかかる度に、俥の上から、前後へ眼をくばっていた。

燐寸（マッチ）の現像

一

約束の四ツ角で、黄幌車（ワンポツオ）を捨てると、山崎ユキ子の孫千芳は、小刻みな早足で、汚い横丁へ曲がって行った。

支那人ばかりいる小売店や職人町のごみごみした軒並みに見てゆくと、耳環を垂れた一人の内儀（かみ）さんが、腫物（できもの）だらけの嬰児（あかご）を抱いて、立っていた。

「――もし。留守なの？　おまえの御亭主は」

店を覗き込みながら、彼女が、その女房に訊くと、

「居ります」

と、女房は大きな声を出して、鍵職人の亭主を呼び立てた。

「おウ、なんだよ」

鍵職人の李（り）は、飯を嚙みながら出てきて、ふとユキ子の姿に、

「いらっしゃいまし」

と、急に慇懃になった。

彼女は、往来を見廻した。そしてポケットから、二つの鍵穴の蠟型を出して、

「大至急に、この通りの鍵を拵えてもらいたいのだけれど」

と云った。

李は、蠟型を手にとって、

「へい、畏（かしこ）まりました」

と、受合った。

あまり無雑作なので、何だか、安受合（やすうけあ）いされたように、彼女はかえって不安心な気がした。

「ほんとに大至急なんだよ。慥（たし）か？」

「いつお要用（いりよう）なんですか」

「今夜中にさ。――明日の午前中までに」

「そう難しい鍵じゃありませんから、お間に合せいたしましょう。こいつあ英国出来の大型トランクのDの七号って奴でさ」

「だけど、もう一つ有るのよ」

「ははあ、これだけじゃねえんですか」

「これも一つ頼みたいの」

彼女は、べつなポケットから、今アパートの事務所から借りたまま、大急ぎで持ってきた、ウドーベンの部屋の鍵を差出した。

鍵職人の李が、その実物を持って、眇目（すがめ）みたいな眼をして検めている間に、彼女はその顔の前へ、十ドルの紙幣を投げて、

「二つとも、明日の朝までに間に合せてくれたら、懸賞としてもう十弗（ドル）上げようじゃないか」

と、云った。

李は、二つ返事で、

「よろしい（ショタショタ）、承知した」

と、相格（そうごう）をくずして云った。

トランクの方は、蠟型なので、勿論置いて行っても構わないが、部屋の合鍵は、実物なので、その場で、李に型を撮らせて、実物はまた、自分の手に返してもらい、何度も念を押して、帰って行った。

大通りへ出ると、彼女は、

「仏蘭西租界をまわって、ベルギイ領事館前まで」

と、断わって、タクシーへ飛び乗った。

二

「運転手さん、ちょっと、降ろして――」

ユキ子は、自分で扉をあけて、自動車から刎ね降りた。車をそこに待たしておいて、彼女は、仏蘭西租界の、とある横を曲がった。

パイオニヤ・グラウンドの直ぐ裏辺りに「貸間札（ルーム・トー・レット）」を見つけると、手頃な一室（へや）を借りるように契約して、すぐ自動車に帰ってきた。

「買物を思い出したから、こんどは、南京路まで行って頂戴」

そこでは彼女はたくさんな買物を瞬間に買い整えて、手に抱えこんだ。

旅行用具と、英文版スパイ奥義書から教えられたスパイの七つ道具みたいな品々であった。変装用の衣服を買った。

「もいちど、今の所へ帰ってよ」

自動車をまた、パイオニヤ・グラウンド裏へ引っ返す

と、彼女は、たった今、借りる契約をしたばかりの部屋へ、その品物を抛り込んで、元の空身(からみ)で最初のアパートへ帰ってきた。

事務所の小使は、彼女の姿を見ると、すぐ飛び出してきて、

「困りましたぜ、奥さん」

と、云った。

「あ、鍵かい」

「そうですよ、お貸しした鍵を持ったままお出かけになっちゃったんで」

「ウドーベンが戻ってきたの」

「事務所の方に、も一つ、合鍵がありますから、それで知れる事はありませんでしたがね、もし他人様へ、ほかの部屋の鍵を貸したなんて事が知れたら、わたしは直ぐお払い箱ですからな」

また、金をねだるような眼皺を作って云う。

鍵と一緒に、大洋銀一枚つかませて、彼女はあわてて自分の部屋へかくれた。

そして——短い時間のうちに片づけてしまった——それだけの仕事を顧みて、独りでほっと胸を撫でた。

少し心が落着くと、彼女は、すぐ壁隣りのウドーベンがどんな顔をしているだろうか、とそこの気配に神経をあつめだした。

——ひっそりとして居るらしい。何の物音も聞えてはこない。

でも、気になって、

「ウドーベンさん、居らっしゃるの」

白々しく、そう云って、彼女は試しにそこをノックしてみた。

ウドーベンは、昼寝していた。

すぐ扉を開けて、おうと云った。その顔つきも、表情もいつもと少しも変りはない。

「せっかく、お寝みのとこを、お邪魔しましたわね」

「いや、そんな事ありません。汽船会社の友人と会って、少し歩き廻ってきたので、くたびれたので伸びていたんですよ」

「ウイスキーでも召上らない」

「いつも御馳走になるばかりじゃあ……」

ウドーベンはしかし——明らかに嬉しそうだった。

彼女は自分の部屋から洋杯(グラス)と壜を運んできて、あらゆる話題を探して、ウドーベンの眼を探ってみた。けれどウドーベンが自分を疑っているらしい気(け)ぶりは、些(ち)っと

も見えなかった。ただ、相変らず、寝台の下の大トランクは、注意ぶかく、自分の踵の後にして、護っていると いう風が見える。

ところがその日も、二人の酔のまわらぬうちに、またぞろ彼女の旦那である孫がやって来た。

（またか……）

と云わんばかりな眼で、孫は苦虫を嚙みつぶしながら、

「おいおい、いくらお親しくして戴いても、そうお前みたいに、ひと様のお部屋へお邪魔するもんじゃないぞ。――昼間じゃないか。ウドーベンさんだってお忙しいに極っている」

と、部屋の外から呶鳴った。

彼女はすかさず、小鳥みたいに出てきて、孫の肩へ抱きついた。そして、カセイホテルのテイ・ダンスに行きたいと云って甘えた。

「いい加減にしろ」

と、孫は自分達の部屋へ這入って、一応は、男らしく口を結んだが、結局、彼女の涙や姿態（しな）には敵（かな）わなかった。

灯ともし頃、二人は仲よく街へ出て行った。

そして翌る朝、――彼女のポケットには、もう今朝出来たばかりの二つの鍵が秘められていた。ウドーベンは、そんな事は夢にも知らず、例の通り、顔を洗って一杯の茶を喫むと近所の飯店（はんてん）へ朝飯を喰べに出かけて行った様子である。

「――今！」

と、その機を狙っていた彼女は、まず一箇の鍵で彼の部屋を開け、次に、蠟型で盗み撮った鍵を大トランクの鍵穴に当ててみると、かねて目をつけていたそのトランクは、難なく開いた。

三

彼女の手はわなないた。

沸き立つ血の中で、快哉（かいさい）を叫ばずにはいられなかった。

――だが、トランクの中には汚れたままの洋服の着替えだのシャツの類などが、乱雑に押し込んであっただけで、これと云って、べつに怪しむべき物も、目ぼしそうな物も無かった。

「……何か？……何かあるはずだけど？……」

漠然と、彼女は忙しい手で、そう思いながら搔廻した。

そして、トランクの底から、強いて疑いを持ちながら、

一箇の手提鞄（スーツ・ケース）を探し出した。手に取って見ると、それにも鍵が掛けられてある。

「……？」

しなやかな革の上から、彼女は手提鞄を手で揉んでみた。——書類か、手紙か、とにかくそんな物しか感じられなかった。

「そうだ……」

彼女はまた、前の日の手段を思い出して、例の封蠟をながし込み、鍵穴の蠟型を手ばやく取ってしまった。

元の通り、トランクの位置を直して、扉から出てきた時、階段の方から、と、と、と、と、ウドーベンの駈け上って来る迅（はや）い跫音（あしおと）が聞えた。

彼女は、どきんと、胸が痛かった。

「——おう、おはよう」

ウドーベンは、上機嫌で彼女の手をつかんで振った。彼の眸は、自分の部屋の扉などを、少しも懸念しては見なかった。

「どうしたんです、顔いろが少しお悪いようじゃありませんか」

「あたし……もう嫌ンなっちゃったの」

「ははは。また、痴話喧嘩ですかな」

「よしてよ。もう考えても、くさくさするんですから——」

と、彼女は、旦那（しゅじん）の孫から、ゆうべも二人の間を疑れてさんざん折檻されたというような事を、口から出まかせに訴えた。

「ま、おはいりなさい」

と、ウドーベンは、自分のポケットから鍵を出して部屋を開けた。そして、そう孫がうるさいなら、かえってここを借りているのはよくないから、他のアパートへ移転（うつ）ろうかなどと云った。

「……嫌、嫌。それじゃあ、わたし淋しくなっちまう」

と、彼女はウドーベンの腕に縋って、嫋（なよや）かに肩をふるわせながら、すすり泣くかのような姿態（しな）をした。

四

次の日。それは昭和十二年の——翌（あ）けて七月一日の事だった。

孫千芳の山崎ユキ子は、前々日の通りの手段で、手提鞄（スーツケース）の鍵を製（つく）らせ、またウドーベンが朝の飯店へ通う留守の間に、易々と、その中から大型封筒に這入っている一封の書類を抜き取ることに成功した。

「これだ」

隼のように、彼女は自分の部屋へ帰って、扉を閉め切った。そして今日まで抱いてきた自分の疑惑も、ウドーベンの数々な不審に絶えぬ行動も――またこの先の希望も、あらゆる期待をそれ一つに懸けて、中味を調べてみたのであった。

「……?」

瞬間、彼女はありありと、失望の顔いろを漲らした。中には、細かな紙切がいっぱい詰っていたに過ぎない。薄いセロファン紙のような――しかも何の模様も文字もない紙片ばかりなのだ。

それが大小約五百枚もあっただけのものである。

「……何だろう?」

失望しながら、彼女はその二、三枚を摘み出して、窓の明りに透かしてみた。

ただの白紙である。いくら見てもただの紙切に過ぎない。――だがこの時ふと、彼女の脳裡をかすめたものがある。それはスパイ奥義書に書いてあったインヴィジブル・インキのことであった。

「……もしかしたら?」

彼女は、自分のあわてている失望だの、徒らな動悸を、一応じっと落着けて、静に、一本の燐寸を磨った。

そして、紙片の裏から、そっと熱を加えてみたのであった。

彼女の眸は、一本の燐寸から果然、大きな希望の火を新たに上げ初めた。――何と、無地の紙片の面には、ありありと狐色のロシヤ文字と、緻密な図面の線が現われて来ているではないか!

「……ああ、絵図面だ。……やっぱり、何かこれは、ソ聯の? ……」

悲しいかな彼女にはロシヤ文字の註が読めない。しかし、今日までの経緯と、ウドーベンの身上を思い合せて、

(これこそ何か、ソ聯にとって、重大な秘密の物にちがいない。きっと、きっと、日本に貢献する物に違いはない!)

という確信だけは、ひしとその突嗟に抱いたのであった。

一枚も散らさぬように、彼女はその紙片をすべて大封筒の中へ入れ、上から古新聞で包んで、これを元の手提鞄に収めると、もう胸はわくわくするし、踵も落着かな

かった。

「こんなことでどうする」

と、自分で自分を躾（たしな）めながら、彼女は、水の代りにビールを一本たてつづけに飲みほした。

細かい身の辺（まわ）りの物、宝石類――目立つ物はわざとそのままに遺しておいて――ハンドバッグ一つにそれを抱えこむと、彼女は、今日までの生活と一緒に、その部屋へ、左様なら――を告げて脱兎のように、四階から階下（した）まで、螺旋形の階段を驀しぐらに馳け下りて来た。

「おや？　奥さん。――どちらへ」

何という間の悪さだろう。階下のエレベーターの入口に佇んでいたウドーベンは、目ばやく彼女の姿を見つけて、はっと立ち竦んだ彼女の前へ、にやにや笑いながら近づいて来た。

出帆

一

「もうお出かけですか？」

「ええ」

「たいそうお急ぎですな」

「ええ、急に……」

彼女は、舌が乾いて、いつもの弾みが言葉に出なかった。

羅（うすもの）の旗袍（バーチオ）の下には、確（しか）と、肌につけて、手提鞄を持っていた。ウドーベンの眼は、それを見透かしながら、わざととぼけているように見えてならなかった。

「へえ、急に。……急にって、何か、事件でも持ち上ったんですか」

「いえ、べつに、そんな事じゃないでしょうけれど、孫から電話がかかって来ましてね。理（わけ）も云わず、何でもいいから北停車場まですぐ来いって云うんですの」

と、突嗟に、忙しげな眼をする事を思いついて、腕時計を見ながら、

「無理だわ、お化粧する間もありゃしない、間に合うかしら？」

と、呟いた。

「きっと、旅行でもしようと云うんじゃありませんかな」

ウドーベンは、ちらと嫉けるような眼を見せた。その眼を読むと、彼女はもうほっとした。

「嫌んなっちゃうわ。……でも、飼われているうちは仕方がないし……。行ってきますわね」

その背へ、ウドーベンはまだ、

「お供をしたいもんですなあ」などと云った。

タクシーへ飛乗ったユキ子は、まだアパートの入口に佇っている彼へ聞えるように、わざと大きな声して、

「北停車場まで！」

と、云って急がせた。

けれど、途中からすぐ、方向を変えさせて、正反対な日本人街の虹口まで行ってしまった。一たんそこで自動車を捨てて少し歩いてからまた、べつな車を拾って乗った。

(——後でどんな顔をしてるだろ？)

自動車の中で、やや落着いた彼女は、孫と、ウドーベンの後の驚きようを、交々に、描いてみた。

数日前に、孫から欺いて取った五千元の金は、優にこれからの活動費に足りて余るほどである。さだめし後では、地だんだを踏んで、口惜しがっている事だろうと想像された。

(だけど——孫の方はそう悩々しなくてもいいけれど、ウドーベンの方は、よっぽど警戒しないと)

彼女は、そう考えた。

しかし、そう考えた事が、抑々、山崎ユキ子の大きな誤計であったのである。むしろ逆に、彼女は、孫に対して充分な警戒を要したのだ。それを事前にもっと計っておいたなら、可惜、一命を失わなくても済んだかも知れないのである。

それを彼女は、むしろ逃げッ放しにしておいたところで、充分な捜索能力も持たないし、また、ソ聯のゲー・ペー・ウにそれ自身が追跡されて、自分の行動の自由を欠いているウドーベンの方へ、よけいな警戒を抱いてしまったことは、かえすがえすも惜い誤算であった。

――だが、それは後の話である。

彼女自身は、ともあれその時、それを最善な考えと信じ、また、決して私利でも不純でもない――極めて崇高な信念と、愛とのために、生命(いのち)がけでしている事だった。

「――止れ(ストップ)。ここでいいの」

彼女は、自動車から、ひらりと前の建物の中へ馳けこんだ。

パイオニヤ・グラウンド裏のささやかな旅館(ホテル)だった。部屋はその前から借てあるし、一切の買物もそこに抛り込んである。

二

窓越しに緑樹が見える――

彼女は風呂(バス)に浸って、長々となりながら、眼をつぶった。

――何か、遠い所へ自分を持ってきた旅行者になったような気がする。

同時に、風の音にも、心が措かれた。

(今度こそ、並木さんに会える!)

彼女は湯に浸りながら、やっと今、胸の奥から、愛する人を思い出す余裕を得たのだった。

その並木大尉は、(――いや当時すでに同大尉は少佐に昇進していた)第一上海事変の後、関東軍の参謀少佐として、今では、新京にいるという事を、風の便りに、彼女も薄々聞いていた。

ただ、漫然とは、会うのも嫌だし、会うわけにもゆかない。

けれど、自分も「日本の女」である証拠を持てば――と彼女は、思うのだった。恋を超えて、皇国(みくに)のため――ということになれば、今では妻のあるあの人とも、何の愛憎もない。並木もまた、自分を一箇の日本の女として迎えてくれ、自分も女々(めめ)しい怨みなど、きれいに胸から洗って会うことが出来る――と思うのだった。

それにしても、一刻もはやく、ウドーベンから奪ったソ聯の秘密を、並木少佐に手渡したい。

(新京へ！　新京へ！　……)

彼女は、心に呟きながら、瞼をあけた。――窓外には、百度を超える日中の陽と、雲が見えた。

三

深々と、彼女は眠って、眼をさました。

もう曾つての醜い浅ましい生活から脱して、日本の女らしさが——日本の心が、自分の体に甦えっているように思えた。

「いや、まだまだ！　そんな女らしさなんてものは、この土地から足を脱かないうちは」

黄昏れの迫ると共に、彼女の警戒もまた、樹々の葉のように戦ぎ出した。

ウドーベンの血眼な顔つきが眼に見える。もし捕まったら——と恐怖は絶え間なく胸底をたたいてくる。

「そうだ」

と、急に思いついて、彼女は、以前働いていたカルトンのホールへ電話をかけた。そしてカルトンの用心棒をしているロンドンくずれの与太もんで、通称フランクという男を呼び出し、

「巧い仕事を上げるからね、ちょっと、パイオニヤ・グラウンドのベンチまで来てくれない。——ええ、すぐさ。待たしちゃ嫌よ」

彼女は、時刻を計って、旅館からすぐ近くのベンチへ行ってみた。フランクは、もう来ていた。

「儲け口かい」

と、顔を見ると直ぐ云う男だった。

「ああ、五百弗上げようじゃないか」

「ふーん……。嘘みてえな気がするな」

「お金はここにあるのよ。実はね、わたしの生命を狙っている恐い男があるの。ウドーベンというソ聯人さ」

「殺すのか」

フランクは、自信を鼻にぶらさげて、腕を拱んだ。

「そう出来ればいいけれど」

「雑作はねえ。誘い出して殺しちまうさ。黄浦口かガーデン・ブリッヂへ重石を懸けて片づけてしまえば、知れっこはねえ。あそこはどっちも、川面と川底と、水がいつも逆に流れているんだから、一度沈めにかけた奴で泛かび出てきた土左衛門はひとつもねえぜ」

「じゃあ、きっと」

「御念にゃ及びませんよ」

彼女は、即座に金を渡した、金を取ったら約束を違えない与太もんの気質はよく知っていた。

「それから、孫に会ってもさ、わたしと会ったなんて事、云わないでね」

「別れたのかい」

「あんまりうるさいからさ」

「手切金の懸合に、なぜおれを呼んでくれなかったのかなあ。幾額（いくら）取ったか知らねえが、おれが顔を出しゃあ、倍にゃあなっていたものを」

四

その晩、昼間あまり寝過ぎたので、彼女は寝床（ベッド）が寝ぐるしかった。

旅館の者も、もう寝しずまっている深夜だった。眠られぬままに、彼女は、そっと枕元のスタンドの明りの下に、ウドーベンから奪った機密書類の封筒をひろげて見た。

そして、紙片の枚数を、丹念に数えてみると、大小取り交ぜて五百七十四枚あった。

そのうち一枚は、すでにウドーベンの部屋から持ち出した時、焙り出して見た物で、丹礬（たんばん）色の文字と図面の線が現像されている。

「……いっそ、みんなここで、焙り出してみようかしら？」

そう思ったが、「いや、止そう」すぐ危険な予感に駆られて、それは思い止まった。

で、すでに焙り出されてある一枚は、出来るだけ小さく畳んで、大型のマドロス・パイプの底に詰込んだ。そしてその口の上には、粉煙草のダルハムをぎゅっと詰め、

「――これなら分りっこない」

と、指に弄んでみた。

残りの紙片は、五百七十三枚である。総てを封筒に入れて、彼女はその封じ目に、厳重な封蠟を施した。

そして封筒の上書に、

「遺言書」山崎ユキ子
と、書いてオペラ・バッグの中へ仕舞い、更に、いつぞや南京路で買ったスーツ・ケースへ二重入れにして、鍵をかけてしまうと、鍵は何処かへ棄ててしまうことに決心した。

夜半に、それだけの事をして、彼女は眠った。

翌日、朝飯を喰べ了ると、彼女は、カルトン時代に仲好しだった支那人で――梨思春（りししゅん）という女性へ、電話をか

けてみた。

　梨嬢の家は、閘北(ぎほく)の商務印書館前の通宝路の近くで、双彩号(そうさいごう)という骨董美術店であった
　一年半ほど前に、梨嬢はカルトンのダンサーを辞めて、そこの次男の支那人と、新家庭(ニューホーム)を作っていた。

「まあ、誰かと思ったら、孫千芳さんなの。……どうして？……めずらしいわね」

やがて、梨嬢の変らない声が、電話から流れてきた。

「あの、ぜひ貴嬢(あなた)にお目にかかって、お願いしたい事があるの。――会ってくださる」

「いやあネ、会ってくださる？　なんて。――遊びにいらっしゃいよ」

「すぐ伺ってもいいこと」

「待っていますわ」

と、梨嬢は声を弾ませて、電話を断(き)った。

五

　仏像だの、古陶磁だの、壺だの、螺鈿(らでん)の聯だの、石仏の首だのが、いっぱいに並んでいる店のすぐ横にある応接で、

「痩せたわねえ」

と、梨嬢は、孫千芳のユキ子の顔を、しげしげと眺めて、

「そう……」と、ユキ子は、両の掌で、笑窪を抑えた。

「あまり飲むからよ」

「お酒」

「そうでしょ」

「いいえ、飲まないからよ」

「どうだか。ホホホホ」

梨嬢が茶をすすめる手へ、軽く頭を下げながら、ユキ子は改まって切り出した。

「時に、お願いがあるの。――電話でもちょっと云ったように」

「なあに」

「わたし、少しこの頃、鬱々(くさくさ)しちまったから、自分の行きたい所を、歩いて来たいと思って――」

「御旅行？」

「ええ、ふらふらと、時々わたし、そんな気になるのよ」

「自棄酒(やけ)より増しだわね」

「そう揶揄(からか)わないでよ。貴嬢(あんた)みたいに、順調に行かないから、素直にもなれないのよ。——いけないと思いながらね」

「……」

梨嬢は、ふと、自分の幸福な身と思いくらべて、同情に絶えない眼をした。

「仰っしゃいよ、どんな頼みでも、肯(き)いてあげますから」

「あたし、たいがい一ケ月も旅行したら、飽きちまって、帰ってくるつもりですけれど、もし半年も帰らなかったら、このスーツ・ケースを、わたしの日本の故郷(ふるさと)にいる両親の所へ宛てて、郵送して戴きたいのよ」

「どうして、そんなに長く旅行していらっしゃるの？」

「いいえ、気紛れだから、またぷいと、半月ぐらいで帰って来るかも知れないけど」

「相変らずね……貴女は」

「だから、その間、預かっておいて下さる」

「何が這入っているの、いったい」

「宝石と、遺言書よ」

「いやだわあたし。……遺言書なんて、縁起でもない」

「だって、長い旅行中には……」

「貴女も、故郷(くに)の事や、御両親の事を思い出すようになったのね……。それはいい事に違いないけれど、何か悲観しているんじゃないの」

「だから、それを癒しに、旅行に出るのよ。心配しないで、預かっておいて頂戴」

「じゃあ、確乎(しっかり)お預かりしておくわね。お店の金庫へでも容れて——」

「あなたを信頼してお願いするわけよ。ほんとに、紛失(なく)さないようにして下さいね」

「大丈夫よ。わたしの生命に賭けても保管していてあげるから。——だから貴女も、はやく癒って、もっと朗かになって帰っていらっしゃいよ」

と、梨嬢は笑いながら、元気づけた。

それから彼女の良人である双彩号の次男も出てきて、共々に、歓談を交し、預り物は、その良人も共に受合って、

「安心して行っていらっしゃい」と、云ってくれた。

昼飯を馳走になって、彼女は双彩号を出てきた。何か、体が急に軽くなったような気がした。

これは、余談に亘るし、またもっと後日の話でいいのだが、彼女はここでも、自分の運命に、凶事の種を蒔い

ていた。もしこの時、彼女がそのスーツ・ケースの機密書類を、仏蘭西租界内の何人の手か、あるいは、いっその事、もっと手近いカルトンの誰かにでも預けておいたならば、遂に一命を墜すような禍(わざわい)には見舞われなかったのである。しかし、後になって思い合せると、彼女が、最善な途と考え——最も合理的だと信じて進めていた一歩々々が、すでに約束事のような、自身の死の途であった事はかえすがえすも惜む者の心に深い傷みを今でも想起させるのである。

さて——

余談は措いて、翌日、七月四日正午出帆の英船エルマ号があと五分で出帆するという間際に、桟橋に馳けつけた瀟洒な一青年があった。ハンチングにニッカボッカという軽快な旅行姿をして、口には葉巻を咥(くわ)え、馴れたステップで、一等船客の船室(キャビン)のあるタラップを駈け上って行った。

誰の目にも、女とは思えなかった。しかしそれが変装した山崎ユキ子なのであった。

真実一路

一

出帆ベルが消魂(けたたま)しく鳴り響く。

夏の空を掠めて、ぼうっーと、汽笛管の噴霧が、一沫白く飛ぶ。

七月二日の正午。

英国船エルマ号は、百二十度の陸地と、焦(や)けきった桟橋に袂別を告げて、徐々と、海の碧へ溶けて行った。

ユキ子は、大勢の船客が半巾(ハンケチ)や手や帽子を振りぬいている舷側の——最も人の少ない所に独り——ぽつねんと立っていた。

「……上海」

十年に近い思い出の数々が、その短い呟きのうちに尽ていた。

彼女の手には、一本の繋がるテープもなかった。

恋人を追って——ふたりの仲の子を亡くして——酔っぱらいの姐御と呼ばれて——そしてなお、会いたい人には会えずに——何というここは宿縁の土地だろう。

いや、むしろ、彼女は呼びたい。悪縁の上海——と。

「さよなら……」

ハンチングにニッカボッカという軽快な男装の身を忘れて、彼女は感傷に浸っているうち、つい頬に涙をながしていた。

涙に、海風を覚えて、

「あ。いけない……」

あわてて、彼女は半巾を持った。そして旅のどよめきを運びながら、三々伍々、各々の船室へ這入る船客へ紛れて、ユキ子も一等船室の一つへ急いで隠れこんだ。

二

エルマ号は、上海から青島(チンタオ)を経由して、天津の太沽(タンクー)に寄航し、それから営口(えいこう)を経て、大連に向い、更に長崎へ直航して、長崎から上海へ帰る——という定期航路を繰返している六千噸(トン)級の汽船だった。

船客名簿の一等船室欄を見ると、
　並木勝太郎（年齢二十五才）

　国籍日本、職業無シ、学生
と記入してある。それが、上海では孫千芳と称(い)っていた山崎ユキ子なのだった。

船室へかくれると、彼女はすぐ、釦(ボタン)懸けのポケットから、一箇のマドロス・パイプを出して、眺め入った。

パイプの中には、ウドーベンから首尾よく奪り上げたソ聯浦塩要塞の機密地図の裁断片——五百七十四枚の中の一紙片が、堅く詰め込んであるのである。

そして上には、煙草が詰っているから、決して人目には分りっこない。

「……だけど、こんなに苦労をして見せに行っても、並木さんが、一目見て、なアんだこんなつまらない物——と笑われたらどうしよう」

彼女は、そう考えると、緊(は)り詰ている気も怯(ひる)んで、心もとない気持に襲われた。

生命も、貞操も賭けて、手に入れた物ではあるが、つきつめると、それはただ、彼女が六感で、

（これこそ、ソ聯にとって重大な、日本にとっても、偉(おお)きな役割をする物にちがいない）

という漠としただけの勘で——悲しいかな、彼女には、ロシヤ語の文字は一向に解らないのだ。

「いいわ、笑われても」

彼女は、再びパイプを隠しに秘めて、大事に釦をかけた。

「たとえこれが、並木さんから、無価値だと云われても、わたしが並木さんに贈ろうとした真実はどこまで真実なのだ。——それは解って下さるに違いない」

彼女は、そう決めて、強いて心を落着けた。——しかし慾である。もこれが、自分の考えていた通り重大なソ聯の機密地図であって、それが国家（おくに）のために役立つばかりか、恋人の並木大尉にとっても、偉（おお）きな殊勲を齎すものであってくれたら——ああ、もしそうあってくれたら——もう自分は、死んでも心残りはないが——と彼女はやはり祈らずにいられなかった。

「どうか、この紙片が、日本のために、無益な反古でありませんように」と。

丸い窓から見える視野は、もう一面の紺碧だった。渺（びょう）とした海原へ出たかと思うと、彼女は、放たれた小鳥のように、

「もう、大丈夫」

と、身も心も安らいだ。

そして、孫の顔を思い浮かべて、ふと、おかしくなった時、誰かドアを叩（ノック）した。

「どなた?」

「ボーイです。お食事はいかがなさいますか」

ユキ子は、ほっとしながら、今思わず口に出た女性的なことばを、次のことばで、訂正するように云った。

「あ、食事か。——食事は僕、もう済みました」

密電網

一

一方、話は、孫の事に移る。

彼女に欺かれて、上海に取り残された孫は、今日で三日目、血眼をつづけていた。

「畜生」

孫は、彼女の見えないアパートの床を踏み鳴らして、

窓越しに、夏の雲を睨めつけた。

六月三十日の午前中に、彼女は、ここを出たきり帰らない。——彼にすれば、当然な憤怒である。

それも、孫千芳だけが帰らないなら未だしもだった。彼の憤りに輪をかけたものは、隣室のロシヤ人も、同日の午後九時頃、アパートを出たまま、帰って来ないという事実にあった。

「駈落ちしやがった！」

孫は、唾をして、床を罵った。

どーんと、自棄にそこの扉を閉めると、彼は、アパートの事務室へ行って、

「宿泊人名簿を見せてくれ」

と、呶鳴った。

事務員は、彼の蒼い顔に、同情と怖れを持って、

「まだお帰りになりませんですな」

と、嘆じながら名簿を渡した。

孫は、返辞もせずに、それを繰って見た。——と、どうだろう、ウドーベンなどという宿泊人の名はどこにも載っていはしない、事務員に糺すと、

「それは、ウラヂミール・パノラフスキーさんじゃありませんか」

と、云うのだ。

「いや、彼女はいつも、ウドーベンと呼んでいたが」

「さあ、どちらが本名でしょうか？」

「それを俺が訊いてるんじゃないか。俺に訊いたって分るか」

孫は、卓へ名簿を抛り返して、すぐ自家用車を、ソ聯領事館へ走らせた。

「貴国人が、私の愛妻を奪って逃亡した。これはソ聯国家の名誉でもありますまい。何とか捕り抑えて欲しいです。だが、それに要する費用は自分の負担としても決して苦しくありません」

——だが、彼の愁訴も、上海の巷間にありふれた月並な情痴沙汰としか聞かれなかったのであろう。ソ聯の領事館警察は、

「調べておく」

と、簡単極まる挨拶で、追い払おうとした。

ところが、孫は、そんな程度で引き退がるほどな業腹ではない。それは不都合である。それで領事館警察の任務が済むかと息捲いた。あげくの果て、名刺を出して、自分の知る限りの支那大官の名を並べたり、気狂いのように余り呶号するので、

「では、とにかく、事件の経緯を、明細な書類にして提出し給え」

と、領事館警察の者も、宥め気味になって、一応その日は彼を引取らせた。

二

孫は、彼の財力的な勢威下にある多くの顧問弁護士を督励して、一綴の書類を、忽ち作製した。

それに、彼は御丁寧に、こういう附箋をつけて、ソ聯領事館警察へ出頭して、差し出した。

（もし彼女を、身体無事に、自分の手へ戻してくれた方には、一万元を懸賞金として授与する要意がある）

ソ聯領事館の内部では、その書類から、俄然、重大な緊張を呼び起された。

一万円の懸賞金からではない。孫の提出した書類の中に、ウドーベンという名が、偶然、発見されたからである。

ウドーベン！　ああウドーベンとは実に、ソ聯の極東赤軍大粛正の六月十二日事件——つまりかのト元帥一味の大量検挙が行われたあの日の前後から——クレムリン宮殿のあらゆる秘密機関をはじめ、全ゲー・ペー・ウが今日その世界的な検挙網を挙げて、躍起になっていたところのガリコロフ中佐その人の別名ではないか。

そうだ！　ガリコロフ中佐が、曾つて、支那駐在大使館付武官として、赴任中用いていた名は、実に、ウドーベンという名であった。

由来、ソ聯の国際代表者は、その秘密政策の立て前から、堂々たる公使や領事付の者でも、変名を使って済ましていることは珍しい例ではない。

「これは重大発見だ」

領事館警察課長は、すぐこれを大使に進言し、また、ゲー・ペー・ウ上海派遣隊に密報した。

「すばらしい端緒が摑めたもんですな」

「偶然なる功名というもんでしょう」

「何しろ大事件だ。——すぐ本国及び全支那に亘る捜査網へ暗号電報を急打してくれ給え」

ソ聯領事館の一室を出た主脳部の者は、それぞれの任務に向って、ここに、灼熱的な活動を起し初めた。

まず、孫が書類と共に提出した孫千芳の山崎ユキ子の写真は、何百枚と復写されて、

＝この女性を逮捕せよ。彼女はガリコロフ中佐の身辺に精通す。彼女を逮捕せば、ガ中佐の逮捕は即日なるべし‼

焼き増しされた写真には、右の他、孫千芳の山崎ユキ子の身長、髪の毛、鼻目の特長など、詳細な備考附箋が添えられて、やがて上海全市は勿論、南京、青島、天津、北京、広東、漢口（ハンカオ）――等の支那各都市をはじめ、大連、奉天、新京、ハルビン等のゲー・ペー・ウへも、それぞれ急送された。

――ちょうどその頃、彼女を載せたエルマ号は、青島を発して、太沽（タンクー）に向う海洋の途中にあった。

少佐よいずこに

一

ユキ子は今、生涯中の最大な危険コースを旅しているわけである。

だが、海は涼しい。船は旅客の天国に見える。一人として沈んでいる者はない。晩餐の食堂の賑やかな音楽、朝のデッキのそぞろ歩き、彼女の警戒心も、ここでは不必要に思われた。

でも、彼女は、絶えず微細な注意を払っていた。殊に、その変装上から「男であろうとする」努力に肩が凝った。

しかし、船内では、誰にも怪しまれなかった。思うに、長い間のホール生活と、酔っぱらいの姐御などといわれた時の調子が、こんな場合の計らざる動作に、非常に役立っていたのかも知れない。

太沽へ出港したエルマ号は、七月六日の午前七時、いよいよ、営口に着いた。

彼女の切符はここまでだった。

営口停車場から汽車に移った彼女は、大石橋（たいしゃくきょう）に出て、そこから大連発新京行きの特急亜細亜号（大石橋十二時五十五分発、新京着十八時二十分）へ無事乗り替えた。

満洲時間の、十八時二十分は、内地の午後六時二十分である。

新京駅前の国都ホテルの一室に落着くと、彼女は初めて、窓越しの夕空をながめて、

（よくもここまで――）

自分の大胆な行動と、危険な長途の無事が、振り返られた。

（直ぐにも――）

と、彼女は、室内電話の前へ寄りかけたが、もう陽は暮れかけている。それに、ここへ来て、一度に疲れも出てしまったので、明日の朝と――心の裡で云って、晩餐を終ると、すぐベッドの中へ潜ってしまった。

「ああ、並木さんの居る土地だ」

ベッドの中には這入ったが、種々な思いに、頭は冴えて、眠れもしない。

「明日！　明日こそ！　お目にかかれる……」

児童のような楽しみに胸がわななく。カーテンの隙間から洩れる星の光りも、並木大尉の眸かのように思えて、寝ては醒め、寝ては醒め、夜もすがら恋人の面影を夢に抱いて、やがて深々と、連日の疲れの中に眠り落ちたのであった。

＝（註）当時の彼女について。

後に国都ホテルの宿泊帳に依ってみると、その折、彼女の記入欄には、国籍日本、原籍、東京市下谷区上野桜木町五五番地、職業会社員。氏名大西文太郎、年齢二十七歳となっている。

また、ホテルの帳場では、彼女を一見した時、すぐ男装した女性であることは観破していたけれど、満洲旅行者中には往々、そうした活潑な男装を意味なくする者もあるし、奥地の旅行者にはわけて匪賊の被害を避けるために、女性が男装して歩く場合もあるので、特に気にはしなかったと――これは、ホテルのマネージャが云った後日の談話であった。

さて、翌朝。

彼女は刎ね起るなり、窓のカーテンを払った。

七月初旬の新京はちょうど、北海道の札幌の気候と同じだと云われている。大陸的なさらりと乾いた朝の風の肌ざわりに、彼女の頭も、数日の疲れもすっかり洗い去られていた。

その日――七月七日以後の天候を今、東京中央気象台の表に依って見ると、

七日。北風やや強く、日中、晴れたり曇ったり、夜温度下がる。

八日。新京は微風晴れ。ハルビンは東北の風、天気次第にわるくなる。

九日。雨。

十日。雨、西の風。ハルビンも風雨。

「――まだ早いかしら？」

彼女は、あまり早く起き過ぎた。電話をかける先が関東軍司令部なので、朝の八時前では――と逸る気持を抑えて、わざと食堂で時間つぶしに紅茶をのんでいた。

自分の部屋へ上ってくると、ちょうど九時五分だった。――もういい。なつかしいあの人の声を、今こそ聞かれるのかと思うと、彼女は、電話に触れる手が硬ばった。

「――もし、交換台。ああそう……恐れ入りますが、関東軍司令部へつないでくれませんか。そうです関東軍司令部。――たのみますよ。部屋番号は分っていますね」

そう頼んでおいて、彼女は、受話器を懸け、椅子へ身を沈ませて待っていた。

すぐ、鈴（ベル）が鳴った。

逸る心を抑えて、彼女は静に――努めて落着こうとしながら――受話器を耳に当てた。

「もしもし、関東軍司令部でいらっしゃいますか」

交換台の声らしく、そうですと云う。

「並木少佐はおいででしょうか」

と、訊くと、

「並木少佐は、二ケ月ほど前に転任なさいました」

と、云う返事である。

彼女は、自分でも分るほど、さっと顔いろを変えて、

「え？……。転任なすったんですって。――転任ですか、転任ですか」

吃りながら、何度も、念を押すと、交換台の声は、極めて事務的に、

「そうです」と、云うだけだった。

その声の断（き）れるのを、惧れるように、彼女は、早口に追いかけて、

「どこへでしょう。どこへですか。――恐れ入りますが、並木少佐の転任先を、ちょっと、お調べ下さいませんでしょうか――転任先を」

「お待ちください」

と、交換台の声は、それで暫く途切れた。

二

やがて、今度は、

「誰方です。何の御用事ですか」

と、ぶッきら棒な男性の声が、受話器から彼女の耳へ通ってきた。咎められているような気怯（きおく）れに、恂々（おどおど）しな

がら、

「はい、わたくし、並木の身寄の者なんですが」

と、彼女はやっと云って――

「ちょっと、新京まで、旅行で来たものですから」

と、覚束（おぼつか）なく云い足した。すると、先は、

「並木少佐殿の身寄の方なら、転任先は御承知のはずじゃアありませんか。おかしいですなあ」

と、云う。

「え……あの……それを東京から来る際に、書いておいたんですが、その手帳を、旅行中に紛失（なく）してしまったものですから」

彼女は今や必死である。

「恐縮ですが、教えて下さいませんか。お手数をかけて済みませんが――」

「とにかく並木少佐殿は、今年の一月頃、○○特務機関になって行かれましたが、二ケ月前にまた、その任地から他の方面へ転任されたわけになっています。それ以上の事は、目下、当所でも分りかねますな」

云い終ると、すぐ先方は電話を断ってしまった。

――あっと、声を継ぐ間もない。

（面倒くさがっているのだ）

彼女は、憤って、

（もう一度かけてみようか）

と思ったが、あるいは、並木少佐の行った先が、軍の機密上で教えられないのかも知れないと考えられてもくる。

いずれにせよ、情ないやら、口惜しいやら、女ごころに返って、彼女は、椅子へ泣き崩れてしまった。

だが。ここまで来たのだ。分らないと云って、どうして上海へまた帰られよう。

（石に噛りついても！）

と、彼女は再度、堅い決心を、涙の中に誓っていた。

三

ふと、S子の名を、彼女は思い出した。

S子とは、以前仲よしだった。上海のカルトン時代の古い知己（しりあい）なのである。

「そうだ、あの人を訪ねて」

つい二ケ月ほど前、そのS子から、ハルビン新市街大（だい）直街（ちょくがい）のキャバレー・ソンツェという家で働いていると

いう手紙も来ていた。広い満洲に、思い出される知己といえば、そのS子以外にはなかった。

「仕方がない――ハルビンで働いていることにしよう。S子さんも居るし、日本の兵隊さんにも会えるだろうし――そうしているうちには、並木さんの赴任先きが聞き出されるかも分らない」

今は、ただ一心だった。

その日の午後十二時。――満洲時間の二十四時発で、新京からハルビン行きの列車へ乗った。そして彼女は、汽車の中から、S子へ宛てて、電報を打っておいた。

大陸の星夜は、秋に似ていた。

ちょうどその夜。

北支の空では、蘆溝橋（ろこうきょう）の一発の銃声から、日支両軍は交戦状態に入り、東亜大革新の口火は既に切られて、日支事変の大風雲は端なくも喚び起されていたのであったが――轟々と深夜を行く列車中の旅客は、元よりまだそんな事件を、夢にも知ろうはずはない。

ハルビンの駅は、白々と、朝の光の中に近づいてきた。

列車が、ホームへ這入るとすぐ、

「ゆき子さん――」

彼女は、そう叫ぶS子の姿を見た。

飛び降りるなり、

「まあ、来ていて下すったの」

S子は、眼をみはって、

「どうしたの？　いったい」

「後で話すわ」

「いいえ、貴女のその服装よ」

「あ……いけない。つい男である事を、忘れちまって」

冗戯（じょうだん）に云い紛らわして、彼女はS子に従って駅を出た。

ひとまず北満ホテルに落着いてから、彼女は、S子に働く口を頼んだ。そしてS子と共に、キャバレー・ソンツェのダンサーとなって間もなく働くことになった。

並木少佐よいずこに？

夢寝（むび）の間も、――彼女はそれを忘れてはいない。踊る間も唄う間も、心は並木少佐の行方にあった。

鉄の環（かん）

一

大陸の地殻は今、世紀的な大変動を起しかけている。

北支の戦況新聞版（ニュースばん）やラジオは、連日、事態の重大と、険悪な風雲を告げて熄（や）まない。

戦争は、北支一円に拡がり、上海にもまた、戦火が揚ったと伝えられた。

日本帝国の執った当所の不拡大方針の下に——能うかぎり不動の姿勢にあった皇軍が、勃然と、膺懲（ようちょう）の行動を起して、各所における活動が外面にあらわれてくると——彼女の探し求めている並木少佐のすがたも、その戦雲の中に、自然、見出されてきた。

ふと、その事を彼女が耳に入れたのは、実に、八月二十九日の夜であった。

（並木少佐は、支那駐屯軍の参謀として、今や、北支の戦線に従軍して、活動している真ッ最中である）

と、聞いたのである。

それは現地からハルビン支局へ帰ってきた某新聞記者の言葉だった。現に、その記者は、少佐と現地で会って、その健在を、彼女へ目に見えるように話してもくれた。

「まあ！」

聞くうちに、彼女は、涙がつき上げて、その記者に怪しまれたほどだった。

（行こう！）

と、直ぐ心では決心していた。

しかし、現地へ行くことの危険なことは、あらゆる方面から聞いていた。まして女性の身では、種々（さまざま）な至難もあろうと思ったが、

（死んでも！）

と、いう覚悟は動かなかった。

S子にも内密にして、ここ二、三日のうちにいよいよハルビンを脱出しようと彼女は心支度にかかった。旅行具も、密かに、備えはじめた。

——が、その頃もう、彼女の身辺には、彼女の気着かない魔手が爪を磨いていた。云うまでもなく、ハルビン・ゲー・ペー・ウ隊員の凄い眼である。

「彼女(あいつ)だ」

「ちげえねえ」

その前から、踊りに来ていたゲー・ペー・ウの手先は、上海から廻送されてきた捜査写真と、彼女とを充分に見較べて、目星をつけていたのだった。

ユキ子が、彼等の眼にとまったのは、当然というよりも、むしろここまで来られたのが、ふしぎなほどだったのである。

彼等の張込みは、満洲国の中にまで及んでいる。各地の駅、映画館、人混みの場所は勿論、キャバレーなどは、最も出入りし易いだけに、どこのホールでも、その網の目でない所はなかった。それも上海のような魔都なら知らず、わずか人口四、五十万のハルビンでは、往来を歩いているだけでも危険な薄氷のうえも同様だった。

では何故、ゲー・ペー・ウは彼女をすぐ捕えなかったろうか？

その答えは簡単である。

（もう尾籠(びく)の中の魚も同じだから――）

それとまた、

（ガリコロフ中佐の所在を突き止めるには、わざと、彼女を当分、自由にしておいた方がよい）

という策も考えられていたに違いない。

反対に、彼女自身は、上海脱出当時こそ、風の音にも、警戒を怠らなかったが、日の経つに連れて、足もとの薄氷を忘れていた傾向がある。

ただ、虫の知らせといおうか、時稀(ときたま)、外出する時など、変なロシヤ人が後から尾(つ)いてくると思ったりはしたが、万一の時には、日本の官憲の手へ飛びこんで救いを求めればいいという安心を持っていた。上海とちがって、満洲は日本の協力範囲になることを生(なま)なか心に頼んでいたのも悪かったのである。

二

そこは、ロシヤ人の経営しているレストランで、カヅベックという男の店だった。表通りは、ハルビン銀座といわれる中央大街が、まだ宵だった。

九月の晩である。六、七人のロシヤ人が、卓を囲んで、先刻から何か話しこんでいた。主のカヅベックは煙草を咥えて店頭(みせさき)に張番していた。

「おい、そんな事を云って、逃がしちまったら、それっきりだぜ。女はもう、ハルビンをずらかる計画にかかっているんだ。旅行道具なんぞ買い溜めて、もういつでもという身支度をしているんじゃねえか」

ゲー・ペー・ウの一人が云った。

ここに集まっている首は、皆ソ聯の密偵マークの所持者だった。

「だが――惜いじゃねえか。そのうちに、ガリコロフ中佐の野郎が、もうそろそろ、どこからか影を見せそうなもんだと思うが」

「そいつが、危ねえってことよ。ぐずぐずしている間に、気(け)どられて、後の祭りになったらどうする。てめえ、責任を持つか」

「ばか云え。誰が、そんな責任を持てるもんか」

「それみろ。そんな気の永(なげ)え事をしているよりは、一思いに、女を捕(あ)げて、拷問にかけちまえば、ガリコロフがどこに居るか、泥を吐くに極っていら」

最初の献策が、不結果になった者は、まずい顔をして、沈黙したが、やがて意地張りを捨てて、一決することになった。

「よし、じゃあ、そっちの意見で行こう」

彼等は、黒い星みたいに、街に散らかった。

その晩、もう街の灯もあらかた消えた深夜、キャバレー・ソンツェから何気なく自分のアパートへ帰って行く途中、山崎ユキ子は、約十名ばかりのロシヤ人に襲われて、自動車の中へ投げ込まれ、どこともなく淩われて行ってしまった。

三

ムクデンスカヤの墓地前に一軒の小屋がある。昼間は、驢馬(ろば)を飼っているロシヤ人の婆さんが、麵麭(パン)や花などを売っていつも眠たい顔を日向(ひなた)に向けているが、実はゲー・ペー・ウの密会所の一つだった。

二町ほど先の並木で、自動車から担ぎ出したユキ子の体を、彼等は、一団になって護りながら、ここへ馳けて来た。

「裏だ。裏口の方を開けろ」と、一人が中へ呶鳴る。

驢馬の寝小屋だろうか、藁のいっぱい散らかっている獣くさい小屋の床へ、彼女の体は、叩きつけるように、抛り出された。

「おい、引っ縛(くく)れ」

部長格の男が、反身になって、吩咐けると、一人が、細曳を出して、彼女を後ろ手に縛りあげ、鉄の環の下がっている柱へ巻きつけた。

「何するのさ！」

日本語で、彼女は叫んだ。

一時は、驚きのあまり、失神するかと思った。しかし、恐怖も口惜し涙も、ここまで来ると自動車のうちで、彼女はもう胸に解決していた。

（仕方がない、観念しよう。そして日本の女らしく――）

と、最期だけを、決めていたのである。

「何？」

日本語の解るのが居る。その男は、明瞭な日本語で、こう云った。

「おい。われわれが何者か、もう分っているだろう。われわれは、何も好んで、日本人の女なぞ拷問したくはない。――しかし、祖国の売国奴ウドーベンの行方を知っている者は、お前以外にないからな」

云っている間に、他のロシヤ人共は、牛皮の鞭や棒切れを持って、

「吐かせっ」

と、気短かに呶号しながら、彼女の体を、所きらわず撲りつけた。

「おいっ、待てったら！　せっかくおれが聞き出しているのに」

と、日本語の解る男は、あわてて制止しながら、俯伏した彼女の肩を、大きな手で持ち上げた。

「何しろ、こいつ等は、乱暴ときたら無茶だからな、意地を曲げたら、すぐ人間を殺しかねない奴だ。……知ってるだろう、おい。ウドーベンの居所をよ。……早く素直に云ってしまった方が身のためだぜ」

激しい苦痛は、暫く、骨の髄から消えないのである。彼女は、血のにじんだ唇を嚙みしめた。異邦人の残虐め！　と呪った。情ない、口惜しい、もうここまで来て、並木大尉の居所も知れたのに――と情なくなってくる。

――だが、ゲー・ペー・ウの手先たちの云う事を凝と聞いていると、彼女は、そこに意外な喰い違いがあることに気づいた。彼女の考えていたウドーベンと、彼等の云うところのウドーベンとは、大きな差があるように思われたのである。

四

実際、ウドーベンの正体というものは、今日までも、まだ彼女にはよく解っていないのである。ただ、

（怪しい人物）

と、彼の暗い背後は漠と考えられていたに過ぎない。で——彼女は初め、自分が、与太者のフランクに金を摑ませて、そのウドーベンを殺させた一件が発覚して、それが本国へ伝わり、今夜の復讐になったのかとさえ、最初は勘ちがいしたほどだった。

ところが、よくよく彼等の云う事を聞いていると、そのウドーベンこそ、意外にも、ソ聯のお尋ね者であり、全ゲー・ペー・ウが躍起になって、逮捕しようとしている目的の人物ではないか。

（これは、ひょっとしたら、自分の云い方に依っては、殺されないでも済むかもしれない）

激しい動揺の中に、ふっと、彼女はそんな気がさした。——で、日本語を解するロシヤ人を通じて、一応詳しい事を話してくれと求めると、部長格の男の許可を得て、彼はまた、日本語でこう云った。

「おめえと駈落したウドーベンというのが、つまり元、ソ聯の浦塩要塞作戦課長をしていたガリコロフ中佐の事なんだ。——同名異人てやつだ。分ったかい」

と、前提して、それからなお、

「そのガリコロフ中佐がだな——詳しく云うわけにゃ行かねえが——とにかく途方もねえ売国的な目的を持って、国外へ脱走したんで、われわれはクレムリンの指命をうけて、全世界に亙って今、彼奴（きゃつ）の足蹟を洗っているところなんだ。——そういう重大な秘密人物と、おめえは知らないかもしれねえが、そんな人間に引ッ掻かったのが因果というものだ。——だが、ただこれだけは安心するがいい。それはおめえの体は、決して殺害したり何ぞはしねえという保証だ。なぜならば、上海の孫というおめえの亭主から、一万円の懸賞金が出ている。無事に上海へ帰してくれたら——という条件だ。われわれも、一万円は欲しいからな」

と、説明した後で、彼等は、顔を見合せて、何かげらげら笑い合った。

眼でつかむ藁

一

胸の中から曙いろに、夜が明けてきたような歓喜だった。

（自分の苦心は、無駄ではなかった。ウドーベンから奪った五百七十四枚の紙きれは、あれを継ぎ合せれば幾枚かの浦塩要塞の機密地図となるのだ！）

やっと分ったのである。

しかもそれを教えてくれた者が、ソ聯のゲー・ペー・ウであることを思うと、彼女は、愉快でならなかった。

しかし、かくの如く愉快に、かくの如く心は歓喜したが、顧みれば、肉体は細曳で縛められ、驢馬小屋の柱の鉄の環に括りつけられている身だった。

（おめえの体には、一万円の賞金が懸かっているのだ。殺してくれと云ったって、殺しゃあしねえ）

先刻、彼等は云ったが、それにしてもなお、彼女は痛切に、

（生きたい！　助かりたい！）

と、遽かに思い出した。

上海に置いてきた五百七十三枚のあの裁断紙片を詰め込んだスーツ・ケースの価値が、俄然、明確にこう証明されてみると、何よりも先に、欲しい物は生命だった。

――生命を落しては、その品物を、並木少佐に手渡して、その歓ぶ顔も見ることはできない。

また、彼女は急に、心配になってきた。

それは、上海で預けてきた、品物の安否である。

五百七十四枚の紙幣は、その内、一枚だけ身に持ったきりで、後は総て、封筒に詰めこんで、厳重な封蠟を施し、その上には、他人が開けないように、「遺言書」と書き、オペラ・バッグの中に仕舞って、またその上にスーツ・ケースを被せて、鍵までかけてはきたが――果して、無事に保管されているかどうか？

預け先は、友だちの梨思春という支那人の女性だし、家も閘北の商務印書館前に、立派な店舗を持っている双彩号という骨董美術店であるから、滅多に越したり、焼けたりする憂はないわけであるが――どういう問題や事

件が起っていないとも限らない。

一番、案じられるのは、自分を、血眼で探している孫が、そこを尋ね当てて、

（何か、御迷惑はかけていませんか。何か、預け物でも）

という場合が有り得ることだった。

支那人同士である。

あれほど、梨思春に、固く断わってきたが、ひょっとして——

（こんな物が）

と、孫の血眼へ、彼品(あれ)を見せたとしたら、どうなっているだろうか。

封蠟までして、上へ、「遺言書」と書いておいた事も、今になってみれば、決していい智慧とは云われない！

とまれ今——彼女は、自分を拷問するゲー・ペー・ウの連中から、ガリコロフ中佐の越境とその所持品の重大性を聞かされて——そのあまりにも予想外な東亜の運命の中に、自分の身が、置かれてあることを知って、死も、苦痛も、恐怖も、その一瞬は忘れてしまって、種々なことを、胸の中で考え乱れた。

二

「もう話は解ったろう。——そこでおい、ウドーベンのガリコロフは、今どこにいるか。そいつあ、おめえの方が、ちゃんと知っているはずだ。さ、白状しねえ」

十名のゲー・ペー・ウはまた、代る代るユキ子を脅したり賺(すか)したりして、責めたてた。

その前からさんざん、牛皮の鞭で打たれたり、足蹴されたりしているので、ユキ子は、わざと失神したように、藁の中に俯(う)つ伏していた。

「さ、云えよ。云わねえとまた、痛い目に遭わせるぜ」

「待ってください——」

彼女は、顔を上げて、十人の中でたった一人日本語の話せる男へ、哀訴の眼を向けた。

「——云います！　きっと云います！　……けれどわたし、いきなりこんな所へ攫(さら)われてきて、その上、貴方がたが、あまりわたしを恐ろしがらせてしまったんですもの……こう、何だか、頭の芯まで、びんびん痛くって、何を考え出そうとしても、疲れ切って、思い出す事もで

きないんです。……吾儘（わがまま）のようですけれど、朝まで、静かに眠らせておいてください。朝になれば、何でも、隠さずに申し上げますから」

そう訴えて云う眼に——彼女は有りったけな蠱惑（こわく）を示した。

見つめられていた日本語のわかるソ聯人は、耐えられなくなったように、途中から眼を外らしたが、彼女の言葉が終ると、それを仲間の九名に通訳して、

「……どうする?」

と、計った。

三

結局、彼女の願いは、容れられた。

けれど、鉄の環から、縛めは解かれなかった。後ろ手のまま、彼女はごろりと、藁の中へ身を横たえただけである。

「じゃあ、俺たちはまた、朝早くやって来るからな」

五、六名は、ぞろぞろ出て行った。残った四名は、驢馬小屋の天井へ上った。天井の床張は、隙間のある桟になっているので、上で寝転んでいても、眼の下に、彼女の寝顔まで見えるのだった。

監視に残った四名のゲー・ペー・ウ党員は、暫く、腹這いになって、何かロシヤ語でごそごそ話していたが、そのうちに太い咳から出る寝息が洩れ出した。

(——夜が明けるまでに!)

ユキ子は、元より眼を閉じているだけだった。どうしたら逃げられるだろうか。

無益な焦燥と知りながら、脳を駆ける血は、活動を竭（や）めなかった。こめかみの脈が、ずきんずきん鳴る。刻々に、肉や骨が、生命を消費してゆくかと思われるほど、体じゅうに恐怖の疲労が纏わってくる。

——すると、一本の藁が、彼女の耳のうえに落ちてきた。

でも彼女は、べつな事に、殆ど、うつつだった。

——と、また。

ぱらぱらと、塵がこぼれてきた。

耳の穴へ、何か這入った。

「……?」

ふと、彼女は、藁の中へ横に埋めていた顔を、仰向けに、そうと直した。

「……」

縞目に見える桟天井の隙間へ、顔を押しつけて、凝と、自分の寝顔を見おろしている眼があった。日本語の解るあの男の眼だった。

気がついて、彼女もじいっと、仰向いたまま、その眼を見あげていた。

ニイッ……と天井の眼が笑った。

彼女も、それに答えて、あらゆる情感を眸にこめて見せた。

――暫くすると、みしりっと、梯子がきしんで、大きな長靴の片っ方が、仲間の寝息を偸(ぬす)みながら、そうと梯子の桟へ伸びたと思うと、長い時間を費やして、一段ずつ降りてきた。

彼女の嘘言(うそ)

一

驢馬小屋の錠が開いた。音もなく閉まった。そして外から心張棒をかうと、二つの人影は、転(まろ)び合って、口もきかずにムクデンスカヤの墓地へ馳けこんだ。

「もういい。……ああ苦しい」

一息つきながら、彼は、ユキ子の手頸を固く握り、片手には短銃(ピストル)を持って、追い駆けて来る仲間の者に備えた。

――だが、驢馬小屋の天井に寝こんだ他の三人の仲間は、彼がユキ子の縄を解いて、そして脱け出すまでの行動にも眼を醒まさなかったとみえて、誰も、追ってくる気配はなかった。

「おユキさん――」

彼は、日本語を、これほどな必要に使ったことは今までにもなかったろう。顫え声で、しかし、怖いような力をこめて云った。

「──おユキさん、とうとう、俺は生命がけで、君を助け出してしまった。だが、おまえの眼は、おれを誘っていたね、誘惑していたね」

「あの中で、貴方より他に、わたしが縋る人はなかったんですもの」

「それは、どういう意味だい?」

「おわかりにならないの」

「……だがさ。判っきり云ってもらわなければ、俺だって、安心がつかないじゃないか。おれのした事は、やり損なえば、生命に関わる冒険なんだぜ」

「……ですから、そのお気持に、きっとお酬いいたしますわ」

「ウドーベンのガリコロフ中佐が、どこに潜伏しているか、それは俺にだけ、打ち明けてくれるだろうな」

「元よりですわ──きっとそこへ、わたしが案内して行きます」

「君が手引して、俺に捕縛させてくれる?」

「ええ」

「感謝する!」と、彼は痛いほどまた、力をこめて、彼女の手を握り直した。

「ガリコロフ中佐を、俺が捕縛すれば、俺は忽ち、ソヴェートの最高勲章を持つことになる!」

「ま、勲章まで貰えるんですか」

「賞金も付くさ」

「あ……わたしの体を上海まで連れて行って、孫の手に引渡せば──でしょう」

「いや、君の体は、他の男へはもう渡さんよ。俺がいうのは、ソ聯政府から出る賞金だ」

「でも私──上海へは一度、どうしても帰りたいんですの」

「孫とかいう先の亭主に会いたいのか」

「そうじゃありませんけれど……」と、彼女は、充分に男の心をつかんで、やや甘える姿態をした。

「わたしの、たった一人の母が、淋しく暮しているんですもの。──母さえ連れて来ればもうどこに住んでも」

その時、墓地前の広い街路を、靴音が鳴って行った。

彼は急に、眼をくばって、

「危険だ、早くどこか、高飛びしちまわなければ」

そう云うと、もう落着かない動作で、また、墓地の中から走り出した。

二

「私のアパートまで、ちょっと一緒に来て下さらない?」

「アパートへ」

彼は、眉をひそめて、

「何しに」

と、咎めた。

ユキ子は早口に、

「いいえ、ちょっとよ。貴方は自動車(くるま)の中に待っていて下すってもいいわ。——旅行鞄と、お化粧道具を持ってくるだけですから」

「じゃあ」と、彼は同意して、ユキ子のアパートに立寄り、待たせておいた自動車の中へ再び飛び乗った。

タクシーの運転手は、

「こんどはどこまでですか」

眠たい顔を覚まして、把手(ハンドル)へ手をかけた。

「待ってよ、ちょっと」

ユキ子は、彼の膝の上に、旅行案内のページを拡げて示しながら、

「——あ、お生憎様だわ。汽車は朝の十時でないと、特急が出ないのね」

「いったい、どこまで行くつもりだい」

彼女は、運転手の背を憚るように、そっと、彼の耳許へ顔を寄せて、

「大連」

と、囁いた。

彼は、野望の眼(まなこ)と、満足な顔いろを輝やかせて、頷いた。

「……ネ、貴方。朝の十時に、特急亜細亜が出るまで、寝るのも半端だし、ぽかんとしていてもつまらないじゃないこと。これから双城堡(そうじょうほ)まで、ドライヴしません?……そして、あすこの駅前のホテルでも叩き起して、ゆっくりお茶でも飲んでるうちに夜が明けるでしょう」

「よかろう、そうしよう!」

彼の声は、弾み切った。

運転手は、すぐ、

「双城堡ですか」

「そう! ドライヴだ」

疾走し出した自動車の揺れと、窓(ウインド)を切る風の唸りに、

彼女は初めて、

（ああ助かったのだ！　わたしは生きている！）

と、思った。

三

「――双城堡駅発、午前十時五十三分よ。悠っくりだわ」

ユキ子は、体じゅうに疼く欣びが、つつみきれなかった。声にまで、生々と、官能の歓呼が弾んで出た。

だが、その歓びが、自分だけのものと覚られないように――自動車の動揺にまかせて、努めて肉体を、彼氏に接近させていた。

「君……」と、声をひそめて、彼はユキ子に訊き糺した。

「ウドーベンのガリコロフ中佐が、潜伏している場所は、大連の市街かね？　郊外かね？」

「満鉄よ」

「えっ？　……満鉄」

「そう……。どこへ隠れたって、ゲー・ペー・ウの眼の光らない所はないでしょう。だから最も安全な場所として、日本の勢力圏内のしかも満鉄を選んだわけですの。ですから日本の厳しい手に保護されていますから、いくらゲー・ペー・ウが躍起になったたって、近づく事なんか絶対に出来やしませんわ」

「ふーむ……」

と、彼はちょっと、難かし眉を顰めて唸った。

「満鉄に保護されていちゃ、ちょっと、手が出せん。そいつあ弱ったなあ」

「――けれど、わたしの国籍を考えてよ」

「そうだ、君は日本人だ」

「いい智慧があるの。それに、わたしなら以前からの関係で、面会だって楽ですし、郊外ぐらいまでは、きっと誘い出してみせるわ」

「たのむ！」

彼はいよいよ、ユキ子に信頼するほかなくなった。それをまた、少しも、不安としない容子でもあった。

憐愍(れんびん)なる者

一

双城堡の市街はまだ寝しずまっていた。

大陸の暁(あ)け方近くは、七月といっても、内地の三月頃のように温度は急降下している。白い朝霧が、街燈に冷々と曇りをかけていた。

「どこへお着けしますか」

運転手は、スピードを弛めて云う。

「どこか、ホテルを探して、起してよ」

「特急へお乗りでしたっけね」

「そうなの。十時五十三分の亜細亜号に――」

「じゃあ、駅前が御便利でしょう」

「どこでもいいわ」

運転手は、やがて自動車を止めた。

そして駅前の嘉寿美(かすみ)館という日本人経営のホテルの前に立って、呼鈴を鳴らしたが、起てこないので、

「お客さまだよっ！　お客様だぜっ」

呶鳴りながら、どんどん叩いた。

「起きないかね」

自動車の中に待っていた彼氏は、彼女を残して、とうとう降りて行った。

そして、運転手と一緒になって、ベルを押したり、扉(と)を揺すぶっていた。

ユキ子は、その間に、急いで手帖を取り出した。そして一方、彼の方へも眼を働かせながら、膝の上で、走り書きに、鉛筆でこう書いた。

　私の身は今、怖しい危険に攫われかけています。ソ聯人の悪漢(わるもの)に脅迫されて、ここまで誘拐されてきた身です。悪漢は、パスポートも無しで、満洲国へ入り込んでいます。仲間も多勢いるのです。

　至急、お救助下さいませ。

書き終るとすぐ、ビリッとその一枚を手帖から引き裂いて掌の中に小さく丸め、オペラ・バッグの中へすばやく隠してしまった。

二

やっと、日本服の寝巻きを着た女とボーイとが、寝起らしい顔を出した。

「どうぞ……」

と、通してくれる。

襖を外して、二た部屋ぶっこ抜くと、余興場付きの宴会にでも使えそうな、だだッ広い日本間へいきなり通した。

「ここじゃあ……」と、彼女は寝巻きの女が、茶を取りに行った間に、ボーイを呼んで訊ねた。

「洋間はないの、ここの家は」

「あることは有りますが」

「じゃあ、洋間に変えて欲しいわ」

「そうですか。ではこちらへ」

と、何の事もなく、階上へ伴れてゆく。

勿論、洋間というほどな洋間ではない。でもここの方が、連れの彼氏も落着く顔つきだった。

「ウイスキーある?」

「はい」

「果物と。……」

「畏りました」

角壜を取り寄せておいて、

「寝ているところを済みませんでしたわね、もう用事はありませんから、休んでください」

と、彼女はオペラ・バッグの中から、日本紙幣の五円一枚抜いて、それをボーイの手へ握らせる時、紙幣の下に、そっと先刻自動車の中で書いて丸めておいた紙片をも一緒に渡した。

「……?」

ボーイはちょっと、彼女の顔を見たが、急に頭を下げて、

「おやすみなさいまし」

と、足早に立ち去った。

三

「もうここまで来れば――」と、彼女は角壜の栓を抜いて、二つの洋杯（グラス）へ平等に満々（なみなみ）と注いだ。

「――祝福しましょう。これからのお互いを」

洋杯を挙げて、縁と縁とを、カチと触れあわせた。

「何だか、もう眼の前に、最高勲章がチラついてならんよ。レーニン章と来ればしめたものだ」

この男には、正直なところもある。彼女は自分の生命に安全感が回（かえ）ると、すこし憐愍を催してきた。

――だが、そんな憐れをかけるのは、何といっても禁物だ。いや、そう誡めなくても、少し酔いがまわってくると、彼の眸は獣じみてきて、憐愍どころか、憎むべき動物に見えてきた。

「いいでしょう、おユキさん、もうちっと、こっちへ寄っても」

などと云い初めるのだ。

彼女は、逆らわなかった。勿論――ある程度に。

彼氏は、いい気なものだった。酒を含みながら、にやりと眼の隅から見るのである。

角壜の底が、残り少なに見えてきた頃、古びた窓のカーテンに、薄（う）っすらと夜が明けかけてきた。

――と。彼は遽かに、積極的に気を励ましたものらしい。やにわに、露骨な態度を取って、彼女に挑みかかってきた。

「――嫌っ、嫌っ、嫌っ。今はいけないことよ――」

唇（くち）を逃げまわりながら、彼女は、ほどよく扱（あしら）っていたが、ロシヤ人特有な、恥知らずな、図々しい所作を執固（しつこ）く繰返して止める気色もないので遂に、

「何さ！　この獣ッ」

怺（こら）えていた手が――つい走って――ぴしゃりっと彼氏の横顔を強く撲りつけてしまった。

「――あっ。う、撲（う）ちましたね」

その当然が、彼としては、非常な意外であったらしい。頬へ手をやっていつまでも、歪んだ顔を抱えたまま、睨み返していた。

四

――だが撲たれたまま、屈しているはずはない。

ソ聯人特有な性情として、むしろ、彼女の与えた打撃は、彼をしていやが上に、野獣の行為へ煽り立てたかもわからない。

ソ聯の最高勲章も、彼の眼には、もう無くなっていたかも知れなかった。

——次の一瞬、彼は、爪と眼とあらい呼吸を革（あらた）めて、彼女へ更に迫ってくるような姿勢をした。

その時である。

廊下の外に、烈しい靴音が響いた。いきなり扉は破壊された。佩剣の響きは何の物音よりも耳を刺した。

ユキ子は、部屋の隅へさっと避けて、身を縮めていた。

危険を覚った猛虎のように暴れ出したのは彼氏だった。ユキ子の方へ向って、何かロシヤ語で呶号しながら、跳びかかって来ようとしたところを、踏み込んだ無数の警官に、抑えつけられて、手頸をぎりぎり巻に縛られてしまった。

ホテルの外には、警察自動車が待っていた。否応なく、彼氏はそれへ叩きこまれた。警官の大部分は、満洲国人であったが、後に残った日本警察官は、一応として——形式上の訊問を彼女へ試みた。

「お名前は？」

「山崎ユキ子と申します」

彼女は、本名を告げた。

「どこまでお出でになる途中ですか」

「天津まで」

「天津へ」と、警官はちょっと、彼女の風采から年頃を眺め直して云った。

「おひとりで？」

「そうです」

「七月七日以来の北支の事変を御存じでしょうな」

「存じております」

「今、天津あたりも非常な危険ですが。——まして女の方一名では」

「ですから、急いで参るのでございます。こないだまで、ハルビンで働いていましたが、天津に母をひとり残しているものですから」

「ああなるほど。——そしてソ聯人の暴漢にはどこから付き纏われたのですか」

「ムクデンスカヤ墓地の花売婆さんの驢馬小屋からです。——あそこにはまだ、先刻の仲間が、十人近くも居ります。みんな旅券も持たない者ばかりです」

彼女の密告に依って、その朝、ハルンのムクデンスカヤ墓地に巣くう十人組のソ聯人スパイは、疾風迅雷にみな検挙（あげ）られた。そして即日、国外追放を命じられた。

同じ朝。

午前十時五十三分、特急「あじあ号」は、北支の事端をここにも反映して、超満員で双城堡駅を発車した。

人間でいっぱいな窓口に、ユキ子の姿も押し潰されそうに交じっていた。車内の暑さは百度を超えていた。

痺れた肩

一

車中の談話は、北支の未来と、戦線のうわさで、持ち切っていた。

およそ日本人である者の顔に、この緊張の漲っていない顔はなかった。

憂い、怒り、愛し、遂に戦い、死を賭している一箇の顔がそのまま日本の現れであり、東亜の顔だった。

「奥地の日本人は、どしどし引揚げているそうですな。張家口（ちょうかこう）で、もう二十年も雑貨商をやっている私の親戚の者などもいよいよ最後だと、悲壮な電報をよこしましたが」

「南口鎮（なんこうちん）の総攻撃が開始されたそうです。やるからには、今度は、もう徹底的にやってもらいたい」

通州事件に憤激している者もある。ソ聯や英国のデリケートな援支裏面策を怒っている紳士もある。どこの声も、自己ではない、国家の声であった。

時々――彼女はハンケチを眼に当てていた。

顧みて、きょうまでの生活が、あまりにも恥しかった。女子大を中途で出てから、酒場（バー）の女、酔っぱらいの姐御。――そして一時は、ほんのわずかの間だけ――母としての生活もあるにはあったが、その子すら、日本に残して、この手にも抱かず、死なしたではないか。

すぐ前にも乗客がいる。横にも乗客がいる。その間にも詰って立っている。――そうした人混みの中なのに、ふしぎにも、この時ほど、判っきりと、過去の自分が、反省され観照され、そして潸然（さんぜん）と、悔の涙のながれてきた時はなかった。

（もし、上海で、ウドーベンに出会わなかったら、私はまだあのまま、酔っぱらいの姐御で、自分をごまかして、毎日々々を送っていたかも知れない）

そう沁々（しみじみ）思うのだった。

二

汽車の中も、油断はならない。ゲー・ペー・ウの眼と魔手は、どこに潜んでいるかも知れない。

ムクデンスカヤ墓地の事以来、彼女は細心になった。同時に、自分の今なしつつある巨きな事業に、英雄的な昂奮をおぼえた。――そしてこの苦しみこそ、愛人並木へ運ぶ最上な贈物（プレゼント）なのだ――と考えられた。

（わたしが、北支へ行き着く頃には、並木さんは、どの辺へまで戦線を進めていらっしゃるだろうか）

その並木少佐の武運もまた、彼女にとって、ひしと祈らずにいられなかった。

朝（あした）に敵塁を踏んで、夕べにはもう知れない武人の生命（いのち）。――それも自分が北支へ尋ねてゆくまで、確かに無事とどうして保証されようか。

ゲー・ペー・ウの密偵網の目を潜り抜けて、無事に北支まで行き得たとしたら、それも奇蹟といっていいほどだし、自分が巡り会うまで、もし戦線の並木少佐が居てくれたとしたら、それも天祐か、よほどな僥倖と思わなければならない。

「……オヤ。もう五時」

ふと、腕時計の針をながめて、彼女は、果しない考え事の中から、醒めたように顔を上げた。

一物も見えない、高粱（こうりゃん）の波の彼方に、大陸の陽は、赤々と沈みかけている。

軌道の陰は、もう黄昏れかけて、綿の花が仄白く見えては後へ消え去って行く。

三

「そうだ、今のうちに」

彼女は、急いで席を起った。

後、四十分と少しで、列車は奉天駅に着く。それまでに、彼女は、しておこうと考えておいた事があったのである。

スーツ・ケースを持って、彼女は、化粧室の中へ隠れた。そして、すっかり顔を化粧（つく）り変えた。

顔の中で、最も顔を変えさせるものは、何といっても眉である。彼女は五種以上も作り眉毛を用意していた。

それから眼、唇、それぞれにも、適宜な方法と、細心な注意をこめ、そこから出ると、トランクを持って、隣りの箱へ移ってしまった。

奉天駅は、もう五分か三分——というので、車中の客は、あらかた席を離れ、出口へ並び立っていた。

空いている席の間へ身を屈めて、彼女は男の洋服に着かえ、ハンチングを被り、断髪を男のように帽子の裡へ押しこめた。そして、靴まで手早く穿きかえてしまった。

そのため、彼女が列車から降りたのは、殆ど、総ての乗客が、あらかた降りてしまってからだった。——で、がらんとしたプラット・ホームには、自分だけが、ひどく人目立つように思われて、自然、改札まで脚が急いだ。

改札を出て、人混みの雑多な色の中へ立ち交じると、彼女は初めて、ほっとした。そして、切符売場前の発着時間表を仰いで——次の山海関(さんかいかん)行き戦時列車の乗換え時間を探していた。

すると、誰かふいに、後から大きな手で、

「おう、ユキ子さんじゃないか」

と、いきなり肩を叩いた者があった。

男になり済ましていた彼女は、そう呼ばれて、叩かれた肩から全身へ、ぶるっと痺れの走るような戦慄に打たれた。

女に回(かえ)れば

一

振向いてみると、三十がらみの、痩せ型の紳士が、笑っている。

細い脚に、頑固な靴を穿いて、ゲートル巻、ハンズボン、半袖のワイシャツという、これも事変色の濃い扮装(いでたち)である。

彼女の肩を叩いてから、汗じみた胸を反らして、帽子の裏を半巾(ハンケチ)で拭いているのだった。

——慄(びく)っと、驚きが先だったので、彼女は暫く思い出せなかったが、やっと、

「ま。……椎名さんでしたね」

と、落着きを取戻して云った。

上海のホールで、二三度出合っただけの人である。け

れど椎名の方では、彼女を、自分の学生頃から、日本で知っていたと云っていた。満更嘘でもない証拠には、彼女が、丹後町の下宿屋から、銀座のキャフェーへ通勤していた事なども、どうしてか、知っていた。

椎名は、大蔵省嘱託として、中支北支の租界にしばしば出張されて来るのだということだったが、彼女は、いつも不愛憎にしていた。なぜならば、ホールへ来ながら酒も口にしないし、踊りも好まない風だし、そして、彼女の顔さえ見ればいつも、

（いったい、何を目あてに、君たちは生きているのかね。どうせ見え透いている将来だろうに――）

と、云ったふうに、君子気どりな、意見ばかりするので、何だい、だから役人て嫌いさ、などと彼女も応酬して、わざと天邪鬼な仕ぐさをして見せたりばかりしていた人だった。

「驚いたね、ちょっと」

椎名は、そう云って、今も呆れ顔に、彼女のハンチングにニッカボッカという男装ぶりを、足元から見上げ直した。

「君のお転婆は、よく知っていたが、こんな所を、こんな姿して、歩き廻っていようとは、まさか思わないからな――初めは、見たような顔だが、誰かしらと、掲示板の前で考えていたのさ」

「でも、よく分りましたわね」

「分るさ、どう扮装えたって」

「あなたは、どちらまで？」

「錦州の領事館まで。――君は？」

「わたし」

彼女は、ちょっと言葉を切ってから、天津まで、と答えてしまった。

そして心のうちで、自分の男装に、すっかり自信を失っていた。

奉天停車場の時計は今、雑閙の上に、十七時四十分（午後五時四十分）を指針していた。

山海関経由、天津行列車への接続には、まだ五時間以上も待たなければならないのである。

彼女が、時計を仰ぐと、椎名も、時計を振向いて云った。

「天津へ、何しに行くのかね」

「叔母がいますから――それを訪ねて」

「行かれまい」

「だめでしょうか」

「山海関で降ろされるに極っているさ。見給え、彼方へ行くのは、殆ど、軍人か、新聞記者か、特務機関か、われわれのような者に限っている。女など、一人だって乗って行きゃあしない。彼方から避難して来る者はあるだろうが」

「だから、男装したんですけれど」

「なおいけないだろう。すぐ憲兵に発見されてしまう。よけいな疑いをうけるだけのものじゃないか」

「でも、わたし、どうしても行かなければならないいんですの」

停車場の中の騒音に、彼女の低い声は消されがちだった。椎名は、腕時計を合せながら、

「まだ、発車までには、五時間も間があるが、駅を出て、お茶でも喫まないか」

椎名の足に従いて、彼女も歩み出しはしたが、途中下車で改札を出るとすぐ、

「わたし、少し買物があるから」

と、ぽいと彼の呆ッ気にとられた顔を捨てて、タクシーへ乗ってしまった。

彼女は、大和ホテルへそれを走らせた。体も疲労していたし、すぐ寝床へ横たわりたかったが、何としても、変装に自信の欠けてきたことが、甚しくこの先の不安を駆り立たせた。

——あれが、椎名であったからよかったが、ゲー・ペー・ウの刺客だったら、肩を叩かれた時、もう生命はなかったに違いない。

奉天から山海関経由に乗換えれば、当然、日本軍の勢力圏内だし、ゲー・ペー・ウの追跡も、そこまでは、手が届かなくなるであろうが、同時に今度は、日本軍そのものから疑われる惧れがある。

椎名にさえ、観破されるようでは、今の男装を恃んでいるのは危険である。いや、彼女の心は、途端にも、それを脱ぎ捨てて、女に回っていた。今ここのホテルへ這入ってきても彼女は、有のままに、女の言葉づかいで通ってきたほどである。ボーイが、怪訝な顔をして、自分の身装と顔をじろじろ見較べているのを承知しながらも、もう白々しい男の言葉は、口から出なくなってしまった。

「そうだ……」

彼女は、ベルを押して、ボーイを呼んだ。そして、病院専門の手術着を作る裁縫店の店員を頼んだ。

若い店員が、名刺を先に差出して、すぐ這入ってきた。

彼女は、その男にこう註文した。

「――出征用の紺サージの看護服をすぐ作ってくれませんか。わたし五時四十分の列車に乗るんですが、それまでに出来るでしょう」

「さあ、四時間ほどしかございませんが」

「だって、看護服じゃありませんか。料金は、倍額出してもいいから、ぜひ間に合せて下さらない。日本赤十字社の型でいいですの」

「お電話を拝借してから申しあげます」

店員は、電話で、店と交渉していたが、すぐ、

「承知いたしました。五時半までに、お届けする事ができるそうですから」

と、急いで帰って行った。

二

ホテルでは眠らなかった代りに、夕刻の汽車に乗りこむと間もなく、彼女は一等車の一隅に倚りかかって、絶えず、眠っては醒め、醒めてはまた、眠っていた。

奉天で男装を捨てたユキ子は、その汽車では、もう日本赤十字社の出征看護婦になり澄ましていた。女である本来に返った気安さが――遽かにハルビン以来の緊張を、いちどに弛緩させてきたものであろう。

――だが、列車が停まるたびに、はっと眼をあいた。夜はもう漆のように暗かった。駅毎の燈火には、どことなく、戦時の不気味な燦めき(きら)があった。そして必ず、兵隊の銃剣がそこには見えた。列車の中へも、佩剣のひびきがどかどか這入って来た。

ある駅では、恐しく長い間、列車が停まったままだった。小銃の音が、遠い闇に聞えた。まだ、この辺は、戦地ともいえないが、沿線警備隊の銃声を、初めて耳にした時は、急に眼も冴えて、

(油断してはいけない)

と、彼女は、眠気を誡めた。

翌日――それは七月三十一日の朝――山海関のあたりで、やっと、夜がほのかに明けかけていた。

何気なく、車窓から見ていると、椎名の姿が、ホームから大股に出てゆくのが見えた。

白々と見えてきた。車内の人々の顔をながめ廻すと、その殆ど云ってもいい位が、軍人か軍属か報道機関の人たちらしかった。女といっては、まったく、彼女ひとりであった。

ふと、こんな中でも、並木少佐に出会うことがないとも限らない——と、彼女は、将校の姿さえ見れば、特に、無意識のうちにも、眸をこらした。

三

長い一日と、長い鉄路に、ただ心ばかりが、先へ焦心(あせ)った。

「お気の毒ですが、ことによると、この列車は、天津まで行けないかも知れませんから、どうぞ、おふくみを願います」

夜に入ると、車掌はそう乗客へ宣言した。

昼間から、車内へ伝わる情報で、あらかじめそうとは、乗客も皆、覚悟していたらしいが、さて、そう聞くと、

「それにしても、どの辺まで行くのか」

と、急に騒(ざわ)めき出した。

「塘沽(タンクー)駅まで、行けるかどうか、なお、先の駅へ問合せ中ですが」

と、車掌自身の面(おもて)にさえ、悲壮な色が漂っているのだった。

昼間、駅へ着くたびに、乗客同士が聞き蒐めた情報を綜合してみても、その日、北平(ペイピン)の市街、及び西苑北苑(さいえんほくえん)で、相当大きな激戦があった模様と、天津港口の太沽にも塘沽(タークー)にも、まだ支那軍が充満していて、日本の陸海軍は協力して、剿滅(そうめつ)戦に当っているという程度のことしか分らなかった。

「なに、この列車が、先へ着くまでには、もう支那軍は一掃されてますよ。日本の陸海軍のことだ、手間暇とっているものですか」

と、強いて楽観する者もあるしまた、

「いや、そうも云えませんぜ。何しろ、日本は飽(あく)まで、不拡大方針ですし、天津の警備も前線も、非常な手薄ときてますからな」

と、云う者も相当にある。

「何しろ、武装しとくに限るさ、まちがったら吾々も、敵に当るつもりで——」

そんな声を耳に、彼女は、暗い星をながめていた。

そして胸の隅で、

（まちがったら、この服が役に立って、あんな事を云っている人々の鮮血に、わたしも繃帯を巻かなければならないかもしれない）

などと考えたりしていた。

しかし、どんな雑念が往来しても、その瞼から、並木少佐の姿は去らなかった。想念と想念とが、極めて、不自然なく、二重映しになって、そう考える下に直ぐ、

（並木さんも、もしやもうどこかで、真っ赤な繃帯に、顔をつつまれているのじゃないかしら？）

と、また彼のうえに、暫くは、思いが馳せてゆく。

深夜——塘沽の駅一キロほどてまえに、列車は止まった。ホームの無い停車場に降りる人影には、もう戦場が描かれていた。一角の空は赤々と焰に染められている。駅附近には、支那兵の死骸がまだ片づけられずにあった。弾痕で滅茶々々になっているホームに立っている厳そかな銃剣の影が、日本兵であったと分った時、鉄路をたどたど歩いてきた乗客たちは思わず、

「万歳っ」

と、一斉に云った。

この附近は、つい昨日、日本軍に占領されていた。だが、これから天津までの間には、勿論まだ無数の敗残兵が彷徨しているだろう——という噂なのである。

しかし、彼女は一歩も、そんな噂に引かれていなかった。有るはずもない自動車を、探し廻って、やっと、一人の支那人の運転手を見出した。そして、望むだけの料金で約束して、すぐ天津へ向った。

まるで、大震災の折の夜明けを見るような——濛々とした空の下に、明け方の天津市街を見出した時は、ただわけもなく、

（よくここまで来たもの）

と、自分の一心を顧みて、涙が頰にながれていた。

閘北（ぎほく）の金庫

一

天津には、誰も知る者はいなかった。

また、居たにせよ、それを尋ね当てることさえ、困難だったかも知れない。

租界の日本人は皆、臨時軍病院に、バリケードに、家を顧みる間もなく、男女とも、働いていた。

大和公園には、避難民がかたまっていた。そこには、

少数の日本兵もいた。彼女は、仏蘭西租界のバリケードで自動車を捨てると、そこまで歩いてきて、

「おたずね致しますが」

と、中隊長らしい将校の前に腰をかがめた。

「なんですか」

将校は云った。しかし、ゆうべも、おとといも、眠らなかったような血ばしった眼と、戦いに汚れた顔を見ると、彼女はちょっと胸がつまった。

「なんですかっ」

将校はまた云った。頻りとその前に、兵隊が何か訊きに来るのである。また、報告をしに来るのである。彼女は、その度に身を避けて、兵隊の銃剣に注意した。

「並木少佐は今、この天津にいらっしゃるでしょうか」

思いきって、そう訊くと、

「並木少佐？……さあ分らんな」

「司令部へ行って伺ったら分りましょうか」

「それゃあ、分るかも知れんが、司令部だって今は……」と答えている間にもう兵隊が来て、また何か、質問していた。

「もし、司令部の誰を尋ねているんですか」

従軍記者の腕章を巻いた男が、その時、中隊長の後から歩いてきて、彼女に訊いてくれた。

「並木少佐です」

「所属は」

「わかりませんが」

「たしかに天津にいるんですか」

「居らっしゃると聞いて来たのですが」

「どこで」

「ハルビンで」

「ハルビンにいる軍人にですか」

「いいえ、やはり、新聞社の方からです」

「さあ？……すると、前線に出ているんじゃないですか。——とすると、ちょっと、分りませんぞ」

「そうでしょうか」

「だが、貴女は、ハルビンから来たんですか」

「ええ、途中、普通の身装では、通れまいと思って、こんな姿で来ましたが、看護婦ではないんです。ただ……並木少佐にちょっとでもいいからお目にかかりたい事があって来たのです」

「よく来られましたなあ」と、新聞社の男は見まもって、

「司令部へ行った時、僕が調べてきてあげましょう。

その間、どこにいますか」

「公園に居てはいけないでしょうか」

「かまわないけれど、夜になるとまた、敗残兵の襲撃があるかもしれない……どうです、ホテルへ行っていては」

「では――」と、彼女は、その男の名刺を貰って、寿街の常盤ホテルへ行って待っていた。

名刺には、△△新聞社特派員高橋勉とあった。

晩になると、その高橋が、元気にやって来て、

「わかりましたよ。けれど、並木隆太郎少佐は、天津にはいませんぞ」

と、云った。

二

「えっ……天津には居ないんですか」

彼女は、またしても、失望の底につきのめされた。

「つい、二十八日だそうです。司令部の命で、政府の不拡大方針を、現地の参謀達と打合せするため、同僚の某将校と二人して、飛行機で、前線司令部へ向って出発されたそうです」

「……ああそうですか」

思わず、微笑を浮かべて、

「では――直ぐまた、お帰りになるのでしょうね」

「そこが、司令部でも、分らぬそうです。すぐ帰るか、前線に踏み止まっているか」

「行らっした先は」

「南口方面だそうです」

「ここからどの位ありましょう」

「北平からまだずっと奥ですな」と、高橋は地図を拡げて――「冀北の最北部でしょう、ざっと、北平からとしても、二十哩余はある」

「北平までは、汽車で行けば雑作はございませんでしょ」

「ふだんならです……ね」

「今は」

「行けるもんですか、郎坊、黄村、沿道の停車場は、敗残兵の兵舎になって、滅茶々々です。そこへ、日本の飛行機が、爆弾をくらわせたばかりですから、修復して、危険なしに汽車が通るまでには、まだ幾日を要すか見当がつきゃあしません」

「……」

彼女は沈黙をながめながら、高橋はまた、その無謀な望みを懇切に諭した。

「それにまた、前線へ行くには、従軍許可が要ります。司令部にそれを申請して、この腕章が下附されなければ、たとえ、汽車が開通したところで、行かれっこないわけですからな」

「……分りました。ありがとう御座います、いろいろと」

「どういう御用で、並木少佐にお会いになりたいのか、それは貴女も、あまり触れられたくないんでしょう」

高橋は、おおかた、察しているもののように笑って、

「司令部へ、申請などすれば、当然、審（つぶさ）に、理由を訊かれますぞ。どうしますか」

「やはり、天津で待っておりましょう、並木さんが、女に訪ねられたりして、前線で間のわるい思いをしたり、司令部に誤解されてもいけませんから」

「そうなさい、それが僕も賛成だな」

「けれど、その間ただ、ホテルで遊んで待っているのは、この天津の状態を見るとわたしも心苦しい気がするんです——何か、わたしみたいな者でも、お手伝いすることはありませんかしら」

「ありますとも、猫の手も欲しい場合だ」

「軍病院にはもう前線から、どしどし負傷された兵隊さんが運ばれているのに、まだ、後方から衛生部隊も着いてないということですが……」

「そうです、国防婦人会の者と、町の医師会とで、不眠不休にやってはいますがね」

「並木さんの消意が知れるまで、せめて幾日でも、そこでお手伝いさせてもらえないでしょうか」

「それゃあいいですな。すぐ行きますか」

「けれど、看護婦の免状も何もないんですが」

「そんな物は、有ったって、無くったって、同じですよ。今兵隊さんの看護に当っているのは、町のおかみさん、キャフェーの女給、花柳界の妓（おんな）たち、誰彼のけじめはありません。ただ日本人という一致した気持だけでやっているんです」

「ぜひ、連れて行って下さい」

「すぐ行きますか」

高橋は欣んで、道案内と紹介をひきうけた。

三

電話局は爆破されている。自動車は過半数、前線へ徴発されて行った。そういう中を、高橋は日に一度ずつは、きっと軍病院へ寄って、

「まだ少佐は帰らぬそうです」

とか、

「南口から数哩てまえの、省県城の司令部にいるらしいです」

とか、多少の消息を、齎してくれるのだった。

仮の看護婦が、実際に役立って、支那児童小学校の臨時軍病院で、傷痍兵の看護に孜々として働いていた山崎ユキ子にはそれだけでも、どんなに慰めになったか知れなかった。

それとまた、彼女は、この十幾日かの間、毎日、百度以上の暑熱と闘い、服を脱いで寝るまもなく働いていながらも——曾つての生活には味えなかった、大きな欣びを、見出していた。

白布の上に、枕をならべて、横たわっている事変第一の尊い犠牲者たちから、おばさん、姉さん、と慕われると、彼女は、暑さも、疲れも、眠さも、忘れてしまった。

いや、そうして、なす事をなして、負傷した体を横たえている白衣の勇士に、その感激を覚えるばかりでなく、自分以外の、多くの国防婦人たちが、ひとつ心になって、わが子の看護でもするように、細やかな心をくばり、捨身の働きをしているのを見ても、彼女は、そこに自分が、生を享けた国の麗わしさと、幸福とを、思わずにいられなかった。

——それにしても、一刻もはやく、並木少佐に、自分がウドーベンから手に入れたソ聯の秘密書類を見てもらいたかった。日本は、支那と戦っているのでなく、むしろその背後の者との戦争であるとさえ皆云っている折——それが皇国のために役立つものであってくれたら、自分の曾つての濁った生涯も決して、無意味ではなくなるのだ。いつ死んでも、犬死にではなくなるのだ、と思うのだった。

後になってみれば、その頃すでに、彼女には、自己の生命に、何かしら予感でもあったのだろうか、頻りと、その頃から、彼女は、生命の価値——生涯の帰結——この日本に生れてきて——というような自身のたましいと

肉体についての問題を、考えるようになっていた。

だがそうして、軍病院に働いている間の彼女は、まったく日の経つのを忘れていた。

四

ちょうど、十三日の午後だった。

医務室の若い医員が、

「始まったぞっ」

と、どこからか戻って来るなり、昂奮して、洗滌（せんじょう）室の前で話していた。

「上海でも、とうとう戦端の口火を切ったそうだ。支那軍の飛行機が出動して、日本の陸戦隊も、いよいよ、交戦に移ったということだ。新聞社の支局でも、無電の聯絡が断れたといって今騒いでいる」

附近の支局から聞いてきたニュースの早耳であった。

上海にも戦火が上ったと聞くと、ユキ子の胸に、はっと、思い起された物がある。――それは閘北の通宝路の双彩号に預けてある大事な封蠟の中の物である。

五百七十三枚の紙片となっているソ聯の要塞機密書類は、そこの金庫へ、梨嬢に頼んで保管してもらってある。

「もし、あの辺まで、戦火に見舞われたら……？」

と、考えずにいられなかった。

あの封蠟の中の物が、灰燼（かいじん）になってしまおうものなら、もう、並木少佐と会う事も、何の意味もなくなってしまう。ここまで来たのも、ただ一片の、未熟な女の戸惑いとなってしまう。

「山崎さん、ユキ子さん。――おおそこか、たいへんな事になったぞ」

そこへ、高橋が、馳けつけて来た。

「今、聞きました。上海の事でしょう」

彼女が云うと、高橋は首を振って、

「それもだが――僕は、君に謝まりに来たんだ。きのう一日体のぐあいが悪かったので、司令部に行かなかったんだが、きのうの未明に、並木少佐は、飛行機で天津へ帰ってから、すぐにまた、中支の方面へ行ったというんだ」

「えっ、中支へですって。……では、上海へですか」

「もう八月二日の発令になっていたんだそうだが、内地の新聞は、さっぱり見ずにいたものだから知らずにいたがね。並木隆太郎少佐は、八月初旬の陸軍定期移動の三千四百名の中の一人に入っていて、中佐に進級していたんだ」

「……ま。そうでしたか」

「同時に、○○○付となって、いちど原隊へ復帰し、すぐ上海派遣部隊の参謀になって、中支へ出征することになったのだそうだ。……知らなかった。知っていたら、せめて飛行場で、何とか、言伝(ことづ)てぐらいはして上げられたんだが」

と、高橋は、肱を曲げて、額の汗をこすりながら、気の毒そうに云うのだった。

弾光の間(かん)に

一

——その日に、彼女は、汽船の切符を手に入れた。

天津を去った彼女の行先が、上海であることはいうまでもない。

船が黄浦口にはいると、彼女も甲板に立った。わずかな間に、まるで変ってしまった上海の面貌(かお)に——彼女も他の船客たちと同じようにただ、

「ああ——」

と、鼓動のなかで呟いた。

日本海軍の精鋭をほこる第三艦隊や、第三国の軍艦の、異様な緊張に身をしめつけられながら、碼頭(まとう)の岸壁へ降りた。

「虹口(ホンキュウ)の万歳館へ」

と、飛び乗った自動車も、容易には進めなかった。あらゆる物が戦争している、血走っている、吶号している。

万歳館へ着くとすぐ、トランクを置いて、

「閘北の双彩号という美術店まで行きたいのですけれど、どうでしょう」

帳場に計ってみると、

「とんでもない事です。虹江路(ホンキュン)までも行けやしません」

皆、口をそろえて云った。

だが、諦めきれないのである。双彩号の梨嬢にあずけてあるスーツ・ケース入りの機密書類だけは、どうしても取り返して来なければならない。きょうまでの、あらゆる苦心も——そして並木少佐に会った後も——それを

戦火の灰にしてしまったら、もう何の意味もなさなくなってしまう。

自動車も行かない。勿論、いくら金をやっても、黄幌車すら行かないのだ。

彼女は、身をもって、交戦地帯まで衝き進んで行った。幸にも、日赤の看護服が、兵隊の眼をも怪しませなかった。——しかし、目的の閘北へは、一歩も寄れなかったのである。そこには、支那軍が充満していた。

彼我の砲弾は、絶えまなく落ちる。閘北の上にも、まっ黄色に噴煙していた。その火の下に——あのスーツ・ケースも焼けているかと、眼がうるんできた。危険もわすれて、茫然と立ちすくんでいた。

二

——山崎ユキ子の足跡と、彼女が祖国愛と恋愛に生きて、最後を純美に染めあげた血のラスト・シーンは、これからもっと急テンポに語ってしまおうと思う。

なぜならば、それから間もなく、彼女は戦線において、並木少佐に会い、それまでの——女の最後の願いとした努力が、傷ましくはなったが酬われたからである。

わずかに、その時の情景を叙するならば、場所は市街戦のもっとも壮烈をきわめた戦線で、時刻は夜だった。

「ユキ子です！　ユキ子ですっ」

叫んでも、叫んでも、並木少佐は、じっと星明りに、彼女の顔を見まもっているだけで、暫くは、思い出せない顔つきだった。

「六年前に、あなたの子を生みました——そして久留米まで抱いてゆきましたが」

と、わななきつつ彼女が云った時、少佐は初めて、おうっ、と咽から太い声をふるわせた。

照明弾が炸裂する。砲弾が落ちる。辺りにバリバリと機銃が吠えたけぶ。——その中であった。

「……ああ君か。思いもよらなかった。君もまた、日本赤十字社の白衣の女神として派送されて来たのか」

そう少佐からいわれた時、突然、鼻ばしらから沁むような涙が頬へあふれ出てきた。

「いいえ。いいえ」

ユキ子はさけんだ。すぐ前にいる人の耳へも、声の届かないほど、天地は音を鳴り立てていた。

「看護婦で来たのではありません。わたしの今日まではもっともっと……。ああそんな事……そんな事はもう云っていられません。——ただ、あなたに会ったら、さしあげたいと思う物があって、ハルビンから天津へ、そしてまた、この上海へ、決死の覚悟で、お探しして来たのです」

それから彼女は、極めて早口に、カルトンのダンサーとして生活している間に、ウドーベンと偽称するソ聯の国外脱走者から、秘密書類を手に入れたこと、また、その大部分——大小五百七十四枚の紙片は密封した上にスーツ・ケースに入れて、閘北の双彩号の金庫にあずけてあるが、取りに行かれないことなど、手短かに話した。

並木少佐は、彼女がそうした惨澹たる苦心を経て、その内の一枚だといって差出した紙片を手に取ってみた。

「何か、秘密地図にはちがいないらしいね。だが、こんな所で、悠暢(ゆうちょう)に調べてはおられんし、いずれ、何かの参考になるかも知れないから、預かっておくよ」

無雑作に軍服のかくしへ入れたきりだった。そして、むしろその事よりも、

「はやく帰り給え。危険だ。危険だ」

と、追い立てるように注意し、その間、少佐の眼も心も、ただ戦況へ向けられていた。

彼女の死

一

全上海の交戦地域が、日本軍の果敢な足下に踏み占められた頃、閘北も戦禍をまぬがれていなかった。

頑敵(がんてき)を蹴ちらして、日本兵がそこへ突入する頃、彼女も、双彩号のあたりを馳け歩いていた。

だが、そこには梨嬢の姿も金庫も見えなかった。

カルトンの靴みがきの爺さんに出会ったのは、その日だった。

「双彩号の梨嬢か。あの若夫婦は、正規軍がこの辺に立ち退きを命じていた頃、まっ先に、香港(ホンコン)へ行っちまったあね。——知らないのかい、香港に支店があるのを」

彼女は、それを聞いて雀躍(こおど)りした。スーツ・ケースの無事が分ったからである。正規軍が立退きを命じていた頃なら、あれも無事に荷物の中へ持たれて行ったにちが

いない。

またぞろ、彼女は、香港へ旅立った。死ぬ苦しみのような旅行だった。そして香港へあがるとすぐ、

(双彩号の支店)

というだけを目あてに梨嬢をたずねた。

一念は遂に貫徹したのである。梨嬢の居所は分った。機密書類を密封したスーツ・ケースも手に回(かえ)った。

梨嬢もひき止めるし、彼女も、今は心の弛みが出たのであろう、それを手に入れてから、約十日ほど、香港のホテルに滞在していた。

「きょうは、おわかれよ」

ホテルからの電話に、梨嬢は、埠頭の岸壁まで見送りに行った。ユキ子の顔はつかれていた。

「上海へ着いたら、報らせてくださいね。電話でも何でも、こんな時だから心配になるわ」

梨嬢は何度もいった。ユキ子は微笑してうなずいた。その顔が、いつまでも、梨嬢の眼から消えなかった。

山崎ユキ子からの消息は、それっきり絶えてしまったのである。——上海でも見かけた者はないという。また、あらゆる彼女の知り人のあいだにも、何の便りもなかった。

ただ、彼女の乗った英国汽船が、途中、汕頭(スワトウ)で四、五時間碇泊して、積荷や乗客の入れかえをしている混雑中、ちらと、見たという者もあるし、いやそれから先、船中でも見なかったという噂もあった。

後になって、思い合せられるのは、この船中には、香港から三名のゲー・ペー・ウが乗り込んでいたことだ。あの雑鬧の甚しい汕頭の荷積中、もし彼等が手を下せば、ユキ子に対して、どんな手段でも執れたろうという事である。

二

勿論、彼女の携帯品も、一切失くなっていた。——そしてまた、その中にあったスーツ・ケース入の機密書類が、彼女の思う人の手許へ届いたか否かという事も、頗る疑問に属する。

なぜならば、香港に滞在中、彼女はホテルに一名の写真技師を雇い入れ、その全部を復写させていたという事実がある。そして、その復写か何か内容はわからないが、厳重に荷造りした荷物を一箇、別の汽船便で、上海〇〇

本部気附、並木少佐宛に出していた。

何か、虫の知らせ——とでもいうような心がうごいて、自分が携えてゆくのみでは、不安を予感していたのではなかったろうか。

——にも関わらず、汕頭で下船した三名のゲー・ペー・ウ党員は、ほどなくソ聯最高の「ソ聯の英雄」章を授与され、彼等のクレムリン宮殿においては、

「ガリコロフ中佐の国外に搬出したる極東の機密書は、今や、われ等の手に回る！」

「誇りあれ赤軍！」

と、快哉をさけんで、乾杯したことが、モスクワの新聞紙上に、華々しく報道されていた。

山崎ユキ子の死は、確実と見るほかない。

日本(にっぽん)の孤児

(物語のはじまる前に)

我妻(あづま)先生は、支那で秘密の任務についておられる方で、この『日本の孤児』は先生が実際に見、実際に聞かれた事実です。その面白いこと、痛快なこと、感激深いこと、まるで小説以上なので、特に少年倶楽部のためにお書き下さったのです。皇軍が力戦奮闘したあの上海(シャンハイ)戦の裏には、またこんなことも起っていたのです。さあ一息にお読み下さい。そして一回も欠かさないように――。

(記者)

上海『大世界(ダスカ)』の奇術団

一、上海戦の勃発

お話しする前に、皆さんに聞くことがある。それは今度の上海の戦争は、去年の幾月幾日に始ったか？　という問題です。

「なんだア、上海戦は去年の八月十三日に勃発したんじゃないか」と、利口な皆さんはすぐ答えるでしょう。

そうです。これからしようと思うお話は、その上海戦の起った翌日からの出来事なのです。何しろ、わが海軍特別陸戦隊の二千数百人に対して、支那軍は二十倍の四十万以上。一気に日本軍を叩き潰そうと、陸戦隊本部の北に当る八字橋(はちじきょう)方面と、南に当る閘北(ぎほく)方面から、はさみ討ちにする戦法で攻撃を始めたのです。陸戦隊本部と日本人のいる租界との連絡を断って、さかんに砲弾を撃ち込んできたので、いくら我慢強いわが海軍だって、租界に

生活している日本人の命や財産が危険となっては、黙っていられません。味方の人数の少いことなどには頓着なく、

「それ、やっつけろ」と、こっちも火蓋を切って戦い始めました。上海に生活をしている各国の人達は勿論のこと、租界にいる一万人以上の日本人達の驚きは一通りでありません。いな、それどころか、世界中の耳や眼が、一斉にこの上海に注がれる騒（さわぎ）となったのでした。

ところがその火元の上海では、ことにフランス人や英国人や支那人達の多く住んでいるフランス租界ではどうでしょう。昨日（きのう）からこの上海の一角に戦争が起っているというのに、芝居や活動は、いつもの通りやっておるし、酒場やダンス・ホールでは、相変らず底抜けのドンチャン騒をしているのです。

それというのも、この上海という所は、世界各国の人達が寄り集って、支那で第一といわれるような大きな一つの都を作っていますので、自分の方にさえかかわりがなければ、他人はどんな目にあっていようと少しも苦にならぬといった、薄情なものを互に持っているからでありました。

二、ピストル射撃の神様

さて、その戦争の始った日の翌日、詳しくいうと昭和十二年八月十四日でした。

日本軍と支那軍との戦線地帯から、ものの四キロと離れていないフランス租界の愛多亜路（エドワード）という街に、支那で一番安くて面白いものを見せる盛り場で『大世界（ダスカ）』というのがあります。ここでは、戦争などはどこを吹く風かとばかりに、昨日も今日も、朝から押すな押すなの大入満員でありました。

小洋両角（シャオヤンリャンコ）（日本の十六七銭に当る）の入場料を支払って場内に入ると、運動場や小型動物園もあるし、劇場の中には芝居や寄席や見世物などの舞台も沢山あって、銅鑼（どら）や太鼓や洋笛などが、ガンガンドンドンピイピイ鳴って騒々しいこと一通りでありません。

食堂や酒場や喫茶室や、射的場やコリント・ゲームや玉ころがしというような種々様々の遊戯場があるし、暢気（のんき）な支那人達は楽しい一日を過すのに、朝からこの『大世界』に集って来るのでありました。

この劇場の幾つもある舞台のうちで、一番大きいのに、南洋からシンガポールや香港をまわって来た、洋行帰りの范大林(ファンターリン)一座の大奇術団が掛っておりました。

来る日も来る日も満員のレコード続きで、もう二箇月になるというのにこの大奇術団一つで広い『大世界』全部の人気をさらっているという大変な当り方でありました。

それも、范小林(ファンシャオリン)という十五六歳の少年が演ずるピストルの曲射(きょくしゃ)と、少年と団長(マスター)とで演ずる「箱抜(はこぬけ)の隠身術(いんしんじゅつ)」という大魔術が大変な人気を呼んでいるのでした。

この大魔術というのはこうです。まず少年も団長も、見物のお客さんに頑丈な麻縄で手足の動かぬように縛らせます。そして、空中に吊された二つの箱へ別々に入れられ、その箱の蓋をまたお客さんが大きな釘でぶちつけます。

それから箱は舞台の空間にぶらさがったまま、みんなの見ている前で、今度は蓋を釘抜でこじあけて見ますと、不思議や少年も団長もいずこに消え去ったのか、影も形も見当らなくなっている——。

というので、この魔術の種を発見した人には、二千元の大懸賞金を支払うということになっていました。さあ慾の深い支那人達のことですから、「俺が、俺が」という調子で、毎日のように新手が加って、押すな押すなの人気を続けていたのでした。

「わしなどは今日で十日も続けて来ているんです」

そういって特等席におさまっていた呉(ウー)さんは、隣の見物客に話しかけております。呉さんは南京(ナンキン)路の大きな理髪店の主人です。世界各国の手品や魔術を見て歩いたという奇術のファンで、日本へも天勝(てんかつ)の一座を見に、わざわざ二度も三度も来たことがあるというほどです。

「へーい？　十日もですって？」隣の客は驚いて呉さんの顔を見ました。

「そうです。でも私のは懸賞金附の『隠身術』も確かに気を引かれますが、それより范少年の鮮やかなピストル芸を見に来ているんです。隠身術というのは、アメリカの奇術師ハリー・フーヂニという人が元祖でしたが、その人の考えた魔術を、もっと巧妙に、そして時間において、もっと早く鮮やかにやって見せるのが、この奇術団の誇なんですがネ。それより少年のピストル射撃の方は、種も仕掛もない本当の技でやる芸です。どんなに面倒な条件をつけて、どんなに小さなものを目標(めじるし)にさせても、百発百中です。あれには、神様だって舌を巻きますよ」

呉さんは得意になって、隣の客に説明をしております。しかし隣の客は、懸賞金以外には興味を持たないという、慾張った方でありましたから、

「じゃ、そのフーヂニというアメリカの奇術師に、こっそり電報でも打って聞き合わしたら、二千元はお手のものじゃありませんか」

「ところが、そうは問屋が卸しませんや。その奇術師は数年前に、誰にも秘伝を授けずに死んでしまったのですからね。ハハハハハ」

呉さんは、そう答えて笑いました。

「なるほど、それじゃ駄目なはずですな」

「さようさよう」といって、呉さんはまた笑いました。

「それでは、私も慾張はやめにして、その少年のピストル芸で満足することにしますかな……」

そういって、隣の客も笑いました。

「それに限りますよ。でも少年の射撃があんまり上手なので、神様もいたずら好きとみえて、少年が舞台へ現れて、この芸をやると、必ず観客席で誰かが殺されているんです。一昨日(おととい)も昨日も、これで五人も観客席で死人が出ましたよ。いまだに犯人はわかりません。恐らく今日も一人や二人の死人が出るかも知れませんな」

「そいつは危険ですね。誰が殺されるかわからないのですか？　その少年が殺すんじゃありませんか？」

「そんなはずはありません。少年がいろんなものを舞台でパンパン射ち当てる時、この銃声に合わせて、突然、観客席に交っている犯人が、見物中の誰かをピストルで射ち殺してしまうのです。今日は誰の殺される番に当っているか知りませんが、いわば命がけで見ていなければならないという危険な芸ですから、見ていても力が特別にはいるというわけですな」

「冗談じゃありませんよ」

呉さんも隣の客も顔を見合わして笑いましたが、隣の客は気が気でありません。

三、母の形見の「お守袋」

さて観客席で、ピストル名人の范少年や、奇怪な殺人事件の話などで賑わっていた頃、噂の主人公である范少年は、楽屋の一隅にうずくまって、自分の舞台出番などはまるっきり忘れたかのように、さっきから眼をつぶっ

て一心に考えているのでした。

彼は昨日から、この奇術団の一座を逃げ出そうと考えていたのでした。なぜなら、この少年は芸名こそ范小林という支那人の名で舞台には出ていますが、実は正真正銘の日本の少年なのです。

彼は日本が支那と戦争をしているのに、そしてそれが、この上海に昨日からいよいよ飛火してきたというのに、暢気にも、舞台に立って、支那の阿呆どもを喜ばしているということは、日頃、一座の支配人達に対して、自慢にしている自分の「大和魂」に申訳がないと感じたからであります。

少年は上海に生まれた日本人ですが、彼が母のお腹にいる頃に父を失い、五歳の時までお母さんの手一つで育てられたのです。お母さんは生活のために、ある時は酒場の女となったり、ある時は踊子となったりして、彼の日ましに生長するのをただ一つの楽しみとして働いていたのでありました。ところが、不幸にも悪い病にとりつかれて、上海のキリスト教慈善病院の一室で、空しく天国へ去って行ったのは、今から丁度十年前のことでした。

楽屋の隅っこで、この一座から抜け出す方法を考えていた少年の胸に、ふと幼いその頃のことが思い出されるのでした。

綺麗にお化粧をして、立派な洋服を着たお母さんは、夜になるとどこかへ働きに行った。僕は幼心にもひとり寂しく寝床に潜って、眼をつぶって、泣かずにお母さんの帰を待っていた。泣きたくってしようがなかったけれど、

「坊やは日本人だもの、強いんだもの、だからお目々をつぶって、おとなしくお留守をしておいで」

お母さんが、いつもこういって、泣き出しそうになる僕を、励ますので、出そうになる涙をやっとこらえていると、お母さんの方が涙ぐんでいるではないか。

「坊やが泣かないのに、お母さんばかり泣くってずるいや」

といったら、

「だってお母さんは女ですもの、坊やは男でしょう」

こういって、涙に光る眼でお母さんは笑って見せた

――。

思わず少年は大きな声で、

「お母さん！」と叫びました。

この少年の突然の声に、楽屋の人達は驚いて少年を見るのでした。

少年は、ハッと我にかえりましたが、また静かに眼をつぶってしまいました。

病院の薄暗い一室で、母の死んだのは、凍てつくように冷たい冬の朝でありました。

天にも地にも、ひとりぼっちとなった少年は、それからというもの、あちらへ十日間、こちらへ二十日間と他人の家から家へ転々と預けられて、六歳になったばかりのある日、いまの范団長に買い取られて、それから十年、芸人となって身を立てていたのでありました。

この一座の社会では、日本人であろうと、支那人であろうと、シャムであろうが、マニラであろうが、そんなことには一切頓着なしに、仕込まれても芸が出来ないと、踏んだり蹴られたりした上に、二日も三日も飯を食わされないのが掟となっておりました。

彼は一座の誰よりも子供でありましたので、芸をおぼえるには人一倍の苦労をしました。なぐられたり、息の根がとまるほど蹴られたことも度々ありましたが、彼は決して泣きませんでした。

「日本人は強いんだ。泣いたら死んだお母さんに笑われる。お母さんは、このお守袋の中で、僕の偉くなるのを見ていられるんだ」

少年は、いつもこういって、自分で自分の心を励ましたのでありました。

少年は嬉しいことや悲しいことがあると、必ず肌身につけて離さずに持っているお守袋に相談をしてみるのでありました。そのお守袋には、彼のために母がこの世へ書き残して行った最後の言葉が入れてありました。それは、

> 神様！
> コノ子ハ中田斌（ナカタタケシ）ト申シマス。大正十三年二月十一日紀元節ノ佳キ日ニ、上海共同租界ノ文路（ブンロ）ニ生マレマシタガ、生レハ外国デアリマシテモ、立派ナ大日本帝国臣民デアリマス。斌ハ私ノ手一ツデ育テタ可哀ソウナ子デアリマス。
> ドウゾ、神様。
> 斌ヲ立派ナ人間ニシテ下サイ。世ノタメ国ノタメニ尽クスヨウナ偉イ人ニシテ下サイ。
> 私ハ不幸ニシテ死ンデ行キマスガ、私ハ死ンデモ魂ハ斌ノ心ノ中ニ宿ルコトデショウ。斌ガ偉イ人ニナルマデ、神様オ願イデス、私ヲ天国ヘヤラナイデ下サイ。

孤児（ミナシゴ）トナッタ斌ノ身ニ希望ノ光ト幸福ヲオ授ケ下サイ。

アーメン

（斌ノ母、中田フミ）

少年は生まれながらにして、こんな悲しい運命を負わされているのでありましたが、一座の支那人やマニラ人などには、ムザムザ負けてはいませんでした。叱られてもなぐられても、一心不乱になって、火の出るような練習を積みました。そして、ぐんぐんと仲間達を抜いて、今では全員八十名の上に一番輝いて、その人気は団長（マスター）以上とさえなったのでした。今では団長が、

「ピストルを持たしたら、あいつの射撃に勝つ者は、ちょっと世界に見当りませんや」

こういって自慢にするほどです。

しかし少年にとって、血のにじむような、この十年間は、決して短い時間ではありませんでした。

いつの間にか、少年の舞台に出る番が迫っていました。

「畜生、何をぐずぐずしているんだ。早く衣裳をつけろ、小日本（シャアオジーペン）！」

舞台へ出てこそ少年は、観客達から英雄のように賞められましたが、楽屋裏では、座員達から、そねみ憎まれて、まるで掃溜の塵（ごみ）のような取扱いを受けていました。

一座の者達は、少年を罵る時は、きまって「東洋鬼（トンヤンクイ）」だの、「小日本」だのという、軽蔑の言葉を使うのでした。これに対して少年は、いつも、

「黙っていろ、チャンコロめ。今に見ていやがれ」と逆襲しましたが、多勢に無勢ではどうにもなりません。歯を食いしばって、機会の来るのを待っていたのでした。

少年はしぶしぶ衣裳をつけて立ちあがると、この時、轟然一発、つづいて二発、三発、物凄い大砲の音がして、楽屋の窓硝子（ガラス）が地震のようにビリビリッと響きました。

「戦争だ！　僕もあとで行くぞ！」

少年は力強く叫びました。

四、観客席の殺人事件

支那の舞台は、前と後に区切られていて、前の方を前台（ぜんだい）と呼び、後の方を後台（こうだい）といっております。前台と後台はその間に一つの黒い幕によって区切られているだけで

す。少年は楽屋を出て、この後台へ出て来ますと、前台では、まだ盛んに手品をやっております。彼は、その幕裏で次の出を待っておりましたが、ふと、一昨日からの不思議な殺人事件のことが思い出されました。

それは、さっきもちょっとお話をしましたが、少年が得意のピストルで、団長が口にくわえている巻煙草を、片っ端から射ち落して行くと、そのピストルの銃声に合わせて、観客席で幾人かが誰かのピストルに射たれているという事件でした。犯人は客席の中に紛れ込んでいる兇漢（ギャング）で、殺す相手を予め見定めておき、少年の銃声と同時に、そいつも引金を引くらしいのです。しかし、観客達はいずれも、少年の鮮やかな射撃ぶりに気を取られているし、それに少年の射ち出すピストルの音だけしか聞えませんから、観客席から死人が出ても、誰が殺したか見当さえつかないのでした。

これが、我が日本の劇場で起った事件であるとしたら、それこそ大変な騒でしょう。ところが支那では、現場で犯人がつかまればともかく、そうでなければ、被害者が病院へかつぎ出されるだけで、一般の客達は何事もなかったように悠々と次の芸に心を移してゆく。大陸的とでもいうのか、全くあきれ返ったのんきさであります。

実際、少年は自分の出る幕に限って、こうしたいやな事件が起るので、一昨日から苦りきっていたのでした。

「今日こそは、僕の手で犯人を挙げてやろう」

少年は、その方法を考えていたのでした。弾を射ち出すと見せかけて、急に引金を止め、舞台から素早く客席に注意する。これを幾度も繰り返したら、きっと犯人はまごつくか、あるいはあわてて、本当に誰かを射ってしまうか、どちらにしても、必ず発見することが出来る、と信じたのであります。

「そうだ。その犯人を射ち殺してやろう。そして、それをきっかけにして、この一座を抜け出してやろう」

少年は、こう心に堅くきめてみましたが、果してうまく行くかどうか？　いよいよ逃げることに決心すると、胸がわくわくしてきて、今にも誰かに、この謀反があばかれるような気がして、思わずあたりに眼をくばって見るのでした。

五、大魔術「箱抜の隠身術」

ベルが鳴って、少年は団長（マスター）と一緒に舞台へ現れると、破（わ）れんばかりの拍手が観客席から起りました。

やがて、舞台の空中に大きな木箱が、ぶらさげられた頃、説明係の梁（リャン）さんが出て、

「さて皆様、只今ここに御覧に入れまするは、二千元の懸賞附をもって多大の御喝采を願っております大魔術『箱抜の隠身術』でございーー」

前口上が終ると、観客席から十人ほどのお客に、舞台へあがってもらって、太い縄で、団長と少年を別々に、手といわず足といわず厳重に縛らせました。それからこれを空中に吊されている箱へ入れ、蓋をして、しっかり釘づけにさせました。

これがすむと、説明係の梁さんは再び観客達に向かって、

「御覧の通り縄にも箱にも、種も仕掛もございません。また箱と舞台との間にも、何の仕掛けもないということを御覧に入れますために、箱はわざと空中に吊したのでございい。箱の中におりまする人間は、もし縄を解いて箱から抜け出すことが出来るといたしましても、箱の上下左右は皆様の眼前にお眼透しでござりますれば、今は姿でも消して出ない以上は、人間業では到底出来ないかと思われまする。見事に両人が箱から抜け出ておりましたらお慰み……」

こうした口上が観客達に申し渡されていた頃、どこをどうして抜け出してきたのか、少年ははや、舞台裏に姿を現しました。粗末な梯子から舞台の天井裏へ、猿（ましら）のように身軽く駈けのぼると、始めて、ふうッと呼吸（いき）を一つ入れ、

「やれやれ、今日は僕の方が団長より早く抜けてきたぞ」

天井裏にしゃがんで、そんなひとり言をいっているところへ、ミシリミシリと梯子を踏んでくる団長の顔が天井裏へ現れて、いきなり彼に、

「おめえは何か謀反事（むほんごと）でも企んでやしねえか？」

鋭い眼でジロリと睨まれたので、少年はヒヤリとしました。

「何も考えてやしないよ、僕」

少年は、つとめて平気を装うて見せました。

「そんなら俺の気のせいかも知れんが、今日のおめえの眼付はただじゃねえ。殺気を含んでいるぜ。間違えて俺でも射ったら、それこそお陀仏もんだよ」

「大丈夫だよ、親方」

少年は、そう答えて、自信ありげに、腕をまくって叩いて見せました。

その時、観客席の方で破れんばかりの拍手が起って、しばらくは鳴りもやみませんでしたが、つづいて場内からはいろんな弥次が飛んで、みんなを笑わしているのが聞えてきました。お客達の手をたたいて喜んだのは、釘づけにされた箱があけられて中に両人の姿が空っぽになっていたので驚いたからでありましょう。

「今日も二千元の懸賞はフイになっちゃった。つまらねえや」

誰かが変な声で愚痴をこぼすと、またもやみんながドッと笑いました。

薄暗い天井裏で、これを聞いた団長と少年も、顔を見合わしニヤリと笑いました。

「そう安直に二千元からの大金を取られてはたまるもんか」

こういって団長はまた笑いました。

つづいて舞台からは、梁さんの口上が聞えてきました。

「見事に箱を抜け出でまして、いずくへか消えてなくなりましたる両人が、只今、天から降って参りまする。そして、これなる舞台へ張り渡された針金の綱へ、これまた見事に足指にて支え、空中で踏みとどまりますればお慰み……」

天井裏で二人は舞台へ飛びおりる用意をしました。

この芸は世界一の大サーカスといわれるアメリカのリング・リングでも、また日本へ来たドイツのハーゲンベック・サーカスでも、この空中からの飛込んでくる綱渡りはやらなかったようであります。別々に飛下りて綱へ踏みとどまるなら、あるいは練習次第では出来ないこともないと思われますが、二人が同時に落ちてきて、綱の上で踏みとどまるということは、よほど二人の呼吸が合わないと出来ない業であります。

舞台から合図のベルが鳴ると、団長も少年も別人のように緊張して、ただ二人の間に通うものは、一つに合体した呼吸と、一つに繋がるかに見えた血汐の流とであります。

二人は同時にスタートしました。次の刹那に、四つの足は、針金の綱の上に、ガッチリと踏みとどまっておりました。

雷の落ちるような拍手が起って、観客達は、ただその妙技に酔わされるのでありました。

六、神速(しんそく)綱渡りの仇討(あだうち)

少年は綱の上から観客に向かって挨拶をしました。

「好(ハオ)、好、好」と、観客達は嬉しがったのですが、その声の中から、

「今日は人殺の出ないように願いまアす」

という弥次が飛んだので、みんなはまたドッと笑い崩れました。

少年は、それに答えずに、ポケットからピストルを悠々と出して、団長の方に向き直りました。

団長は小さな飴ん棒のようなものを口にして、その棒の上に独楽(こま)を廻しました。

口上係の梁さんが出て、

「行きつ、戻りつ、廻っておりまする独楽の心棒に、見事に射ちあたりますれば拍手喝采」

この説明が皆まで終らぬうちに、銃声が場内の空気を震わして、独楽は吹っ飛んで空中へ高く舞いあがりました。口上係は、あわててモーションをつけて、両手で握りとめ、

「捕手(キャッチャー)、後方のフライ、受け取りまして、一死(ワン・ダウン)」

と、野球もどきに笑わせながら、今度は、その独楽を客席へ軽く投げて、

「お改めを願います。その品は記念に差上げまする」

梁さんが、こんなおどけた説明をしておりました頃、少年の鋭い眼は絶えず観客席に注がれておりました。

その次は、綱をハンモックのように揺り動かして、片足で体の平均を支えながら、足元の綱を射って針金を断ち切ってしまうという芸でありました。

少年は、物凄く揺れる綱に乗って調子を取っておりましたが、やがて狙を定めて、まさに発射せんとしてふとやめました。その刹那、彼の眼は隼(はやぶさ)のように場内をチラと走りすぎましたが、少年の顔には会心の微笑がアリアリと見られました。

少年は、そこでいきなり発射しました。針金が切れた瞬間、少年はヒラリと舞台へ飛び下りましたが、団長は不意を食って舞台へ転げ落ちたので、みんながドッと笑いました。

次にいよいよ、煙草の釣瓶撃（つるべうち）をする芸となりましたので、場内は水を打ったようにしんとして、観客の眼は少年のピストルに等しく向けられました。

轟然！　銃口は連続的に火蓋を切りました。咬えていた団長の煙草が空中に高く吹き飛ばされたのと、観客席の一隅から、「あッ！」とうめく声が起ったのと同時でありました。

「おや？　人殺（ひとごろし）だ？」

「またか？」

「どこだどこだ？」

不吉な光景が三日もつづきましたので、いくら暢気な支那人達も、今日は大騒です。

「まだ息があるぞ、早く病院へかつぎ出せ」

「馬鹿々々、もう死んでるじゃないか？」

「おやッ？　射たれた男もピストルを持っているぞッ、やア、これあ変だ」

「傷は左の胸と右の手首だ！」

倒れた男を取り巻いた観客達が、こんなことを口走っていた時、舞台から少年はみんなに向かって絶叫しました。

「倒れた男のその右の手首が曲物だ。昨日までここで五人殺（ごろし）を演じた犯人は、そのピストルの男だ。五人の仇は今僕が討ってやったんだ！」

こう、噛んで吐き出すようにいい棄てると、少年は脱兎の如く舞台裏へ消えていました。

彼は楽屋から外出着と実弾を一箱引っつかむと、そのまま、運動場から場外に飛び出し、西蔵（チベット）路の方向に一目散に駈け出しましたが、場外に出て、まだ物の三百メートルとは離れていない頃、空から物凄い爆音がして、

「あッ飛行機だ！」と、思ったのも束の間でした。轟然たる大音響と共に爆弾が炸裂して、思わず振り返りますと、おお、こはそもいかに、たった今命からがら逃げ出してきたばかりの『大世界（ダスカ）』は、瞬間に地獄のような凄惨な姿に変っているではありませんか？

仰げば両翼に青天白日旗のマークをつけた紛う方なき支那機が、編隊で飛び去るのが見えます。何を迷うたのか、支那の飛行機よ！　自分達の兄弟である支那人達を殺すのに、わざわざ飛行機まで持ち出して、高い爆弾まで使わなくともよかろうに――。かくて数百名の命はただの一瞬間に彼等のために奪い去られたのであります。時に八月十四日の午後四時四十六分でありました。

「ああ、僕は助っていた」

少年は、やっと我に返りました。逃げ出し方が今二三分間も遅れていたならば、少年の命は恐らくなかったでありましょう。神様の助であります。亡き母の護(まもり)であったに違いありません。

「そうだ、ない命を拾った僕だ。今こそこれをお国のために棄てるぞ。このピストルの狙撃(ねらいうち)に物をいわせる時が来たのだ」

少年の足は、我が陸戦隊本部の方に向かって、ひた走りに走っておりました。

この日は朝から風が強く、午後になって一層激しくなりましたが、夏の上海はまだ日が高く、ちぎれ雲が大空を北に向かって気ぜわしく走っておりました。

七、寝ぼけた飛行機

少年は、西蔵路を右に折れて南京路へ夢中で走って来ましたが、この上海の銀座通といわれる南京路でも、人々は右左にうろうろしています。不思議に思って立ちどまりますと、この近くにも今しがた支那の爆撃機が編隊で空襲して、支那の避難民やホテルに泊っていた外国人達に爆弾の雨を降らして行ったというので、気の早い人達は家財道具を纏めて逃げ出していたのでした。

その爆撃されたという西京路(シーキン)近くに行ってみますと、往来は人間の洪水で身動きも出来ない有様です。爆撃に戦(おのの)いて避難する支那の男や女や子供達や、それから爆弾で大玄関が木っ葉微塵に砕けたカセイ・ホテルを見物しようという、暢気な弥次馬達で、泣くやら喚くやら大変な騒です。

カセイ・ホテルは東洋一を誇る近代的な大ホテルで、蔣介石(しょうかいせき)や宋美齢(そうびれい)や宋子文(そうしぶん)などという、支那政府を握っている宋一家が大株主となって、外国人の金持を専門に泊める立派なホテルでありました。

少年は人込の中にもまれて、出ることも抜け出すことも出来ません。そしてホテルの前にまでいつとはなしに押され押されて来ていたのでした。人間のすべてが支那人で、日本人などは一人も見当りません。その時でした。群衆の中から突然、

「馬鹿野郎は蔣介石だ。月給を払っている家来達に、自分のホテルを破壊さして、それで嬉しいとでも思っているのか」

誰かが叫ぶと、それがきっかけとなって、猛烈な激論

が、人間の怒濤の中から吼えてきました。

「日本の建物を爆撃しようと思って間違えたんだ」

「寝呆けた飛行機乗を雇うからだ」

「風が悪いんだ。この大風じゃ仕方あるまい」

「風で見当も多少は狂うというのか?」

「馬鹿野郎、風ぐらいで一々見当が狂われたら、俺達の命は幾つあってもたまるもんか」

「そうだとも、高い税金を搾り取られて、あんな険呑(けんのん)な飛行機乗を雇う月給代にされちゃア世話アない」

めいめいが好き勝手な愚痴をこぼしていますと、後の方から、

「俺達民国の悪口をいう奴をやっつけろ!」

「蔣元帥を馬鹿扱いにする奴は漢奸(かんかん)だ!」

「漢奸だ!」

「日本のスパイだ。やっつけろ!」

この騒の方が大きくなって、群衆達も訳が解らなくなって、「漢奸だ、やっつけろ!」と、皆が皆して喚き立てますので、一体誰が漢奸やら見当もつかないのでした。

少年は、やっと群衆の中から脱け出ますと、声を限りに、

「やい、漢奸も糞もあるもんか! あんな出鱈目な飛行機で日本が負けると思ったらお目出たいや。『大世界』へ行ってみな。おまえ等の飛行機で殺されたチャンコロが千人もいるぞ、ざまアみろい!」

こういって、くるりと尻を向けて叩いて見せました。

「あの小僧をつかまえろ!」

誰かが怒鳴りますと、群衆達は「うわ‼」と、喊声を挙げて追っかけて来ましたので、少年は弾丸のような速さで飛んで逃げます。

市街戦の小英雄

一、死の街に躍る便衣(べんい)隊

どこをどう逃げて来たのか、斌(たけし)少年はふと気がつきますと、いつの間にか黄浦江(こうほこう)の岸壁に来ておりました。

夕暮の空には黒雲が走り、遠く雲の上にはごうごうたる飛行機の爆音が聞え、大風(たいふう)のために荒れ狂う黄浦江の波は、岸壁に嚙みついては砕けていました。

彼は、郵船会社の前から、着剣姿の物々しい英国兵が警戒している英国領事館の横を曲って、公立公園（パブリック・ガーデン）の前に出ました。そこは自分が幼い頃、何度も母に連れられて遊んだことのある、思出の深いところでした。

「おお、あの公園橋（ガーデン・ブリッヂ）を渡れば僕達の日本人街だ。僕の生まれた文路はすぐその入口だ」

そう思うと、斌少年は急に胸が一杯になって、目がしらが熱くなってくるのでした。

しかし、橋の向側では厳重なバリケードを築いて、我が陸戦隊の水兵さん達が、支那人の通行を禁じているのでありました。

彼は恐さも忘れてそこへ飛びこんで行きました。

「僕、支那服を着ていても立派な日本人です。僕、孤児（みなしご）です。支那人に買われていましたが、戦争になったんで逃げ出して来たんです」

斌少年は、一生懸命になって水兵さん達に訴えました。

水兵さん達は顔を見合わして、斌少年を日本人と認めて通行を許していいか悪いかが、すぐには見当がつかないようでありました。少年は断られては一大事だと思いますので、必死になって頼んでおりましたが、ふとお守袋のことに考えつきましたので、腹巻の中から、お守袋を出して水兵さんに見せました。

「これ、お母さんが僕にくれた形見です。僕、お国のために働きたいのです」

少年の眼には涙が流れておりました。

「よし、わかったぞ。君は立派な日本人だ。君のお母さんは偉い人だ」

お守袋の中の母の遺言を読んだ水兵さんは、斌少年の頭を撫でながら賞めました。すると別の水兵さんは少年に向かって、

「して、この虹口（ホンキュウ）に誰か知人（しりびと）でもあって頼る気かね?」

優しく聞いてくれます。

「孤児ですから誰もありません。僕、五つの時まで文路で育ったんですから、生まれた街を訪ねてみたいです」

彼は、水兵さんからお守袋を戻してもらいますと、それを眼の前に握って、まるで生きている人にでもいうように、

「お母さん！　斌は丈夫で租界へ帰って来ました。立派な働きをするのはこれからですよ、見ていて下さい」

こう叫んで、大切にお守袋を腹巻の中におさめるのでした。

虹口といって、日本人の多く集っている懐かしい街に、十年ぶりで来ましたのに、この街は昨日から一夜にして死の街と化しておりました。支那軍の爆撃を警戒するため、街も家も電燈が消されて真暗です。そして軒並の家はことごとく蟻の這出る隙間もないほど厳重に釘づけにされていまして、人の姿は殆ど見うけられませんでした。顔の筋肉を硬ばらしている自警団の人々や、陸戦隊の兵士が、街の角々に一人か二人ずつ立っている他には人の姿もありません。闇の街に光るものは薄白くチラつく銃剣だけでした。

斌少年は、真暗な死の街をトボトボと、生れ故郷の文路に向かって歩いてきますと、突然、四辻に立っていた歩哨兵に、

「誰だ?」と声をかけられました。彼はびくっとしましたが、

「僕、中田斌といいます。文路の日本人クラブへ行くんです」

こう答えて闇の中に水兵さんの顔を見ましたが、その時、水兵さんの立っているすぐ後の家の二階で、何か人間の動くような気配を感じましたので、舞台裏の暗い闇の中に慣れている斌少年の眼は異様に光りました。

水兵さんが、「早くクラブへ避難せよ」と、命じましたが、斌少年はまだそこに立って、怪しい二階の窓を見ていました。そして窓の外へ何か黒いものが、ニュッと出たかと思う刹那、少年のピストルは火をふいて、銃声と同時に、黒い塊が「あッ!」と叫んで、二階の窓からもんどり打って往来へ落ちてきました。意外の出来事に水兵さんは驚いて、落ちてきた人間の傍へ近づくと、それはまがうかたなき支那の便衣隊の一人でした。

水兵さんは少年の手を固く握って、

「やア君、有難う! あぶないところだった」

斌少年も嬉しくなって、

「怪しい奴が窓から首と手を出したんで、ひょいと闇を透して見たら、ピストルで小父さんを射とうとしたんで、僕思わずやっつけたんです。僕の手の方が少し早かったからです」

水兵さんは、今更のように彼の顔を見直して、

「どうしてピストルなんか君が持っていたのかい?」

不審に思ってたずねました。

「僕、今日のお昼まで『大世界(ダスカ)』の舞台でピストルうちをやってたんです。戦争になったので、僕お国のために尽くしたいと決心して逃げ出して来たんです」

斌少年は水兵さんと、こんな話のやりとりをしていますと、さっきの二階の窓に、またも、怪しい人影が二つ三つ動くような気配がしましたので、

「小父さん、兵隊服を着ていない支那人でも、怪しい奴はやっつけたっていいんだろう?」と、きいてみました。

「そうだとも、便衣隊といって、普通の支那人に化けた支那兵が、知らぬ顔をして街にまだ数百人は入りこんでいるらしいのだ。片っ端から租界に住んでいる支那人の家を捜しまわっているんだが、どいつも普通の支那人に化けているので、見分がつかず、全く弱りきっているところなんだ」

「では、小父さん」と、斌少年は何かいいかけたが、「あぶない!」と叫ぶや、その銃口はまたも闇の中にパッパッと火を吐いて、銃声が街の静寂を破っていました。「あ!」という悲鳴が起って、さっきの窓から、便服を着た肉塊が、二つ往来へ転げ落ちてきました。

この銃声に、附近を警戒していた自警団の人々や、二三名の陸戦隊の兵士達も駈けつけて来ます。

斌少年はピストルを腰のポケットにねじこむと、

「便衣隊の征伐をするのは、舞台のタバコうちより面白いや。僕ウンと明日からやるよ。弾がなくなったら下さいね、小父さん!」

そういって、少年の意外な殊勳に、あっけにとられている自警団の人や兵隊さん達をあとに、すたこら日本人クラブの方へ消えて行きました。

二、全居留民恐怖の一夜

その夜の日本人クラブは避難民の大洪水で、往来にまではみ出しているという騒でした。

斌少年は、人々から、すぐそこの鉄筋四階建のビアス・アパートに海軍武官室があるから、そこへ避難せよと、教えられましたので、仕方なく街へ出ましたが、ふと思いおこせば、おお、自分の今踏んでいるこの街こそは、まぎれもない自分の生まれた文路ではありませんか。

「文路だ文路だ」

彼は、今一度しっかりと地べたを踏みしめてみました。すると闇の中に、母親に抱かれていた頃の昔が、パッと浮かび上ってくるようで、ひとりでに涙が出てくるのでした。

海軍武官室も避難民で一杯でした。上海に住んでいる全部の居留民がここに集ったかと思われるほどで、部屋々から溢れた人達は、更に廊下にまで満ちております。誰も彼も真青になって、怖れ戦いております。親は子を堅く抱きしめ、子は親にしっかりと取りすがっております。

　斌少年は、誰も取りすがる人がないので、じっと腹巻のお守袋を握りしめていました。

「俺だって、お母さんと一緒にいるんだ」

　彼は、こんなことを心に叫んで、親に抱きついている多くの子供達を見ました。

　夜の闇が濃くなるに従って、支那軍の空襲が盛んになってきました。所きらわずに投下される支那機の爆弾が、虹口の各所に炸裂しました。そして今にもこの武官室が、その一弾に木っ端みじんとなるのではあるまいかと思われるような恐しさに、みんながおびえているのでありました。

　僅か二千数百名の我が陸戦隊が、幾十倍という支那の大軍と、街をはさんで戦争をしているのですから、いついかなる時に、どこの一角が崩されてしまうかもわからないのです。そしてその一所が崩れたら最後です。血に餓え、肉に餓えた狼のような数万の支那兵が、なだれを打って、この日本人街におしよせて、掠奪や人殺しが始められることでありましょう。ですから人々の心配は、とても筆や言葉では現されないほどでありました。

「陸軍は、いつ上陸してくれるんだろう?」

　人々の胸には、内地から救いに来てくれる陸軍部隊の上陸が、待遠しくってならなかったのでした。

　しかし、我が少年中田斌君は、これ等の人々の心配とは、全く別なことを考えていました。彼は、明日から、どんな方法で支那兵をやっつけたらよいか？　いろんな場面を心に描いていたのでした。斌少年には何の心配も恐しさもありませんでした。

　ところが、その夜、海軍武官室から避難民達に嬉しいしらせがありました。それは、支那海の颱風を突破して内地から飛んで来た我が海軍の荒鷲隊が、支那の杭州にある筧橋飛行場を襲うて、空中で敵の飛行機を十台射落し、また支那で一番に大きい飛行場である南昌を爆撃して、敵の飛行機を二十台も打ち落した。また上海の我が租界を爆撃するために挑みかかって来た大型爆撃機を、上海に碇泊中の我が第○艦隊附の飛行機が射落したという報告でありました。

我が少年斌君も、固唾を呑んで聞いておりましたが、報告がおわるや、誰よりも早く、頓狂な声を出して、「日本海軍万歳！」と両手を挙げて叫びましたので、みんなも破れるように手を打って喜ぶのでした。

このために斌少年は、みんなから、人気者にされてしまいました。菓子をくれる人や、パンをくれる人などが出てきて、今日の正午（ひる）から何も食べずにいた少年をひどく喜ばせるのでした。

三、パチンコの兵法

明くれば八月十五日でした。夜の白々と明けるのを待ち兼ねて、少年は海軍武官室を飛び出ると、戦線地帯になっている北四川（きたしせん）路に向かって駈け出しました。

北四川路をはさんで、わずか千名足らずの陸戦隊の勇士達が、前面の閘北一帯に昨夜以来続々とつめかけて来た十万の大軍を相手に、死ものぐるいの戦いをしているのであります。

野原や山でやる戦争と違って、家のたてこんだ街の真中でやる市街戦というものは、たとえそれが一軒の煉瓦家であろうと、立派なトーチカの代用となりますので、決死の総突撃をやるというわけにはゆきません。

斌少年は、砲火を潜って戦線に来ますと、何と驚いたことには、日本の兵隊さん達は、子供の戦争ごっこのような方法で、敵のいる煉瓦家を一軒々々奪い取っているではありませんか。なぜ子供の戦争ごっこのようだと申しますと、子供達が往来にブン投げて遊ぶパチンコ（癇癪玉ともいう）というのがあるでしょう。あのパチンコを作って我が勇士達は戦争をしていたのであります。

それというのは、市街戦は敵の家を焼き討ちするに限るので、敵の煉瓦に石油をぶっかけて火をつけねばなりません。この火をつける役目をさせるために、馬の金具と竹とで小さな弓を作って、矢の先にパチンコをつけて射ちますと、破裂した拍子に敵の煉瓦に火が燃え移ります。そしてパチンコの音に敵は驚いて、もう日本兵はここまで来て、火をつけたり弾を射ち出したりしたのだと勘違いして、一斉に手榴弾、機関銃弾の雨を降らしてくるのです。その弾の雨が止むのを待って、今度は本物の我が勇士達が突進して行って、その家を占領してしまうのです。

これを一軒々々くり返してゆかねばならないのですか

ら、その苦心はたいていではありません。しかし、当時、陸戦隊では、この戦法を「パチンコ戦術」といって、勇士達は子供のように喜んでやったのでありました。

斌少年は、そのパチンコ戦術を眼のあたりに見て、

「戦争って、面白いなア、僕にもやらしてよ！」

そういって、せがむので、勇士の一人は彼に弓とパチンコの矢を貸してやりました。

彼は敵の煉瓦家に見事にパチンコを射って火をつけますと、敵はあわてて手榴弾を投げてきます。こちらも煉瓦家に隠れているのですから弾にはあたりません。

勇士の一人が斌少年に、

「なかなか鮮やかにやるじゃないか」とほめますと、彼は、

「僕、弓よりピストルや鉄砲の方が、もっとうまくやれる」

と、真面目になって答えますので、

「本当の鉄砲を射ったことがあるのか？」と、その勇士は驚いて見せました。斌少年は勇士から無理に鉄砲を借りると、その足で、この占領した煉瓦家で死んでいる敵兵の懐中から幾つも財布を奪い取って、それを敵のいる前の路地へブチ投げて、突然、大声をあげて、支那語で何か喚きたてました。すると命よりお金の方が大切である支那兵達は、見ているうちに前面の煉瓦家から、二三名、金がハミ出した道の財布を拾いに、チラリと姿を現しました。それを斌少年は待っていましたとばかりに、間髪の隙も与えずに射ち倒してしまいました。

「凄いぞ！」

思わず勇士達の班長も乗り出してきました。勇士達は彼に食いきれぬほどの固パンを褒美にくれるのでありました。

こうしてその戦闘も、その日の午後四時までに、予定の陣地を占領してしまいました。少年はみんなの止めるのも聞かずに、勇士達に別れを告げて、変り果てた虹口（ホンキュウ）の街を十年ぶりで見物するために、呉淞（ウースン）路の大通を一直線に歩いていました。

すると日本人クラブや海軍武官室から飛び出てきた二千名からの避難民達が、往来を一杯に埋めて、長い長い列をつくって行くではありませんか。

「何が起ったんだろう？」

斌少年は、そのあとを追うて、やっとのことで、その列の最後に加ることが出来ましたが、一体それはどこへ行くのでありましょう？

四、墓前の決死報告

それは、上海に戦争が始ったというしらせを受けて、上海へ急航した日本郵船会社の竜田丸が、今夜避難民を千五百名だけ乗せて、日本へ出航するというので、内地へ帰りたい人達が先を争うて郵船碼頭（マトー）（碼頭——波止場）に行く行列でありました。

斌少年は、その列に加ってすぐこの事情を知りましたので、「こりア素敵だ、日本へ行けるぞ」と、嬉しさで胸がわくわくしてきましたが、さて、日本には、彼の帰を待つ人も頼る家もないことを思って、がっかりしてしまいました。

日本人と生まれて、一度は日本の土を踏みしめてみたい。景色のいい瀬戸内海や富士山も見たい。いやもっともっと見たいのは、天皇陛下のおいであそばすという東京だ！

彼は、まだ見ぬ日本を、いろいろに想像をしながら、彼等の行列に黙々としてくっついて行きました。

郵船碼頭へ着くと、竜田丸はまだ着いていませんでした。

東の楊樹浦（ヤンジッポ）方面からしきりに砲声が聞えてきます。この日も朝からの大風で、岸壁には大きな波頭がぶつかって飛沫をあげています。

彼は幼い頃から、港の波止場を見るのが何より好きでした。ボルネオでも印度（インド）でもジャバでも、彼は港町で興行をする時は、いつも舞台の合間に、波止場へ来てひとりで遊んだものでした。

群衆の中に交って、彼は日暮に迫った物々しい黄浦江の光景に心を奪われていました。軍艦旗を翻した各国の軍艦が、ずらりと眼の前に浮かんでいます。

けたたましい警笛を鳴らして竜田丸は岸壁へ近づいて来ました。人々は思わず「万歳！」と叫びました。親につれられた子供達は日本へ帰れるというので、昨夜（ゆうべ）の恐しさはどこへやら、大変なはしゃぎ方でありました。

彼は急に悲しくなりました。

「僕には日本で待っててくれる誰もいない」

心に強く聞いてみたが何の答もありません。斌少年はさっきから群衆の誰かが落した日の丸の旗を拾って、しっかりと握っていたのでした。

「誰も待っていなくたって、僕だって日本人だい！」

と、勇んではみましたが、涙の奴が先に出てきて、どうにもならないのでした。

ふと、彼の頭に浮かんだのは、とても素晴しい考えでありました。

「そうだった。上海の虹口だって日本だ。生れ故郷が今、敵のために占領されるかされないかの瀬戸際だ。上海を棄ててどうする？　お母さんの墓場を棄ててどうする？」

彼は、群衆の中から抜けて、一目散に虹口を指して駈け出しました。

虹口の入口の日本旅館である万歳館前まで来ると、汗だくになったシャツに腕章をつけている新聞記者と、何か話をしていた水兵さんの一人が彼を発見して、

「やア斌君といったね？　昨日、公園橋（ガーデン・ブリッヂ）のバリケード前であったのは君だったね？」と、声をかけました。見ればあの時お守袋を検査した兵隊さんでした。

「ああ小父さん！」

斌少年は兵隊さんの傍へ飛んで行きました。兵隊さんは新聞記者に、お守袋のことを話をしたとみえて、新聞記者は、さかんに少年の身の上話を詳しく聞こうとしますので、彼は恥ずかしくなって頭をかいていましたが、

「僕、まだお国のために立派な働きをしません。小父さん、いまにきっときっとやって見せますから、その時こそは日本の子供達みんなに知らせて下さい」

そういって、海軍武官室の方へ走り去りました。

夜来の大風もピタリとやんで、八月十六日は、磨いた玉のように澄みわたった空でした。街は眠からまだ醒めやらぬ午前四時頃、パッと閃光が朝靄を裂いて、重砲や野砲や迫撃砲などの物凄い一斉射撃が、敵味方の間ににわかに起って、ごうごうたる砲声は天地をふるわせるばかりでありました。

敵は四万の大軍に更に十六万という大量の兵団を加えて、都合二十万という驚くべき兵力をもって、我が日本人の租界を一気に踏みつぶしてしまおうと、全線にわたって怒濤のような強襲を続けてくるのでした。これに対して我が陸戦隊の勇士は僅かに二千数百名です。我が租界の運命は刻々に危険となってきました。

この日、斌少年は支那の子供に化けて、我が戦線から支那の大軍の密集している支那街にまぎれこみ、その後の方にある日本人墓地に来ていました。

亡き母の骨は、その一角の合同墓地にあるのでした。それは上海の日本キリスト教会で築いた立派な墓で、こ

の上海で、身寄りもなく死んでいった気の毒な人達のお骨が、一緒に葬られているのでした。大きな墓堂の上には石の十字架が高く立っていましたので、少年はすぐ母の墓を見つけることが出来ました。

しかし、この墓地の北の出口は八字橋（はちじきょう）といって、十三日以来、我が軍と支那の大軍が最も激しい戦闘を続けている所でしたから、この日もながれ弾が雨のように墓地へバラバラ降ってきて、危険この上もありません。

「お母さん。斌は立派な働きをして間もなくお母さんの傍へ行きます。お国のために死ぬ時がきたのです。今度ここへ来る時は、僕も骨になっているでしょう」

やっと、これだけ母の墓へ報告すると、ながれ弾の危険をくぐって、陸戦隊のいる方へ夢中で走りました。

彼は世の中の愛情というものに餓えていたのでありました。そのため、こんな危険をおかしてまで亡き母の墓を訪ねてきたのでありましょう。

命からがら我が陣地に逃げ帰ると、斌少年は、勇士達に、どこへ行っていたのかと尋ねられました。

「僕、家はないけど、文路の日本人クラブで泊ったんだ。今朝起きぬけに支那人の子供に化けて、お母さんの墓詣（はかまいり）をしてきたんだい」

「偉いなあ」と、勇士の一人がポケットから飴玉を出してくれます。

「支那語はいつ覚えたのか？」

「僕、日本語より支那語の方がいいやすいや。だって十年も支那人達と一緒にいたんだもの」

彼は飴玉をうまそうにしゃぶっています。

「それにしちゃ日本語の方がうますぎるじゃないか？」

「だって一座の中に、藤本さんと月原さんていう、二人の日本人が交っていたんだもの」

「一座って、芝居でもやっていたのかい？」

「芝居じゃないんだよ、奇術団だよ、曲芸団なんだよ」

彼はそういって笑って見せます。

「こんなチャンコロの服を着てたって、体と心は立派な日本人だい。口惜しかったら僕に洋服を見つけておくれよ」と、みえをきって見せましたので、勇士達も朗かに笑うのでした。

五、無残な弾よけ

斌少年は、そのまま八字橋方面の戦線で、勇士達のお手伝をすることになりました。

ある日彼は、別の方面で奮戦している部隊へ、伝令に行くことを仰せつかって、こっそり陣地を抜け出ました。

ここは大事な陣地なので、敵は二度も三度も逆襲してきます。その度に、我が機関銃の猛烈な掃射を食って、さがってゆく。ところが、最後に敵は戦法をかえて、

「これでも射ちアがれ」といわぬばかりに、女や子供達を先頭に押し立て、その陰に隠れてじりじり進んで来たのです。見れば、何と、それはどこで浚われたのか、その弾よけに立たされて来る十四五名の女や子供達は、まさしく我々の同胞である日本人ではありませんか！

泣き喚く女や子供を縛って、これを横に二三米（メートル）の間を保たせ、その後に機関銃をならべて進んで来るのです。

何という無残な戦法！　非道なやりかたでしょう。

あまりのことに我が勇士達は、危く引金を止めて、

「畜生！」と、罵りました。

もし誤って女子供達に弾があたったらと思うので、さすがの勇士達も手が出せないのです。

敵は射たぬと見てとって、わアッ！　と喊声をあげて、女や子供達を後からこづいてすすんで来ます。そしてもう我が陣地から二三十米の近くにまで寄りせまっております。

我慢強い勇士達も気が気でありません。といって、塹壕からちょっとでも飛び出したら、敵の機関銃を浴びせられてしまいます。

可哀そうな女や子供達を犠牲にして敵を撃退すべきであろうか？　あるいは敵にこの陣地をムザムザと奪われてしまうのか？　今や絶体絶命の場合に追い詰められているのです。

塹壕の中で勇士達は、

「斌君はどうした？」

「ピストルの名人は、まだ帰って来ないのか？」

「あの少年なら、きっと女や子供達をよけて、敵を射ち殺すに違いないが……」

などと、一同は歯がみしながら、伝令から帰る少年を、待ちに待っている。

女や子供達の泣き叫ぶ声が、もうすぐそこに聞えてき

ました。

六、煉瓦家に挙る日章旗

その時でした。

塹壕の入口に目をやった兵隊さんの一人が、

「おお、斌君だ！　いいところへ帰ってきてくれた」

と、嬉しそうな叫をあげました。

「どこだ？　どこにいる？」

「俺達の頭の上だ。塹壕の入口だ」

「おお、斌君！」

勇士達は人気者の少年の姿を見て、ホッと息をつきました。

少年は、さっきから敵が、日本の婦人や子供等を弾よけにして進んで来るのを見て、「畜生、見ていろ！」と、はやる心を押さえながら、じっとピストルの着弾距離を計って、塹壕の入口に腹這ったまま待ち受けていたのでした。

パン、パンパン！

ピストルはついに火を吐きました。

弾は怒に燃えて飛ぶ。と、その銃声に女や子供達は、「あぁッ」と悲鳴をあげましたが、倒れたのは三名の支那兵でしたから、これに元気を得て、死にものぐるいになって、我が陣地目がけて駈けて来ます。

ところが、不幸にも一人の女の子が転びました。母親らしいのが、これに気がついて、勇敢にもその場に引きかえしています。転んだ子供は火のつくように泣いています。母親は気違のようになっています。二人の支那兵が、逃がしてなるかというように、子供の間近まで追い迫っています。

「あッ」と、勇士達は気が気でありません。泣き叫んでいる女の子は、支那兵に引ッつかまえられました。とたんに少年のピストルが火を吐いて、その支那兵は崩れるように前へのめって、子供を離してしまいました。

この時、飛鳥の如く、塹壕から飛び出した一人の勇士は、その子供を小脇に抱えるや、さっと塹壕目がけて飛び帰ろうとします。数名の敵兵があわてて機関銃を向けようとしましたが、すかさず少年のピストルが動いて、またたく間にこの敵兵を残らず倒してしまいました。

その隙に女や子供達はみんな塹壕の中へ逃げこんで来ましたので、今こそ我が勇士達は勇気百倍、猛然躍りたって突撃をしました。こうなると、逃げることは人一倍に早い支那兵ですから、忽ち敵の陣地は空っぽになってしまいました。

「それ占領だ！」と班長が叫びますと、壊れた煉瓦家の屋根に登った勇士達は、腕も折れよと日章旗をうち振るのでありました。

「万歳！」「万歳！」

斌少年も、喉も破れるような声で絶叫していました。

救われた婦人達や子供等は、互に抱き合って嬉し泣きに泣いています。

婦人達はいずれも支那人街に住んでいましたので、逃げおくれて十三日の夜から地下室へ潜って隠れていたのでしたが、今朝支那兵に発見されたのでありました。

男達はみんなその場で銃殺されてしまって、婦人や子供等は縛られて、弾よけ代りに支那軍の前線へ送りこまれて来たのでありました。

彼等の家は、支那兵のために、何から何まで残らず掠奪されてしまったのでした。

婦人の一人が、少年や勇士達に、口惜しそうに語りました。

「私の主人も長男も支那兵に殺されてしまいましたが、地下室へ仕掛をして、穴倉をこしらえていましたので、その穴倉へしまっておいた小さな金庫も家宝の日本刀も、支那兵等には見付けられなかったのが、せめてもの腹癒せでした。でも、あの刀だけは先祖伝来のものですから、あのままにしておくのが惜しくてなりません」と、涙ぐんでいます。

「そうでしょうとも。刀は武士の魂であり、日本精神ですからな」

そういって、一人の勇士は慰めています。すると彼女は、これに力を得て、

「主人は自分の命よりも大切にしていましたの。助広（すけひろ）の鍛えたものとかで、いつでしたか報知新聞社の国宝展覧会に出品までしたことのある名刀でして、文部省から国宝の指定を受けていたんです。あんなところにムザムザ棄てられていたら、天下の名刀も浮かばれませんわ」

斌少年は突然、横から口を入れました。

「小母さん、国宝ってなんですか？」

「お国の宝のことです。個人でもっていてもお上から『国の宝』としてきめられてしまいますと、他人に売ることも許されなくなるんです。まして外国人の手に取られてしまうなんて、もってのほかなんですの。あたし日

本のお宝を一つ失って、本当にお国に申訳ないと思ってますわ」

婦人はいかにもあきらめきれぬようでした。

彼は何か考えているようでしたが、力強く、

「その日本のお宝は、僕に取りかえさして下さい。僕きっとうまくやります。命にかえても……」

何という頼もしい少年でありましょう！

敵中に潜りて

その夜――

燈火管制で真暗な閘北（ぎほく）の同済路（どうさい）の入口に、斌少年の姿がヒョッコリ現れました。閘北一帯の街は支那の陣地で、日本飛行機の空襲を恐れ、自動車も人も真暗の中を、這うように動いています。

奇術団にいて人の眼をくらますことは得意の斌少年は、闇を利用して、目ざす同済路にやって来たのです。

そこの往来では、鼻をつままれてもわからぬような闇の中で、支那の工兵隊らしい連中が塹壕でも掘っている様子で、鍬や鶴嘴（つるはし）の音がしています。

斌少年は、聞いておいた通り同済路の真中辺まで来ましたが、そこから左へ曲るという露地が暗くて見当さえつきません。曲角の目標（めじるし）は、烱明（チュンミン）医院という外科医で、その医院について露地へ入ると、左側の三軒目の赤煉瓦の家が目的の場所で、国宝「備前助広」の名刀は、その地下室の中に眠っているのです。

ポケットに忍ばしている懐中電燈が、大びらで使えるならわけはありませんが、それをしてはすぐ敵に怪しまれてしまいます。

斌少年は、何とかして、その烱明医院のありかを知りたいものだと、しきりに名案を考えながら、歩道の家々に蝙蝠（こうもり）のようにピタリとくっついて手探で前進していましたが、その辺の往来でも、さかんに土掘をしているようでありました。

するとすぐ眼の前に黒い塊が靴音を立ててズカズカ動いて来ました。ハッとして「寄らば射つぞ」の身構えで、様子を見ていますと、その黒いのが何も気づかぬらしく、自分の前を五六歩も通りすぎたと思う頃、土を掘っている工兵達に、

「おい、そこに黄（ホワン）少尉がいないか？」と、闇の中から声をかけました。

「いないであります」

誰かが返事をしますと、

「もし来たら伝えろ。大隊本部の鮑中尉だが、急用があるからすぐ来いといえ」

誰も返事がないので、

「わかったか?」と念を押しました。その刹那、パアーン! と銃声が闇を突いて、鮑中尉は「ああッ」と悲鳴をあげてその場に倒れました。いうまでもなく斌少年が狙撃したのです。しかし命に関係するほどの傷ではないらしく、中尉は、

「馬鹿者め! こんなへまな所を射って人間が死ぬとでも思ったら大笑だ」と怒鳴りました。泣言をいわぬところは、さすがに蔣介石の教育が行きわたっていると、敵ながらほめてやりたいのは山々ですが、案外に出血が多いと知った中尉は、俄かにしょげて、

「俺を繃帯所へ連れて行け、早く早く」と、怒鳴り散らしました。

兵士達は、今の銃声で誰かやられはしなかったかとひやりとしていたところ、それが命令を下した将校が負傷したと知ってびっくりしました。

「スパイだ!」

「漢奸だ!」

「敵だ!」

「中尉殿を背負って行け!」

「繃帯所はどこだ?」

騒が大きくなったのを見ると、斌少年は闇の中でニタリと笑いました。そして、大人らしいだみ声を出して、

「待て待て、この近所にはたしか烱明医院という外科医院があるはずだ。何でも露地の角だ。そこで手当をした方が早くていいぞ」

斌少年が一気にしゃべりますと、さっきの将校の声で、

「その外科医はどこだ? 早く探せ。懸賞を出すぞ!」

と喚きました。

慾に目のない兵士達でしたから、懸賞と聞いてワクワクしながら、

「中尉殿! 懸賞金はいくらであります?」

暢気な奴があったもので、この急な場合に懸賞金の値踏をしています。

「病院を見つけた兵は十元(十円)だ。俺を背負って行く兵にも十元だ。手伝った兵にもいくらかやるぞ、早くしろ!」

中尉は腹立たしそうに怒鳴りました。

「それ懸賞だ。烱明医院はどこだ？　懐中電燈で探せ！」

もう一度斌少年のだみ声が走ると、中尉の看護にあたっていた連中も、そこらを警戒していた連中も一斉に駈け出し、電燈の光が、闇の中に、明るい円形を描いてチラチラと忙しそうに動いています。

しばらくして、「中尉殿！」と勝ち誇るような声がして、

「中尉殿、どちらにいられますか？　私が病院を見つけたであります。懸賞金は私ときまりました。私は蘇州県人の汪邦平（ワンバンピン）です……」

中尉は、いらいらしていましたので、

「阿呆め！　何を長ったらしいことをいっているんだ。見つけたら早く案内しろ！」

その兵は、

「ハイ、只今」と暢気な返事をしていますと、十メートルとは離れていない所から別の兵が、

「鮑中尉殿をここへ背負って来い。この俺の電燈の明りを目当におつれ申せ。烱明医院の入口に頑張っているのは俺だ。岑（ツエン）工兵であります」と、電燈を、そこの看板に向けたりして得意になっています。

「そんなずるい手があるか？　中尉殿に一番早く申し上げたのは私だ。蘇州県から出た汪邦平……」などといい争っていますが、わが斌君には、どっちが発見者であってもかまやしない。目的の烱明医院を、大勢の支那兵をただで使って探さしたわけですから、こんな有難い話はなかったのでした。

戦争騒で空家になっている烱明医院の手術室に、中尉を運んだ支那兵達が、どれが血止の薬やら、消毒剤やら、手当の方法もわからないで騒いでいた頃、斌少年は、その窓硝子の下を悠々と通って、目ざす家の鉄門を潜って、破壊された窓から室内へ飛込んでいました。

お兄様はおめざめ

斌少年が、備前助広の名刀を小脇に抱えて、支那軍の陣地を抜け出し、日本人クラブへ辿り着いたのは夜明方でありました。

自警団詰所の片隅へ、椅子を二三脚並べて、その上へ横になると、安心やら疲やらが一度に出て、すぐに深い眠に落ちてしまいました。

それから四五時間ほど経った頃でした。急に室内にざわめきが起って、斌少年は眠から覚めましたが、それでもまだ眼をつぶったままで、うつらうつらとしていました。その耳に聞くともなしに聞えてくるのは、支那兵のために弾除（たまよけ）にされた恐しい話や、斌少年や勇士達に救われた話などを自警団の人々にして、泣いたり笑ったりしている声でした。

斌少年は、ポッカリ眼をあけますと、それを、いち早くも見つけたのは、その中にいた女の子でした。

「母ちゃん、お兄様はおめざめよ」

その声に、一同の眼は少年にそそがれました。斌少年はニッコリ笑って椅子から起きるや、みんなにペコリとおじぎを一つしました。

婦人達は少年を取巻いて、昨日の礼を厚く述べましたが、斌少年にはさっきの女の子から「お兄様」といわれたことの方が遥かに嬉しくて忘れられないのでありました。斌少年は今まで誰からも兄さんだなんて優しい声をかけられたことは一度もなかったからでした。

そのため、しばらくは名刀のことすら忘れていたほどでしたが、やっとそれに気がつくと、

「小母さん、喜んで下さい。僕、国宝の刀は取り出してきました」

そういって、部屋の隅に積重ねられていたテーブルの裏へ隠しておいた細長い桐箱を出して、

「小母さん、これでしょう」と、差出すと、婦人達の中の小母さんといわれた人は、もう涙を流して喜んでいるのでした。

何万という敵兵のいる危険な中へ飛込んで、見事に使命を果して帰った少年の早業に、自警団の人達も、ただただ舌を巻くのみでした。

斌少年は、そんなことには頓着なしに、

「小母さん、まだいいものがあるよ」

そういって、ポケットから札束を出して、

「小母さんは、刀さえ手に入れば、お金などは、どうなったってかまやしないといったけど、小母さんはお金がなければ困ると思ったんで、僕、手提金庫を壊して持ち出してきたんだよ」

そのお札を小母さんに手渡そうとしますと、小母さんはあわてて、

「それはいいの、あなた持っていらっしゃい」と押しとめるようにいいます。

「駄目です。僕、支那人ではないです。人のもの盗む

こと嫌いです」

「盗んだのでないじゃありませんか。お礼に差上げるんです」

「僕、こんなにお金を持っていたら気が変になります。僕、恐しいや」

斌少年は、小母さんの手に無理やりに握らせましたが、小母さんは困って、

「では小母さんは半分だけ頂戴しておきますわ」といって、札束を勘定して、その半分を斌少年に渡そうとしましたが、それでも多すぎるといって受取らないので、今度は自警団の人達が押さえつけるようにして、やっと彼のポケットへねじ込むのでした。

「小母さん、有難う」

斌少年は、日本のお金に直すと百八十円ほどに当るお金をもらって、すっかりのぼせ上って、全く気が変になりそうでした。生まれてから一円とはまとまったお金を持ったことのない彼でしたから——。

奇怪な西洋人

それから数日たったある日の夕方、斌少年は、大平路（たいへいろ）の商招局（しょうしょうきょく）碼頭にたたずんでいました。

斌少年は波止場が好きでしたので、いつも暇さえあれば波止場へ来て、疲れた頭を休めるのでした。ことに、暮色に消えて行く水の上を眺めていると、妙に幼い頃の楽しかったことや、懐かしい母のことなどが思い出されてくるからでした。

各国の軍艦を所狭いまでにぎっちり浮かべた黄浦江は、今日も戦火に暮れて行こうとしていました。

波止場のすぐ後には、各国人の経営している酒場が六七軒ほど並んでいましたが、斌少年は、さっきから、波止場の景色よりもこの酒場の方に気を取られていたのでした。

酒場が六七軒もあるのに、さっきから客の出入りしているのは、右から二軒目の酒場だけで、しかも、それがみなあたりをはばかる様子の西洋人ばかりです。

斌少年は波止場の岸壁に腰をかけて、彼等に気づかれ

ぬように、じっとしていましたが、その実は酒場の方へ、全部の神経を向けていたのでありました。

すると、またもや両替店の横から、今度は二人づれの西洋人が現れて、何かベラベラしゃべりながら、あたりに注意を払っているようですから、少年はわざと知らぬふりをして川の水へ眼を落していますと、わずかその二秒か、三秒の間に、二人とも酒場の中へ吸込まれるように姿を消してしまいました。

「いよいよもって怪しいぞ。奴等は一体何者だろう?」

冒険好きな斌少年は、探偵慾がムラムラと湧いて、我慢にも、もはやぐずぐずしてはいられなくなりました。大胆不敵にも、斌少年は堂々と入口から酒場へはいって行きました。

酒場の用心棒

酒場の中では、さっきの西洋人達が、前の台に寄りかかって、洋酒のグラスを握って、店の亭主と何か面白そうな世間話をしていました。

そこへ斌少年が、ニュッと現れましたので、客も亭主も一様に入口へ鋭い視線を投げましたが、斌少年は落ちつき払って、港の不良少年とでもいったような恰好で前の台へよっかかると、支那語で、

「おやじ、おれにも酒をくれ」

そういうと、ヒラリ台の上に尻を乗せて、不良らしく、鼻を一つ横にこすって見せました。

「駄目々々、子供の来る所じゃない」

亭主は、うさん臭そうにいって、相手にしようとしません。

酒場の亭主も、そこにいた八人の客達も、みなフランス人でありましたが、斌少年には後にも先にもフランス語は「有難う(メルシィ)」という言葉しか知らないのですから、何を話しているのか、ちっともわかりません。

「おやじ、意地の悪いことをいうな。おいらは今日、お金がウンとあるんだ」

斌少年はポケットをポンと叩いてみせました。

「お金があっても子供に飲ませる酒はない。帰れ、早く」

亭主の支那語も、なかなかうまいものです。

「それじゃおいらはお酒は飲まないよ。その代りプレン・ソーダで我慢すらア」

斌少年はポケットから五元紙幣（五円札）を一枚抜きとって、台へのせました。

「馬鹿な景気じゃないか」

酒場の亭主も仕方なく、斌少年の前に大きなコップを出して、ソーダ水をなみなみと注ぐのでした。

斌少年がソーダ水を飲みながら、見るともなしに見ていると、亭主は、酒棚の下の引出しから、林檎（りんご）を一つずつ取出し、それを小皿にのせて洋酒を飲んでいる客達に配りました。ところが一向自分にはくれる様子がないので、なにげなく、

「おやじ、僕にも林檎のサービスをしろよ、金はいくらでもあるから、けちけちするなよ」

といいました。するとその瞬間、亭主も客達も、異様な鋭い眼付で、斌少年の顔をチラッと見ました。斌少年は、ハッと不思議に思いましたが、知らんふりをしています。

亭主は面倒くさそうに、

「林檎がほしけりゃ、前の台の上に果物鉢があるじゃないか、勝手に取って食えばいい、林檎もバナナもなんだってある！」

「だっておやじ、この鉢のは古いんじゃないか。俺にもみんなと同じように、その引出しから出してくれる林檎がいいや」

斌少年はわざとだだをこねていますと、亭主はいよいようるさく思って、

「どれだって同じことだよ」と、ぶっきら棒にいいます。

「同じことならおいらにも引出しの中のをサービスしろい」

斌少年も負けてはいません。

そんな押問答をしていると、客達は、思い出したように、金を払ってポツリポツリ一人ずつ帰って行きます。それに対して、いちいち亭主は、

「有難う（メルシイ）」といって頭をさげています。

（みんなフランスの野郎共だ）斌少年は腹の中で、そう判断して不快に思いました。彼は、この戦争にロシヤとイギリスとフランスが、支那の味方をしているということを聞いていたからです。

八人の客が帰ったあと、台の上を見ると、そこには小皿があるだけで、サービスの林檎は一つも見当りません。食い散らされた林檎の糟（かす）が二箇所の小皿に残っているだけで、あとの六つはみな持ち帰ったとみえます。

酒場の中は急にガランとして、斌少年と亭主と二人きりです。少年は、さっきから胸に一物あるので、皮肉たっぷりで亭主に尋ねました。

「西洋人というものはサービスに出したものを残して行くのは失礼になるから、食いたくなくっても持ち帰るんだね？　たとえ往来へ出て棄ててしまうにしても？　礼儀の正しいものだ」

亭主はどぎまぎ返事にまごついているようでしたが、

「そうだとも、西洋じゃ皆礼儀は正しい……」

などと、しどろもどろに返事をしますので、斌少年は腹の中でおかしくてなりません。そして頃はよしとばかり、亭主に向かって、急に声を落し、言葉も丁寧に改めて、

「御主人（マスター）、実は僕お願いがあって来たんです」

「何の頼みだ」と、亭主はやっぱりぶっきら棒です。

「僕、この酒場の用心棒に雇ってもらいたいんです」

「なんだと？　馬鹿な。子供に酔払を相手にする用心棒がつとまってたまるものか。吹けば飛ぶような餓鬼の癖に、用心棒とは、いやこれは傑作じゃい。ワッハッハッ」

酒場の亭主は、腹を抱えて笑うのでした。

謎の暗号文字

斌少年も、腹ではおかしくてなりませんが、自分が笑ったんでは芝居になりませんから、真顔になって、

「笑ってちゃいやですよ。僕まじめです。御主人。論より証拠ということがありますから、一つ僕の腕前をごらんに入れましょう」

そういって、沢山並べられたテーブルの一番奥にあるテーブルの上の煙草の灰皿に眼をつけて、

「御主人。いいですか？　あの灰皿にマッチがのっかっているでしょう。あのマッチだけを落したらお慰み——という商売でしたからネ」

といって、肩の上にふりあげたピストルを投げおろしにパアーンと一発！

「どうです御主人、灰皿には、これっぽちの疵もついていないはずですから」

そういって、亭主の顔をニヤニヤ笑いながら見ます。

亭主は驚いて、ものがいえないのでした。

「お気に召さぬとあれば是非もない。では今度はなん

にしましょう」と、室内をチラリと見て、

「うん。いいものがある。向こうの壁に掛っている競馬のポスターがよかろう。あの騎手の眼と馬の眼が一つずつしか描(か)いてないから、そうだ。あの眼玉を続けざまに射ってみましょう。はたして騎手も馬も盲となればお慰みでございーーだ」

パアン、パアーンと銃口から二つの火を吐くと、斌少年は、呆れている亭主をふりかえって、

「それ御主人、騎手も馬も眼玉がなくなった」

亭主は少年の鮮やかな射撃ぶりに今は肝をつぶして、

「素敵々々！」と、思わず釣りこまれて、台の向こうから潜戸をあけながら出て来て、

「ポスターはここでも見えるが、灰皿の方は調べてみんことには疵のあるなしなどはわからない」

そういって、亭主は向こうの隅っこのテーブルの方へのこのこ検査に行きました。

「機会(チャンス)は今だ！」

斌少年はヒラリと今まで亭主のいた場所へ飛びこむと、例の酒棚の引出しから、ありったけの林檎をつかみ出して、表へ飛出しました。灰皿を手にして調べていた亭主は、その早業に少しも気がつきません。

「なるほど、凄い腕前だわい」と感心して、少年の方を振りかえった時にはもう姿も影も見当りません。

斌少年は夢中で通へ出ると、あるビルヂングの露地裏へ隠れて、

「畜生、骨の折れた林檎野郎だ」

そういって、息づかいも荒く、一つの林檎にパクつきます。二かじり、三かじりした時、ガリッと何か歯に引っかかりましたので、プッと掌の上に吐き出してみますと、シャープ鉛筆(ペンシル)の心入(しんいれ)のような、小さな小さなブリキ箱です。不思議に思ってその小さな蓋をとりますと、中に紙のようなものが詰っています。それを苦心して引出して見ると、何か細かく書いてあるようですが、斌少年には何の意味だかわかりません。

驚いて別の林檎も齧(かじ)ってみますと、それにも同じようなブリキ箱が出て、中に怪しい文字が書いてあります。ポケットに入れた二つの林檎からも同様なブリキ箱と紙切を発見しましたので、

「これは意外の大事件かも知れん」

そう思うと、何だか胸が躍ってなりません。

「そうだ。将校さんは偉いから、見てもらったら見当ぐらいはつくだろう？」

斌少年は、黄包車（ワンポオツオ）（支那の人力車）に飛乗ると、「火急々々（カイデ）」と、乞食のように汚い車夫をせき立てました。

武器を積む怪船

「大事件らしいのですが、林檎の中からこんなものが……」

文路のビアス・アパートの海軍武官室に、S大尉を訪ねた斌少年は、酒場で林檎を奪ってきた話を残らずするのでした。

S大尉もいぶかしく思って、その紙切に眼を通していましたが、大尉にも何の符号かわからないのでした。

「どっちにしても、これは暗号文字だから、軍の専門家に鑑定させなくては駄目だ」

S大尉はそういってからまた、

「とにかく、しかるべき係に判読させることにするから、二三日預かっておく」

こういいましたので、意気込んで来た斌少年は大変がっかりして、

「小父さん、二三日したら本当にわかる？」と、悲しげに念を押します。

「きっとわかるとも」

S大尉は気丈夫に答えてから、一段と声を落して、

「でも、この紙切から、どんな重大なことが飛出さんとも限らぬから、誰にも話してはいかんぞ」

その翌朝でした。

斌少年が使に迎えられて、S大尉を訪ねますと、大尉は待ちかねていたように、

「暗号は全部わかった。君はとても素晴しいものを拾ってきたが、残念ながら我が軍としては、どうにも手出しの出来ない事件で、みんな口惜しがっているところだ」

S大尉は、こう前置きして、大体次のような話をするのでした。

斌少年の拾ってきた四枚の紙切れだけでは、詳しいことはわからないまでも、フランスのシュナイダーという欧洲第一の武器会社が、支那軍に、小銃、機関銃、爆弾、火薬、小銃弾丸、探照燈、その他戦争になくてはならぬいろいろな武器を、フランス汽船ダンデス号に満載して送り出した。そのダンデス号が、上海の支那軍根拠地で

ある南市の竹行碼頭に、明後日の午前五時に着くということがわかったのです。

そして別の紙切によると、

（この暗号命令を受取った者は、上海共同租界バンド対岸の税関入船信号所の前に、明後日の午前四時より五時に至るまで警戒に出て、ダンデス号が眼前に近づいてきたら、合図にフランス国旗を振って見せることに無線電信でしめし合わせてあるから、国旗の用意をして行くことを忘れぬように。それは、この信号所前から南市へ向かう黄浦江中には、支那軍が日本軍艦の侵入を防ぐために、無数の機雷が沈めてある。機雷の敷設場所は、支那軍の作戦本部から直接にダンデス号へ無電で刻々知らせているから心配はないが、ただ機雷の沈められている場所は、いよいよこのあたりからであるということを、ダンデス号にはっきりと知らせるために必要なのだ。国旗の合図を忘れぬように）という武器会社からの秘密命令書なのでありました。

斌少年は、眼を丸くしてS大尉の報告を聞いていましたが、

「それだけ詳しいことがわかっていて、どうして日本は、その憎い汽船を撃沈することが出来ないのですか？」と、不平らしく尋ねるのでした。

「そこなんだよ、問題は」S大尉も淋しい笑を見せて、

「これが支那の汽船に積まれて来る武器なら、たとえ荷物の持主がフランスの武器会社であろうと、そんなことには頓着なしに撃沈してやるんだが、肝腎の汽船が支那以外の外国船では、武器を積んでいるのがわかっていても取調べることすら出来ないことになっている。口惜しいが、どうにもなりゃせん」

「ずいぶんつまんない話だ。ねえ小父さん」

「まったくだ」

「では小父さん、その船が南市の竹行碼頭から荷揚をするところを、飛行機で爆撃したらいいじゃないか」

「ところが、明後日の朝の五時に着いたとしても、荷上はその夜になるか、あるいは二三日も様子を見た上でやるか。また闇に紛れて荷上をしてしまっても、汽船は知らん顔で幾日も岸壁に泊ったままで、荷上はまだといわぬばかりに空嘯いているかもわからない。だから爆撃の機会を発見するということは、まず駄目と思う方が早道だ」

斌少年は残念やら、馬鹿らしいやら、癪にさわるやらで、にわかに元気もなくなって、スゴスゴ帰りかけると、

「そんなに力を落さずともいい。日本のために尽くすべき仕事はまだまだウンとあるはずだ」

S大尉は、そういって労るように斌少年を激励するのでありました。

小先生の御入来

「冗談じゃない。こんな大事件がわかっていて手も足も出ないなんて……」

通へ出た斌少年の足は、自然と大平路の商招局碼頭に向かっていました。斌少年は一大決心をしたからでありました。

「この大仕事は僕の手で片づけて見せる。兵隊さんにかかわりなく、僕一人でやる分には、文句はないだろう」

そして、この事件のもっと詳しいことを知るには、あの酒場へ張りこむに限ると思いました。

ところが目指す大平路の酒場へ行きますと、入口も裏口も締切になっていて、中には誰もいません。隣の酒場で様子を聞いてみると、昨夜の九時頃、急にあたふたとどこかへ移転してしまったという返事です。

「おやじの奴、あれから間もなく林檎の一件に気がついてあわて出したに違いない」

少年には、おやじのあれからのあわて方が眼に見えるようで、面白くてなりません。

仕方なく、酒場からブラブラ帰りかけると、すぐ横のゴミゴミした通から出てきたのは見知らぬ西洋人で、手には進物用の果物籠をもっています。すれちがいに、そのセロファンの包紙を透して中を見ますと全部が林檎です。そこで何気なく西洋人の行先を見ていると、案の定、例のおやじの酒場の前で立ち止りました。

「あいつはまだ酒場の引越しを知らなかったんだな？　よし来た。これは誂向きだ。あとをつけてやろう」

斌少年の企みなどは、その西洋人は知りませんから、また来た道を引き返して行きました。

幾つもの警戒線をもたくみに突破して、斌少年は果物籠の男を尾行しています。

その男は、フランス租界の公館馬路と北門街の角で黄包車を棄てましたので、あとから見え隠れに車でついて来た斌少年も、自分の黄包車に金を支払って、果物籠の男とは約十メートルほどの間隔をおいてついて行きました。

男は北門街から、城内の方向に曲って四つ目の露地へ入って行きます。つづいて斌少年も露地へ入りかけましたが、もうその時は男の姿は見当りませんでした。

「しまった！」と思いましたが、しかしよく様子を見ますと、失敗してしまったとは思えません。この露地は行きどまりになっていて、その中には両側に十軒の家があるだけです。怪しい男は、その十軒のうちのどこかへ入っただけですから……。

この露地が一眼で見えるところに飯店がありました。斌少年はツカツカとそれへ入って、昼飯を注文しました。

退屈な二時間を待っていると、果して例の男が露地から出て来ました。今度は果物籠は持っていません。その男は民国路で黄包車を呼びました。

斌少年も勿論、黄包車で尾行しています。車は城内を抜けて、南市の天主堂大街に出て、南海楼という支那料理店の前でとまりました。男は二階へあがって行きます。斌少年も、すこし遅れて、そのあとから二階へ上ろうとしますと、

「汚い小僧、金あるか？」と呼び止めるものがあります。振りかえると店番の用心棒でしたので、斌少年は階段の途中で、ポケットから五元紙幣を四五枚つかみ出して見せますと、

「小先生の御入来！」と、ニコニコ顔で二階の入口にいるボーイに、下から知らせるのでした。

二階は支那料理店特有のざわめきで賑わっています。二百以上もあろうという客が、思い思いのテーブルに十人位の一塊となって、飲めよ食えよの大騒ではしゃぎきっています。

この南市でも、フランス租界でも、支那の避難民が街に溢れて、寝る場所も食うものもなく、毎夜のように各所で暴動が始っているというのに、ここはまた、なんという別世界でありましょう。お客達の大部分は支那軍の将校で占めています。

斌少年の目ざす西洋人は、カーキー色の将校服で埋っているテーブルの彼方此方を血眼で探していましたが、ようやく相手を探したとみえて、頓狂な声を出して、そのテーブルの方へ進んで行きました。

斌少年は、ボーイの一人に素早く一元銀貨を三枚つかまして、支那語で、

「あのテーブルの下へ潜りこめるように取りはからってくれ。うまくいったら、あとでまた二元やる」といい

ましたので、金には目のない支那人ですから、二つ返事で引受けてくれます。

斌少年は、ボーイの後にかくれて目的のテーブルに近づくや、腹這いになって潜りこんでしまいました。

斌少年は、そのテーブルの下で、どんな悪企(わるだくみ)を盗み聞きすることが出来たでありましょうか。

南海(ナンハイ)楼の密談

どのテーブルも満員でしたが、斌少年の潜り込んでいるテーブルにいるのは、軍人と商人風の男と、それに、いま来たフランス人との三名だけです。

往来には餓えた避難民が満ち溢れているのに、彼等は贅沢な料理と高価な洋酒を、鱈腹食ったり飲んだりして、しばらくは雑談を交えるだけでしたが、やがて密談に入りました。それが、なんと三時間も続きましたので、これを盗み聞いている斌少年の努力は並大抵でありません。

斌少年は、それによって、ダンデス号に関するいろいろな新事実を知ることが出来たのでありますが、その大体は、

(イ)密談者の一人である軍人は、盧(ルー)という歩兵中佐で、上海南市方面作戦司令部附の兵器課長であること
(ロ)フランス人は、仏国シュナイダー武器会社上海駐在の外交員であること
(ハ)もう一人の商人風の男は、大貿易商の番頭で、このシュナイダー会社と作戦司令部との間にあって、武器の取引を纏めた曹(ツアオ)という男であること
(ニ)そしてダンデス号には表面は三百万円の武器を積んでいることになっているが、その実は五十万発あるはずの小銃弾が五万発も不足をしているし、重機関銃三百挺のうち五十挺も不足をしているし、その他あらゆる武器から数を少しずつごまかして、結局そのごまかし代金の合計二十万円は、この三名で秘密に分配をする約束になっていたこと

ということでありましたが、三名は密談をおえた時、盧中佐は、ポケットから大切そうに門票(パス)を取出して、その一枚ずつを二人に渡して、

「これは司令部へ自由に出入の出来る特別門票ですから、なくさないように」

こう念を押して、椅子から立上ったので、二人もテー

ブルを離れて、思い思いに帰りかけました。

　斌少年は、この密談の最後に聞いた「特別門票」というのを手に入れることが、今の場合、何よりも肝心な仕事であると感じましたので、この三人のうち、今度は貿易商の番頭曹の後をつけることにきめました。

　三人のうち盧中佐を狙うことは、支那軍に特別の警戒を与えることになるであろうから駄目だし、といってシユナイダー会社の外交員を狙えばフランスと日本との国際問題を起すことになって尚更困るし、この際、気の毒でも曹を狙うのが一番安全だと考えたからであります。

兵舎出入の門票(パス)

　どの街も兵隊で一杯でした。商店は大抵大戸をしめておりました。そして、汚いその大戸には「打倒日本」とか、「抗日救国大会」とか、いろいろのびらやポスターが幾枚もベタベタと貼られてありました。

　貿易商の曹は、悠々と歩いて行きます。そのすぐあとには斌少年も三メートルとは離れずについていました。

　南市の城内に近づくと、学生隊や公民訓練所の団服を着た青年達が、「抗日救国民団軍」という腕章を巻いて、鉄条網(バリケード)を作ったり、地下道を構築したりしております。

　坊明路(ぼうめい)に差しかかった頃、日はとっぷりと暮れて、空には無数の星がキラキラしていました。

　――ぐずぐずしている場合じゃない――少年は肚に聞いていました。

　どこかで空襲警報が発しられております。往来の人通りも殆ど途絶えてしまいました。機会はまさに今です。

「おい、話がある」

だしぬけに後から声がかかったので、曹は驚いて振り返りますと、その途端に一発のピストルの弾が彼の胸を射抜いておりました。こうして南市方面作戦司令部の兵舎へ自由に出入の出来る門票は、貿易商の番頭曹から、少年の懐中へと、素早くも宿替(やどがえ)をしてしまったのでありました。

「何万という人間を殺す武器を売込んだ天罰だ。一発ぐらいのお見舞を受けても文句はなかろう?」

　少年は、死人に向かってこういうと、急いで、一軒の民家をたたいて、

「もしもし、いまお金持が往来で自殺したんです。お医者はどの辺にありましょうか?」

次の民家へも、そしてまたその次の家へも、少年は同じようなことを告げて、

「心配ですから早く教えて下さい」と、泣くようにいいふらして歩きました。すると、空襲警報で脅えていた民家からは、急に、あちこち戸が開いて、

「どこだどこだ?」と、懐中電燈の光が幾つも往来に飛んでおります。金持と聞いては、掠奪をしようと思う方が先ですから、「医者」という言葉などは彼等の耳にはいるものじゃありません。

斌少年は城内を抜けてフランス租界に出ておりました。

「今頃は裸にされた死人を取り巻いて、着物や蟇口(がまぐち)の争奪戦が始っていることであろう」

斌少年の頭には、その醜い光景がアリアリと浮かんで見えるのでありました。南市の支那軍司令部に、明後日の朝まで、曹の死を知られずにすますためには、気の毒でも、衣類を剥ぎ取らして丸裸にしておかぬと都合が悪いと思ったからでした。フランス租界も厳重な燈火管制で、商店も旅館も締切られ、街頭には餓えた狼のような避難民が一ぱいで、行くことも戻ることも出来ません。

少年は、脂と汗との人いきれのムッとする悪臭の往来で、とうとう彼等と一緒に夜を明かしてしまいました。


夜が明けると、斌少年はこの世界から逃れるように南京路へ出ました。ダンデス号の入港はいよいよ明日に迫っているのです。

斌少年はいらいらしていました。彼にはまだはっきりとした計画が立っていないのでした。ピストルにかけては神様に近い腕でも、相手が八千噸(トン)からの汽船では、船の横っ腹に穴一つあけることも出来ません。

「だが、僕はきっとやって見せる」

斌少年の勇気は、すこしも挫けてはいませんでした。

その時、突然、少年の後から、

「やあ!『大世界(ダスカ)』の舞台にいた范小林(ファンシャオリン)君じゃないか?」

と、意外な声を掛けるものがありました。

味噌汁の味を知らぬ日本人

斌少年は驚いて振り返りますと、そこには見知らぬ青年が、さも嬉しそうに笑っています。体にピッタリ合った背広服で、ステッキを握っております。斌少年には、どうしても思い出せない支那の青年紳士でした。

「何か、僕に用あるか?」

斌少年は、いぶかしげに尋ねました。支那の青年紳士は、まだ嬉しくてたまらないような顔をしております。

「君は、やっぱり范小林君でしたか? やあ、これは愉快だ! 僕は君をどのくらい探したかわからない。君は僕の命の恩人だ。おおそのお礼からいわなくちゃあならん」

青年は、そういって、附近の喫茶店へ斌少年を連れ込むのでした。斌少年は何が何やらわかりません。

「君の不思議に思うのも無理ないです」

そう前おきして、

「実は、あの『大世界』へ爆弾が落ちた日、僕も出かけて見物していたのだ。ところが観客席で、あの殺人事件が起った。しかもそれが僕の席のすぐ横なんだ。誰が殺されたのかと思って被害者を見たら、僕はハッと驚いた。驚くも道理だ。その男は十日も前から僕を殺そうと毎日しつこくつけ狙っていた人間じゃないか。やれやれと思わず自分の首を撫でてみたものだ。ところが君は舞台から『そいつを殺したのは俺だ。そいつの手に握っているピストルは今日も誰かを殺すために狙をつけていたから、俺が先廻をしてそいつを射ちとってしまったのだ』というようなことをいったかと思うや、君はパッと舞台裏へ逃げてしまった。そうだろう? 僕もそれと同時に観客席から飛び出すや場外へ逃げ出したんだ。なぜって、殺された奴の仲間が、観客席にまだ三人や五人はいるに違いないと思ったからだ。そして場外に出た途端に、あの飛行機の爆弾投下で、今の今までいた『大世界』が地獄の世界になってしまったじゃないか。防ぎ切れぬ災難を、二度も君が切り開いてくれたんだ」

斌少年も、この話には思わず引きつけられて、あの呪の八月十四日の出来事を、眼のあたりに描き出していたのであります。

「小父さんが狙われていたとは僕ちっとも知らなかった。あの男が見物席に紛れ込んでいて、二日も続けてお客さんを五人も殺したんだもの、たいがい腹も立ちます。で僕が舞台から仇を取ってやったんです。しかし、なんだって小父さんのような真面目らしい人が、あんなごろつきに狙われていたんです?」

「その話もあるので、僕は君を探しまわっていたんだ。場合によったら是非君の力をお借りしたいと思ってね」

そういって、あたりに気を配りながら、急に声を落して、斌少年の耳に口をつけるようにして、ヒソヒソと、

「僕を狙っていたのは中国共産党の奴で、昔は僕と同様に日本へも留学したし、仲よしの間柄でもあったんだ。それが……」

日本と聞いたので、斌少年の眼は輝くのでした。

「小父さんは日本へ行ったことがあるのかい？」

「あるとも、日本の京都では大学を卒業したし、東京の学校へも行ったし……」

「偉いんだなア小父さん、京都って東京より賑やかなの？」

「そりゃなんといったって東京だよ。日本の昔の都が京都で、今の都が東京なんだ」

「僕、東京へ行ってみたいなア」

「范君は日本が、そんなに好きなんかい？」

「好きも、好きも大好きなんだ。こういったら小父さん驚くかも知れんけど、僕、本当は日本人なんだ」と斌少年は自分の身の上を語りました。

「そうか、君、日本人だったのか？」

青年紳士も意外な言葉に驚いているようでした。

「いま小父さんの国と戦争しているから、小父さんは日本が嫌いだろう？」

「嫌いであるもんか。僕は学生時代から日本で食べつけた味噌汁が好きで、今でも毎日続けているし、僕の妻も日本人だ。君は日本人でも味噌汁の味は知らないだろう？」

「うん。残念だが知らないや、そんなにおいしいのかい？」

「味噌汁を知らない日本人なんておかしいよ」

「それじゃ小父さんの家へ、今から行くから御馳走してくれるかい？」

「お安い注文だ。ではすぐ行くとしようか」

二人は喫茶店を出て、工部局に近い河南路（かなん）の青年の家に行きました。

支那を呪う支那人

青年のアパートへ一緒に行きましたが、日本人だという奥さんの姿は見当りませんでした。青年のつくってくれた葱（ねぎ）の味噌汁で、少年は朝飯の御馳走になっています。

「小父さん、味噌汁って、思ったほどうまくはないね？」

青年は笑っておりましたが、

「一回や二回じゃ味がわからないよ、なれたら、これがないと朝飯が食えなくなるから不思議だよ」

「小父さんは、そんなに日本贔屓なのかい?」

「僕は民国人でも今の政府には愛想を尽かしているんだ。人民を苦しめるだけ苦しめて、それで自分達はイギリスやフランスにだまされて、金で国を売っているし、また共産党の奴らはロシヤにだまされて眼が覚めないでいる。それで戦えば負けるにきまっているのに、いい気になって日本に喧嘩をしかけたのだ。僕等は、そうした芝居の筋書が初からわかっているから猛烈に反対したのだ。ところが奴等から漢奸だといって、現に今でも狙われているのだ。僕の愛する妻は日本人だというので奴等に殺されてしまった。しかもその犯人は民国の軍服をつけた歩兵少佐だ。畜生、仇をとらずにおくものか!」

青年は愛する妻の殺された光景を思い浮かべて、怒に燃えているようであります。

「小父さん! 僕、その仇討に手伝わしておくれ。ね、いいだろう?」

「君のピストルが助太刀なら願ったり叶ったりだ。その助太刀を頼むために君を探していたのだ」

「うん。僕、きっと手伝うよ。だが小父さん、僕には今夜、生まれて始めての大仕事があるのだ。小父さんだって手伝ってくれるだろう? 今夜でないと、もう、死んでも間に合わないのだ」

そういって、斌少年は真剣に彼の顔を見るのでした。

「どんな大仕事だか知らないが、二人が命を投げ出してやればいいのだろう?」

「有難う。僕、今夜の仕事には学問のある人がとても欲しかったんだ。小父さんは無線電信の機械を見たことあるかい?」

「あるとも大ありだよ。京都の大学では政治を勉強してきたし、東京の工業大学では電気の学問を卒業してきたから、無電はお手のものだよ」

斌少年は、飛びあがらんばかりに嬉しくなって、

「小父さん! そりゃ本当かい? 素敵だ、もう大丈夫だ!」

斌少年は有頂天になるのでしたが、一体、少年はいかなる計略を抱いていたのでありましょう?

支那兵を手品で釣る

その日の午後四時頃――

支那軍の南市方面作戦司令部の裏門に近いある喫茶店で、斌少年はさっきから飲みたくもない冷し紅茶を三杯も四杯も飲んで、二時間近くも、しきりに往来を眺めているのでありました。

燈火管制が毎夜のようにあるので、この店も、五時には閉店になるのでした。それがあと三十分ほどしかありません。斌少年はじりじりしながらおりますと、待ちに待ったものが、やっと一つ往来に現れたので、喚くように、

「ちょっと、待ってくれ！」といって、そこへ弾丸のように飛んで行きました。

何かと思ったら、一輪車に大きなアンペラの包を六箇も積んで引いてきた男に声をかけていたのでした。その一輪車には一本の旗が立てられて、これに「軍用品」と大きく書かれ、司令部のマークが押されていました。

待ってくれといわれて、一輪車の男は、立止りましたが、見れば知りもせぬ子供ですから、

「何だ？」と、不機嫌に答えます。

斌少年は、ポケットから五元紙幣を二枚取り出して呆気にとられているその男の掌に握らせて、何かヒソヒソ相談をしますと、その男は莫大な金はもらったし、その上に荷物まで手伝ってくれるというのだから、そこは支那人の浅ましさで、

「わかったわかった」といって、懐中から門票を一枚取り出して、その一輪車の梶棒と一緒に斌少年に渡すと、ニコニコ顔でどこかへ行ってしまいました。恐らく、斌少年の帰るまでどこかで酒でも飲んで待っていることに話がついたのでありましょう。

斌少年は、一輪車を威勢よく引いて、司令部兵舎の裏門へ来たので、門票を示しますと、歩哨は型の如く、

「荷物の中身はなんだ？」

「ハイ、砂糖であります」

「よし、通れ！」

許可が出たので、斌少年は大ぴらで、賄（まかない）部屋の方へ車を引いて行きました。

賄部屋では、炊事係の兵隊達が、何かつまみ食をして笑っておりました。

斌少年は、アンペラ包の砂糖袋を部屋の隅へおろすと、この炊事場で時間を出来るだけ費すために、かねて用意してきたハンケチやトランプや骰子(さいころ)その他いろいろな小道具を次々に出して、兵隊達に様々の手品を見せて笑わしたり感心させたりしております。そしてその種明しをして、彼等にやらせてみたりしています。

斌少年の手捌(てさばき)がいかにも鮮やかなので、

「うまいぞ小僧。まるで本職のようじゃないか？」

炊事場の班長らしいのも感心しております。

「そりゃ小父さん達より上手だよ。僕、奇術団にいたことがあるんだもの」

「そうだろう、道理で手つきがうまいと思った」

こんなたわいもない芸当を見せているうちに、八月二十九日の太陽も沈んで、兵舎を包む闇は次第に濃くなっておりました。

斌少年は急に、驚いたという風に素っ頓狂な声を出して、

「おや、日が暮れちまった。真っ暗じゃ車を引いて帰れやしない。だって車を預けて帰ったら親方に叱られるし、困っちゃったな」

泣き出しそうな顔をして見せますと、

「困ったってしようがないよ、なまけてなんかいたからいけないんだ」

「だって、みんなずるいや。何度も手品をやらせるんだもの」

斌少年は、やっと尻をあげて帰りかけたが、

「小父さん、燈火管制じゃしようがない。朝、早く取りに来るから車を預かっといてね？」

よいとも悪いとも返事も聞かぬうちに、そのまま、すたこら炊事場から兵舎の広場へ出てしまいました。

深夜の無電室襲撃

兵舎の広場は既に闇でした。部屋の中には電燈がついてはおりましたが、まわりに黒枠の深い笠をかぶせてありますので、光は下を照らしているだけです。

斌少年は、どこになんの兵舎があるやらわからないので、手探りで無電室の独立した小さな建物を探すまでに三時間も費したのです。

月や星でもあれば、空に立てられたアンテナぐらいは見えるでしょうから、こんなにも時間をかけずにすんだ

でありましょう。しかしまたそれだけに、自分の姿も兵隊に発見されやすいわけですから、結局闇の夜であったことが幸いだったのでした。

無電室のすぐ隣の建物は、鉄砲や機関銃などを入れてある倉庫でした。

斌少年は、この倉庫と無電室との建物の狭い間に蹲(うずくま)って、じっと機会(チャンス)の来るのを待っていました。

宮内警戒の巡視兵は、一時間おきに彼の前を通るのでした。斌少年は、彼等の靴音がすると、建物の裏側へ身を潜まして巧みに警戒から逃れていたのでありますが、三度目の巡視兵の来た時でした。裏側へ身を隠そうとしますと、生憎、この裏側にも巡視兵が二人連で通りかかりましたので、じべたに腹ばいになって息を殺しておりますと、突然、すぐ眼の前の方で、鋭い声が、

「誰だ?」

そして巡視兵の一人が靴音を止めて、じっと闇の中を見ているようです。斌少年は背筋に冷たいものを感じました。心臓の鼓動は早鐘のように打っております。斌少年はピストルを握ってはいましたが、大事を決行する前ですから、なおも息を殺して一糎(センチ)だって動きません。

怪しいと思って闇をすかしている巡視兵の方が、相棒の兵に、

「おい、懐中電燈を取りに行って来い。その辺に誰か人のいるような気がしてならない」

そういってなおも闇の中から何かを発見しようと焦っているようですが、用心深いのか臆病なのか、そこへ近づいて来ようとはしません。だが今一人の兵は至って暢気者らしく、「冗談いうな。こんなところに誰がいるもんか。月給の手前だけ、いい加減、働いているように見せときゃ沢山だ。物好きはよせ。行こう」といって相手になりません。

この暢気な男こそは、今の場合、斌少年にとっては救神(すくいがみ)です。

だが、怪しいと思った巡視兵の方は、まだ諦め切れぬといった様子です。

「なあ懐中電燈を取って来いよ」

「俺あ御免だ。空襲警報が出ているというのに、へたに電気などをつけているところを巡視将校にでも見付かってみろ、それこそ罰俸ものだ」と、取合うてくれそうもありません。仕方がないので、その兵も諦めたらしく、そのまま、二人の靴音が彼方へ遠ざかってしまいました。

「ちぇっ。ひやひやさせやがる」と、斌少年は舌うち

をしています。この小さな冒険が通過しますと、それからまた長い沈黙が闇の中に続いて、やがて、かねて青年と手筈をきめておいた約束の午前二時となりました。

幸いなことに、さっきから、空襲警報が解除されて警戒管制となっていましたので、室内はいくらか明るくなっています。

斌少年は無電室の窓下にピタリと体を着けて、室内の様子をうかがいますと、聴音器（レシーバー）を耳に当てた二人の技師が、無電装置機にしがみついて、しきりに打電したり、あるいは受信に接した暗号無電を記録にとったりしております。と、その無電室へ一人の将校が入って来ましたが、技師は仕事に気を取られていますから振り向いても見ません。

その将校はツカツカと技師等の腰かけている傍まで来ますと、後から、突然、

「二人とも両手をあげろ！」と、一喝を食わせましたので、二人の技師は驚いて振り返ると、一人の将校が両手にピストルを構えていますから、いわれるままに二人は両手をあげました。

この将校に化けてきた快男子こそは、いわずと知れた例の青年紳士であります。

貿易商の番頭を昨夜城内で討ちとめて、その懐中から奪い取った特別通過証が役立ったらしいのです。この特別証は、私服や官服の区別なく、将校以上の者でないと持つことの出来ない物ですから、営門の歩哨に、これを見せると、捧銃（ささげつつ）で通されるという有難い門票だったのです。

さて、少年は、予期したものの、この光景に固唾を呑んで見ておりました。

わが青年将校は一人の技師に向かって、

「揚子江の呉淞沖に差しかかっているはずのダンデス号を呼び出せ！」と命じ、別の技師には、「ダンデス号との間に取り交わされている暗号判読表を見せろ！　それからお前の聴音器を俺によこすのだ、早くしろ！」

その技師から聴音器を受取って自分の耳に当て、引出しから取り出された暗号表を片手に持ち、二人の行動を厳重に監視しながら、暗号を知ろうとしております。もし技師にごまかしの無電を打たれたんではなんにもならないので……

大日本帝国万歳！

ダンデス号へ打電を命じられた技師は、

「只今、ダンデス号の無電係が出ました」

その声は震えております。

「うん。わかっている。共同租界の税関碼頭とその対岸の税関信号所の前から、この南市の竹行碼頭に着船するまでの水路（コース）が変ったから、今まで打合わせてあった水路を破棄すべしと打電しろ。今まで通りの水路を取ると機雷が到る処に敷設してあるから、くれぐれも注意しろと打電しろ！」

二人ともピストルを突きつけられているので、命じられるままに動くより手がありません。

打電を終えて技師も青年将校も聴音器に神経を集中していますと、ダンデス号から返電が発しられてきました。

技師は恐る恐る彼に報告します。

「只今、ダンデス号から『委細承知した。では税関信号所前から竹行碼頭までの水路の位置を知らせよ』といってきました。なんと返電しますか？」

「その質問は俺にも耳があるから聞える。よし、その返電は重大だから俺自身で打電する。貴様も椅子から立って、俺の腰かけている前に、二人とも両手を、しっかり挙げたままで立っていろ！」

青年は、何事か、自分の思うように打電すると、ダンデス号からは、

「万事Ｏ・Ｋ、朝の五時には間違いなく竹行碼頭に着船する」との暗号返電をよこしましたので、彼は重ねて、

「着船にあと二時間の運命だ。しっかり頼む。これで一切の無電連絡を終とする。返電無用！」

そう打電するや、ニヤリと笑うと、腰掛けていた椅子を振りあげて、やにわに無電機の心臓部に目がけて叩きつけて椅子が壊れるとまた他の椅子で叩きつけておりますと、この時、技師の一人が、いつの間にかポケットに忍ばせたピストルを出して、あわや青年を射止めんと身構えました。その間一髪、窓の隙間より轟然一発！　斌少年の放ったピストルが、その技師の胸に打ちこまれました。

ところが、青年は、時ならぬ銃声に勘違いして、いきなりもう一人の技師をうち倒し、室外に逃れようと踵を返しますと、早くも銃声に駈けつけて来た二名の巡視兵

が扉の入口に塞って、青年に二挺の鉄砲を向けています。青年は思わず、あッと両手を挙げようとしましたが、その刹那にまた二発の銃声が窓から起って、二名の巡視兵の手には最早一挺の鉄砲もありませんでした。斌少年が放ったのです。二人とも右肩を射抜かれて、一目散に逃げ出してしまいました。

営内に警笛が鳴って、数百名の兵隊が無電室へ殺到してきた頃には、離れ離れにはなりましたが、斌少年も青年も既に闇に呑まれてしまったあとで、姿も影も見当りませんでした。

斌少年は、どこをどう逃げてきましたのか、無我夢中で営外に飛び出して、闇の街で、あちこち頭や向脛を打ちつけて、血達磨になって広場のような所へ出ますと、遥か前方一面に薄白く光るものが見えます。近づいて見ると、それは闇に流れる黄浦江の水面でありました。

「おやおや？　どこの波止場だろう？」

少年は懐中電燈を始めて出して、警戒しながらあたりを見ますと、そこには何百というセメントの空樽が積んでありました。その下積の一つに、尻の方から潜り込んで、横になりますと、肌身につけた母のお守袋に報告することを忘れませんでした。

「お母さん。僕は自分の力でやれるだけのことを今、やってきました。たとえ失敗に終りましょうとも何の悔いるところもありません」

こういい終ると、安心が出て、いつしかウトウトと眠に落ちておりました……。

ふと眼が覚めて樽から首を出しますと、東天はすでに紅を染め出しております。腕時計は午前四時三十九分を指しておりました。

驚いて樽から這い出て、あたりを見ますと、そこは問題の竹行碼頭から二つ手前の波止場で、竹行碼頭からは三百メートルほどしか離れていない万聚碼頭でありました。

「今頃、竹行碼頭には軍艦が出て、新しい武器の着くのを待っているこったろう？　そしてその中には、二十万円の山分を夢見ている盧中佐の馬鹿面もまじっていることだろう。だが、お生憎様ながら……」

そんなことを胸に浮かべながら、黄浦江の下流に眼をすえております。と、見えた！　ダンデス号らしい一隻の汽船が、こちらに向って進んで来ます。

その汽船はだんだん大きく見えてきます。

「おおマストの国旗が見えてきた。やあ、フランスだ、フランスだ！」

少年は、はやる心をグッと押さえて、瞬きもせずに見ておりますと、その巨体はグングン眼前に迫ってきます。

「ああ！　ダンデス号だ、にっくいダンデスだ！」

少年は夢中で叫んでいます。

ダンデス号の警笛が黄浦江に二つ吼えた頃は、その巨体はいよいよ大きく眼前に迫っておりました。

するとその時、眼と耳に体中の神経を集めていた少年の耳に、何かグーンという不気味な底鳴（そこなり）が聞えてきたかと思う、その一刹那でした。すごい水柱が噴きあがって、大音響と共にダンデス号の巨体は、その中央からミリミリッと真っ二つに裂けるや、積んでいる火薬に点火したのか再び轟然たる大音響が起って、濛々たる黒煙の中からマストも煙突も人間も空中に舞い上りました。そしてパラパラパラという小さな音を最後に残して、見る間にダンデス号は黄浦江の河底に沈んでしまいました。ダンデス号は、例の支那青年の打った無電で水路を違え、支那軍が沈めておいた機雷にかかったのです。そして、それは斌君の始からの計画でした。

「万歳！　大日本帝国万歳！」

少年の感激は絶頂に達しておりました。手の舞い足の踏むところも知らないほどでありました。

時に昭和十二年八月三十日午前四時五十五分でした。

（附記）

その日の午後、斌少年は、例の青年の室へ、その無事な姿を見せますと、そこにはもう青年が、はちきれんばかりの嬉しさを堪えて、斌少年の帰を待っていました。そして、嬉しさのあまり、二人は抱き合って、声を限りに泣くばかりでありました。

しばらくたって青年は、

「斌君、今度は僕の妻の仇討に君が手伝う番だよ」といいました。

「小父さん！」と、斌少年は力強く叫んでから、「小父さんの奥さんは日本人だ。僕だってそうだ。日本人が日本人の仇討をするのに、手伝だなんて、変なことはいいっこなしにしよう。僕、ひとりで片附けてみせるよ。僕のピストルは、まだまだ射ち足りないといって、僕の腕に文句をいっているんだもの」

そういって、少年は腕を捲って力強く叩いて見せるのでありました。

さて、読者諸君。

斌少年は、その後、大変な危険を物ともせず、この仇討を立派に仕遂げました。

それから斌少年が、陸戦隊に交って現した目覚しい手柄は数えきれぬほどであります。が、我が陸軍部隊が上海に乗り込んで、本当の上海大会戦となった時に、斌少年は、ただ一人、敵中深く潜りこみ、支那軍の「上海前敵総司令部」のおかれてあった蘇州の心臓部にまで食い入って、敵の有様を残らず我が軍に報告し、その上、この司令部の大火薬庫を四つも爆破しました。そして、それ以来、斌少年の行方はわからなくなったのです。敵に発見されて殺されたか、それとも火薬庫と共に飛び散ったのか?

「もし生あらばいずくにありや?」と、私は斌少年を探したい心で一ぱいです。しかし、彼は恐らく火薬庫の爆破と運命を共にして、その輝かしき忠魂は、亡き母の胸に戻って、今頃は在りし日の物語をしていることでありましょう。

されば、偉大なる日本の孤児中田斌君の忠魂に、私は読者諸君と共に、感謝感激の涙をもって、心からなるお祈をして、この長い物語の筆を止めることにいたしましょう。

アジア大旋風の前夜

(1) 女間諜(かんちょう)ヘレン・ピーター

一、導火線は六月二十六日

「御冗談でしょう。蘆溝橋(ろこうきょう)の不法射撃が今事変の導火線だなんて。あの当座ならともかくも、今頃になって、まだその程度しか知っていないとしたら、それこそ日本人として申訳のない話だ。国民政府参謀本部よりの極秘の抗日開戦準備指令書を受取った秦徳純(しんとくじゅん)が、北平(ペイピン)を中心に窃(ひそ)かに戒厳令を施いたのが六月二十六日の午前零時を期してだ。これが本当の導火線でその十二日後の七月七日夜の出来事は、この仕掛けた雷管にスイッチが入れられて発火点に達した時だった」

前置きは、この程度にとどめて、直ぐ事件の核心に触れて行くことにしよう。

五階建白堊(はくあ)のビルヂングが黄浦江(こうほこう)に面したバンドの一角に聳えていた。正面玄関の頭上には、THE SHANG-HAI(ザ・シャンハイ) NATIONAL SECRET DETECTIVE OFFICE(ナショナル・シイクレット・ディティクチィヴ・オフィス)（上海国際秘密探偵局）という英文字の浮き出し金看板がコンクリートに嵌込(はめこ)まれている。科学的設備の大仕掛な点では、世界でも有数なものだと云われている。局長をはじめ幹部の大半は独逸(ドイツ)人で固められ、他は日・英・米・仏・伊・蘭の幹部各一名で、土地柄支那人の局員は五十名もいたが幹部と名のつくものは一人もいなかった。

その頃、僕は、この探偵局の捜査主任であった。

この事務局で誇りとする一つは、小型の割合に、強力な電波を発して、感度の極めて鋭敏な無電装置を有していることであった。

無電室の窓の外に網を張って、

「掬(すく)える物なら譬え鰌(どじょう)の一匹でも」と、獲物の掛かるのを待っていた時、その玩具(おもちゃ)のようなアンテナに引掛ってきたのが、宛名も発信人の署名も不明な、数字ばかりの奇怪な暗号無電であった。

《137231》　　　　　123451（58）
91168533 9539 325703.
9520 0403 241618 07 1954 662239 645703
85273984 6873 79 086480 79 4834 11 129905.
90095337 254302 63011190 9539 9106508769 9579
0039506225 10 036840 241618 3142 6755821797
6047151629.

時は昭和十二年六月二十五日の午後一時だ。

無関心でいれば、屑籠へ直ぐにも入れてしまうであろう一片の電報である。それが意外も意外。今事変の発端を劃するほどの重要秘密電報であったとは、夢さらさら知るべくもなかった。

この歴史的な謎を、僕等にどうして解くことが出来たか？

「問題はそれだ！」

本篇の猟奇談は、その前日の出来事から始まるのだ。

二、数字ばかりの暗号電話

六月二十四日の太陽は朝からカンカンと照りつけて、人も家も焼けつきそうであった。

開けッぴろげられた事務局の窓から俯瞰（ふかん）すると、赤濁りの黄浦江に裸体（はだか）で働いている戎克船（ジャンク）が無数に去来している。

そよという風もない正午近くであった。

卓上のベルが鳴ったので、受話器を取ると、助手の李（り）からであった。

李にはある事件の捜査上、ホテルのボーイに化け込まして、既に十日ほど前からカセイ・ホテルに住み込ませていたのだった。

「例の事件とは無関係ですが、また一つ珍事件が増えそうです」

李は、こう冒頭して、

「問題と云うのは今朝から受持つことになった九十二号室の宿泊人です。英国産の飛び切り素晴しい美人ですよ。え？　宿帳ですか？　香港（ホンコン）貿易商の妻ということになっていますが、エンプレス・オブ・エシア号で神戸から着船したばかりだとか申していましたけど、怪しい数々が多いので、只今、手紙にして事務局へ使いを出しましたから、至急御指示を仰ぎとう存じます」

電話はガチャリと断れてしまった。五分も経たぬ頃、メッセンヂア・ボーイの持ってきた手紙を見ると、

第一――香港在住、英国婦人ヘレン・ピーター。年齢二十八歳。中肉中背。頗る美人。

第二――特徴――房々とカールしたブロンドの髪。魅力的な瞳。笑う時に左に片靨が出ます。無言でいる時もその赤い唇は今にも綻びかけようとしています。右耳朶に微かな福黒子が一つ。玉を転がすような滑かな声……そして、この美しさは幾人かの男に失恋をさした経験はあっても、自分から男に対して失恋をするような女ではありません。

第三――疑問――瀟洒で清潔そのものといった服装ですが、この清潔さに相応しくないものがたった一つ眼立ちます。穿いている褐色の靴下です。汚れきっているのに平気でいるらしい。

携帯品は黒の中型皮製のトランク一箇。トランクに貼られた旅館のラベルを見ると、日本のものだけでも十数枚も貼られています。帝国ホテルや京都の都ホテルのものなどは別に不思議は感じません。ただ変に思われるのは、日本へ旅行した外人達の多くは、必ず日光や熱海や別府などの観光地に足跡を残すのを常としているのに、このトランクには観光地のラベルは一枚も貼られていません。旅行者に殆んど用のない宇部とか富山とかいう新興工業地帯のラベルがあるのは、果して商売上の関係があってのことでしょうか?

第四――奇怪な通話――ホテルに到着して、三十分後、どこからか彼女に突然、電話がかかりました。鍵穴から私に覗かれているとも知らずに、

「ハロー」と、朗かに答えていましたが、驚いたことには次の言葉が全部数字です。商売上の符牒にしてはあまりに変です。

「27. 27. 27. 131. 154. 129. 53」といった調子ですが、約五分間ほどの通話に27という数字が、ちょいちょい聞かれたのは、電話の時に熾んに連発される「もしもし」とか、「はい」とかいう意味に当嵌まるものではないかと思われます。どっちにしても何かの暗号であるに違いありません。

「こんな、綺麗で朗からしい女が、スパイだろうか?」

私の探偵慾は頻りに興味を唆(そそ)ります。

第五――腕時計の秘密――呼鈴(ベル)に呼ばれて、彼女の部屋をノックしますと、

「風呂(バス)の用意をして頂戴」彼女は小説本を読んでいました。

この部屋は風呂付でしたから、その左側の内扉(ドア)をあけて、私は仕度にとりかかりました。

「暑い時ですから、湯加減は少し微温(ぬる)めにしておきました」部屋を出て、廊下で二、三分ほど時を過して、またぞろ鍵穴から失敬しますと、どうやら浴室へ這入ったようです。今しがた腰掛けていた椅子にドレスや下着や靴下などが脱ぎ棄ててあります。

私の手はドアのハンドルを捻っていましたが、中から鍵をかけたとみえてあきそうもありません。急いでボーイの詰所へ引返して合鍵を取って、万一の云い脱れに備えるため、湯あがりの彼女へ冷水入り魔法瓶を用意して行くことを忘れませんでした。

「これなら無断で侵入したって、怪しまれはしないだろう」

息を殺して、爪先きを立てて、脱ぎ棄てられたドレスの傍まで行きましたが、別に暗号書(コード・ブック)らしいものも見当りません。汚れていた靴下(ストッキング)にも何の仕掛もなさそうです。

ところが卓上に無造作に置かれてあったプラチナの女持ちにしては大きすぎると思われた腕時計に眼がとまったので、意味もなく摑みあげて、凝(じっ)と見ているうちに、無暗と裏蓋をあけてみたくなって堪りません。ナイフの薄刃でコジあけますと、驚きました。

裏側の内部にローマ字を刻んだ仕掛けがあるではあり

時計の裏蓋の内側に仕組まれたプレット式暗号解読器

ませんか。円盤の外側が二十七文字で、その内円の盤は二十六文字です。円盤の先に芯棒がありますが、これはヘアピンのようなもので右へ押すと一字ずつ位置が替るように回転します。

　私は浴室にいる彼女の存在などは忘れたものの如くになって、この不思議なものに暫し見惚れていましたが、ハッと吾れに還るや、素早く小型カメラを出して、かちりとおさめ、裏蓋を元通りにして冷水入り魔法瓶のお盆を持って部屋を出ようとしますと、だしぬけに浴室から、

「冷たい水は、そこへ置いて行って頂戴」

　私は不意を食って、呼吸の根がとまるほど喫驚しましたが、次の刹那には糞度胸が出て、

「ハイ、承知しました」浴室へ向って、思いきり大きな声で返事をしてやりました。そして今度は泥棒足でなく堂々と机の前に戻って、脱ぎ棄てられたドレスやスカートなどを椅子に掛けたりしていますと、金切り声が浴室から、

「早く出て行って頂戴‼　よけいなおせっかいばかりして……」

　今にも飛び出して来て、私の顔をピシャリとやりかねない剣幕です。でも浴室にいたお蔭で、裸体では出て来られないから助かりました。

　私は這々の体で廊下へ出ました。

「きっと女は浴室の鍵穴から様子を見ていたに違いない」

「だが待てよ。あすこから卓上の腕時計までは見えなかったはずだ。とすれば卓上に置いたコールド・ウォーターだって見えないはずじゃないか」

　自問自答をしながらも、やがて接客主任に呼びつけられるであろうことを覚悟していました。しかし、もう、かれこれ小一時間も経過していますが、まだ主任から叱言を頂戴しません。だから、この秘密は彼女に知られていないと思います。

　報告は以上ですが、どっちにしても彼女はただの鼠ではありません。

三、支那課報部長宛の密書

　李の撮影した写真と手紙を持って、暗号解読室に主任のベルハイム君を訪ねた。

　彼は写真を手にするや、

「なんのこった。これあプレットの暗号解読器じゃないか。欧洲大戦当時ならともかくとして、今頃こんな手は古い古い」一笑に附してしまうのであった。

だが僕の考えは別だ。

「その古い手を使っているところが案外の曲者じゃないかと思うが……？」

「幼稚なスパイだと思わせる一種の迷彩装置（カモフラージュ）だと云う意味か？」

「そうさ。古い暗号符など、何のために持って歩くと思う？　スパイの嫌疑で検挙されても警官や憲兵等に自分の役柄を安く値踏みさせるためだ」

　こんな問答をしているところへ、李からまた電話がかかって、疑問の女ヘレン・ピーターは、只今外出したが、ホテル前のポストへ一本の手紙を投函して黄包車（ワンパオツオ）でどこかへ行った。もし、その手紙を秘密で検閲する必要があるとしたら即刻手配をしろと云うのであった。

「手紙の宛名は？」

「宛名は鮑康国（パオカンクオ）と書いてありました。宛先は南京（ナンキン）です。チラリと盗み見をしたんですからこれ以上は解りません」

　受話器をかけると、僕はベルハイム君の机上に積まれた支那軍部のインデックスをパラパラと開いて見た。

「おや？　鮑康国は、参謀本部の諜報部長だ‼」思わず素ッ頓狂な声を出して、傍のベルハイム君を喫驚させた。

「どうやら面白くなりかけた」

　彼も、俄かに興味が湧いてきたらしい。

　僕は、時を移さずカセイ・ホテル附近の鋪道（ペイヴメント）に一人の支那少年を放した。漢と云ってコマ鼠のように働く豆探偵である。

　彼は折襟金ボタンの白服で、どこから見てもその変装ぶりは、ホテルのメッセンヂア・ボーイそっくりだ。

　上海郵政局の郵便集配人が、ポストの前へ現れると、豆探偵は集配人に近づいて、支那語で何かペチャくちゃ喋舌（しゃべ）っていたが、幾らかのポケットマネーを集配人に握らせると、集配人は、にっこり笑って、多くの郵便物から探し出しているようだった。

「鮑康国！　あったよ、これだ」少年に渡すとそのままオート三輪車のガソリンを爆発させて次のポストへ行ってしまった。

　僕の部屋では、呼び寄せておいた熊中貴（シュンチュンクエイ）が、さっきから首を長くして、少年の帰りを待っていたのだった。

熊中貴は、有名な文書偽造の天才で、この男にかかったら、封筒や封印の開封は愚か、中身の文書だって忽ち署名者の癖通りに書き直されてしまうという偽筆改竄(かいざん)の大家であった。

僕は豆探偵の持ってきた手紙を熊に渡すと、彼は裏の封じ目を凝ッと見ていたが、

「造作も御座んせん」

事もなげに云って、熟練しきった手際で、まずその手紙を煮えたぎる湯の入った鉄瓶の口からプウプウ噴き出す蒸気に、数秒間を曝してから、綺麗に拭いた刃の薄い柄の長いデスク・ナイフを、その封じ目の口へ差し込んだ。そしてその間、手紙は相変らず封じ目の所を蒸気噴出の中に曝していた。

次に刃を注意深く操ると、大した困難もなく貼り口がポッカリと離れた。

「ざっと、こんなもので！」と、熊は些か得意顔だった。

「これは御苦労さん」僕は中身を受取って、

「熊さん、済まんがここで暫く待っていてくれないか。たんとは待たせやせん」

熊は返事の代りに軽く頷いて見せた。

二階の化学実験室へ、暗号解読学者のベルハイム君と一緒に這入った。

ベルハイム君は、欧洲大戦当時、伯林(ベルリン)の郵便検閲局に分析化学者として招聘(しょうへい)され、国境を巧みに通過して来る度胸のいい敵国スパイの隠しインキで認められた秘密文書を、数年間も取扱っていたという大経験者であった。

さて、問題の中身を開いたが、一見しただけでは別に怪しい点は認められなかった。

普通のインキで書簡箋(レターペーパー)二枚に、走り書きのされた月並の時候見舞文であるに過ぎなかった。

「一体、この見舞状の中に特別の秘語とか隠語とかいったものが含まれているとでも云うのか知ら？」

彼は、それには答えないで、アルコール・ランプに火をつけると、紙片を持った指先が微妙(デリケート)に動いて、焔の上を左右に忙しく移動させ、ある時は紙の一部分のみに熱を加えたりしている。

しかし努力が一向に実を結びそうもない。焙り出すような方法では到底駄目だと思った。ところが突然、彼が叫ぶではないか！

「出た⁈　何か書いてある！」

彼は、一段と紙片を火の近くにやって、更に赤い電燈

の下へ持って行って、まるで幻術で現わしたような文字を熱心に視詰めていた。しかし彼の一心不乱の努力にも拘らず、僅かの部分に現れた文字は、殆んど見分けのつかぬほど薄いものだった。

「君、これア何文字だろうか?」

ベルハイム君の救いを求めるような声に、僕はその紙片に眼を擦れ擦れに接近さすと、途端に僕の心臓は危うく止まるかと思うほど驚いた。

「あッ!? 字が段々消えて行く?」

だが、彼は少しも騒がない。ベソをかく僕を見て笑い出すほどであった。

「心配は不要だ。焙ればまた出る」

僕等は写真部のフォッケル君に命じて、カメラの用意が整ったところで、ベルハイム君は一段と強く焙って、

「そら出た! 直ぐに」と、フォッケル君を急き立てた。

五分間の後ち、これを全紙一杯に引伸して、フォッケル君が、僕等の前に持ってきた。

「なんだ。英語じゃない、支那字じゃないか? 支那文字は私に苦手だ」そう云って彼は、僕の前に突き出すのであった。

僕は読むうちに次第に興奮を覚えた。

――指令第一〇七号に依り、東京××××製作所及び名古屋×××会社の各三日間における飛行機組立能力は共に×台なり。

答申第一〇六号以後において発見せし部分品×××はその製作会社××ケ所に及ぶ。その能力並に原料輸入先きに対しては、目下QV2とRV8の二名を派遣し探査中にあり。

今朝、神戸より上海に到着す。カセイ・ホテルに止宿中の仮名をヘレン・ピーターとせり。

一九三七年六月二十四日、MBL ――

「畜生ッ!! ヘレン・ピーターは軍事スパイだ?!」

もう一刻の猶予も出来なかった。日本人として、この陰謀を発見した上は、寸刻も黙視する訳には行かない。

興奮して室外へ飛び出そうとすると、

「君、待ち給え。この中にはまだ第二の暗号文字が隠されている!」

「えッ!?」僕はベルハイム君の傍へ引返した。

四、阿片の密売七十万元

「この支那文書の一番最後の図印（マーク）がそれだ」

彼に注意されたので、僕は吸いつくようにそこを見ると、なるほどこんな（）図印がある。

「太陽のようじゃないか?」

「そうなんだ。しかもこの太陽は西の山へ沈んでいる。太陽の次に空へ出るのは何だろう?」

「決ってるじゃないか。月か星だ」

「だから、この紙片から、月か星を天に探がせという目印だ」

彼は、棚に並べられた沢山の薬品から、透明の薬液の充たされた小壜を一つ取って、ブラシに浸し、紙片の上を撫でてみた。が、何の反応も起さない。

それから三度も別の薬液で試みたが、それでも駄目だった。

今は彼も焦り気味であった。彼の気六（きむず）か敷（し）い顔には、神経がピクピク顳顬（こめかみ）を脈打っていた。

「糞ッ!　今度こそ!」

躍起となって、第四回目の薬液中に、ズブリと紙ごと浸してしまった。

一秒、二秒、三秒……。

「出た?!」

「出たぞ?!」

思わず二人の口から出たのは、同じ叫びであった。

「それ、また写真の用意だ。おや今度は数字ばかりだ」

000008　003826　340115　013906

374059　820991　638200　374059

こんな調子で六数字を一組とした文書で百六綴（つづり）で終っていた。

この数字に秘められた文書は何であるか?　もとより直ぐに解けるはずはない。

「こいつは案外に易しいらしい。一晩待ち給え」

ベルハイム君は自信たっぷりで云うのだったが、そんな程度で僕の不安は去りそうもない。

「一番大きな数字とビリの数字、それから類数字と同数字――といった具合に分類して調べると、薄紙が剝がれるように解ってくるものだ」そう云って、なおも数字に眼を透していたが、

「おやおや、続きがまだある?　?」

「えッ？　どこに？」僕は、すっかり取りのぼせていた。

一番最後の数字が222228と思っていたが、彼に注意されて見直すと22222Eであった。EはEAST(イースト)（東）の頭文字だから、さっきの☀印(じるし)の出た反対側が東だ。

「その部分に第三の文書が隠されているという標示のEだ」

「なんて五月蝿(うるさ)い手紙だろう」僕は無暗に腹が立ってきた。しかし彼は至極く平然としているのは、直接自分の国に関係した秘密通信でないからだろうか？　あるいは平静を失わないのは化学者の常だからであろうか？

「君、今度出現(でる)のは隠しインキじゃないらしい。普通の水で書いたものだろう。筆先きに小さな丸い玉のついたガラスペンで書いたものらしい。これで通信を書くと紙に少しも疵跡がつかないから、水さえ乾いてしまったら何等の痕跡も残さん」

彼の自信に充ちた説明の一つ一つが、僕には魔術師の呪文のように思われた。

彼は、手紙をガラス箱の中へ入れた。そして沃素(アイオダイン)を薄めた蒸気を、噴霧器で噴きかけると、蒸気は次第に紙の微細な穴々へ吸い込まれて、水と玉ペンで撫でられた紙の繊維の中に浸み込んで行った。すると次第に肉眼でも見えるような文字の輪廓が浮き出してきた。これをカメラに収めてしまうと、彼は、

「さア、これで手術も全部終った。この暗号の終りに●印(いん)があるだろう。これは云わずと知れたストップの意味だ。手紙を受取った相手に、別の方法で露出を試みる無駄骨を略(はぶ)かすための目標(サイン)だ」

その暗号文字はKUHSI(ケーユーエッチエスアイ)というローマ字の五文字綴りで始っているものだった。

「この方は三十分もあったら翻訳出来る。さっき李の写して寄越したプレット式解読器が必要になった」

ベルハイム君は、手紙の中身を僕に返して、

「君、この秘密通信は、へたに改竄などはしないで、このまま知らん顔で投函した方が得策だ。相手は盗読されていることに気がつかないから、暗号を変更しないで安心して使っていると思う。だから手紙を差押えたり女を検挙するよりも、当分自由に游がしておいた方が、片ッ端から様子が解って却って有効だ」

僕も、この説には賛成だった。そこで自分の室に待たしておいた熊中貴(シュンチュンクエイ)の所へ足を向けた。

熊さんは待ち草臥(くたび)れて、五、六回も欠伸(あくび)をしていると

ころだった。だが別に怒りもせず、

「旦那、獲物はどうでした?」心配顔で訊ねてくれた。

「獲物はこれからだよ」元気よく答えて、僕は熊さんに手紙の中身を渡した。

熊さんは、貼り口に残っているアラビヤゴムを再び蒸気の中へ曝して封をしようとしたが、

「あっといけねえ、ゴムが足んねえや。別の新しいのを一枚下せえ。封筒ならどんなんだって構やしねえ」

抽斗から一枚を出してやると、その貼り口を蒸気で湿して、ねばねばになったところを、問題の貼り口へ擦りつけて、今度はピタリと封をしてしまった。それから濡れた吸取紙で、閉じ目を軽く押え、次に乾いたので数回繰返してから、文鎮をアルコール・ランプで焼いてアイロンの代用にして閉じ目の皺を伸し、今度は鉛の薄板にインドゴムを載せて、即製の圧搾器で数秒間のうちに封印を作り、閉じ目の中央で二つに裂けている封印の上に当ててピタリと継いでしまった。

熊さんの手に五弗紙幣を一枚握らせると、彼はニヤリと笑って、

「旦那、ちょいちょい御用命を願います」

満足して帰る熊さんと出違いに、ベルハイム君が這入ってきた。

「君、最後のローマ字で出た暗号だけは解けた。これだよ」そう云って、英文で組立てられた解読文書を僕の眼前に突き出した。日本文に翻訳すると次の通りだ。

A、指令第一〇八号の件は今日滞り無く手配致し候
B、只今、最後的折衝の結果、予定の如く、阿片売却の総額七十万元にて取引成立致し候
C、本日午後F公司との取引を完了次第、報酬十万元を差引き、残高六十万元は、広東より昨日旅客機にて飛来せしセイロン商会支配人に相渡し申すべく候
D、上海駐在の日本総領事館にはZS2、PH5を潜入せしめたるも、未だ暗号書の秘蔵場所を発見出来申さず汗顔の至りに御座候えど、奇略を以て策するの名案を船中にて考案致し候えば、近々御快報を齎らし得る確信有之候
(以上。答申第一〇九号)

「阿片の密売もやっているらしい」

ベルハイム君は横から口を出したので、

「支那の軍事スパイに密輸は附きものだよ。軍団長や師団長が阿片の密売をやれば、旅長や聯隊長は人身売買で荒稼ぎをしている。立派な肩書に隠れて、皆にそうした内職のあるのは君だって知っているはずだ。ヘレン・ピーターと諜報部長の鮑康国(バオカンクォ)との間に、秘密の内職が二つや三つあったところで何の不思議もあるまい」

五、幽霊となった貨物自動車(トラック)

僕等が、その密書を次ぎ次ぎに発(あば)いていた頃、一体、当の御本人たるヘレン・ピーターは、どこで何をしていただろう？

彼女は、予(かね)て打ち合せ済みの取引場所へ行って、Y公司(コンス)の錦(チン)専務と会見していた。すべて密売は阿片に限らず、いかなる大金といえど、品物と引換えに現金(キャッシ)で支払うのが、この社会の常識であった。だから錦専務はトランクに、ぎっしりと詰められた七十万元の札束を持って来ていた。

約束の午後四時が、とっくの昔に過ぎているのに、セイロン商会から受取って三台の貨物自動車(トラック)に満載さした阿片が、未だにここへ姿を見せないのであった。

彼女は腕時計と睨めっこで、頻りにそれを気にしていた。

そこへ、ピーターの手足となって働いている周という支那人が、息急(いきせ)き切って駈けつけて来た。

「大変です！　貨物自動車は三台とも途中で幽霊になってしまいました。青幇(チンパン)の一味で偵々社(ていていしゃ)というギャングの仕業らしいです」

ピーターもY公司の専務も、さっと顔色が土色に一変した。あまりの驚愕に暫し言葉も出ないのであった。

「天主堂から公館馬路(こうかんまろ)へ出る途中です。突如、路地から十四五名も怪漢が躍り出たと思うやピストルを乱射したから堪りません。運転手も助手も即死です。その貨物自動車まるごと掠奪して、どこへ運転して逃げたか、僅々一、二分間の早業です。私はトラックの尻からタクシーで着いて来たんで、生命(いのち)拾いをした訳です」

「まア?!」と答えたきりで、彼女はまだ真蒼(まっさお)になって震えていた。

Y公司の専務は、椅子から立ちかけて、

「お気毒ですが、危険は附きものですから、仕方ありますまい」

札束の詰ったトランクを重そうに持って、自家用車(パッカード)に積むと、そのまま会社へ引き揚げてしまった。

彼女は呆然と、その後ろ姿を見送っていたが、この凶報を即刻セイロン商会の支配人ペシントンに知らさねばならぬと思ったので、周からの報告その他を詳細に急報したが、ペシントンは、頭からこれを信じようとはしなかった。

送話器には口論の泡が飛ぶし、ガンガン響いてくる怒号や罵声は耳を痛くするのみで、鳧(けり)のつかぬうちに電話がプッスリと断れてしまった。彼女は棄て鉢になってホテルへ帰ってきたのは午後の六時過ぎであった。

部屋へ戻って夜会服に着替えると、彼女は、あたふたと外出するのであった。

玄関奥のロビーでは、既に僕の配下が幾人も網を張っていたのでそのうちの二名が尾行するのは造作もなかった。

彼女は白克路(バイコオ)のカルトンでタクシーを棄てると、大して飲めもせぬのに、ラム酒やアブサンなどの焼けつくような強い酒をやたらに咽喉(のど)へ詰め込んで、酔っぱらって、女だてらにあられもない狂態で、ダンスの御相手(パートナー)を物色していた。しかし、十万元の夢が一瞬にして消えてしまった口惜しさは、思うまいとしても脳裏(あたま)にこびりついてとれないのであった。

「馬鹿々々。お馬鹿さん」と、自分で自分の頬をピシャリと叩いていた。

その頃、窃かに監視している僕の配下等とは無関係に、ある暴力派の魔手が毒爪を磨いて、彼女の身辺に躙(にじ)り寄っていたのであった。

(2) ギャングの巣「上海」

一、闇のキャプテン羅文旦(ローウエンタン)

「おい。昨夜(ゆうべ)遅く地下室へ押し込めておいたピーターさんと云ったけな。丁寧にこちらへお伴(つ)れ申せ」

外出先きから帰った羅文旦は、自室の豪奢な安楽椅子に、どっかと尻を落すと、顎をしゃくって一人の子分に、こう命じた。

「おっと合点だ」子分は地下室へ消えて行った。

羅文旦は上海のギャング仲間でも名打ての頭目(キャプテン)であった。日本人を母に持った混血児で、同じギャングでも大の日本贔屓(びいき)であった。昨夜、踊り酣(たけなわ)のカルトンから女間諜ピーターを浚って行ったのは、セイロン商会の支配人ペシントンの依頼を受けたギャングの黒豹社(こくひょうしゃ)であった。

黒豹社は抗日を標榜するテロ結社であるが、その実は兇悪無頼の徒党等で、日本人と見れば訳け解らずに当り散して歩くので、近頃羅文旦の念願は、このテロ結社を叩き潰してしまうことであった。だからピーターを浚ってせっかくの仕事にありついた黒豹社の一味を襲うたのが羅の結社であった。ピーターを奪い返したものの、当座の処置に困って地下室へ押し込めておいたという訳であった。

「やいッ。畜生阿女(あま)!」そう云って、子分は、いまいましげに、手足を縛したピーターを羅の面前へ振り落すのであった。

「乱暴するな‼」羅は子分を睨みつけると、

「だって大将、猿轡(さるぐつわ)だけは何んぼ何でも可哀想だと思ったんで、昨夜こっそり外しに行ってやったのが、この俺れ様だのに、この阿女、何が不服か、今、俺(お)んの腕に喰らいつきアがった」

「何を抜かすか助平野郎。丁寧にお連れ申せと云ったのが解らないのか。ゆうべ、あれほど厳命しといたのに、なぜ縄を解いて差しあげなかったのだ。馬鹿野郎、噛みつかれるのは当然じゃないか」

子分は渋々縄を解いて、

「さア姐御(あねご)、大将と御ゆっくり楽しみなせえ」不平だらだら棄て台詞(ぜりふ)を残して出て行った。

「本当に失敬しました。今まで外出していたもんですから」羅は両腕で抱きかかえるようにして、自分の安楽椅子を彼女に譲るのであった。羅はまだ、彼女がいかなる種類の女であるかは知らなかったのだ。表面こそ英国の上流婦人のタイプはしていても、常に生死の境を潜っているスパイ稼業だ。驚くような代物(たま)ではない。

「気持ちの悪いほど親切なこと……」きッとなって羅を睨みつけたが、彼はただ笑って見せるだけだった。

それッきり沈黙が続いた。堪りかねたように、彼女は椅子から立ち上って、

「失礼しますッ!」部屋を立ち去ろうとした。

「帰ろうと帰るまいと君の勝手です。僕はただ黒豹社の奴等が癪だから君を助け出したまでだ。君と俺達とは

直接の因果関係は何もない」羅は行儀悪く卓上に安坐をかいていたが、尻のポケットからモーゼルの自動拳銃を出して、彼女の前へ、ポンと放り投げてやった。

「用心のためだ。これを持って行き給え。近所にまだウロウロしているぞ」

彼女はピストルを拾って羅を見直した。

「妾、考え違いをしてましたの。申訳け御座いません」

彼女は手を差しのべて羅に握手を求めたが、その眼なざしは物を云う以上に蠱惑的であった。

しかし、羅は依然として動ずる景色もなく、心は冴えわたる寒月のように澄みきっていた。そして最早や眼中には彼女の存在などは忘れきっているようだった。

ナポレオンのように暴君的で、ネルソンのように英雄的なものがある羅の態度を見ているうちに、次第に彼女は魅せられて行くのであった。

「さぞ主人が心配していられるだろう。直ぐ帰り給え。用心棒を二三人つけてあげよう」そう云って、羅は思い出したように、彼女を見た。

「妾、主人など御座いません」蚊の鳴くような声で答えた。

彼女は羅が好きになったのか、あるいは羅に頼母しさを感じ出したのか、直ぐには帰りそうもなかった。

そこで、羅から話を切り出した。

「俺達はこれから仕事がある。邪魔になるから帰って下さい。実は君にも関係のある仕事だが……」

「どんなお仕事ですの」

「阿片を満載した君の貨物自動車三台が、昨日、天主堂街で掠奪されたのは、僕以上に御存じのはずだ。その犯人を突き留めに出かけるんだ。天主堂街は僕等の地盤だ。縄張りを荒されて無言ちゃいられない」

「犯人は青帮の一派で偵々社です」

「冗談じゃない。偵々社が僕等に無断でやるはずがない。縄張りの掟は厳重だ。上海のギャングなら駈け出しの三下奴だって、こんな嘗めた真似は出来ねえはずだ。田舎の野郎か、さもなきア臨時に躍ったやくざ者で、どっちにしたってギャング稼業のものじゃねえ」

「で、そやつの当りがついたとでも仰有るの？」

「とにかく呼び出しをかけてある。今日の午後六時の会見です。御希望なら御一緒に案内しても構わん。当の被害者が立ち会うのもまた一興で御座んしょう」

「まア！　妾もおともさして下さる？　嬉しいわ」

「でも生命がけの冒険ですぜ」

「大丈夫、妾冒険（アドヴェンチア）とスリルが大好き」

二、広西（カンシー）派の山猿達

大胆不敵な羅は、子分達も伴（つ）れずに、ピーターとただ二人で、二馬路（にまろ）の劇場「大舞台」へ自家用車（キャデラック）を飛ばした。入口には既に、目標にリボンマークを胸へ飾った先方の男が待っていた。

一枚一元五毛の切符（チケット）を二枚買って、場内へ這入ろうとすると、その男はツカツカと階段を下りてきて、羅の耳へ顔を当てた。

「親分がお待ち兼ねだ。わしと一緒に来なせえ」

羅は無言で場外へ出ると、その男は、

「あのタクシーに乗って下せえ」

「有難いが、僕は自家用車（くるま）を持っている」

「でも、是非あれへお乗んなって下せえ」と、五月蠅く勧める。こいつは油断がならぬと思ったが、そんなことで尻込みするような羅ではない。自分の運転手に、何事か瞬（まばた）きで合図をしたのも二秒か三秒。くるりと向き直って、

「では御案内願いましょう」

無言で三名を乗せたタクシーは西蔵路（チベット）から外人監獄手前の厦門路（アモイ）へ右折したところで、ピタリと止った。ドアを捻って往来へ出ると、この界隈（かいわい）は死んだように寂しい街であった。所々に門燈が薄ぼんやり見えるだけで、漆を塗りつぶしたような空には一つの星もない。四階建のビルヂングに添うて、路地を東へ曲ると小さな鉄門があった。潜り戸からコンクリートの路地へ這入ると、左がビルヂングの裏側になっていて、右は四、五軒の支那住宅が並んでいる。そして路地の突き当りは鉄塀で、塀の裏は一面の原ッぱらしく、その原ッぱの向うが外人監獄の高い囲い塀であった。

羅文旦やピーターの案内された家は、その突き当りの右側の支那住宅であった。

二階の客間のドアの前で、その男はコツコツと合図をした。中から鍵の音がしてドアが静かに開いた。

部屋の突き当りは窓ガラスで、その下に頭目（とうもく）らしいのが厳然と控えていた。両側の壁には黒檀の椅子が並んで、二十人あまりの支那服を着た男達がズラリと腰をかけて、無言で腕組みをしている。右の手首は左腕に隠されて見えないが、拳銃（パチンコ）を握っているのは確実だ。

部屋の中央に黒檀揃いの小卓と椅子が三、四脚あった。

「こちらへお掛けなせえ」

使の男は二人に椅子を勧めて、ドアの外に出てしまった。

圧迫的な沈黙が暫らく続いた。羅は一言も発しない。

頭目らしいのが、ズカズカと彼の小卓に近づいてきた。

「若けえの、いい度胸だ」

それでも羅はまだ黙っていた。

「おい奴。貴様は唖野郎か?」

ポケットへ両手を突ッ込んだまま、羅はスックと立ち上った。同時に四十あまりの眼玉が一様に彼へ注がれた。

「御挨拶も申上げず失礼さんで御座んした。この羅文旦は御見かけ通りのケチな野郎で御座んすが、他人の縄張りを荒すような泥棒猫じゃ御座んせん。これでも上海の闇では木戸御免で通るやくざの顔役で御座んす。口はばったいようだが、あっしの面を知らねえような野郎なら田舎から出だしのゴマの蠅ぐらいなもんだ。土百姓の木ッ葉野郎に、縄張りを荒らされたとあっちゃ、地獄の閻魔に歯切れのいい啖呵の一つも切られやしねえ。馬鹿野郎。恥じを知れ」語気は冷静であったが、眉宇には精悍な闘心が張っていた。

「よくも抜かした。野郎ッ‼」と、頭目が立ちあがると、両側の子分達もパッと立ち上って、一斉に拳銃を羅に向けるのであった。

羅はフフンと鼻であしらって、

「おっと待ちねえ。俺を射つのは構わねえが、ここへ御同行の客人は、てめえ達に品物を掻ッ払われた当の被害者だ。ピーターさんと云って英国のお嬢さんだ。外れ弾でも命中ったら国際問題だ。射つ時ア気をつけるんだよ」落ちつき払って、黒眼鏡を外して、小卓の上に静かにのせた。頭目は凝とこれを見ていたが、

「ふてぶてしいほど度胸の据った野郎だ。冥途の土産だ。名を聞いてから死ね。吾々の盟主は李宗仁閣下だ。即時抗日開戦を絶叫して、この民国を救う真の愛国者だ。貴様のような腐り果てた人間にも民国の血汐が流れていたら今日直ちに抗日の急先鋒となってみろ。生命も助けてやる。軍用金も呉れてやる。どうだ、小僧！」

「冗談も休み休みに吐かせ。広西派の山猿どもが軍用金稼ぎに上海へ来たと噂さにア聞いたが、李宗仁は、こんな小ぽけな泥棒を働かすとは腑に落ちねえ。飛んだ愛国者だ。フフン」

眼中に人なきが如く、羅はカラカラと笑うのであった。

「この命知らずめ！」頭目の命令一下、あわやと思われたが、その刹那、

「馬鹿野郎。パチンコを一発でも放ってみろ。窓下の原ッぱに、入口に、出口に、俺の配下が二百人ほど固めている。階下にいる手前達の仲間が一匹残らずフン縛られているのが解らねえのか。正体が解った以上は、今夜は柔順しく帰ってやるが、搔ッ払った品物は明日の朝まで待ってやろう。だが皆返済しろとア云わねえ。三分の一は呉れてやる。もし変な真似をしやがったら、李宗仁の家来も蜂の頭もあるもんか。全市のギャング仲間に手配済みだ。てめい達の首が、胴にくっついて上海をさようなら出来ると思ったら大間違いだ。俺ら二度まで念は押さねえ。さアもう潮時だ、ピーターさん、引き揚げよう」

羅の両手にはピストルが握られていた。ピーターを背後にして、あと戻りしながらドアの所にまで近づいた。息詰るような瞬間であった。頭目は何か云おうとしているが、それをさえぎって、一段と大声で怒鳴った。

「野郎達、話はすっかりついた。部屋の中には、たった二十人足らずッきゃアいねえ。だが俺が出口へ帰るまで警戒を抜かると承知しねえぞ」

わざと、みんなに聞えよがしに、さッと部屋から身を引くと、飛鳥のように階段を下りて路地へ駈け出ると、ホッと呼吸をついた。

路地は真ッ暗だ。二百人の子分は愚か、自分達以外には猫の子一匹だっていやしない。

「随分、掛けひきの御上手なこと」羅の片腕を、しっかりと摑んでいたピーターの声だった。

だが、路地の外には思わざるの大事件が待っていた。

三、闇中の恋

手探りで路地を二、三メートルも進んだ頃、突然、消魂ましい警察自動車のサイレンだ。一台……二台……三台。

出口の鉄門に近づいて、凝っと様子を覗うと、往来には、もう警官が張込んでいる。それも五人や十人ではない。

「一体、誰を逮捕に来たんだろう？　自分達か？　いや今の奴等をかも知れん？」

意を決して、鉄門の潜り戸を少しあけると、途端に機

関銃が唸ってきた。

泡を食って路地奥へ引き返したが、愚図々々していれば、今の奴等に殺(や)られてしまう。進退両難に迫って、さすがの羅文旦も周章(あわて)気味になっていた。と、闇の中で、彼の手に触れたものがある。ビルヂングの鉄の非常階段だ。男女(ふたり)は夢中で、それへ駈け登った。四階のてっぺんに達しかけた時、その足音に気附いた警官の一人が叫んだ。

「あッ！　怪漢だ！」

羅は非常扉のガラスを拳銃の尻で叩いて毀し、ひらりと廊下へ飛込むや、中から彼女を拾いあげるように抱き入れた。

「それッ！　悪漢は四階の非常扉を破って侵入したぞ⁉」

退社後のビル内はがらんとしていた。各室のドアを捻ってみたが、どれも鍵がかけられている。暗がりの廊下を右往左往していると、物音に驚いて階段をあがって来るのは、このビルを監理する事務所の宿直員と守衛と小使の三人であった。懐中電燈を頼りに、次第に、こちらへ近づいて来る。羅もピーターも廊下の曲り角にピタリと身をくっつけていた。

三人が前に来るのを待ちかねていたのだ。

羅はタイムを計って銃口を天井に向けた。轟然たる一発であった。

「手を挙げろ‼」

三人の前に立ち塞がっていた。

臆病な彼等は銃声を聞いた刹那に、その場にヘタヘタと坐り込んでいた。

どうやら腰が脱けたらしい。

「部屋の合鍵を出せ。早くしないと射ち殺すぞ！」

「ハイ、ここに……」手に鍵輪(キイリング)を握っていた宿直員はガタガタ震えていた。

懐中電燈と一緒に捥(も)ぎ取るや、手近の室(へや)番号と鍵のナンバーを合せて、がちりと開け、

「さア直ぐ中へ這入って下さい、ピーターさん。あとは引き受けた」

三名の腰抜けを引きずって部屋へ入れ、中から鍵をかけて、今度はカーテンを引き破って、手足を縛し、猿轡を嚙まして、

「柔順(おとなし)くしていれア生命だけは助けてやる」

懐中電燈を消すと元の闇に還って、ビル内は森閑としてしまった。

彼女は闇の中で、羅文旦にしがみついていた。音のするものは、全身に脈打つ男女の鼓動のみであった。羅は彼女の耳に口を当てて、

「君は震えている？　冒険好きもチト薬が利きすぎて恐いんだろう？」

「いいえ、恐いことないわ」

「でも確かに震えている」

「だって闇が妾を大胆にするんですもの。貴方が好きになって……」

「冗談じゃない……。呑気な場合じゃない」

階段からも、非常口からも、警官達がドヤドヤ近づいてきたので、男女の話も消えてしまった。部屋の前の廊下では十四、五名の警官達がワイワイ云っている。

「宿直も守衛もいないなんて、このビルの監理人は怪しからんよ」

「全くだ」

その時、廊下が一斉に明るくなった。電燈のスイッチが発見されたらしいのだ。

期せずして男女には、今にも露見されてしまうような不安が襲うてきた。

「ピーターさん。君は死んじゃいけない」

羅文旦は突然、こう私語いた。そして、もっと身近かに抱き寄せて、

「いいか。君は出るんだ。俺が交渉をする」

「羅さん、何を云うのよ。妾は覚悟をしている。運命を共にするッてえ覚悟を……それが本望だわ」

「どうしても一緒に死んでくれると云うのか？」

「ええ」

ピーターは、頬に流れる涙を羅の顔に擦りつけた。羅も憎くはなかった。

サッと眼を刺すような、目映い光りが、窓ガラスの外から部屋へ流れ込んできた。それは裏の原ッぱで、自動車に備えつけた探照燈の光りであった。

その強烈な光りのために、部屋の中央で抱き合って立っていた男女は忽ち発見されてしまったのだ。

部屋の前廊下に待機している警官隊に、一人の伝令が飛んできて、何事か耳打ちをして引ッ返した。どうやら機関銃の銃坐も、この部屋に向けられたらしい。

運命は刻々に迫ってきたようだ。

やがて、そのうちの指揮官らしいのが、扉の外で、一同に訓示めいたものをやり出した。

「悪漢は、この部屋にいる。女房の手引きで逃げ出し

たのも束の間、こんな所へ追い詰められちゃ袋の鼠だ。しかし諸君に注意する。窮鼠猫を嚙むの諺もある。相手は名うての兇漢だ。ピストルを奪って瞬くうちに五名の看守を血祭りにあげた恐るべき脱獄囚だ」

扉のうちでは、これを聞いて男女は唖然とするのであった。

「ちぇッ！ 脱獄囚と間違えられているんだ」

しかし、かくも大仕掛な捕物陣で、しかも彼等に殺気が漲っている今となっては、最早や誤解を切り開くだけの余地はない。

「どうせ申し開きをしたって無駄だ。俺だっておたずね者のギャングだ。捕え損なった腹癒せに何をされるかは知れたことだ」

路地へ入れられた消防用自動車から、折り畳み式の非常梯子をのばして、この窓へ駈け登って来る警官があった。その警官は窓の直ぐ下まで来た時、

「女の生命は助けてやる。この非常梯子で降ろすんだ、いいか？」

ふと、羅文旦に名案が浮んだ。ピーターの耳へ口を当てて、

「君はいつまでもここに立っていてくれ。考えがある」

ピーターは無言で頷いて見せた。

探照燈は間断なく室内を明るく照している。しかし、地上の原ッぱからこの四階の窓に流れ込む光りだから、部屋の床には明りが届かない。

羅は床上に腹這いになって、窓際へ近づいて行った。

警官は窓際に身を寄せたまま、部屋の中からの答えを待っていた。返事がないので、今度は鉄兜を脱いで拳銃の先きにかけ、これを窓から覗かせて、

「おい、この帽子が、名誉を賭けて約束をしてやる。女を窓から直ぐ降せ」

警官は鉄兜を振って見せた。が、答えは依然としてない。

警官は、じれッたくなったか、とうとう窓を越えてきた。途端に、窓際の下に身構えていた羅文旦の右腕は、電光石火の早業で、背後から警官の首を締めあげた。一言の呻吟きを発する余裕も与えないで――。

羅は出来るだけ窓下へ引きずってきて、警官の服装をリレー式に剝ぎ取って身に着け、すっかり警官に化けたところで、すっくと立ち上った。

「ピーターや、お前だけは助かってくれ。俺は覚悟をしているんだ」態と廊下の外へ聞えよがしに大声を出し

た。

彼女だって海千、山千の女だ。抜け目のあろうはずがない。

「あれッ!」と叫んで「いやです。妾、いや‼」と、部屋中をバタバタ駈けまわっている。それを警官の羅が、ぐっと引ッ捕えて、窓から非常梯子へ移って難なく街頭へ出たのであった。

廊下に待機した警官隊が、扉を叩き破って闖入した頃には、そこには手足を縛された三名のビルの男達と、丸裸で気を失っていた同僚を発見したのみで、既にピーターは警官に化けた羅に護衛されながら、工部局警察部の自動車で北京(ペキン)路を東に全速力(フルスピード)で疾走していた。

四、香水箱の秘密

闇の司令官羅文旦と女間諜のピーターが、決死的な冒険活劇に時を費していた頃、その留守に僕等は一体どんな仕事をしていたか？

カルトンへ踊りに行ったピーターを尾行した僕の配下から、彼女が怪漢に浚われて城内の夢花街(むかがい)で消えたと報じてきたのが、夜も明け方の四時頃であった。

そこで僕は、時を移さずカセイ・ホテルに電話して、ボーイに化けて仕込んでいる李に、

「ピーターの荷物を調べるのは今のうちだ」と命じた。

すると万事に呑み込みの早い李のことだ。

「O・K」の答えと一緒に電話が切れてしまう。

僕は寝着(パジャマ)を脱ぎ棄てて身仕度をしていると、寝台脇の卓上にジリジリリッという信号だ。受話器を耳にすると、李からであった。

「目指す暗号書(コード・ブック)らしいものは残念ながら発見出来ません。しかし問題のトランクから出たニッケル製の小箱が過分の謎を蔵しているようです。一見したところ、高価な香水容器のようですが、何か秘密の仕掛でもあるような気がして蓋をあけて見る勇気を出さしてくれません。次に……例の怪しいと思っていた汚ない靴下(ストッキング)……あれも脱ぎ棄てられてあります。一緒に直ぐ持参しますから、事務局へお出ましになっていて下さい」

急いで僕は往来に出た。東の空には、もう黎明の薄明りが漂うていた。

滑るように街を走る無蓋自動車(オープン)は、爽やかな朝風をまともに叩きつけて、疲れた頭脳(あたま)を、心地よげに冷やして

くれる。

事務局では、既に李が先着していて、宿直であったベルハイム君と、化学実験室へ這入っていた。

そこへ、僕が顔を見せると、今しもベルハイム君は、透明の液体を充たした試験管を握っているところであった。

「見給え、獲物はこれだ」

僕の前に突き出して見せた。李は汚れた靴下を持っていた。

「靴下の頭から現れた液体だよ」

「靴下に頭があるかい?」僕が訝しく笑うと、

「頭と云って悪ければ、なんと云ったら宜かろう? つまりだ、穿いてしまえばスカートの奥深く、股の方に隠れる部分だよ」そう云ってベルハイム君も笑って、

「その部分へ二、三滴の水を滴して試験管にとって顕微鏡的に分析したが反応がないので、今、光分器にかけて見たら、果して銀剤を含んでいることを発見したばかりのところだ。こいつが靴下へウンと滲染こましてあるから、いつでも必要に応じて四、五滴の水があれば隠しインキが即製出来るという仕掛だ。現今のスパイに、隠しインキを壜に入れて持ち歩くような奴はない。と云ってコバルト塩とかフェロシアン化加里といった隠しインキの原料のままで持って歩く手も古くなった。近頃の奴は、みんなこの銀剤で、靴下とか絹シャツ、ハンケチ、ネクタイなんてえものに滲み込まして歩く。このインキの特徴は何に滲み込ましても変色させないという点だ。ところで……」と、ベルハイム君は言葉を切って、実験台に載っていた疑問の小箱を手に取って、

「君、李が不安を感じて蓋を開けなかったのは、素晴しい第六感の働きだった。すんでのことに生命を棄てるところだった。見給え、確かに、この蓋に爆薬を装置した仕掛がある。このまま、迂闊に釦を押せば、バネ仕掛の蓋はピンと開くであろうが、その瞬間にお陀仏になることも必定だ。それ、この部分が曲物だ」そう云って、拡大鏡を僕に渡した。

総ニッケルの小箱であったが、蓋には香水会社の(Soir de Paris Bourjois)と(PARIS・FRANCE)という凹文字が上下に彫まれ、まんなかには、葡萄の一房が浮き出しになっていた。

「その葡萄の一番大粒の奴だ」と、ベルバイム君に注意されたので、拡大鏡を当てると、なるほど、他の楕円形の粒とは独立して、その周囲は、肉眼でやっと見える

程度の間隙(ギャップ)があった。

「その粒は多分雷管を絶縁するスイッチの釦だと思うが……どれ貸して見給え」彼は、注意深く、その大粒の葡萄を力強く指の頭で圧迫すると、果してポコンと引っ込んでしまった。

「さア、これで横の釦を押せばよい」

五、北平(ペイピン)に戒厳令

箱から出たのは一冊の日記帳(ダイアリイ)であった。それには六月二十三日までの日記が簡単に綴られていた。

しかしベルハイム君は、化学者らしい態度で緊張しきっている。薬液を浸して海綿(スポンジ)で、その日記帳の欄外を軽く撫でた。と魔法のように現れ出たのは奇怪な文字表であった。

「おおッ！　暗号書(コード・ブック)だ。それ写真(カメラ)の用意だ！」

四百頁(ページ)足らずの欄外に少しずつ隠されていたのは悉く暗号解読表であった。そして薬品が乾くはじから文字が元通りに消えて行った。

僕等のスリルは絶頂(クライマックス)に達した。

一時間半も複写に要した時間は全く汗の流れるような忙しさであった。

隣室から時間を気にして、やたらに、まだかまだか？

数字表No1

00	ke	01	a	02	rd	03	r	04	ou
05	et	06	ns	07	to	08	b	09	ri
10	up	11	in	12	se	13	al	14	bu
15	na	16	m	17	io	18	y	19	ta
20	at	21	il	22	ac	23	eg	24	ar
25	g	26	q	27	rt	28	os	29	en
30	du	31	an	32	or	33	nd	34	ce
35	t	36	k	37	ly	38	u	39	e
40	ny	41	of	42	d	43	ua	44	op
45	di	46	po	47	hi	48	on	49	od
50	pi	51	fi	52	j	53	ct	54	ke
55	be	56	l	57	de	58	p	59	h
60	c	61	cu	62	n	63	ag	64	un
65	ob	66	pl	67	re	68	lo	69	cy
70	mu	71	mo	72	mi	73	w	74	wi
75	li	76	s	77	wa	78	o	79	at
80	bu	81	af	82	ll	83	re	84	al
85	ma	86	x	87	ra	88	v	89	i
90	st	91	co	92	z	93	et	94	tu
95	th	96	f	97	us	98	no	99	cr

固有名詞	
中華民国軍事委員会	123451
冀察綏靖主任	137231
（以下省略）	

特種符号	
（　）	極秘第何号
《　》	何　某　殿
（以下省略）	

国名及び地名表	
中華民国	036570
日本帝国	036840
（以下省略）	
南　　京	086870
上　　海	086590
北　　平	086480
東　　京	068050
大　　阪	050860
（以下省略）	

〔注　意〕
1．国名及び地名は、0に始まり0に終っていること
2．固有名詞は凡て数字の1より始まり1で終っていること
3．（　）の中に挿入される数字は暗号に非ず
その他省略す

と催促してくるのは、ピーターの帰りを恐れている李であった。

元通りに収めた小箱を李に渡すと、彼は宙を飛ぶようにしてホテルへ駈け戻った。

この複写をした暗号書の一部分を紹介して、（前頁参照）やがて僕等の事務局で図らずも拾うことになった次の電報を、諸君と一緒に解いてみよう。

その日の午後一時であった。

僕等は複写した尨大な暗号書（コード・ブック）に依って、ピーターが支那参謀本部の鮑（パオ）諜報部長に送った秘密通信のうち、第二回目の隠しインキから現れた謎の数字を解いていると、無電係のグーテンベルヒ君が一枚の紙片を持ってきた。

「数字ばかりの電報です。たった今アンテナに引掛ったばかりですが……発信人も宛名も不明です」ベルハイム君に渡すや無電室へ消えてしまった。

僕等は複写仕立ての暗号書で、この数字電報を何気なく合せて見ると意外も意外、ピタリと解けたではないか？

（前掲の暗号解読表に依って、その数字の下へローマ字を並べて行くと次のようになる）

123451（58）
《137231》
91168533　9539　325703.
Command　the　order.

9520 0403 241618 07 1954 662239 645703
That our army to take place under
85278984 6873 79 086480 79 4834 11 129905.
martial low at □ at once in secret.
90095337 254302 63011190 9539 9106508769
Strictly guard against the conspiracy
9579 0039506225 10 036840 241618 3142
that keeping up □ army and
6755821797 6047151629.
rebellious chinamen.

さて、ローマ字で当欲らぬ箇所が、まだ四箇所ある。137231は1から始って1に終っているので固有名詞であることが解った。137231は冀察綏靖主任、123451は中華民国軍事委員会だ。《　》は殿で、（　）は極秘第何号だ。次に、086480と036840は共に0から始って0で終っているから地名か国名である。即ち前者が北平で後者が日本だ。これで暗号は全部解けた。日本語に翻訳すると、

極秘第五十八号

冀察綏靖主任殿

指令書

中華民国軍事委員会

秘密裡に、直ちに、北平に戒厳令を施行し、不逞の漢奸並に日本軍を厳重に監視すべし

当時、冀察綏靖主任は宋哲元であったが、彼は郷里の山東省楽陵に墓参に行って、留守中の政務は北平特別市長の秦徳純が代行していた。その翌日午前零時を期して、北平には戒厳令が施かれた。

それが、今事変の導火線であった。

（附記）上海国際秘密探偵局は局長のコンラッド博士が、この事変中に、病気で他界されたので、この二月に閉鎖されてしまいました。

吼ゆる黒龍江

――物語の前に――

親愛なる読者諸君。

大満洲のまん中を、縦に貫ぬいている鉄道の北部終点は、前面の黒龍江をはさんで、露領のブラゴベシチェンスクと睨み合っている「黒河（こくが）」であります。

私は、この黒河の町で、今回、はからずも、とてつもない少年大冒険家の話をきいたのです。ロシヤ極東軍の大秘密をつかんで、守のきびしい国境を、ただ一人で突破して来たというその物語は、私の血をわきたたせました。しかも、その少年が、今も外蒙古との国境に近いホロンバイルのダライ湖附近で、日本、満洲のために大事な働きをしているとのことでしたから、私はなんとかしてたずねてゆき、じかに彼の口から苦心談を聞いて、これを親愛なる諸君に、お知らせしたいと決心しました。そして、思いきって汽車ではるばる一千粁（キロ）の満洲里（マンチュリー）にゆき、そこから更に幾日も馬に乗って、ダライ湖のほとりに、やっと彼を探し当てたのでありました。

少年は、名を永田太郎といいまして、ロシヤ人を父に、日本人を母に持った満洲生れのあいのこです。

私と彼とは、ダライ湖のほとりで、親しく三日間を共に過したのでありますが、彼は、自分のことが、日本少年諸君に知ってもらえるのであったなら、もっともっと素晴しい働きをして来ればよかったにと、とても残念がっておりました。そこで、私は、

「なに、心配なぞする必要があるもんか。君がロシヤでやってきたことを、たとえ下手な僕の文章で知らせたって、きっときっと日本の少年諸君は、君を大好きになることは請合いだ」と、ほめてやりましたら、それでも彼は、なおはにかみながら、

「だって、日本の少年諸君は、みんな大和魂を持ってるでしょう。僕なんざアあいのこだもの、大和魂をたった半分きゃ持ってないから、とてもかなやしないよ。それでも日本の少年諸君は、僕を仲間に入れてくれるかし

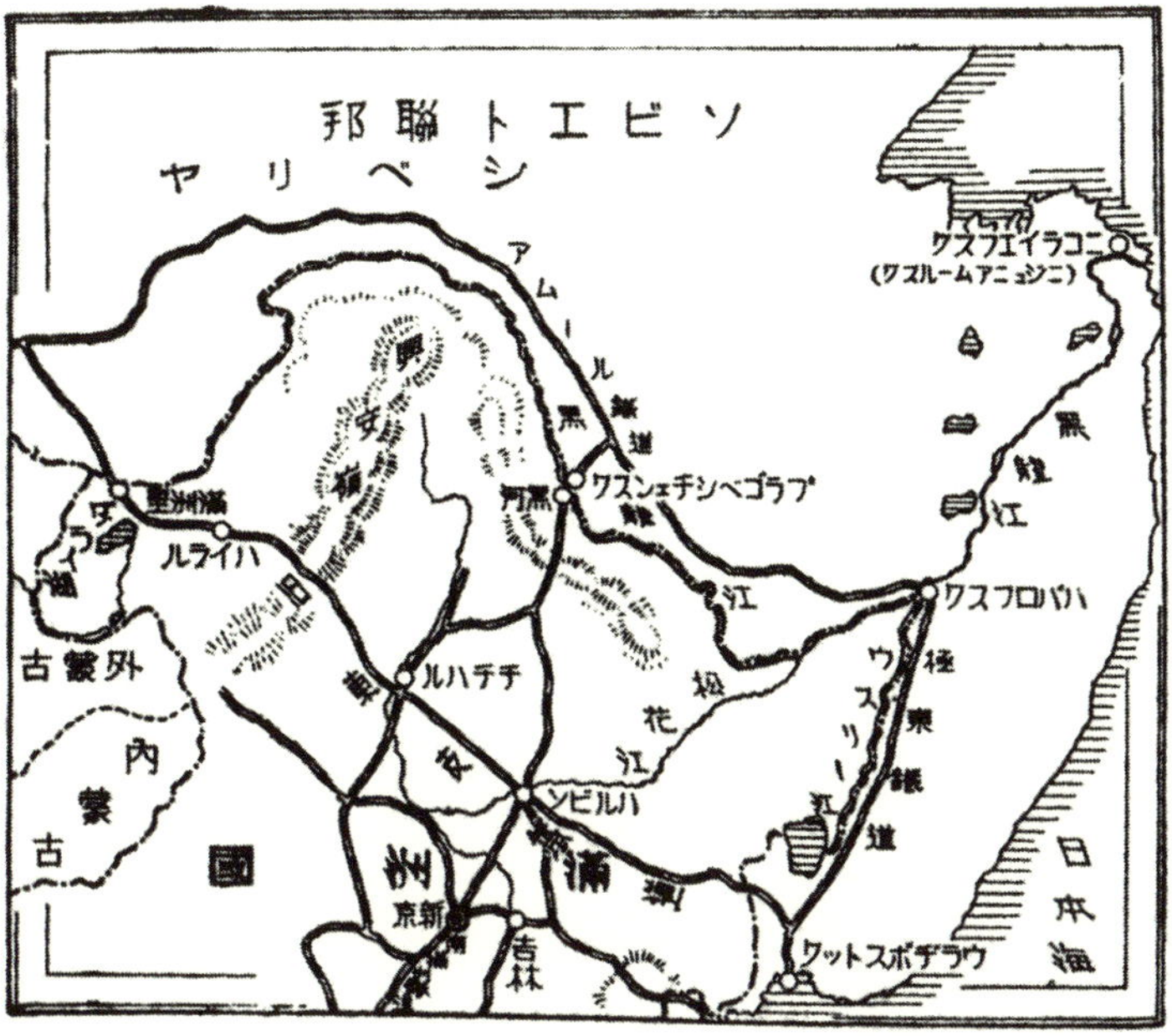

ら……くれりゃ、本当に、小父さん、僕、嬉しくなって泣いちまうかもしれんよ」

彼の眼はキラキラ輝くのでした。私は、彼が、たまらなくいじらしくなって、目頭が熱くなってくるのでした。彼は、まだ見ぬ日本に、非常なあこがれを持っているのです。

さあ、諸君、彼がたった半分しか持っていないと嘆いたその大和魂で、一体、どれほど凄い働きをしただろうか？　それをこれから読んでいただきましょう。

血に餓えた赤の嵐

混血児

くわしくいいますと、彼の父はステパノフ・アレクセイ・ペトローウィチというロシヤ人でしたが、彼の母は永田繁子という、立派な日本婦人でありました。だから、この父母から生まれた少年は、二つの姓名を持っておりました。もっとも父は、彼をロシヤ式のトロフィミッチ・アレクセイ・ペトローウィチというのにきめたのですが、少年も母も、日本が大好きでしたので、母の実家の姓をとって、永田太郎と名乗っていたのでした。この物語では、ロシヤ名のトロフィミッチは呼びにくいので、諸君と親しみの多い太郎の名で、彼を呼ぶことにします。

彼は、七三にわけた黒い髪と、利口そうな黒い瞳は日本人で、まだ十六歳というのに、背丈が一・五五米（メートル）もあることや、薄桜色の頬に高い鼻を持っていることが、ロシヤ人に似ていました。

太郎少年の父は、満洲のハルビンに生まれて、ハルビンで育ち、そして、このハルビンにあったロシヤ東支鉄道の大鉄路局へ勤めていました。だから、ロシヤ人といっても、ロシヤの本国を知らない満洲生れのロシヤ人だったのです。そして、ここで日本婦人と結婚して、生まれてきたのがトロフィミッチの太郎君でした。だから、彼も生粋の満洲ッ子で、ハルビン男児のわけです。

彼は、小学校の先生や父からはロシヤの言葉を、母からは日本語を、そして近所の子供達や世間からは満洲語を習って育ちましたので、今でも三箇国の言葉が自由に使えるのです。

ところが、満洲事変で、新しく今の満洲国が生まれ、東支鉄道は満洲国が買いとることに話がすすみました。そして、日本の骨折りで、昭和十年三月二十三日、正式にロシヤから満洲国へゆずり渡されたのでありました。

そのため、太郎君の一家は、ロシヤ本国の命令で、住みなれた故郷のハルビンを後にして、今のハバロフスクへ転任することになったのでした。

ハバロフスクは、極東ロシヤでは、ウラヂボストックに次ぐ大都市で、特別極東赤軍の本部もあって、総司令官ブリュッヘル元帥が、三千台の飛行機と、千二百台の戦車と、三十万人の兵隊とを持って、犬殺しのような眼つきで、日本や満洲を睨みながら頑張っていたのです。

太郎の一家は、ハバロフスクへ来てから、ちっともしあわせではありませんでした。父も母もやはり満洲が恋しかったのです。ことにここで父が生きてゆくためには、どうしても母に強くあたらねばならないのが、何よりも悲しいことでした。

あんなに優しい父が、こうも狂暴になるものかと驚くほどの変り方で、父は痩犬がおびえて吠えるように、母にわめきちらすのでした。

「おまえのために俺の寿命も、俺の一家もみな滅びてゆくんだ。おまえが日本婦人(ヤポンカ)だというんで、秘密警察(ゲ・ペ・ウ)は絶えず俺を睨んでいる」

でも、母は、それをじっとこらえておりました。太郎が寝たあとで、父と母との間に、いつも別れ話が出て、そんな時にはきまって、

「太郎をつれて、私を日本か満洲へ帰れるようにして下さい」

というのが母の口癖でした。しかし、ロシヤ人の妻として、果して、日本が母の帰国を許可するでありましょうか？　かりに日本が許可してくれるとしても、ロシヤの政府は、それを許すでしょうか？　そんなことを思うと、父も母も暗い顔になるのでした。本当は、父だって、やはり生まれ故郷の満洲が恋しかったのでした。

不安心なロシヤ

太郎少年は、ハルビンのロシヤ人小学校を卒業した時に、一家が転任となりましたので、このハバロフスクの中等技術学校（日本の中学と同じ）へ入学して、その頃はもう二年生となっておりました。

母は、父が家にいる時は無口でしたが、父が役所（ハバロフスク鉄道局）へいって留守の時には、ロシヤのことや、日本のことなどを、いろいろと彼に教えてくれるのでした。母はいいました。

「ロシヤの大人には、明日の日を安心して暮せる者が、ただの一人だってありゃしない。お父さんだって、絶えずおびえていらっしゃるでしょう。いや、少し大袈裟にいうと、ロシヤの大人は誰でも、朝、眼がさめると、第一番に、手で自分の首筋をなでてみます。そして今日も自分の首が胴についていたやれやれよかったと、はじめて安心する——といった気持でみんなが生きているんです。ロシヤで一番偉くて、一番勢力のある人は誰だか知っているでしょう。太郎や」

彼は、空色の更紗(さらさ)で仕立てたトルストフカーという上着に半ズボンで、長椅子に寝転がっていましたが、この時、くるりと起き直って、

「知ってますとも、お母さん。一番偉いのはスターリンですよ」

「そうです。そのスターリンでさえ、明日の日を安心して眠ることが出来ないんです」

「なぜなの？　お母さん」

「自分の邪魔になる者を、片っぱしから、家来の秘密警察（ゲ・ペ・ウ）に命令して、殺しているでしょう。ですから、殺された人達の身寄の者が仇を討ちに来やしまいかと、それを恐れたり、また自分を殺してロシヤの天下をのっとろうという謀叛人がいはしまいかと、ひどく疑ぐり深くなって、そのためおちおちと眠ることも出来ないんです。こんな情ない国は世界のどこにもありやしませんわ。ヘンリック・ヤゴーダって人を知ってるでしょう？」

「うん、知ってるよ僕。スターリンの第一の家来でさ。ゲ・ペ・ウの長官で一等大将だった人だろう。でもお母さん。つい、このあいだ殺されちゃったね」

「よく知ってたわね。じゃ一体、誰に殺されたか知ってて？」

「お国に謀叛を起したんで死刑になったんじゃない？　お母さん」

「お国に叛いたんなら、まだ気がきいているわ。ヤゴーダは、いわば全ロシヤの探偵長でしょう。だからスターリン自身の様子までも探っていたのよ。それがスターリンにわかったんで、スターリンは怒って、俺まで探偵するとはけしからん奴だとばかりに、ヤゴーダを殺してしまったのよ。学校で、いくら先生が一生懸命に、共産党やスターリンのことをほめちぎったって駄目だわ。ロシヤって国の気の狂った正体が、はっきりとわかってくるだけだもの。でも口は禍のもとっていいますからね。だまっていた方が無難でいいの。太郎だって、めったなことをいうんじゃないよ。わかったね？」

「うん。僕、誰にもいやしないよ。だけどさ、いやな国だね、お母さん。僕、やっぱり満洲へ帰りたいや。お母さんだって、そう思わない？」

すると母は、彼の大きな声に驚いて、シッと唇に手を当てて、

「駄目。そんな大きな声を出しちゃ……。壁にだって耳があるわよ」

そこへ、父が役所から帰ってきましたので、母は口をつぐんでしまいました。

射撃の大記録

彼は、学校では算術が一番すきで、運動では機械体操と、教練でやらせる実弾射撃が最も得意でした。いつも学校の配属将校から、

「その的を日本兵のつもりで射て！」と、いわれるのでしたが、彼は、その的をブリュッヘル元帥だと思って射ちこんでいたのです。学校や少年共産同盟（ピオニール）では、「ロシヤの兵隊は世界で一番強い」と、教えこませるのです。彼は心の中では「嘘だい」と、反対はしてみるものの、毎日のようにロシヤが強いというわけを教えられますので、ともすると、自分の考えや母の教が違っているような気がするのでした。それで、ある日、学校から帰った彼は、

「駄目だよ、お母さん。ロシヤが一番に強いんだっていうんだもの。先生が、さ」

彼は、泣きそうな顔で母にたずねますと、

「だから、お母さんは、みんなが先生から、糠喜びをさせられているんだっていうのよ」

「だって、先生がいいましたよ。昔は日本に負けたけれど、今は負けないんだって。第一、日本の七倍も兵隊がいるんだし、飛行機だって戦車だって、日本の何倍もあるし、その上、世界で真似の出来ない新発明ばかりの機械化部隊ってのもあるし、とても強いんだって教えるんだもの。つまんないや」

「ですから、先生の考えは間違っているのよ。戦争に勝つのは決して戦争道具や兵隊の数によるんじゃないの。戦う人の魂の強さにあるんです。ロシヤが何十億ルーブルのお金をかけたって、日本の大和魂を製造する機械は出来ませんものね。昔から、ロシヤだって、支那だって、みんな日本に負かされてしまった国です。日本人は誰でも大和魂というものをもっているので、どこが戦争をしかけてきたって負けやしません。もうわかったでしょう？」

「わかったようで、わかんないや。お母さん。僕も、その大和魂がほしいなア」

彼は、こういうふうに、母から常に教育されていましたので、先生や、赤軍の将校が、学校でなんと教えたって、心の中では、決して日本は負けるもんかと笑っていたのでした。

ある日曜の朝でした。六月の太陽はカンカンと大地に照ってて、じっとしていても汗のにじみ出るような日でした。だが、その日は、彼の大好きな射撃演習があるので、朝早くから元気で練兵場へ出かけました。

彼の級友の中に、リストニツキイという少年がいました。この少年も射撃の名手で、太郎といつもその成績を争っていたのです。そしてリストニツキイが勝った時に

は、きまって太郎に、

「おい、降参しろ。弾ってものは、あんなふうに射つもんだぜ。どうせ、おまえみたいな黒目のあいのこには無理な注文かもしれんがね」

こういって、それからみんなに、勝ち誇ったように、

「満洲や日本の臭がするような奴に負けるなあ癪だからなア」と憎々しげにいうのでした。だから太郎は、何をうっちゃらかしても、この射撃演習の時だけは真剣にならずにいられませんでした。

こんなわけで、その日の射撃は、直径十五糎（センチ）の的へ百米離れたところから、めいめいが二十発の実弾を射つのでしたが、リストニツキイは的へ十八発を命中させ、他の一発は的から十糎離れ、残りの一発は、的の上を遥かに越してそれてしまいました。それで、彼の成績は九十点ときまったのです。

「今日も俺は一番だろう」と、リストニツキイは鼻高々で、太郎の姿を探しました。

太郎は、まだ自分の番にはならないので、じっとみんなの射撃姿勢を見ておりました。そこへ、リストニツキイがやって来て、

「おい、どうだ。今日も九十点だぞ。おまえなんかとてもかなうまい。降参するなら今のうちだ」

そういって、自分の席へ戻ってゆきました。そこへ、待ちに待った順番がきましたので、太郎は、

「くそ！　負けるものか！」と、歯ぎしりをしながら、狙を定めて一発ダーン！　と射ちましたが、惜しいかな、わずかなところで的を外してしまいました。

「う！　残念だ！」

涙がハラハラと落ちてきました。しかし、あせる心をしずめようと、眼を静かにとじて、心で神様に、

「どうか、僕に、お母さんの持っているような大和魂をお授け下さい。もし、お授け下さるわけにゆきませんでしたら、ここ三十分の間、お母さんの大和魂を貸して下さい。神様、お願いです」と、一心をこめて祈っておりますと、心が自然とやわらいでくるのでした。そして今度は的に狙を定めても、すこしも憎いリストニツキイのことが気になりません。いや、リストニツキイのことばかりでなく、今まで、的をブリュッヘル元帥だと思って射っていたのでしたが、あの狼のような元帥の顔も今は見えてきません。じっと狙っていますと、もう隣で射っている級友の弾の音もきこえて来なくなりました。そして、的の黒点が銃心に吸いこまれるように、なんにも

見えなくなった刹那、彼の銃口から弾が飛び出しておりました。

おお！　なんという見事な命中でしょう。黒点となっている的のまん中へ、ハッシと射ちこまれていたではありませんか。

いつもの彼ならば、飛び上らんばかりに心が躍るのでしたが、今日は、自分でも不思議なくらいに、心が冴えて、ますます澄んでくるのでした。

こうして全部を射ち尽くしましたが、はじめの一発がそれただけで、十九発は悉く黒点の同じ場所へ射ちこまれておりました。わずかに的の中へ、お情で命中しているのとはわけがちがいます。このため、九十五点という素晴しい成績で、この学校で射撃演習が始って以来の大記録を作ったのでありました。

太郎は、ほっとして我にかえりますと、づかづかとリストニツキイの前へ近づいてゆきました。そして晴々した気持で、

「どうだ、降参したか？　もう今度からは絶対に負けやせんぞ！」と、いってやりますと、

「おまえなんか、まぐれ当りだい。あいのこのくせに、こんなところへまで出しゃばって来やがって、生意気じゃないか。ひっこんでろ！」と、リストニツキイは、いまいましげに罵るのでした。

「なんだと。負けたくせして」

「なにを、こいつ。来るか！」

こういうや、気の早いリストニツキイは、やにわに飛びかかってきました。しかしリストニツキイは腕より口先の方が達者な少年でしたから、たちまち太郎にねじ伏せられてしまいました。

「ざまアみろ。満洲には、おまえのような弱い奴は一人だっていやしない。口惜しかったらいつでも相手になってやるぞ」

すると、泥まみれになったリストニツキイは起きあがって、みんなの手前があるので、力んでみせたのか、

「きっとだな？」と、念を押してきましたので、

「うん、きっとだとも。おまえのような弱虫なら三人がかりで来たって大丈夫だ」

そういいすてて、足どりも軽々と、浮き立つ心で、家にかえって来ました。玄関の扉（ドア）を開けるや、

「只今！　お母さん、僕、大和魂で勝っちゃった！」と、威勢よく室内へ飛びこんでゆきました。すると、いつもならば、笑顔で迎えてくれるはずの母が見えません。

一体、今日はどうしたっていうのだろう？　父もいないではありませんか。そして、父母のかわりに、そこへ姿を見せたのは、しおれきっている叔父のコンスタンチン・ペトローウィチでした。この叔父は父の弟なのです。

「お母さんたちはどこへいったの？　え、叔父さん」

彼は、いぶかしげに、叔父の暗い顔を見つめるのでした。

「まあ、あとで、ゆっくりと話をしよう。だが、お前は今夜から、わしの家へ来るんだ。お前は強いから泣きやしないやな。叔父さんは今夜から、お前のお父さんになってあげるし、叔母さんは、お母さんがわりになって可愛がってくれるさ。いいか？」

太郎は、ぼんやりしてしまいました。何が何やら突然で、わけがわからないのでした。しかし、ただごとではないという不吉な気持で、体中が、水をあびせられたようにぞっとするのでした。

「どうしたの。叔父さん？　早くいってよ。ねえ」彼の鼓動は早鐘のようでした。

「驚いちゃいけないよ」

そういって、叔父はポロリと大粒の涙を落しました。

「やあい。僕に泣くなっていったくせに、叔父さんが泣いてるじゃないか。ずるいや。早くいってよ」

こう、猛烈に問いつめられると、人のよい叔父は、いよいよ口ごもって、いい出しにくくなるのでした。

復讐の一念

「知っての通り、お前のお母さんは日本人(ヤポーニャ)だ。それでお父さんは、かねがねゲ・ペ・ウに狙われていたんだよ。そして、このロシヤに謀叛を企んでいるというでたらめな理窟をつけられて、お父さんもお母さんも、今朝、お前が演習に出たすぐあとで、突然、ゲ・ペ・ウに引っ立てられてゆかれた。どうせ根も葉もないことで、むりやりに捕らえていったんだから、裁判など開かれようはずがない。人の話では、このハバロフスクだけでも、今朝から五百人以上も逮捕されたそうだ。そして、あの『赤い広場』で片っぱしから銃殺されているという話だ。気の毒でならん」

叔父は、腸(はらわた)をえぐられるような声で、やっと、これだけのことをいうと、そのまま、眼をそむけてしまいました。可哀そうな少年の顔を、まともには見る元気がなかったからでした。

しかし、太郎は、案外にしっかりしていました。母から聞かされていたことが、とうとうやってきたのだと覚悟をしたからです。

彼は悲しみを、ぐっと嚙みしめて、叔父に涙を見せまいとしておりました。

「叔父さん。僕、見届けにいっちゃいけないかしら?」

彼の、無鉄砲な問に、叔父は驚いて、

「とんでもないこった。『赤い広場』は、内務人民委員部の保安警察隊が、十重二十重(とえはたえ)にとりまいて、とてもよりつけるものじゃない。仇は気長に討てる。あわてたことをするじゃないよ」

叔父は、彼を抱きしめるようにして、

「お前は本当に可哀そうだなア」

と、あとは涙で曇ってしまうのでした。

「叔父さん。僕よか、お父さんお母さんがなお可哀そうだよ。それにくらべたら僕などは……」

と、彼も、こらえにこらえた涙の堰が、どっと切れて、熱いものが溢れ出てきました。彼は拳骨をかためて叫ぶのでした。

「畜生! 今に見ていろ。この仇(かたき)は、死んでも討つぞ!」

叔父の家に引きとられて、復讐に燃えた最初の一夜は明けました。

その朝のプラウダ新聞は、大々的な見出しで、「大陰謀が発覚して、赤軍八大将の銃殺」と題し、赤軍育ての親であるトハチェフスキー元帥を始め、八名の大将がロシヤに謀叛を企てていたことがわかり、悉く捕まって銃殺されてしまったと報じていました。そして、この八大将の銃殺についで、その日、全国で捕らえられて銃殺された者は三万人に達したという、血生臭い「赤の嵐」が全紙面を埋めつくしておりました。太郎の父母も、この三万人のうちの二人でした。

彼も叔母も、叔父が声を出して読んでくれるその新聞記事に、熱心に耳を傾けていました。叔父の声は恐しさのために、幾度もおののいているようでしたが、読みおわると、

「ああ、ロシヤもおわりに近づいた」と、溜息をつくのでした。すると、叔母も横から口を出して、太郎に、

「お父さんやお母さんが天国へゆきなさるにも、何万という道づれがいなさるので、お心強いのが、せめてものことですわ」

そういって、親指と中指で両方の瞼を、そっと押さえるのでした。

でも、一夜にして、両親を永久に奪いとられた彼に、どうして諦めることが出来ましょう。彼は、仇討(あだうち)の一念で燃えたぎっておりました。

眠れぬ夜が、幾日となくつづきました。

寝台の窓から見えるラヂアールナヤ塔上の大時計は、三米(メートル)もの大きな振子を、ゆったりと左右に動かして、小止みもなく、悲しい時代への弔(とむらい)の歌を歌うかのように、一時間毎にボーン、ボーンと長い響を伝えて、ハバロフスクの古い甍(いらか)の上を越えてゆきます。その弔歌を聞いていると、彼はたまらなくなるのでした。

「お母さん、僕に下さい、お母さんの大和魂を！　その魂で、きっと、きっと、僕は仇を討ってみせます」

彼は、神に祈り、母の霊にすがるのでありました。

やがて彼は、一世一代の智慧をしぼって、ロシヤの天地をひっくりかえすような大事件を企み、そして着々と、その準備を急いだのであります。

国立写真科学研究所

ある夏の朝、太郎は、真剣な眼ざしで、役所へ出がけ前の叔父に頼むのでした。

「叔父さん、お願いです。僕、今日から学校をやめさして下さい。そして叔父さんの役所で一しょに働かして下さい。僕、給仕でもなんでもやります。昼でも夜でも、僕、叔父さんの傍から離れたくないんだ。そして世の中のことを勉強したいんだ。ねえ、叔父さん、なんとかしてよ」

彼が、父母を一夜で亡(うしな)って以来、叔父は彼を大変に可愛がってくれていたのでした。だから今、彼の口から、断然退学するということを聞かされては、驚かざるをえません。叔父は彼を、中学から更にモスクワの共産党大学にまでやって、勉強させようと意気ごんでいたところでしたから、顔色をかえて、

「なにをいうか？　いま学校を中途でやめたらどうなる？　勉強して偉い人になってこそ、はじめてお父さんの仇が討てたことになるのだ。考違(かんがえちがい)を起してはいかん

ぞ」と、強くたしなめるのでした。

「だって学校じゃみんなが、ロシヤに謀叛を企んだ死刑囚の子だの、ひねくれ者のみなしごだの、憎い日本のあいのこだのっていうんだもの。だから癪にさわってやっつけようとすると、みんながつっかかってくるんだ。いまいましくって勉強する気になんかなれないや。それでも、まだ叔父さんが行けっていうなら、僕、あんな学校は火をつけて燃しちゃおうかと思っているんだ」

本当に、火でもつけかねまい見幕で迫りましたので、叔父はびっくりしてしまいました。そして、このままにしておいたら一大事を起すと思いましたので、

「よろしい。お前がそういう気持になるのも無理はない。今日にも役所の長官に頼んでみよう、わしの助手として働けるようにな」

叔父は立派な技術者でした。若い時からアメリカへ行って、ウエスタンという世界一の発声映画(トーキー)の会社で働き、今ではロシヤで指折の写真技師(カメラマン)であり、発声映画の録音技師でもありました。国立写真化学研究所極東本部という役所に勤め、そこの技師長をしておりました。

この役所は、普通の映画製作とは違って、主として学問上の研究や、軍事上の研究のために、人間の眼で見えないものや、人間の耳ではきこえないような精密機械の働きを、フイルムにとって研究するのが仕事でした。そのため叔父達は、あらゆる秘密の研究所や工場へ出張撮影(ロケーション)します。そこで、もし、太郎が、叔父の助手として働くことが出来るとすれば、兵器工場へだって、軍用飛行機の製作所へだって、自由にはいって行けるわけです。太郎は、それを狙っていたのでした。

「仇の国ロシヤの秘密を知るには、これが一番早道だ」

と、考えていたからです。

彼が、こんな恐しい企てを抱いているとは知らない叔父は、本部長の許可を得て、彼を自分の助手にしたのであります。

「さ、太郎や。いよいよ明日から私と一しょに働くんだ。願いどおりにいってうれしいじゃろう」

「うん、僕、嬉しくってしようがない」

その夜、寝床にもぐっても、彼の頭には、まだ見ぬ秘密の世界が、いろいろな形でちらついて、なかなか眠れそうもありません。

夜が明けると、彼は、新しい技術服にハンチングといったいでたちで、気も爽やかに叔父とつれだって役所へ行きました。

叔父は、役所の人達に、彼をひきあわせ、はじめての挨拶をすまして自分の研究室へ戻るや、

「さて、これから早速に仕事じゃが、一時間後に、K飛行機製作所へ出張撮影せにゃならん。それについては、さしあたり必要なだけのフイルムの知識をのみこんでおかんとまずい。たとえばじゃ、この電燈だがね……」といって、テーブルの電燈にスイッチを入れて、

「どうじゃ、あかりのついたこの電燈を見て、何か不思議なことでも感じやしないか？」

とたずねるのでした。

「別に、なんにも……？」と、彼はいぶかしげに答えますと、

「なんにも感じないのが普通だ。しかし、この電球は一瞬間の休もなしに、陰と陽の電気が火花を散らして喧嘩をしているんだ。その早さは一秒間に六十回も繰返している。そして陰と陽がぶつかる時に火花は出るが、離れた時には消えてしまう。だが、なにしろそれが一秒間に六十回も、ぶつかったり離れたりしているので、僕等の眼には、その切目が見えない。そこで、ミッチェルという人の発明した高速度の撮影機で、この電燈を写してみると、この機械は一秒間にフイルムのこまを五百も廻転させる力を持っているので、一秒間に六十回しか消えたりついたりする電燈を写しとるのはたやすいわけだろう。これから飛行機製作所へ出張撮影するのも、この理窟と同じ方法で、プロペラを写しに行くのだ。このプロペラは電燈の早さどころではない。発動機(モーター)の馬力次第では一秒間に何百回、何千回と廻るかもしれない。だから、これを写すには、すくなくとも、その十倍の早さで廻転する撮影機(カメラ)を用いなきゃ駄目だ。そこで叔父さんの発明した二十馬力のモーターで動かす撮影機で、そのプロペラを写しに行くわけだが、これなら一秒間に三万こまもフイルムを廻転さすから大丈夫だ。これはプロペラが、どういうふうに風を切って行くかを試験するための撮影なんだ。空気を出来るだけうまく切って行かないと、プロペラとしては落第になるから、それで、こんな試験が必要になるわけさ。だから空気の流をフイルムにとらないと、風が、どんな工合に切られて行くかがわからないだろう。その空気を写しに行くんだよ」

と、叔父は説明するのでした。しかし、彼には、まだはっきりのみこめません。

「だって叔父さん。いくら撮影機だって空気は写せませんよ」

「ところが写せるんだから、まあ見ていてごらん」
叔父は笑って、そう答えるのでした。

「イー」四十五型駆逐機の秘密

用意が出来て、玄関前に出ますと、一台のトラックが待っておりました。見れば撮影機のほかに、ラヂオ・セットのようなものや、大きな発動機などが積みこまれていました。

叔父について、四五人の技師と一しょに、目ざすK飛行機製作所の試験広場へ到着しますと、広場には戦闘用の駆逐機が十台近くも並んでおりました。

やがて、撮影機の取付が終りますと、赤軍技術将校の一人が、操縦者にプロペラの廻転を命じました。

飛行機の両脇には、大きな高い梯子が立てられ、その両端に針金の綱が結ばれて、綱の中央には、大きな笊籠（ざるかご）が一つぶらさげられていました。その笊籠は、プロペラの真上五メートル以上もあろうという高さに静止していましたが、恐しい唸を立ててプロペラが廻転しますと、その笊籠が次第に揺れだして、笊の隙目から、さかんに銀粉が撒き散らされるのでした。この銀粉の流が、空気の流として撮影されるのであることを、叔父は太郎に説明してくれました。

叔父は時（タイム）を計りながら、この光景を見ていましたが、カメラマンに、

「撮影開始！」の号令をかけました。フイルムは、物凄い勢で廻転しました。

こうして、一つのプロペラに二度ずつの撮影をして十台の飛行機を写し終るのに夕方までもかかりました。

ロシヤの飛行機で、「イー型」というのは、みな駆逐機のことです。今度の支那事変で、わが海軍機に撃墜（うちおと）されたロシヤ製の駆逐機は、たいてい、「イー」十五型か、「イー」十六型でありました。十五型より十六型の方が新式で、事変前までは、「この十六型が世界一だ」と、各国の陸海軍から思われていたのでした。ところが、事変となって、たちまち、これが日本の海の荒鷲に撃墜されてしまったのですから、わが海の荒鷲こそは世界一だということになったのでした。

しかし、ロシヤでは、「イー」十六型は、世界の陸海軍が大騒をするほどには問題にしていません。本当に優れている飛行機は、支那へなど出してはおりません。日

本やドイツと戦争をする時に使おうとその駆逐機は秘密にされているのであります。この秘密の駆逐機こそ、「イー」四十五型なのです。

国立写真化学研究所の撮影隊は、この「イー」四十五型のプロペラを試験するために、ロケーションしたのでありました。

撮影をおえて、叔父と一しょに家へ帰りますと、夕飯のあとで、叔母は彼に、

「太郎さんは、今日はじめて世の中へ出たんでしょう。世の中と学校と、どっちが面白い？」

「そりゃ叔母さん、世の中の方が面白いや。あいのこだなんて、いじめないだけでもさ。それに僕には叔父さんがついてるんだもの。とても心強いや」

彼は、早目に、叔父や叔母に、「おやすみなさい」をして、自分の部屋へ引きあげてくると、作業服を寝巻と着替えましたが、寝台にあぐらをかいて、靴下をぬいだ時、にやりと笑いました。そして、靴下の中から二三枚の図面をとり出して、それに注意深い眼を向けていました。

「こりゃ、とんでもない秘密の図面かもしれないぞ。そうだとしたら、しめたもんだが」

それは薄い紙に書かれた機械の図表でありました。彼は、撮影隊の人達も、飛行機製作所の将校達も、みんな気違のようになって撮影作業に熱中している隙をねらって、この図表を、そこにぬがれてあった技術将校の上着の内ポケットから、ひそかに失敬してきたのでありました。

それが、「イー」四十五型駆逐機の心臓部ともいうべき、重大な機械の構造図であろうとは、彼にだって、その時はわからなかったのでした。しかし、どっちにしても、秘密なものであるには違いないと思われましたので、これをどこへかくしておこうかと、いろいろ考えた末、とりあえず寝台の藁蒲団の中へ押しこんでおくことにしました。そして藁蒲団の縫目を元通りに綴り直すのに、一時間もかかりました。

「こうしておけば大丈夫だ。まさか、僕のような子供に、こんな凄いことが出来るとは思わないだろう。誰が調べに来たって、かまうもんか。知らん顔をしていりゃ、ろくすっぽ探さないで帰っちまうだろう」

彼は、世の中へ出て、ロシヤに仇討する始めての日としては、これだけでも素晴しい成績だと思いました。

密告者

彼にとって、第一の仇は、スターリンという得体の知れない怪物の命令で動いているロシヤそのものです。そして、第二の仇は、父母を捕らえて、取調もせずに銃殺の刑に処したゲ・ペ・ウ（秘密警察）です。

しかし、父母のことをスパイだといって、ゲ・ペ・ウに密告した憎い奴は一体誰でしょう？

彼のひそかに探し求めていたのは、この密告者でありました。これが、第三の仇です。そして、この第三の仇を最初に討取ってしまわないと、気の毒な父母は天国へ行けないと思っていたのでありました。

この殺してもあきたらぬ密告者を嗅ぎ出すことが出来たのは、その六月もおわりに近づいた頃でした。ある日、父の勤務していた役所（ハバロフスク鉄道部ウスリイ保線事務局）から、父の積立金をとりに来いとの通知を受けたので、叔父は彼を呼んで、「お父さんが残していかれた大切なお金だ。もらって来るがよい」と、命じました。で、彼は、保線事務局の会計課へ出頭して、たくさんの積立金を受取って、玄関を出ましたが、後から、「やあ、太郎さんじゃないか？」と、声をかけて、駈けて来る者があります。ふりかえってみますと、彼とは、かねて仲よしの少年ウラヂミールでありました。

父は、この保線事務局では保線課長でありましたが、その部屋づきの給仕であったのがウラヂミールでした。父は、このウラヂミールを非常にに可愛がっていたのでした。

そうした関係で、ウラヂミールは、父の用件で、ちょいちょい彼の家へ使にも来ましたし、また遊びにも来たりしました。母もウラヂミールがすきで、いつもお菓子を与えたりしました。彼は、太郎より一つ歳下の十五歳でありましたが、早く世の中へ出たので、とてもませておりました。

ウラヂミールは、もじゃもじゃした茶褐色の髪と、灰色の眼と、広い頬骨と、あばたのある青白い顔と、大きな、だが、いい形の口とを持っていました。彼の頭は、大きいといわれた太郎の頭よりも更に大きくて、姿は四角張って不恰好でしたが、太郎は彼が大好きでした。

「僕、あんたんちへお見舞に行こうと思っていたんだよ。もっと早く行きたかったんだけど、素敵なお土産を持って行こうと考えていたんで、今日まで我慢してたの。許してね」

そういって、今度は、急に、声を落して、

「お父さんの仇は誰だか知ってる?」

「ううん」と、太郎は、かぶりを横に振って見せました。すると、ウラヂミールは彼のルパシカの袖を引張るようにして、玄関脇の広場へ、さっさと歩き出しますので、彼も、そのあとへついて行きました。ウラヂミールは、広場の真中へ来た時、ひょいと立ちどまって、

「ここなら誰にも聞えやしない」

こういって、耳をそば立てる太郎に、

「仇はナザアロフだよ。僕、やっと昨日、探しあてたんだ。だから、その素敵なお土産を持って、今夜たずねて行こうと思ってたところなんだよ」

意外な言葉に、太郎はしばし、声も出ないほどでした。

仇敵ナザアロフ

ウラヂミールの語るところによると、ナザアロフって男は、太郎の父のいた保線課では、一番びりっかすの役人で、線路工夫をしていたのを、父が拾いあげて、事務員にしてやったんだそうです。してみればナザアロフにとって、父は大恩人であるのに、その恩人をナザアロフは裏切ったのです。なぜに? それは、こうです。

ある日、ナザアロフは、机を並べている隣の技手の蟇口を盗んだのです。それを見ていたのが、給仕のウラヂミールでした。しかし、下手に咎めだてをしたならば、あの工夫あがりの逞しい腕で、ポカポカなぐられると思いましたので、知らぬふりをしていたのだそうです。ところが盗まれた技手が騒ぎだしましたので、この部屋の課長であった父は、その技手を呼んで、紛失した金高をきき、自分の蟇口からそれだけの金を出してやって、むりやりに、彼のポケットへ収めさせました。そして、「わしの部屋から泥棒を出したくはない」と、ただ一言いわれたきりでした。

ナザアロフは、工夫時代からの大酒呑で、いくら給金をもらっても、その大部分がお酒で消えてしまうのでした。ウラヂミールは、このことが起ってからというもの、絶えずナザアロフの様子に注意をしていたんだそうです。

すると、それから半月ほどたったある日、昼飯の時間に、一同が席を立って食堂へ行きましたが、ナザアロフ

だけは、もじもじしていましたので、ウラヂミールは、これは怪しいぞと思って、素早く書棚の裏へかくれて様子を見ていました。すると、ナザアロフは課長席へ来て、机の上にあった父の手鞄を開けるや、札入から、札を残らず抜き取っておりますので、こりゃ一大事だと、彼はこわさも忘れて、その場へ飛び出して行ったそうです。ところがナザアロフは、その刹那こそ、どきっとしたが、獲物を狙う猛獣のような鋭い眼で、ウラヂミールを睨みつけ、やにわに、その毛むくじゃらな腕で、ポカポカなぐりつけてから、

「小僧。つまらねえことをしゃべくるんじゃねえよ。命がおしけりゃ、な」と、こんなおどし文句で、まだ睨みつけていましたが、お札入や手鞄を元の通りにして、悠々と室外へ出て、食堂へ行ったそうです。

その夜、ウラヂミールは、父を訪れて、今までのこと一切を話したのです。可哀そうに、ウラヂミールの頭には三つも大きな瘤が出来ていたそうです。

父は、自分の油断からお金を盗まれたのですから、翌日、役所へ行っても、何もいわずにいました。

しかし、このままにしておいたならば、ナザアロフは、またまた誰かの金を盗むかも知れないと思われましたので、泥棒をしたくても盗む相手のいない場所へ転勤さすに限ると考え、間もなくナザアロフをハバロフスクの駅から半哩(マイル)ほど離れた「8」信号舎へつめるように命令しました。これにはナザアロフも驚いて、父に、

「課長さん。なぜ、あっしを、あんな寂しい線路番なんかになさるんですかい?」と、食ってかかったそうです。が、父は、ただ、

「線路番とは何事だ。この保線事務局にとっては、これ以上に責任の重い場所は他にないはずだ。ことにあの『8』信号舎は、他の信号舎とちがって、いくつもの転轍(ポイント)がある。もし、ハンドルを一度でも間違えてみたまえ、線路の切りかえが出来ないだけではすまない。やりそこなったが最後、列車の脱線や衝突はまぬかれない。それほど大事な場所へ君を転勤さすのに、君から不平がましい言葉を聞こうとは実に意外千万だ」

こう、父からいわれると、ナザアロフは、ぐうの音も出なくなって、信号舎詰となったのです。が、彼は自分の悪いことは棚にあげて、父を逆恨みに恨み、ゲ・ペ・ウの役所へ訴え出て、「あっしらの課長は日本のスパイでござんす」と、あることないこと出まかせに、まことしやかにしゃべってから、

「現に、奴の女房は日本人でござんすぜ。お気をつけなすって」と、結んだからたまりません。ゲ・ペ・ウは、あの荒れ狂う血の嵐の中へ、ろくすっぽ調べもせずに、彼の父母を一しょくたに放りこんでしまったのでした。

給仕のウラヂミールから、これを聞かされた太郎は、今更のように驚いて、

「そうだったのか。よく教えてくれた。有難う、ウラヂミール君」と、彼の手を、ぎゅっと握りしめて、

「君、これからも力になってくれるだろう?」

と、ウラヂミールをみつめるのでした。

「ぜひ、力にならしてよ。ね」と、ウラヂミールも、太郎をみつめるのでした。

「じゃ、また逢おう、ね」

二人は別れましたが、思いがけなく仇のありかがわかって、太郎はひどく興奮しておりました。

二匹の蒙古犬

太郎は、受取った積立金を二つのポケットに捩じこむようにして、保線事務局の赤煉瓦の門を出ますと、もう夕闇が迫っておりました。街へ出るには、その前の白楊(はこやなぎ)の林を横ぎらねばなりません。蝙蝠(こうもり)どもは、空の薄暗がりを横ぎって、魔物のように飛んだり、翼をふるわせたりしながら、眠たそうに白楊の上をさまよっていました。

白楊の林を出切ったところにある停留所からバスに乗って、次の広小路で、別のバスに乗替えるために待っておりますと、その停留所前に犬屋があって、利口そうなシェパードや、可愛いテリヤなどが、飾窓(ショウ・ウインド)の中にたくさんおりました。彼は、犬屋の店へはいって、力の強そうな蒙古犬を二匹買いとって、檻の中へ入れたまま、すぐ家へ届けてくれるように頼みました。犬屋のおやじは、少年が少しも値切らずに買ってくれたので大喜びでした。

彼は、勇んで家へ帰ると、大金を受取りに行ったまま、帰りが遅いので、叔母は非常に心配して待っていたのでした。

「叔母さん。僕ね、凄い犬を買ってきたよ。とても大きな蒙古犬なんだ。しかも二匹も買っちゃった」

「まあ!　二匹も?」と、叔母は呆れておりましたが、寂しい太郎が、犬で気がまぎれるなら、これに越したこ

とはないと喜んでいました。

しかし、太郎は、ただ慰みに犬を買ってきたのではありません。ある重大な企みを果すために犬を飼い馴らすつもりなのでした。

それで、翌朝から、まだ暗いうちに、空地へ犬達をつれて行って、出勤時間が来るまで、猛烈な訓練をはじめましたが、同じ飼うにも意気ごみが違うので、まだ幾日もたたぬのに、早くも、「おあずけ」「わん」「忍び」「進め」「止れ」「銜(くわ)えろ」「離せ」「嚙みつけ」などを教えこんでしまいました。それで、この調子で訓練を進めて行ったら、障害物の飛越えや、偵察の木登なども、あと一箇月もしたら出来るだろうと思われました。

と、ある夜、ウラヂミール少年が訪ねてきました。そこで、太郎は彼を誘って、

「ねえ、野原へ行ってみようや。真暗な野原へさ。そこで犬の訓練をしてみたいんだよ」

すると冒険好きなウラヂミールも、

「面白いな。行ってみよう」と、すぐ賛成をしましたので、彼等は二匹の蒙古犬をつれて、星の降るような大空を眺めながら、町はずれへ出ました。

涼しい夜風に吹かれて、田舎道から小山の方へ向かって行きますと、苦蓬(にがよもぎ)や、花の咲いた裸麦や、蕎麦(そば)の匂がプンと香ってきます。

二匹の蒙古犬は、小さな主人達の先に立ったり、後になったりして、大喜びでした。

急ぎ足で小山を登りましたが、どうして道を間違えたのか、いつもの野原が見えてきませんでした。

「道を間違えたようだ。困っちゃったな」

と、太郎はウラヂミールに話しかけました。

「犬の訓練さえ出来れば、どこだってかまやしない。道など間違えたって、帰(かえり)さえ覚えていれば大丈夫だよ」

と、ウラヂミールは無頓着に答えました。

彼等は、急いで、小山の向こうの谷へ降ることにしましたが、まるで穴蔵へでも落ちて行くような気がしました。

谷底に生えた丈の高い草藪は、しとど露に濡れて、滑かなテーブル掛のように白く見えました。名も知らぬ小鳥が足もとから驚いて飛び出して、もう少しで、彼等にぶつかりそうになって、あわてて逃げて行きます。

藪から出はずれると、野原が見えました。その野原は、ぼんやりと白くひろがっていました。そして野原の向こうには、大きな闇の塊が盛りあがっているようです。夜

露を吸って虫はさかんに鳴いていますが、足音が近づくと、パタリと止んでしまいます。犬達は早く飛びまわりたいと、クンクン鼻を鳴らして、主人の命令を待っております。

その時、野原のかなたで、突然、パッと火が燃えあがりました。

馬追の子供達

「あ！　あんな原っぱにも人がいたんだ。焚火だ。行ってみよう」と、ウラヂミールは、そういって、走り出しました。太郎も、愛犬に、「進め」の号令をかけました。

犬どもは、待っていましたとばかり、眼にもとまらぬ早さで、闇の中へ消えて行きました。二少年は、そのあとへついて野原を走りました。

焚火に近づきますと、そのまわりにいる六七人の黒い人影は、破れたレーン・コートを着た田舎の子供達でした。彼等は、馬追を頼まれて、隣村から来ている百姓の子供達だったのです。

彼等は、昼だと、蠅や蚋が馬どもを落ちつかせないので、宵になるのを待って、家畜の群を追い出し、この原っぱで青草を食べさせ、そして夜明方になってから、馬の群を村へ追って帰るのでした。これは百姓の子供達にとっては、一つの大きな楽しみでありました。

彼等は、幾年も雨や吹雪にたたかれた破れハンチングをあみだにかぶって、裂けてボロボロになった雨具を着て、そして元気のよさそうな馬に乗って、愉快そうに叫んだり、大声で罵ったり、鳴り響くように笑ったり、手や足を振り廻したり、宙に飛び上ったりしながら、夜の白々と明ける頃に、蹄の音を遠くこだまさせて、駈けて帰るのでした。

太郎とウラヂミールは、道に迷ったことを子供達に話しました。そして彼等と一しょに焚火にあたりました。

焚火は、ひとしきり燃えると、今度は赤い光の輪が身ぶるいをするように、闇の黒幕に抱きしめられて行きます。

焚火がおとろえて、光の輪が縮まると、その闇の中から、ふいと馬が首を突っこんできました。そして、見馴れぬ二人の少年を、その大きな眼で、じっと見つめるのでした。とたんに、傍にいた二匹の犬が、その長い馬の顔に、猛然と吠えかかりましたので、馬は驚いて、仲間の馬どもが、せかせかと草を嚙み切っている闇へ引返して行くのでした。

太郎は、ロシヤでの、夏の夜の田舎の匂を嗅ぐのも、これが最後になるであろうと考えていました。来年の夏は、懐かしい満洲へ逃げのびていられるだろうか？ それとも途中で捕まって殺されているであろうか？ どちらにしても、ロシヤでの夏の田舎の味わいは今年で永久におしまいになると思っていました。

百姓の子供達は、恐い話や、幽霊の出る話などをして、しんみりと焚火のまわりに円陣を描いております。

と、幽霊ばなしの最中でした。何を見たのか、二匹の愛犬がパッと起きあがって、けたたましく吠えながら、闇のかなたへまっしぐらに消えて行きました。太郎もウラヂミールも驚いて、犬のあとを追っかけました。百姓が子供達も、場合が場合だけに、みんな、ぎょっとしたようでした。

太郎は、大声で、「イワン！」「ローザ！」と、犬の名を呼びながら、どんどん草原を走って行きます。犬の声は、たちまち、遠くかすかにしか聞えなくなりました。

焚火の附近では、驚いた馬の群のあわただしい足音がごった返していました。

猛犬の大格闘

大きな黒いかたまりを追いつめて、二匹の愛犬が、そのかたまりの左右から吠えかかっております。

太郎とウラヂミールは、こわさも忘れて、犬たちの所へ忍びよって行きますと、何と思ったか、吠えつめられている黒い大きな奴が、突然、二少年の頭をめがけて、パッと襲いかかりましたので、夢中で首をちぢめましたが、もう間に合いません。

猛烈な勢いで飛びついてきたそやつの体当りを食って、ウラヂミールは仰向にひっくりかえされてしまいました。そして、次の刹那には、ズボンの上から股のあたりを食いつかれておりました。しかし、ウラヂミールはありったけの力で、そやつの頭をポカポカなぐりつけています。と、食いついていた鋭い歯を、急に、がっくりと引離してしまったようです。それにしては、あまりにたわいもない離し方だと思いましたので、ウラヂミールはす早く起きあがって見なおしますと、犬の一匹が、その怪物の喉笛に食いつき、また太郎も、夢中で、その怪物の横腹を靴でけりつづけていたからでした。

「お、大丈夫か？　ウラヂミール！」

太郎の叫び声が闇をついてきました。

「大丈夫だ！」と、元気のいい声が、闇の中ではねかえってきましたが、ふいに、すぐ前の草原から、ひやっとッという恐ろしい唸声がしたので、二人とも、ウォーして、それへ目を向けたとたんに、今度は火のつくような叫びで、ワン、ワン、ワンと、犬が、それへ飛びかかって行きました。それは、イワンか、ローザの、どっちかです。すると怪物の喉笛に食いついていた方の犬も、猛然と、それへ応援に飛びこんで行きます。そしてたちまち物凄い格闘になってしまいました。

ぎゃッぎゃッと嚙み合っている声にまじって、絹をさくようなキャーン、キャーンという犬の悲鳴が二三度もしたかと思うと、やがて、ウォーッというめきが、一つまじってきましたが、それきりなんの声も聞えなくなりました。

尻込むウラヂミールを残して、太郎は勇敢に、近づいて行きますと、愛犬たちは、勝ち誇ったように、太郎に飛びついて来て、クンクン鼻をすりよせるのでした。

怪物は、もう死んでいるらしい。そこで、マッチをすってみますと、口が耳までさけている小馬ほどの狼でした。動物園で見たより倍もある大きな奴で、しかも色艶のキラキラと光っている肥えた狼でした。

「やあ、すごい狼だ！」

太郎は、まるで凱旋将軍のような気分になって、愛犬たちに、「気をつけ！」の号令をかけました。そして、「イワン！　おまえは、その狼をくわえろ！」といって、草原にころがっている狼の尻尾をつかんで見せますと、イワンは、のこのこそこへ来て、尻尾をがっちりとくわえました。そこで、今度は、ローザに、

「おまえは、むこうにいるさっきの奴をくわえて行くのだ」と命じて、ウラヂミールの立っている黒い影へ指さして見せました。

こうして、犬たちに狼の尻尾をくわえさして、焚火の方へ、引きずって行かせましたが、犬は自分たちより倍も大きい狼を運ぶのは容易な仕事ではありませんでした。そこで、太郎はローザに、ウラヂミールはイワンに手伝って、やっとの思いで焚火の所へたどりつきますと、馬追いの子供たちも、これにはよほど驚いたと見えて、キャッキャッわめきあって近づいて来ました。

ブリュッヘル元帥の飼狼

「これ、君たちにあげよう」

太郎は、馬追いの子供たちにいいますと、彼等は顔を見あわしていましたが、顔に雀斑（そばかす）のある一人が進み出て、

「これ、ほんとにくれる？　二匹とも」と、目を丸くして聞きかえしました。

「うん、ほんとだよ」

すると、その子供はみんなに向かって、

「おい、ほんとにくれるんだって。こいつあ有難いや。村へ帰って素敵なビフテキが出来らあ」と、大喜びです。そして、

「なあ、みんな。冬ならいざ知らずよ。今ごろ、こんな町に近い野原へさ、狼がまよいこんで来るたあ、めずらしいな」

ところが、この時、そばから別の一人が、

「おや、めずらしいはずだよ。おい、これを見な。狼の首に鑑札みたいな金具が、くっついてるじゃねえか？」

「なに、鑑札だって？　馬鹿野郎。狼に鑑札などあってたまるもんか」と、雀斑少年は、てんから信じようとはしません。しかし、みんなが、その首を、焚火へ近づけて、

「ほんとだほんとだ。鑑札だ」とわめきましたので、太郎もウラヂミールも驚いて、そこへ顔をわりこまして見ますと、たしかに迷子札のようなものが、細い金輪にとりつけられてありました。

「どれ、お見せよ」と、太郎は、そのニッケル製の小さな丸札を手にしますと、文字がきざまれてあります。そこで、もっと焚火へ近づけますと、

「おお」といったきり、彼は、おそろしいやら痛快やらで、しばし言葉も出ないのでした。驚いたのも当然です。この地方ではスターリンよりもえらいと思われていた赤軍総司令官ブリュッヘル元帥が、大切に飼っている狼たちであったからです。

そのうちに、馬追いの子供たちの中にも、字の読める者がいたので、

「やあ、大変だ。大将様が、子供のように大事に育てていられる狼だ！」と、青くなってわめき出したので、たちまち大騒となりました。

太郎は、ウラヂミールの袖をひっぱって、このどさくさにまぎれて一目散に逃げ出すと、これを見つけた雀斑少年が、

「おい、あいつらをとっつかまえろ！」とののしりましたので、気の早い子供たちの中には、馬に乗って追ってきた勇敢なのも三四名いました。ところが、馬から飛びおりて、太郎たちを捕えようとしたとたんに、愛犬のイワンやローザに吠えつかれ、わいわい悲鳴をあげているうちに、太郎とウラヂミールは、めちゃめちゃに闇をかけて、やっとの思いで田舎の街道へ出ました。そして、愛犬の案内で、道にも迷わずに、ハバロフスクへたどりつくことが出来ました。

しかし、彼等は、ぐずぐずしてはいられません。馬追いの子供等の注進で、もう警察や憲兵の手がまわっているかもしれないからです。

いきせき切って、家に飛び帰りましたが、叔父や叔母の質問に対しても、二人は、狼のことだけは黙っていました。しかし、ズボンの上から嚙まれたウラヂミールの股の傷はなかなかひどいので、叔父は医者に行けよとすすめるのでしたが、医者に行けば、証拠を残すことになりますので、ウラヂミールは、

「なあに、これしきの傷ぐらいで……」と、頑張り通しました。そこで、叔母に繃帯をしてもらっただけで、その夜は太郎の寝台で、一しょに泊ることになりました。

二人だけになった時、

「どうして、あんな所へ飼狼を放しておいたんだろう？」

と、ウラヂミールは、傷の痛さで、いまいましげにいいました。

「放したんじゃないよ。檻を破って散歩に出ていたんだよ、きっと」

太郎は、そう答えましたが、彼は心の中では、犬どもがブリュッヘル元帥に、一泡吹かせるような働きをしたことが痛快でなりませんでした。

発火笛

朝になって、帰りがけに、ウラヂミールは、こんな狼をやっつけるよりも、裏切者のナザアロフを一日も早く討ち取らなきゃ、お父さんやお母さんが浮かばれないから、その方法を二人で相談しよう、と、元気で帰って行

きました。

新聞に、狼事件が大きく報じられたのはその日の夕刊でした。そして、馬追いの子供等の証言として、嚙み殺したのは二匹の蒙古犬であることや、その飼主の二少年は逃げたので、誰だかはわからないが、町に住んでいる子供にちがいないという談話記事がのっていて、当局では引つづき捜査中であると報じられておりました。

叔父や叔母も、この新聞記事を読みましたが、そのことについては一言も彼にいいませんでした。ただ叔父が、彼に、

「イワンやローザは当分、家の庭で遊ばしておかにゃならん。絶対に往来へつれ出すんじゃないよ」と、注意してくれただけでした。

翌朝、叔父と一しょに役所へ行きますと、赤軍技術本部からの電話で、「ある発火笛が出来上ったので、これを急いで音波撮影してもらいたい」という命令に接しました。

そこで、例によって技師長としての叔父と、録音技師と録音機係と、助手の太郎の一行で、技術本部へ訪れますと、

「これは地雷火を発火さす笛ですがね」と、技術大尉は叔父に、小さな笛を見せました。そして口中へそれを入れて、恐ろしい力で吹いて見せるのでしたが、ちっとも笛らしい音が出ません。というより、なんの音も聞えてこないといった方が正直です。技術大尉は、

「むろん、人間のやくざな耳で聞き取れるほど簡単なものじゃないですが、これを一つ録音してみてくれませんか」

そういって、彼は、笛をくわえると、マイクロフォンの前に立ちました。

人間の耳ではとても聞き取れぬようなものでも、特別に精巧なこのマイクロフォンは聞き取る力を持っております。ですから、このマイクロフォンに吹いて聞かせますと、マイクは、その聞えぬ笛の音を増幅器という機械の中へ通して、何十倍何百倍という大きな音にひろげるのです。そして、この「音」を電気の力で「光」に変えて、これをフイルムに写しとるのが、叔父の仕事であったのです。

撮影が終りますと、技術大尉は、元気のいい声で、

「これから、この笛で地雷を発火さす実験をやってみましょう。地雷といっても、これは実験用の奴ですから、わずか五センチの小型爆弾です。だが実弾ですからね、

離れとって下さいよ」

そこで、彼は技術工の一人に、地中へその小型爆弾を埋めさせました。そしてその雷管に細い電線をむすんで、彼等の前へ、その電線を引きのばしてこさせて、それを小型の電話器にむすばせせました。

「では、これから実験しますが、もし、むこうへ埋めた爆弾が破裂するとしたら、この笛は試験に見事及第したわけで、したがって、この笛を録音した諸君の努力もむだではなかったということになるんです」

説明が終ると、彼は、その笛を電話口に近づけて、ありったけの力で吹きました。と、笛の音は相変らず聞えませんが、その刹那、地中に軽く埋められた小型爆弾が、ダ、ダ、ダーンという音響とともに破裂しました。

一行は、思わず手に汗を握りましたが、技術大尉は、彼等に、

「つまり、この笛の働きは、地雷火を埋めた所を味方がふんでも発火させないようにするためです。そして敵が、そこを通る時に、この笛で送話器へ吹いてやれば、その音が電流をつたうて雷管の発火装置へ働きかけるのです。だから敵が電線を発見してこれへスイッチを入れたって、この笛の音が、それへ流れて行かなくちゃ何にもならんということになるわけです。この笛はミハエル・エメリヤノフ中佐が発明されたわがロシヤ自慢の新兵器の一つです」

大尉が、得意になって、おしゃべりをしていました時、太郎の手は、あやしく動いていましたが、幸い誰にも発見されませんでした。

その夜、太郎は家へ帰って、自分の寝室へはいるや、中から鍵をかけて、仕事服をぬぐと、小さなフイルム缶が、がちゃりと床に落ちました。その缶の布テープをはがして、蓋をあけますと、はじめて、にやりと笑いました。そこには、一つの笛と、小型爆弾がはいっていました。

「これでやっつけよう！　仇のナザアロフを」

電話箱に爆弾装置

丁度そのころ、地つづきの満蒙を越えて、北支には支那事変が起っていましたし、また西部国境を遥かに越して、ヨーロッパにはイスパニヤの騒ぎが、はてしもなくひろがっていました。そしてイスパニヤの人民戦線派の

ために、モスクワ軍管区から多数の兵器が送られ、また支那の共産軍を応援するためには、この極東ハバロフスク軍管区から、多数の兵器が送られておりました。

新聞は、この二つの戦争記事で持ちきりでした。「わが ソ聯機に、今日も日本機が撃墜された」とか、「日本の戦死者は今や〇〇〇名を突破した」とか、「日本は今や一滴のガソリンすらなくなったので、飛行機も自動車も動けなくなった」とか、新聞もラヂオも嘘八百のニュースを報じているのでした。

しかし、太郎は、日本の強さを信じ切っていましたので、そんな話や噂などには耳を傾けようともせず、

「今に見ろ！　ロシヤのやつらめ」と、反抗心にかりたてられておりました。

彼は、仲よしのウラヂミールをさそって、「８」信号舎のナザアロフの様子を偵察することにしました。

そこで、彼等は、あらかじめきめてきた通りに、だまって歩いて行きましたが、信号舎が彼方へぼんやり見えてきた時、二人は闇の中で、ひらりと左右に別れてしまいました。そして太郎は街道を忍び足で信号舎の裏へ近づき、またウラヂミールは線路ばたへ身をこごめて、じっと時を見はからっておりました。

やがて、頃はよしと、線路ばたから、すっくと立ち上ったウラヂミールは、線路づたいに信号舎へかけつけ、さもさも驚いたという顔つきでナザアロフの前に飛びこんで行きました。すると彼は、

「なんだ。誰かと思ったら給仕のウラヂミールじゃねえか？　こんな所へ、今ごろ、一たい、泡を食ってどうしたというんだい？」と、案外に落着いていますので、もっとあわてさせなきゃと、

「どうした、こうしたもあるもんか。大変じゃないか。あそこで悪い奴等が線路を引っぱがしてるじゃないか。僕はこの目で、たしかに見届けてきたんだ」

「ええッ、なんだと？」とナザアロフは、目の色を変えて、たちまち釣り出されてきました。

「あそこだよ。早く早く」

「よし、待て、今、行く」と、ナザアロフはありあわせの棍棒を握って、飛び出して来ました。ウラヂミールはと見れば、はや線路の彼方へ、すたすたとかけております。時たまふりむくようにして、

「こっちだこっち」と、呼んでおります。

「おーい、待たんか。どこだ？」と、ナザアロフは、息ぎれのする声で、かけて来ます。すると、信号舎の裏

で、この様子を見ていた太郎は、すばやく小屋へ飛びこんで、電話箱の蓋を開くや、例の小型爆弾を、その箱の隙間へおしこみ、その雷管についている電線の一つの端を受信機の隙間の線に結びつけて、蓋をしめると、すたこら逃げ出してしまいました。

彼は、ウラヂミールには、ただナザアロフをつり出させることだけしか、打合せをしておかなかったのです。だから電話箱へ仕掛けた秘密はウラヂミールにだって知られようはずがありません。

そのころ、線路の彼方では、ウラヂミールがナザアロフに向かって、

「おや、僕、狐に化されていたんかしら？　線路はどこもはがれてやしない。不思議なこともあるもんだなあ」と、わざととぼけて見せました。すると、気の短いナザアロフは腹を立てて、

「なに、狐にだって？　この野郎！」と、恐ろしい見幕で、つかみかかってくるのでした。だが、腕ッぷしこそ彼の敵ではありませんでしたが、逃げることにかけては、ナザアロフなど問題ではありません。見る見るうちに、彼との間をはるかに引き離してしまいました。

「小僧、おぼえていやがれ」とナザアロフは、じだんだ踏んで信号舎へ引きかえしました。

深夜の大惨事

それから二日目の夜、十一時八分頃でありました。ハバロフスクの課長室から、「8」信号舎へ、非常電話がかかって、

「上り臨時軍用列車が、十一時十五分に、信号舎前を通過するから、その軍用列車を駅の第三プラットホームの右へ通過さすように頼む。同じその頃には、下り一五八の急行貨物車がすれ違うことになるから、転轍機(ポイント)の把手(ハンドル)をまちがえぬように気をつけてくれ。この軍用列車は、日本をやっつけるために、支那へ送ってやる兵器ばかりを積んでいるんだ。それで車輌数も四十七箇連結という長い奴じゃ。軍からの注意によると、十数万発の小銃弾、手榴弾、火薬、軽機関銃、高射機関銃、ガソリンといった火気厳禁のものが多いから、カンテラその他にまちがいを起さぬようにということだ。わかったかね。じゃしっかり頼むよ」

ナザアロフは、酒よりほかには何の興味も感じない男

ですから、無造作に、

「十一時十五分ですな。大丈夫でがすよ」と、ガチャリと電話を切ってしまいました。そして、彼は、ぼつぼつ転轍機の切替準備にかかろうとしておりますと、またぞろ、けたたましい電話のベルです。時計を見ると、列車の通過までには、まだ三分ほど時間がありましたので、彼は、急いで電話口へ飛びつきました。

「もしもし。急ぐんだがね、どちらです?」と、いらいらしながら混線しているらしいその電話を、一度、打ち切ろうとしました時に、

「そちらは第八信号舎ですか? ナザアロフ君はいませんか?」

と、聞えてきましたので、

「ナザアロフは、わしですが、あんたは?」と、問いかえした刹那でした。電話箱からパッと火花が出たと思うや、ダ、ダ、ダーンという音響と共に、彼の顔は蜂の巣のように貫ぬかれてしまいました。

ところが、気丈夫なナザアロフは、血まみれとなって、夢中で転轍機の前まで這って行きましたが、すでに遅すぎました。この時、線路をふるわし驀進して来た軍用列車が右から、そして下り一五八号貨物急行車が左から、猛烈な速力で、信号舎前に迫っておりました。

両方の運転手は、転轍機の切替が、今か今かと待っていたのも束の間、

「あッ」という間もなく、百雷の一時に落ちたような物凄い音響で、正面衝突をしてしまいました。

そして、顚覆した機関車から、燃えた石炭が、折からの烈風に煽られてあたりに飛び散って、転がり落ちた缶からふき出しているガソリンへついたからたまりません。めらめらと火が這いまわったと思う瞬間、火薬に火がはいって、大音響がつづけざまに天地をふるわし、貨車も兵器も、真赤にふきあげられた火の粉と一しょくたに、闇の空へ、吹っ飛んでしまいました。

そして、問題の「8」信号舎などは、もはや、どこを探したって、影も形も見あたりませんでした。

その頃、この場所から、かれこれ二粁も離れたと思うあたりの線路脇に、電話器を持ちこんで、鉄道専用の電話線へこれを結びつけ、腹ばいになったまま耳をすませていた少年がいました。

突然、受話器に異様な激音を感じた彼は、口から小さな笛をはき出して、

「おお!」と、ひらり身を起すや、荒れ狂う獅子のよ

うに躍りあがって、

「やったぞ！」と、拳を固めて叫びました。そして、闇の空を睨んで、呪の声をあげるのでした。

「思い知ったか、父母の仇を！」

それから、おもむろに、電話機をはずして木箱へ入れると、土手に寝かしておいた自転車に積んで、次に、証拠になるようなものをおき忘れてはいないかと、懐中電燈で、注意深く見とどけてから、やっと安心して、ペダルを踏みましたが、目は血走り、動悸は高鳴り、そして頭も顔も火のように、ほてっておりました。

この大惨事を報ずる号外が、深夜の静寂を破って、全市へ飛んだのは、それから一時間後でありました。

彼は、その号外の一枚を、ひったくるようにつかみ取って見て、

「痛快！　痛快！　父母の仇は討てたし、日本のお手伝まで一しょに出来たじゃないか！」

彼は、手の舞い足の踏むところも知らぬほど、有頂天となりました。

トーチカの秘密

軍用列車焼失の号外に次いで、翌朝の新聞には、更に詳しいニュースが報じられましたが、軍事上の秘密にふれるものが多いので、損害の程度や死傷者の数なども一切発表されてはおりません。ただこの大惨事を起した原因について、いろいろの想像が大袈裟に報じられているだけでした。

がそれは結局、転轍手ナザアロフの行方不明と、「8」信号舎がことごとく焼失してしまったことで、確かな原因を見つけ出すことは困難であること。軍当局と保線局において、なお引つづき取調べ中である——という意味のことでありました。

太郎は、これを読み終ると、はじめて、ホッとした気持になって、ひとりでに笑いが出てくるのでした。

「ざまあ見ろ！　原因などわかってたまるもんか。でも、まあ、あの爆弾を仕掛けた電話器が、よくも誂えむきに焼けてくれたもんだ。僕には、神様がついていられたのかもしれん」

と、心から神様や父母の霊に感謝しておりました。

しかし、心を許すには、まだ早すぎました。どんな小さなことから、あらわれてこないとも限らないからです。

そこへ、突然、ウラヂミールが訪れてきたので、彼はどきんとしました。

保線事務局の給仕ウラヂミールは、役所への出勤時間が迫っていたのでしたが気が気でないので、取るものも取りあえず、ここへ立ちよったのでありました。

「うまくいってよかったね。僕、号外を見た時、(やったな!)って思ったんだよ。でも水くさいじゃないか。僕にも手伝わしてくれりゃいいのに……」

と、ウラヂミールは、小さな恨みごとをいうのでした。

すると、太郎は、まるで、この事件には自分も関係がないといった顔つきで、

「冗談いっちゃ困るよ。僕だって、今朝、新聞を見た時にさ、(こりゃしまった! ウラヂミールの奴、ひとりであんなことを仕出かしてしまやがった。肝腎の僕に相談もせずに……)と僕、今の今まで腹を立てていたところだ」と、不平らしく、ウラヂミールに迫りましたので、彼は驚いて、

「嘘だい! 僕じゃないよ。僕あんなにうまくやれないや」

と、真剣に、太郎に、自分でないことを信じさせようと努めました。太郎は、友達をだましてはすまぬと腹では思っていたのでしたが、今の場合、それを知られたくはなかったので、なおもとぼけて、腹が立っているように、

「じゃ、一体、誰だろう?」と、すてばちになっていいますと、ウラヂミールは、

「僕にだってわからないよ。だって奴はさ、敵をたくさん持ってるからね。誰かが先まわりをしてやっつけてしまったんだよ、きっと。だとすると、僕たちは、手をつけずに仇討が出来たんだから、かえって心配なしでいられるじゃないか」

そういって、彼は、ふと腕時計を見て、

「じゃ、また会おうね」といって、あたふたと勤先へ駆け出して行きました。彼は、その後姿を見て、

「やれやれ、よかった」と思いました。彼は、誰よりもウラヂミールを愛していたからこそ、この仕事に彼を手伝わせなかったのでした。もし下手に行った場合、あたら死刑の道づれに、彼を誘うことになるからでありました。では、なぜ、彼に、自分のやったことを隠さねば

ならなかったか？　そのわけは簡単です。

彼とは大の仲よしでありますから、このことを打明けるのは造作もありません。しかし、これを聞いたウラヂミールが、もし、ふとした油断から、うっかり他人の前で、口を滑らしてしまったとしたら、一体どうなるでありましょうか？　結果はあまりにわかりきったことです。あとでウラヂミールが、なんとあやまって来たとて、もう取りかえしがつきません。彼は、このことを恐れたからです。ことに、彼にはロシヤから、まだまだ多くの探らねばならぬ秘密の仕事が次々に控えております。その途中で死刑になってしまうことは、馬鹿々々しいではありませんか。

それで、ウラヂミールが帰ってしまうと、自分も急いで出勤の用意をしました。なぜなら叔父はすでに、彼の支度をするのを待っていましたから――。

この日は、トーチカの紫外線撮影があるので、研究所へ着くと、すでにカメラマンたちはロケーション用の自動車に乗って、叔父の出勤を待っていました。

「トーチカ」という言葉はロシヤ語で「点」という意味です。物事に一段落のついた時、日本ならば「これでけりがついた」というところを、ロシヤでは「これでトーチカさ」というのです。このトーチカという言葉が「一つの小さな要塞」という意味に変ったのは、ロシヤが満洲との国境地帯に、この小さな防壁を五千箇以上も構築したことから始りました。

国境はすべてその国の終点であります。そして、この終点を護る最後の「点」である「防壁」でありますから、この防壁のことをトーチカと称しているのであります。

最近ロシヤの新式トーチカは、いままでの防壁の上に、さらに漆喰（しっくい）みたいな壁が、厚さ一メートル近くも塗られてありまして、この漆喰壁が黐（もち）のような粘りと弾力を持っているのだそうです。そして二十八糎大砲弾が飛んできたとて、この漆喰壁はその弾丸をくわえるようにして、一しょにへこんで行くだけです。そして弾丸の走ってきた力が止った時に、はじめてこれをはじき出して、元通りの漆喰壁にもどってしまうのです。ちょうど指の先で強く押されたゴム毬のように、一時はへこんでも、すぐにはねかえって来るのです。それは、どんな種類の爆弾が落ちても同じで、まことに始末の悪い工夫です。

ところが、ロシヤでは、まだそれでも安心が出来ないのであります。なぜなら、日本は、この漆喰壁を突き破るような弾丸を考え出すかも知れないからです。

　そこで、このトーチカを破るためには、どんな弾丸が生まれるであろうか？　そしてもし、生まれたとしたならば、さらにこの漆喰壁を、どんな工合に改良すればよいであろうかという、攻める場合と攻められる場合とを研究しているのであります。そして、この研究のために、トーチカの紫外線撮影が必要となったのでありました。これはあらゆる弾丸が食いこんで、そしてはじき出されて行くまでの跡を、検査するためであります。人間の目では見えない部分までも、この紫外線写真は見えるように写し出してくれるからです。この痕跡（きずあと）の研究によって、攻める弾丸を防ぐ壁を、さらに研究をしようというためであります。

　彼等は、トーチカ司令部の坑道から、トラックで、地下道へ運ばれて行きましたが、その地下道には幾つも十字路があって、その交叉点が連絡駅になっていることがわかりました。そして歩道を兼ねたこの車道には、両脇に溝があって、この溝へ溢れた濁水を汲みあげるために、所々に排水作業場のあることも知りました。

　太郎は、こうした敵の秘密を探るために生きていたのですから、どんな小さなものでも見落すわけがありません。

　トーチカの外へ出ると、その前後には塹壕やクリークが掘られていて、トーチカには電気防護網が張ってありました。そして、このトーチカには番号がついています。注意深くこれを調べますと、一番から九番までが　）型に構築されていることがわかりました。

　そしてその中央辺の最もへこんだ所にある五番と六番のトーチカは擬装トーチカといって、嘘のトーチカであります。だからこのトーチカは地下道へ通じてはいません。そして、これが敵から最も見やすいように色がついております。つまりこれは罠であります。敵をこのトーチカへおびき寄せて、左右から機関銃や迫撃砲の雨を降らして全滅させようという工夫であります。

「馬鹿野郎。日本がそんな手に乗るもんかい！」と、太郎は腹で笑っておりました。

　この擬装トーチカをのぞいた七箇のトーチカには、その番号によって、機関銃を据えるのもあれば、また迫撃砲や毒ガス弾を吐き出すのも区別されていることがわかりました。

「よろしい！　僕、満洲へ帰れたら、このトーチカのことを、日本や満洲の兵隊さんに教えてあげられるぞ！」

そう思うと、はや、彼の心は、なつかしの満洲へ走っておるのでした。

毒ガス事件

ある日、太郎は、うつしてきたフイルムの仕上げを手つだっておりますと、とつぜん、憲兵が十人も、この研究所へすがたを見せましたので、びっくりして腰がぬけそうになりました。

「あの顚覆事件のことが知れたのかな。こりゃしまった！」と、感じますと、はや、目かくしをされて銃殺の刑をうけている自分のすがたが、ちらりと目の奥へうかび、背すじにつめたいものが走りました。

「逃げるんだ！」すぐ、そう決心しましたが、もうそこへ憲兵たちが、叔父の案内ではいって来ておりました。

彼は、ぐらぐらとめまいがして、やっとふみとどまっているほどでした。

この仕事場には、二人のカメラマンと、一人の調節器(ムビオラ)係と、それに助手の彼とで、四人いました。

調節器係は、受音器(レシイバー)を両方の耳にあてて、電気のついたすりガラスの下へ、フイルムをまわしながら、画面と音とがずれていないかを一心にしらべていたので、憲兵がこの部屋へはいって来ても、まるで気がつかなかったのでした。ところが、まわって出るフイルムが、つかえてかたまりだしたので、これを巻きとっているはずの太郎をたしなめようと、

「おい、なまけていちゃだめじゃないか」と、ひょいと太郎の方を見て、はじめてそこに憲兵が立っていたことに気づいて、さっと顔いろをかえました。

その時、叔父は一同に何かいおうとしましたが、この調節器係は、いきなり窓ぎわへ走ったかと思うと、ひらりと窓をとびこえて、逃げてしまいました。あっという間もない早わざです。憲兵たちはあわてて、

「それ、やつを逃がすな！」と、これまた窓からとびおりて、ピストルを打ちながら、追っかけて行きます。

思いがけないことに、太郎はぼんやり、つっ立っておりました。しかしこれで、自分がねらわれたのではなかったことがわかり、ホッと安心の息をついたのでした。

カメラマンの一人が、たまりかねたように、叔父にむかって、

「技師長。いったい、何が起ったんです？」

すると、叔父は、みんなに訓すように、

「まあ、聞いてくれ。こういうわけだ」と話し出しました。

「先日、みんなで、毒ガスの着色撮影に赤軍化学研究所へ行ったのはおぼえてるだろう。あの時、なんでも試験管にはいったガス溶液が、二本もなくなっていたんだそうな。そこで憲兵隊では、方々へ手をまわして犯人をさがしていたところ、ゆうべある男が、この毒ガスを某国のスパイにたいへんな値段で売ったことがわかったんだ。スパイは捕らえられた時、ピストルで自殺してしまったので、誰が売りつけたかわからない。だが、その試験管は、たしかに先日、撮影の時になくなったものの一本だったのだ。してみると、犯人は、この撮影所の者かもしれないというので、ここへ憲兵がしらべに来たわけだ。ところが、諸君が今ここで見たとおり、犯人は調節器係のマルチャノフだったんだ」

　叔父の説明を聞いて、太郎は二度びっくりをしていたのです。なぜなら、彼も、その毒ガスのはいった試験管を、実は一本持ってきていたからです。

　この毒ガスは、まだ発明されたばかりで、本式の名もきめられてはいないのでしたが、空気中にひろがる時間も非常に早く、その毒のはげしさは驚くほかありません。その時の技術将校の説明が本当だとすれば、このガスを飛行機で九十六トンばらまくと、ただの三十秒で東京の全市民をみな殺しにすることができるというのです。しかも将校はさらにうそぶくように、

「東京全市の人間を殺すのに、たった三十秒じゃ、あんまりあっけない、せめて一時間ぐらいは苦しめて殺さにゃおもしろうない。だとすれば、このガスをウンと薄めてバラまくとして、一トン半もあれば一時間で完全に殺せる……」

　ひどい奴もあったもんです。悪魔もしりごみするような計算を立てていたのです。

「これは日本の一大事だ」と、太郎は、その一本を持ってきてしまったのでした。いつか自分が満洲へ逃げることができたならば、これを日本や満洲の、兵隊さんか学者にわたして、その毒を防ぐような薬を、すぐに発明してもらわねば安心がゆかない、と決心したからでありました。

　彼は、庭のすみを掘って、そこへこの試験管をこっそり埋めておいたのでした。

蒙古犬の使い道

大陸に秋風がたつとみる間に、暑い夏がけしとんで、はや煖炉（ペーチカ）がこいしくなるような、肌寒い夜となりました。夕飯のあとで、叔父や叔母と一しょに、湯沸器（サモワール）の卓（テーブル）をかこむと、叔父はアメリカにいた頃の話を、なつかしげに、あれやこれやと語るのがくせでした。叔母は湯沸器の湯がたぎると、紅茶の土瓶に入れ、めいめいのコップへついでくれます。それに角砂糖とレモンのうすく切ったのを入れて飲むのです。

この湯沸器のまわりで時間を忘れてお茶を飲み、話をするのが、秋から冬へかけての、なつかしいロシヤの風習であります。

その頃、支那事変は、いよいよ大きくなり、北支では石家荘（せきかそう）が陥落し、上海では曹宅（そうたく）附近の戦闘で、加納部隊長が名誉の戦死をされました。

またこの極東ロシヤでは、赤軍の司令部が、ハバロフスクからイルクーツクへ移ったのでありました。

そのため、町に一ぱいだった兵隊の数はガタ落ちにへりましたが、反対に工場という工場はことごとく武装して、軍需品の製造はますますさかんになりました。

ところが、今まで八時間働けばよかったのが、十八時間にものばされ、給金はもとのままというひどいやり方なので、どの工場でも不平や不満が爆発しかけました。そこで、機関銃をもった兵隊が工場をかためて、目を光らすことになりました。しかし、そんなやり方で労働者が真剣に働くはずはなく、労働時間が十八時間となっても、仕事の方は一向にはかどりません。ことに、労働者は、まるでいい合わしたように、機械に油をさすのをわすれましたから、兵器がろくに仕上りもしないうちに、機械の方がこわれてしまうという有様でした。

それよりも、もっとひどいのは農村でした。

小麦は近ごろにない豊作であったにもかかわらず、その大部分は、政府の命令でアメリカへ輸出され、軍艦や潜水艦をつくる材料と取りかえられてしまったのです。というのは、ロシヤに海軍が新しく生まれたからであります。今までは陸軍の監督のもとにおかれてあったのが、独立することになったのです。

こうして、せっかく作った小麦が、パンにならずに、軍艦や潜水艦の原料代にばけて行きますので、農村ではたべる物がなくなり、ついには、人間が人間の肉を食うといった、おそろしいことさえ起っていたのでした。

ある日、叔父は、あらたまって、太郎にいうのでした。

「突然だが、なあ太郎、今日から犬を飼うことをやめてくれんか。ちっといなかの有様を見てくるがよい。木の根や草を食っている者は上等の方だ。こんな人間ですら食う物を持たぬという時に、われわれの三倍以上も食べる蒙古犬などを飼っているのは、ぜいたくすぎる。わしは、いなかの人達に申しわけないような気がしてならぬのじゃ」

だが、太郎は、だまりこんで、それには何も答えようとはしませんでした。彼が犬を飼っているのには、大きな目的があったからです。でも、そのことは、叔父にだってうちあけられない秘密だったからです。彼は、叔父に、たいへんすまないと思っていたのですが、そのまま泣きそうな顔になって、自分の部屋へかけこんでしまいました。

「叔父さん、こればかりはゆるしてね。僕、大きなのぞみがあるんだから……」

誰もいない自分の部屋で、彼はひとり涙をながしておりました。

町の石畳や、屋根の上に真白な霜がおりて、人々は寒さにちぢこまってきましたが、反対に犬どもは、急に元気づいてくるのでした。

あれほど、叔父からは犬をすてろといわれましたが、犬は彼にとって第二番目の命でありました。

太郎は、おもちゃのつもりで犬を飼っていたのではありません。満洲へのがれる時、国境線を突破するには、どうしても犬が必要だったのでした。

ウラヂミールの報告

ある日、彼が朝飯をたべようとしていたところへ、仲よしのウラヂミールが、顔色をかえてたずねて来ました。しかし、そこには、叔父や叔母もいるので、ウラヂミールは用事を彼に話しにくい様子です。太郎は、それを早くも見てとりました。そこで、

「君、イワンもローザも、とても芸当をおぼえたんだぜ。行ってみよう、犬小屋へ」

そういって、二重ガラスになっている厚い戸をあけて、さっさと庭へかけおりて行きました。ウラヂミールは、

だまって、そのあとへつづきましたが、犬小屋のまえへ来た時、

「君、たいへんなことになっちゃった」

「どうして?」と、太郎は、びくっとしました。

「例の、軍用列車のことだよ。つい二三日まえだが、衝突の原因がわかったんだってさ」

「え、わかったって?」

太郎は、とび上らんばかりにおどろきました。顔色を、さっと土色にかえて……。

ウラヂミールは、このただならぬ様子を、じっと見ていましたが、

「なあに、君は大丈夫だ。あわてちゃいけないよ。それがね、どうしてわかったかっていうと、あの信号舎のあった後に、電信柱が焼けずに立っているそうだ。その電信柱に弾のかけらが五つ六つくいこんでいたんだって。それを僕たちの部屋にいる保線技手が見つけて、よせばいいのに、手がら顔で、軍へ報告しやがったのさ。僕たちの課長は――これはおそらく、軍用列車につまれてあった弾がとびちった時に、くいこんだやつだろう――といって、気にもとめなかったのに、あの技手のやつがさ、よけいなおせっかいをするもんだから、とんでもないことになっちまったんだよ」

そういって、息を一つ入れて、ふるえている太郎の肩へやさしく手をかけながら、

「ところが軍では、その弾をしらべると、あの列車へ積んだものじゃないとわかって、結局、何とか技術本部とかいったっけな、そこで造らした地雷の試験弾だってことになったんだそうな。で、こんな電信柱などに打ちこまれているのが怪しいと、さわぎが大きくなってさ。はてはその弾がナザアロフを倒して、電信柱へくいこんだのにちがいない。そのためナザアロフは転轍器のハンドルを握れなくなったんで、あの衝突になったんだろうという話なんだよ。ゆうべ、帰りがけに、局長室で憲兵が話をしていたのを、僕、ぬすみぎきしちゃったんだ。で、君がもしかしたら、その弾でナザアロフを殺したんじゃないかと、心配になったんで知らせに来たんだよ。でも、君にだって、そんなものが手にはいるとは思えないから、やっぱり誰か別の人がやったんだ。なにしろ、あいつは誰にだってにくまれてたからね」

ウラヂミールは、これたけのことをいってしまうと、やっと気がすんだように、

「では、役所がおそくなるから、またね」と、あたふ

たと帰って行くのでした。

太郎は、そのうしろ姿を見送っていましたが、この時、心ではもう覚悟をきめておりました。

非常線

彼が夏から、ひそかに待っていたのは、黒龍江が氷にとざされる日でありました。そして、その時こそは、どんな困難とたたかっても、犬どもに橇（そり）をひかせて、むこう岸の満洲国へにげこもうと企んでいたのでした。だが、こんなに危険が身にせまっては、黒龍江の凍るのなぞは待ってはいられません。

あの小型地雷が見つかったからには、赤軍技術本部では、必ず自分たち撮影隊のことを思い出すにきまっている。そして憲兵に目をつけられることになったら、毒ガスの時とはちがって、こんどは、僕だということがすぐわかってしまう。なぜなら、ナザアロフが、僕の父や母を訴えた男だということは、彼等が一番よく知っていることだから――。

こんなことを考えながら、あたたかい煖炉（ペーチカ）の部屋へもどりますと、叔母は彼に食事をすすめて、

「今、役所から急用だっていう電話がかかって、叔父さんは一足さきに出かけましたよ。なんでも憲兵隊の人が役所へきて、待っていられるんだそうで……」

「憲兵隊ですって、叔母さん！」

「そうよ。ですから朝からなんの用だろうといって、叔父さんは出かけましたけれど」

彼は、それっきりだまってしまいました。危険はいよいよせまっている。もうぐずぐずしていられないと、武者ぶるいがしてきます。もう、黒パンも牛乳ものどへはとおりません。

彼は、叔父や叔母に、とんだ迷惑をかけることになって申しわけないと、心で泣いておりました。

彼はつとめて平気に、階段をあがって自分の部屋にはいるや、すばやく、卓上にかざられた父母の写真を枠からぬきとり、「お父さん、お母さん、しばらく窮屈でもがまんして下さい」と、心で叫んで、それを折りまげると、藁蒲団のぬい目のはしをナイフで切りほぐして、飛行機の秘密製図をとりだし、机の引出しから貯金帳を出して、一しょくたにポケットへねじこみ、叔母には、役所へ出勤するように見せかけて、階段からおりてきまし

た。

彼は、心の中で、

「叔母さん、ゆるして下さい。叔母さんも叔父さんも、どうぞ達者でくらして下さい。ながながおせわさまになりました」と、胸もはりさける思で別れのことばをつぶやくのでした。

「では、行ってまいります」と、むりに元気を出して、玄関を出るや、裏へまわって非常門をのりこえ、庭のすみから、例の毒ガスの試験管を掘り出しました。

「これで、日本や満洲の人たちをたすけることができるのだ！」

と、ふるいたつ心もせわしく、今度は犬小屋のイワンとローザに、しのびの姿勢で、非常門の前まで出させ、閂（かんぬき）を静かにあけて、往来へさっととび出ました。

国立極東銀行で、預金をみんな引き出すことにして、窓のまえで待っていましたが、早くも憲兵の手が、ここまでのびていはせぬかと、びくびくものでした。

しかし、銀行では、憲兵隊からは何のしらせもなかったと見えて、待つほどもなく五百ルーブルあまりのお金を、彼にわたしてくれました。

銀行を出ると、彼はあてもなく、つめたいシベリヤおろしの町をさまよい歩きました。犬たちは主人の、いつもとちがった暗い顔を、心配らしくふりかえっては、たよりなげに歩いて行きます。

その頃、叔父の家には、はたして七八名の憲兵が来て、彼のおきっぱなしにして行った荷物や、机の引出しなどをかきまわしておりました。

少年とはいえ、たいへんな兵器爆薬をつんだ軍用列車を、こっぱみじんに吹きとばした犯人です。いよいよ逃げてしまったとわかると、すぐ、このことを電話で、本部へしらせ、五分とたたぬうちに、市内は勿論のこと、市のまわり一たいに非常線が張りめぐらされました。

光る目

極東ロシヤ第二の大都市ハバロフスクの駅は、人々でごったかえしておりました。おまけに、この日は朝からの吹雪です。乗る者も見送る者も、耳まで頭巾でつつんで、長靴にシュバ（裏に毛のついた外套）を着ていました。

待合室には、まっかに焼けたストーブが一つありますが、往来や線路の上では、シベリヤ風が絹をさくような物すごいうなり声を立てて、吹雪の渦をまきかえしております。

ウラヂボを出たチタ行の列車が、むかでのように駅へつきますと、第一の鐘がカンカンと二つ鳴りました。これは、あと十分間で汽車が出るというあいずです。

ロシヤにとっては不敵の少年太郎を捕らえるために、きのうの朝から張りめぐらされた非常線の網は、彼がつかまらないので、まだとかれておりません。客車の乗降口には、憲兵や探偵が、ものものしく目を光らしていました。彼等は、いずれも、手札型の太郎の写真を、一枚ずつ手にもっているのでした。

この駅では、機関車をとりかえることになっておりました。それで、憲兵や探偵等が、乗り降りの客をしらべている間に、頭へ雪をのせて来た機関車が客車からはなれて、機関庫へはいりますと、石炭を山もりにつんだ別の機関車が、うしろむきのままで機関庫から出て来て、今の客車へつながれました。その時、第二のカンカンが打ち鳴らされました。間もなく発車です。

第三の鐘が二つ鳴ると、この新しい機関車は、長い客車を重そうにひっぱって、うごきだしました。日本の汽車のように、汽笛などはならさないのです。そして、この機関車はつかれてくると、野原のまんなかであろうと、鉄橋の上であろうと、所かまわずにひとやすみをします。時間どおり正しく発着するのは、夏から秋へかけての気候のよい頃だけで、冬になると、予定より数時間、ひどいのになるとまる一日間もおくれて来るという嘘のようなことが実際にあるのです。

この列車も、こういった調子で、次の駅をすぎると、機関手の一人が、噛み煙草をはきすてて、うず高くつまれた石炭の山へシャベルをあて、そのひと所を掘りくずしました。すると中から大きな木箱の一部分があらわれました。彼は、それへ近づいて、

「もう安心だ。出て来なせえ」と、声をかけました。

箱の中には、どこが目だか鼻だかわからぬようなまっ黒な顔をした少年が、二匹の蒙古犬と一しょにちぢこまっていたのです。この少年が太郎であることは、いうまでもありますまい。

声をかけた男はグルチェンコという機関手ですが、彼はルンペン時代に、太郎の父にたすけられて、機関手となっていたのでありました。こんな関係で、太郎は、きのう銀行のかえりに、グルチェンコの家をたずねたので

した。というよりも、往来やホテルには憲兵の目が光っていましたので、追われるように、ただわくわく町を歩いているうちに、いつの間にか、グルチェンコ夫婦のいる労働者アパートの前にまで来ていたので、なんの考えもなく、ふらふらと彼の部屋をたずねたのでした。

ところが運よく、グルチェンコが、休みで朝から部屋にいましたので、犬どもと一しょに、そこに厄介になって、不安な一夜をすごしたのでした。

彼は、グルチェンコ夫婦へは、軍用列車を顚覆さしたことは話しませんでした。ただ父母が、あんなうたがいをうけて殺されたので、自分が何か謀叛をしはしないかと、憲兵が毎日のようにつけねらっているので、それがこわさに、叔父の家を逃げだしたのだといいました。すると、グルチェンコは、

「たとえどこの家にかくまわれていたところで、早いかおそいかの差があるだけで、結局はつかまってしまう」と、首をひねっておりましたが、ふと手を打って、

「そうだ。いい考えがある、あすはチタ行の列車に乗る番だから、機関車へかくまってあげよう。そしてクイフィシェフの駅まで送りこんであげるから、この駅で乗りかえれば、ブラゴエへ着くのはわけはねえ。そうしなせえ」といってくれたのです。そして、

「他の機関手には、汽車賃をちょろまかすためだ、みんなだまっていろよ。てなことで、ごまかしておけばたくさんだ。ブラゴエに行ったら、この番地のところに、ベレゾフカっていう男がいる。やつは、あんたのお父さんには、わしよりもせわになった男だ。それへたよって行きなさるがよい」

機関手のグルチェンコは、こんな計画を、すらすらと立ててくれたのでした。

彼には、願ったりかなったりでした。なぜなら、国境線を突破するには、ブラゴエのあたりが一番都合がよいと、かねがね考えていたからであります。そこをわたれば、満洲国の黒河の駅があって、生れ故郷のハルビンへは、ものの二日とはかからぬと、つねに地図を見て考えていた場所だったからです。

そこで彼は、この危険を、死物ぐるいで切りぬけようと、石炭車の中へもぐりこんでいたのでありました。

石炭車の客

汽車は今、曠野のまんなかを走っております。

石炭で、顔も手もまっ黒にそめた太郎は、なれぬ手つきで、シャベルにすくった石炭を、汽缶へ投げこんでいました。グルチェンコは、太郎のことを、わざとパウエルと呼んでおりました。それは、もしあとで何か問題がおこっても、他の機関夫等から怪しまれぬようにとの、心づかいからでありました。

石炭車の箱の中では、二匹の蒙古犬が、箱から出たいといってさかんにクインクインと鼻を鳴らしております。

吹雪はやみましたが、雲はひくくたれこめています。

小興安嶺（しょうこうあんれい）山脈へさしかかりますと、汽車はますますのろくなってきました。それでも、どうやら休みもせず、はうようにして登りつめますと、あとは下る一方ですから、たまに薪を投げこんでやれば、ひとりでに走って行きます。

ロシヤの駅には、売子というものが一人もおりません。だから、「シンブン――」「ベントウ――」などという、あのにぎやかな声は聞かれません。しかし、汽車が駅へ着いたとたんに、それよりもはるかに大さわぎが起ります。それは客が駅の食堂へ一時におしかけるからです。お茶をのむ者、食事をする者、まるで火事場のようなさわぎです。ぐずぐずしていたのでは、汽車がだまって出てしまうからです。

それでも、まごまごしていたら、順番がこないうちに、汽車が出るということもあるので、食堂のほかに売店があるのです。

太郎の汽車が駅へ着いたのは夜の十時頃でした。

この駅でも、憲兵や探偵などが、まだするどい目を光らして立っていました。しかし、グルチェンコは、それほどまでに探されている御本人が、自分のかくまっている太郎少年であろうとは夢にも思っていませんから、気にもかけずにその前をとおって、太郎と犬たちの食料を買いに、この売店へやって来ますと、もうここも、おすなおすなの有様です。

「おい、バターに黒パンだ。腸詰も半キロくれんか?」

「チーズを早くよこせ！　何をぐずついてやがる。汽車が出るじゃねえか、馬鹿野郎！」

と列をつくっている前の男が、がなりたてましたので、

グルチェンコは、

「汽車は出ねえから安心しな」

と、たしなめてやりますと、その男は、

「なにいってやがるんだい。いつも、この駅の停車時間は、たった五分間ときまってるんだぞ、まぬけめ！」

といって、グルチェンコの方へふり返って見ました。

するとグルチェンコは、にこにこ笑って、

「いつも五分間でも、今日は二十分ほど停車してやってもいいぞ。わしは機関手じゃ。わしが行かなくちゃ、汽車は動かんじゃねえかよ」

「なあんだ、おめえが機関手か」

そういうと、列をつくったみんなが、どっと笑いだしました。

グルチェンコが、いろんなものを買いこんで機関車へもどると、少年のすがたが見えません。

「おい、パウエル」と、叫びますと、かたわらにいた機関夫が、だまって、石炭車の方をさしました。

「うん、なるほどそうか」

そこで彼は、汽車が出てから、石炭車の方へ行って、

「もういいよ、パウエル」

この声に、パウエルの太郎は、箱の中から、のそのそと顔を出してきました。

「おじさん、僕、停車場は苦手だよ」

太郎が黒光りのする鼻を一つこすって、苦笑いします
と、グルチェンコは朗かに笑って、

「なあに、大丈夫だってことよ。おれがついている」

と、ポンと胸をたたいて見せて、また笑いました。

浮浪児

彼は、石炭をかぶった箱の中で、二匹の犬の間へ割りこんで一夜を明したのです。

朝、目がさめて、もぐらのようにはい出してきますと、汽缶室は煖炉のそばにいるよりもあたたかです。おまけに、きのうの吹雪とうってかわって、この冴えた大空の青さはどうでしょう！　ロシヤにはめずらしい冬の天気です。

見わたすかぎりの雪の野には、かげろうが燃えて、チカチカと目を射るようです。汽車は今、東部シベリヤの大平原を走っているのでした。

そのころ、この機関車から三つ目にある客車では、乗

客たちがへんに笑いころげていました。

その車室のまんなかにある長方形の鉄の蓋が、ひとりでにあいて、垢と油と塵でピカピカになった子供の顔があらわれ出たからです。その少年が、そこのあいた席へ腰をかけると、つづいてまた一人別の子供が出てきて、その隣へ腰をかけて、にやにや笑いながら、

「なあ兄貴、箱の中あ苦しいや」

すると、兄貴といわれた少年は、顔をしかめて、

「ちぇ！　ぜいたくいうな、ただ乗りじゃねえか」

二人とも、外套を着ているとは名ばかりで、ぼろぼろに切れて、垢と土と鼻くそでキラキラ光っております。

この少年たちは、ロシヤ名物の一つである浮浪児です。乞食やぬすみをしながら、一つの町から追われると、こうして汽車のただ乗りをやって、次の町へと流れわたって行くのです。

ところが、この二人の浮浪児は、ゆうべ、近くの町で、追っかけて来た探偵を、逃げたい一心で殺してしまったのです。そして、この列車の下にもぐりこみ、鉄箱の中で一夜を明かしたのですが、彼等が乗り合わしたばかりに、思わぬ災難が太郎にふりかかってきたのでした。

はなれ業「列車の飛びおり」

あと三十分で、いよいよブラゴエ線に乗りかえる駅へ着くのであります。箱から出てきた太郎は、かまの湯をもらって、顔や手のよごれを洗い、ダブダブの作業服をぬいで、グルチェンコのところを出る時に買ってきた綿入れに着かえ、内がわに毛のついた長靴をはいて、おりる時に着て行くシュバ（裏毛の外套）を、そばにおきました。

頭巾をのばして耳をつつみ、雪の光をさける黄色い目がねをかけて、口や鼻は大きなマスクでかくしてしまいましたので、これが、おたずねものの永田太郎であるとはなかなかわかりません。

小さな鉄橋を一つこえた時、グルチェンコが、彼の所へやって来て、

「いよいよお別れだなあ。かぜをひかぬようにしなせえよ。日ましに寒くなるばかりだ。……でもなア、縁がありゃまたあえるさ」

こんなことをいってから、急に声を落して、

「君はピストルを撃ったことがあるかい？」

と、グルチェンコはたずねるのでした。彼は、ふしぎそうにグルチェンコを見ましたが、やはり小声で答えました。

「僕、学校の教練では、射撃が一等うまかったんだよ。でも、どうしてそんなことをきくの？」

するとグルチェンコは布につつんだ重いものを、彼の手ににぎらして、

「こりゃな、ウラヂボにいた時分、死ぬ思いで手に入れたブローニング（自動拳銃）だ。五十発の弾も、そっくり箱へはいったままだ。知らぬ土地へ行くんだから、どんな災難が起らねえともかぎらん。その時こそは、これに物をいわして逃げることだ。深追をしちゃいけないよ。でも、わしから、これをもらったことは、口がくさってもいってくれるなよ。これがわしの頼みだ」

太郎は、親切なグルチェンコの顔をじっと見ていましたが、急に目がしらがあつくなってくるのでした。

「ありがとう。おじさん。僕、死んでも、おじさんのことはわすれやしない」

そのうちに、汽車はもう、あと一キロで目的の駅へ着こうとしていました。


ところが、その頃——

フレーヤの町で探偵を殺してきた二人の浮浪児が、駅が近づいて、いくらか汽車の速力が落ちてきたのを見てとり、乗降口の鉄の手すりへ縄（ロープ）を結びつけ、その縄へぶらさがって、命がけの飛びおりをやっていました。そして二人とも、別にけがもせずに、線路から姿を消してしまいました。乗客は、誰一人として、それに気づくものはありませんでした。いよいよめざすブラゴエ線へ乗りかえる駅へ着くと、二人の浮浪児をとらえるために、四五十名の警官がホームで見張っておりました。そして、二十分間の停車時間を利用して、各客車を一せいにしらべはじめました。

機関車にいたグルチェンコや太郎には、何のためのしらべであるかはわかりません。

太郎は、てっきり自分を探すためだと思いこみましたが、グルチェンコは、太郎がそれほどの危険な身の上とは知りません。だが、彼にもなんとなく事が面倒になりそうだと感じられましたので、その時機関車の下をのぞいていた検車係に、

「君すまんがね」と、声をかけて、

「かまに水をやりてえんだ。すぐ手配してくれないか。

かまが今少しでわれそうなんだ」

検車係はおどろいて、

「そりゃ大へんだ。一二分がところを待ってくれ」と、あわてて仲間をよびつけ、機関車を列車から外してくれましたので、警官隊が客車の先頭までしらべに来た頃は、太郎と二匹の犬を乗せた機関車は、構内の暗い所へ、ポッポ、シュッシュッと散歩しておりました。

橇で国境町へ

こうして、警官からのがれることはできましたが、この駅でブラゴエ線に乗りかえることは危険になりました。彼は、またもや犬と一しょの箱へ逆もどりせねばなりませんでした。

「まあ仕方がねえ。次の駅まで行ってみるさ。あすこならリラ河にそうてブラゴエまでは一直線だ。橇で行ったってわけはねえ」

グルチェンコは、そういって慰めてくれるのでしたが、その駅にも探偵の目が光っていたので下りることができません。とうとうその次のウシエムンの駅まで、こんな調子で運ばれてこられて、やっとおりることができたのでした。

国境の町へ行くには、ここで乗りかえればよいのですが、そこまでは、あるいても四十キロとはありません。だが、その国境町から、黒龍江をこえて満洲国へ入ったところで、鉄道のある黒河まで下るには三百キロもあり、しかもその間は大森林地帯でありますから、名ばかりの道はあるといっても、それは野獣の通るぐらいのものでした。しかし、今の彼には、そんなことを考えているひまがありません。このウシエムン駅に下りることができたということだけでも、ふしぎなくらい幸運だったのであります。

長い汽車の旅が終って、喜んだのは犬たちです。彼等はカチカチになった雪の上を、ころげながらふざけておりました。その犬たちをつれて、彼は駅前の食料店へゆきました。そこで、黒パンの切った中へ、そのパンと同じ厚さのバターをはさんだものと、犬にやる豚肉のくずを油でいためたのを、しこたま買って、今しも店を出ようとしますと、駅の方から走ってきた一台の橇が、その店の前でぴたりととまりました。

橇屋の爺さんは、鼻水を凍らして店へはいってきまし

たが、そこに、都会から来たらしい、りっぱなみなりの少年が立っているのを見つけて、

「国境町へ行く汽車を待っていなさるんじゃないかね。そうだとしたらだめですわい。今、駅長さんに聞いてきたばかりじゃが、今日これから出る列車は、みんな国境町へゆく兵隊さんばかりをのせて行くんで、普通の客は一さい乗せんそうですじゃ。あるくにしたってこの雪道では、どうにもならん。わしは、これから国境町へ帰るんじゃが、さいわい今日は荷物も少い。よろしかったら、この橇へおのんなさるがいい。運賃なんざあ汽車賃と同じに勉強しときまさあ」

太郎にとっては、まさに助け舟です。いやであろうはずがありません。彼は口笛を吹いてイワンとローザをよびつけました。爺さんはこの店で、火酒(ウオツカ)を一本買っておりました。

橇が動き出すと、やがて、このささやかな町などは、見る間にはなれて、はてしもない雪の曠野へ出てしまいました。

爺さんは、ときたま橇をひく二匹の犬に鞭をくれていましたが、この犬は、彼のつれているイワンやローザから見れば、お話にならぬほどやせて弱そうでありました。

曠野の中には、裸になった榛(はん)の木が、思い出したように、ところどころ凍てついているだけで、その木の上には家をわすれた鳥が、淋しくとまっておりました。

日は、まだ高いのでしたが、ゆるやかに流れるちぎれ雲に光がさえぎられると、まるで夕暮れのようになりました。日は雲から出たり、はいったり、ほんとうにいそがしそうでした。

彼は、そうした曠野の旅を、うつろな目で見ていました。彼には、今夜の泊るべき場所がなかったからでした。国境町には、ホテルがあったにしろ、あてもなしに子供が泊れば、あやしまれてしまいます。

「どこで野宿をしようか?　そして明日からは?　……」

と、考えると、暗い心にならざるをえませんでした。

その時でした。ふと、うしろへ目を向けますと、追いかけるように全速力で走って来る二台の橇があります。

思わず彼は、グルチェンコからもらったピストルの安全装置をはずして、外套(シュバ)のポケットの中で、力強く握りしめておりました。

手練のピストル

「お爺さん！」と、呼んだが、耳が遠いのか返事がありません。

「爺さん！　なんだか追いかけて来てるようじゃないか？　よう！」と、さらに大声でどなりますと、爺さんは落ちついたもので、ふり向きもせずに、

「村の若いやつらが、また駈けっくらでもしてやがるんだろうさ。心配はいらん」

こう答えて、相変らず橇犬に、

「ニッチイオニッチイオ（それ行けそれ行け）」と、声をかけては、軽く鞭をあてております。

しかし、太郎は、うしろ向きになって、追って来る二台の橇を、まばたきもせずに見張っておりました。

彼等は、やたらに、橇犬に鞭をくれているようでした。だから橇犬は、気ちがいのようになって突進して、見る間に、ぐんぐんとせまって来ました。もう姿もはっきりと見えます。それが憲兵や警官でないのを知って、彼は、「やれ、よかった」と、思いました。しかし、それも束の間でした。見れば、彼等は、手に手にピストルをもって、太郎たちの橇へ筒先を向けているではありませんか。先頭の橇には馭者とも五人、あとのには四人おりました。

「大へんだ！　お爺さん！　ピストルで追いかけて来る……」

意外の言葉に、橇屋の爺さんは、はじめてふり返って、「あっ」と叫びましたが、すでにおそすぎました。見る見るせまって来た一台は、彼の橇を追いこしてとまり、前後からはさんでしまいました。それでも、気丈な爺さんは、

「わいら、なにするだ！　はばかりながら、この街道を日がな夜がな三十年も往来しているマルツィノフ様だ。この街道の神様みてえなわしをつかまえて、いったい、どうしようてえのだ。へん、この面（つら）さえ知らねえやつじゃ、どうせ名もねえコソ泥だろうよ。わしにはな、アンタンスキーの大親分がついていなさるんだ。この街道で二度とへんな真似でもしやがったら承知できねえ。とっとと消えてなくなれ」

九人の匪賊にかこまれながらも、大たんかをきって、爺さんはビクともしていないのです。

賊たちは、爺さんの気の強いのにあっけにとられていましたが、やがて頭（かしら）らしいのが、

「やいやい、なにをつべこべいってやがるんだ。そんなきたねえ爺の面なんぞ知るもんか。ぐずぐずいわねえで、さっさと金を出しな。着物をそっくりぬぐんだ。命までとろうたあいわねえ。いたい目にあわねえうちに早く出すんだ」

そして今度は太郎にも、

「小僧、何をぼんやりしてやがるんだ。てめえもぬぐんだ」

と、にらみつけるのでした。

そこで、太郎は、まず重そうな外套をそこへしぶしぶとぬいでみせましたが、身軽になったと思うや、みごとな、早業で、パン、パン、パーンと三発をつづけざまに撃って、あっというまに、頭と、その隣にいた賊の一人とをたおしてしまいました。また、この銃声と同時に、イワンとローザが、残った敵に猛然と飛びついて行きましたので、太郎を撃ちとろうとする彼等の筒先がさだまりません。わあわあわてふためくところをねらい撃ちに、とうとう七発で六人を片づけ、さて、弾をこめかえようとしてみると、のこった三人は、二匹の犬に噛みたおされて、手向かう力はなくなっています。

あまりにあざやかな太郎の働きに、あっけにとられて見ていた爺さんの前に、太郎は、賊たちのピストルをのこらずかき集めて持って来ました。

「お爺さん。へんなお土産が、こんなにできたよ」

そういった時に、爺さんは、はじめて笑いが出てきました。

「なんて、あんたは凄（すげ）え腕なんだ！」

爺さんはつくづくたまげてしまったという顔で、太郎の顔に見入りました。

「僕じゃない。犬のおかげですよ、お爺さん」

イワンもローザも、長い舌をペロペロ出して、息をはずませながら、彼の足もとにうずくまり、主人の次の命令を待ちかまえております。

「えらいぞ！　イワンにローザ」

彼は、愛犬の頭を軽くなでてやりました。彼は、この時ほど、自分の腕にたのもしさを感じたことはありません。

教練の射撃と実際の戦いとは、よほどのちがいがあるとは思いましたが、ピストルの上手と下手とは、度胸できまるものだということを悟りました。

国境の戦闘準備

これが縁となって、太郎は、橇屋のマルツィノフ爺さんの家に、しばらく厄介になることになりました。

彼は、爺さんには、この国境町へ、行方の知れなくなった父をさがしに来たのだといっておきました。また爺さんも、それ以上のことを聞こうとはしませんでした。

彼は、土地の様子に早くなれるために、町から村へ、村から国境地帯へとだんだんに深く偵察しようと思いました。

この町では、急に警備兵がふえて、今にも日ソ戦争が始るといった噂で一ぱいでした。そのため普通の人間が国境地帯へ近づくことなどは、及びもつかぬことでした。

イワンやローザを、国境線の突破に役立たせるためには、毎日、彼等にたくさんの肉をたべさせねばなりませんでした。ある日、爺さんは、これを見てたまりかねたようにいうのでした。

「あんたのお金で、あんたが肉をたべさせるんだから、わしは何もいうわけはないが、わしの犬なんざあ、その半分の肉で、荷物も運べば、人ものせたりする。どうじゃ、あんたも橇を一台買うて、ちと犬にも働かしてみる気にならんかの。橇屋になって気長に探してりゃ、早くお父さんの行方がわかるかも知れん。そうしなせえ」

太郎は、かねて国境を突破するには、どうしても橇を一台買わねばならぬと考えていたところですから、爺さんの言葉は、願ってもないさいわいでした。彼は、だしぬけに橇を買ってきたりなんかしては、かえって爺さんにあやしまれると、今日まで思い迷っていたところだったのです。

「そんなら僕も橇屋になってみよう。お爺さん」と、彼は、元気よく答えました。

爺さんの世話で、丈夫な橇を一台買って、イワンやローザの足首にスパイクをはめてやりました。このスパイクは、犬が荷をひいて氷上を走っても、すべらぬようにするためであります。

「さあ、おまえたちも、今日から働くんだ」

犬どもをさとすと、イワンもローザも大喜びでした。

それは昭和十二年の暮、ちょうど、支那の首都南京（ナンキン）が陥落した頃でありました。

支那や満洲や日本へ入りこんでいるソ聯軍事探偵の知

らせによると、日本は南京を陥落させた勢いで、ただちにソ聯を攻めて来るであろうというので、極東の赤軍司令官は、あわてて国境地帯へ兵力を増したのでありました。

そのため、太郎のいた国境の町でも、いままで、ゲ・ペ・ウの国境監視兵しかいなかったのが、にわかに兵隊で一ぱいになったのでした。

そこで、この町にある消費組合が酒保（軍隊の売店）をいいつかっていたのです。酒保では、各駐屯部隊の兵隊たちからの注文で、雑貨や文房具や、煙草や酒などを配達せねばなりませんでした。したがって酒保には、これを配達する数台の橇が必要となったのです。

爺さんも太郎も、橇ごと、この酒保へ雇われることになったのは、それから間もなくでした。

こうして、天はついに、すばらしい機会を、太郎に与えることになったのであります。

硫酸で人相をかえて

「今こそ、おおぴらで国境線への出入りができるぞ！」

彼は、喜びで、心も血もおどったのです。ただ、それには一つの痛さをがまんせねばならぬのが、とてもつらいことのように思われはしましたけれど……

それは人相をかえるために、自ら硫酸でやけどをこしらえねばならぬと考えたからです。ゲ・ペ・ウの鋭い眼をごまかすためには、そのくらいのことは仕方がありません。

彼は悲壮な決心で、鏡の前に向かいました。そして、ガラスの棒へひたした硫酸で、顔にやけどをつくったのです。

橇屋の爺さん婆さんには、煖炉へくべた薪の火が顔へ飛んだのだとごまかしておりましたが、やけどがなおるにつれて、今までの美しい皮膚はどこへやら、右の目尻が引きつって、すっかり人相がかわってしまいました。

これには愛犬のイワンやローザまでが驚いて、かわりはてた主人の顔を、ぬすみ見しては、悲しげに泣くのでした。

　このため、酒保の配達係となったのは、爺さんよりは半月ほどおくれたのでした。

　彼は、この町へ来てからは、アントノフカと名のっておりました。

　彼の仕事は、電話で注文を受けた煙草や酒をとどけることでした。この注文は、ときには十キロも十五キロもはなれた駐屯所から受けることもありました。そんな場合、いやがる連中を尻目にかけて、その役目を進んで引受けるのが彼でした。

「すまねえな。アントノフカ」

と、みんなから重宝がられました。

　彼は、監視所のどこが一ばん手うすであるかを知ろうとしていたのでした。これを見きわめるには、人のいやがる遠方へも行ってみる必要があったのです。

　国境線にそうて、雪の上へ橇をすべらして行きますと、晴れた日には、凍った黒龍江の彼方に、満洲国の雪をかぶった山々が見えてきます。

「行きたいなあ、早く」と心がおどります。血がわき立ってきます。これをじっとこらえて監視所へ急がねばなりませんでした。

　彼は監視兵たちから、いろんなことをいってからかわれるのでしたが、わざと馬鹿のようにゲラゲラ笑っておりました。で、どこの監視所でも、彼が帰ってしまうと、次のような噂をしておりました。

「あの、ひょっとこ小僧は、生まれつきのあほうなんだぜ」

「でも、あほうにしちゃ気がききすぎらあ」

「どんなところがよ？」

「だっておめえ、火酒（ウォツカ）を二本だと注文をすりゃ、きっと一本を余分に持って来てくれるじゃないか」

「だから低能児なんだよ。おれたちにとって、やつの低能は神様よりありがてえ」

　ストーブをかこんで、ほがらかに笑いながら、こんな噂に花が咲いていたのでした。

　こうして、太郎のアントノフカは、いたる所で、もてはやされておりました。だから、時たま警備のことについて、なにげなく、たずねても、あやしみもせずに、いろいろなことを教えてくれました。

猛吹雪とたたかって

ああ、待ちに待った機会がついに来ました。

ある日、酒保から二十キロもはなれているクヅネツォーワの監視所からの電話で、火酒や煙草などを急いでとどけるようにとの注文を受けたのでした。

この監視所は、太郎の御用聞きにあるいた監視所の中では、一ばん手うすで、一ばんなまけ者がそろっていることを、彼は知りつくしていたのです。

ちょうど、この日は、猛烈な吹雪で、おまけに行く先が二十キロもはなれているので、誰一人として「おれが行こう」という者もありません。これには酒保の主任もこまりきっていたのでした。そこへ、近所の配達から帰ってきたのが、太郎のアントノフカでありました。

「君、またすまんがね。今度は少し遠いんだが、行ってくれんか？　クヅネツォーワじゃ」

彼は、クヅネツォーワと聞いて、思わず万歳を叫びたいほどでした。今も今、配達の帰りに、

「こんな嵐の日に、あのなまけ者ぞろいのクヅネツォーワへ行ける用ができたら、国境を突破するにはもってこいの機会だがなあ」と、思って来たところだったからでした。

「ぜひ、行かして下さい！　僕、もっともっと吹雪とたたかってみたいんです。たとえ途中で凍え死んでも、お国のために働いている兵隊さんの使いをするんですから、名誉です」

彼は目をかがやかして見せました。酒保の主任は感激して、

「うん、えらい覚悟だ。君はきっとおとなになったら、ソビエトのナポレオンとなるにちがいない」と、ほめちぎりました。

彼は、注文の品々を橇に入れると、まず町へ出ました。そして、ある食料店で橇をとめました。

彼は、この店で、国境を突破して野営してもいいだけの食料品を、とりそろえることにしたのです。

お米を七キロ、トマト漬の仔牛缶づめ二十箇、イクラの缶づめ十箇、板チョコレート五百グラム、砂糖一キロ、ソーセージ一キロ、バターの大缶二箇（寒いロシヤでは、からだに脂肪をたくさんとるために、バターはパンと同じ厚さに切って食べます）このほかパンや、牛乳のかた

まったものなどをそろえ、それに、水筒、鍋、薪や炭のかわりにする結晶アルコール、コンロ、小さい湯沸器（サモワール）――また別の店では、焚火の薪を切る道具、縄（ロープ）、短刀、蓄電池のカンテラ、繃帯、薬、小型キャンプのテントまでもそろえましたので、お金があと五十ルーブルしか残らなくなりました。

彼は、その足で爺さんの家へ行って、かくしておいた例の毒ガスや、グルチェンコからもらったピストルや、地図や、磁石などを持ち出して、頭巾をまぶかに、外套の襟を立て、大きなマスクに風よけの目がねというものものしいすがたで、町を一直線にぬけて、嵐の曠野へ橇を急がせました。

時間は、まだ正午を少し過ぎたばかりですが、吹雪のために十メートル先は見えないのです。

幾度も通りなれた道ではありましたが、カチカチの道に粉吹雪がおおいかぶさっているので、その上を間違わずに進んで行く犬たちの苦心は、なみなみではありません。

橇には半箇月の野営が出来る道具が、ぎっしりとつまれてあるのです。犬どもは、はじめのうちこそ元気でしたが、坂道へかかると、さすがにへこたれているようでした。

日は、いつの間にか、とっぷりと暮れてきました。吹雪のうなり声は、ますますはげしく、鼻の先も指の頭もほとんど感じを失うほどの寒さです。おまけに、彼は、地上から吹きあがってくる灰のような粉雪をかぶって、息もできないくらいでした。

それでも、いよいよ監視所へ近づいたことは、そこに立っている電柱の目印で知ることができたのです。

この電柱から十メートルほど進んだ時に、彼は手綱を引きしめて、ピタリと橇をとめ、カンテラのあかりで闇の空を仰ぎました。そして、橇から縄（ロープ）を引き出して、何やらしはじめました。

何をたくらんでいたのでしょうか？

吼える黒龍江へ

彼は、縄のはしに、用意をしてきた分銅のおもりをむすびつけて、低くたれさがっている電線へ、ぱっと投げつけました。そして、縄がうまく電線の上を越して、分銅が目の前にたれ下ってくるようにするためには、三度も四度も、やり直さねばなりませんでした。

「ああ、やっと、うまく行ったぞ」

二つに折れて、たれさがった縄を橇へしばりつけると、電線の方向から横に向かって、思いきり犬に鞭をくれました。犬は驚いて突進しますと、そのとたんに、二三本の電線がビューンとうなりを立てて切れました。

この時、監視所では電燈が消えたので、あわてて点燈部隊へ電話をかけましたが、その電話線も同時に切られておりましたので通じません。

「ちぇ！　煙草も火酒も切れるし、なんでも切れるものばかりだ。これで命が切れたら第一巻の終りだよ」と、六七名の監視兵が、焼けたストーブのまわりでブツブツこぼしておりました。

そこへ、入口の扉をたたいてはいって来たものがあります。見れば、太郎のアントノフカではありませんか。

「おや？　小僧じゃねえか。この吹雪に、よく来てくれた」

「えらいぞ！　さあ、こっちへ来るがよい。ストーブでウンとあたたまってくれ」

「どうせ今夜は帰れまい。ゆっくりと休んで行け」などと、煙草や火酒が来たので大へんなはしゃぎかたです。

彼は、橇だけを野外に残して、犬どもを自分のそばへ引きよせて、ストーブの前に陣取りました。

兵たちは、まるで喉のかわいた時に、水でも飲むようなふうに、あの焼きつくような火酒をゴクリゴクリと飲んでいるのです。

彼は、あたたまるにつれて、寒さでわすれていた空腹を思い出しました。そこで、犬には豚の生肉をどっさり食べさして十分腹ごしらえをさせ、自分も缶づめやパンを出して、ウンと腹へつめこみました。

彼は、別にもって来た三本の火酒を、彼等の前に差し出して、

「おじさん。これ宿銭がわりだよ」と、彼等の手に握らせました。彼等は眼を丸くして、

「おお、これはえらい景気だ。おい、飲めるぞ」といって、やたらに飲み出すのでした。

この監視所は、全員十名でした。

彼等は、隣の監視所との境界線まで警戒に行くのは、一時間交替で四人ずつ出て行くことになっていたのです。二人で一組となって、左右へ同時に別れて出て行くのです。そのため監視所に残っている兵は、いつも六名でし

た。

彼は、この六名の兵にやたらに酒をすすめておりました。彼は、次の交替兵が帰らぬうちに、ここを抜け出さなくてはと考えていたからです。

「おじさん。けちけちせずに、もっとお飲みよ。まだどっさり持ってきたげるからさ」と自分で、酒をついでまわりました。

彼等は酔いが出てくるにつれて、大きな声で歌ったり、あぶなっかしい足どりで、いろいろな踊をやって見せたりしました。その気ちがいのような足どりが、電気の消えたこの部屋のカンテラのにぶい光に、あやしい影を引いて、ゆらめいておりました。

彼は、ストーブからはなれて、みんなの銃が掛けてある前に行くと、その中の一挺をとりはずし、弾丸入れと一しょに肩へひっかけ、そっと外へ忍び出ようとしました。しかし、その時、「小僧、何をしやがる！」と、酔っぱらいの一人が、目ざとく見つけて、足もとをフラフラさせながら近づいて来ました。「しまった！」と思ったが、もう仕方がありません。気の毒だとは思ったが、ここでつかまれば、今までの苦は水の泡です。右手に握りしめたピストルを、投げおろすようにして、近よって来るのを一発のもとに撃ちたおしてしまいました。

他の五人は、ふいの出来事にあっけにとられていましたが、「うぬ！」と、つづいて飛びかかってくるのを、つるべ撃ちに、四人までたおしました。残る一人は、あわてて銃をとりに飛びこんで来ようと身がまえていますが、その銃架をうしろにして、太郎が突っ立っておりますので、近づくことができません。彼はとっさに、ストーブをかきまわす鉄の棒をつかんで襲いかかろうとしましたが、猛然と食いついていったイワンのために倒され、焼けたストーブに頭をうちつけて、気を失ってしまいました。

これはわずか三分間の出来事でありました。しかし、ぐずぐずしていられません。彼は、急いで外套を身につけるや、銃と弾丸をもって、犬どもと一しょに外へ飛び出ると、刃（やいば）のようなシベリヤ風の中を、カンテラのあかりをたよりに、氷の黒龍江へと、今こそ死物ぐるいで、橇を走らせました。

「走れ！　走れ！　ひと息に！」

鞭も切れよとふり鳴らしつつ、嵐に吼ゆる闇の国境線を突破しはじめました。

死の冒険

手綱を握りしめた太郎の手は、寒さで、ほとんど感じを失っているようでしたが、それでも、野営の道具を一ぱいに積んだこの橇は、鏡のようにツルツルした黒龍江の氷の上を、グングンとすべって行くのでした。

さっと吹きまくってくる嵐の中に、とつぜん、どしんと、橇が何かへ乗りあがって、犬はキャンキャンと吠えました。

はっとして太郎は、カンテラのあかりで、あたりをすかして見ますと、氷を一めんに着ているので正体がわかりませんが、どうやら岸の岩石らしいのです。

「おお、満洲だ！　満洲へ来たんだ」

彼は、荒れ狂う嵐の中で、気ちがいのように叫びました。

だが諸君。彼が憧れの満洲の土をふむには、この岸をよじのぼらねばならないのです。見上げれば、岸は、右も左も、はてしもなく高い岩壁つづきで、とてものぼれるものではありません。

彼は、泣きたい気持を、じっとこらえて、氷の上を岸に沿うて東へ東へと橇を進めました。

けれども、行けども行けども岩つづきです。雪はやみましたが、荒れ狂う風は、ものすごく吼えて行きます。氷の上は闇に鈍く光っております。この中を、夢中で進んで行きますと、全身の骨までも刺し通していた寒さが、しだいに感じなくなって、ともすれば気が遠くなって行くようです。

「おお、眠っちゃいけない。眠ったら凍え死ぬぞ！」

彼は、口の中へ気つけ薬をおしこむと、いやがる犬たちにも、それを無理になめさせるのでした。この寒さは、零下何十度あるのか、とてもいい現されません。

それから一時間ほどもして、やっと彼は、岩の間にだらだらのぼりの坂道を見つけました。

「しめたぞ！」

あまりの嬉しさに、橇から飛び出ましたが、長靴の中にあるはずの足が、あるのかないのか、さっぱり感じがなくなっているのに驚きました。

「くそ、へこたれるもんか」

全身の勇気をふりしぼって、犬どもと一しょに、この坂道へ橇を引きあげることにしました。休んでは引きあげ、精も根もつきはてるほどの苦しみをくり返して、坂を登りつめますと、その両側も凍った岩石になっているのです。けれども、これは岸に聳えていたほどの岩ではありません。そこで、これに縄を投げて、よじのぼりますと、もう先に、身軽になって駈けあがった二匹の犬が待っていましたので、縄のはしに縛りつけてきた橇を、犬たちと一しょに力を合わせて、引っぱりあげにかかりました。

考えてもごらんなさい。零下五十度以上もあろうと思われる闇の中で、少年一人と犬二匹の力で、半箇月分の食糧や重いテントまで積みこんだ橇を引き上げるのです。一つ足でもすべらして、力の拍子がぬけたら、それこそどうなるでしょう。

彼は、心に神を祈り、母の魂にすがりつきながら、とうとうこのむずかしい仕事をしとげたのでありました。

引き上げた橇の上に腰をおろすと、目の前に、母の顔が焼きつくように見えてきました。

「あ！　お母さんだ、お母さんが守ってくだすったんだ」

彼は、なつかしさのあまり、こわさも忘れて、母の顔を追うようにして、氷の着物を着ている木々の中へ、ふらふらと突き進んで行きました。

すると、四五十人で抱えても抱えきれぬような、太い老樹の倒れている場所へ来ました。母の顔が、その倒れている木の裏側へ進んで行ったかと思うや、パッと消えてしまいました。あまりの不思議さに、思わずつりこまれて、その顔が消えた所へ行ってみますと、もはや母の顔は二度と現れてはきませんでしたが、彼は、そこで意外な喜びを発見しました。

この場所は、あの骨を刺すような風が、すこしもあたらないことです。野営をするには、もってこいの場所であったではありませんか。

「ああ、やっぱり、お母さんが教えて下さったんだ！」

彼は、急に元気が出ました。口笛を吹いて、犬を呼びますと、橇の番をしていた愛犬たちは、そこへ飛んで来ました。彼は、その場所を見失わぬために、ローザをそこへ残して、イワンをつれて橇へもどりました。

そして、白樺の薪や石油の缶などを、テントへくるんで、イワンに引きずらせ、ローザの待っている場所まで運ばして、満洲国上陸第一歩の狼煙（のろし）をあかあかとあげました。

その頃、夜は白々とあけかかっておりました。それは、昭和十三年一月十八日の晩でありました。

彼は、犬たちと一しょにテントに、くるまって、焚火の前で、ウトウトと眠りにはいりましたが、イワンだけは眠りませんでした。

イワンは、焚火が燃えつきるようになりますと、くるまっていたテントから飛び出して行って、薪をくわえてはそこへ投げ入れ、パッと火の勢が強くなるのを見とどけると、テントへもどり、疲れきった太郎の目がさめるまで、これをくり返しておりました。

仮死鳥(かしちょう)の群

そこは満洲国の北のはずれにひろがる大森林の谷の一つでした。

このへん一たいは、真夏でさえ、地下一メートル以上も凍っていますので、樹木は縦に深く根をのばすことが出来ないのです。だから、たいてい横に広く根を張っております。それで、風のために吹き倒されている木が少くないのでした。

夜があけると、嵐はやみましたが、日の光はなく、空は一めん灰色の厚い雲にとざされています。

とつぜんイワンは、ウオッと吠えて、くるまっていたテントから飛び出して行きました。この叫びに、太郎は、疲れきった深い夢から、はっと目がさめました。ワン、ワン、ワン！　イワンは火のつくように吠えています。

太郎は、監視所から奪ってきた銃をとって、イワンの声の方へ駈けて行きました。

見ると、山の上から大きな黒いかたまりが、雪煙をあげて駈け下って来ます。

「あっ、猪だ！」と思わず叫んだ時、イワンはもう勇ましく猪の足もとへ突進していました。

「あぶない！」

イワンが、パッとはねとばされた。すぐ起きなおって、なおも向かって行こうとしましたが、猪の大きな牙が、すでに犬の胴体のところにまで迫っておりました。その刹那、銃声が深山の静けさを破りました。つづいて第二弾。猪は眉間と腹をうたれて、雪の上に倒れました。

そこで太郎は、イワンをつれて焚火へ引返して、こんどは、ゆうべ残してきた橇を、取りに行きました。

見渡せば、あらゆるものが凍りついて、しんしんと静まりかえっています。足もとには、名も知らぬ鳥が、幾百羽となく、羽をちぢめ、その中へ頭を突っこんで、カチカチに凍っているのでした。

彼は、その二三羽を犬にくわえさしてもどりましたが、焚火の横へころがしておきますと、だしぬけに、ローザが、ワン！ と叫んで、今にも、その凍え死んだ鳥に飛びつきそうな身がまえをしております。ローザをおさえて、じっと彼も、その鳥へ目をそそぎますと、なんということでしょう、焚火で温まるにつれて、鳥の体が、しだいに動いてくるようです。

これは、凍ってこわばっていた死肉が、焚火の熱のためにやわらかくなって、動くのだろう――とは、太郎君でなくとも、誰しもが一応考えられるところでしょう。ところが、この考えは全く間違っているということを、彼は発見したのでした。

なぜならば、動き出した鳥は羽をのばし、閉じた眼が開いて、パッと起きなおり、焚火のまわりを、あぶなっかしい足どりで、よちよちと歩きはじめたではありませんか。しかも別の一羽が、またも、動き出したと見る間に、これもよちよちと歩き出して、やがて、この二羽が、羽をひろげたり、のばしたりしているうちに、一羽がパッと舞い上りました。他の一羽もつづいて舞いあがろうとしましたが、これは狙っていたローザに飛びつかれて、くわえおとされてしまいました。

あまりの不思議さに、彼は、そこらにころがっている鳥を幾羽となく拾い集めてきては、温めてやりますと、どれも生きかえってくるのでした。

これらの鳥は、寒さのために、暖かい春が来るまで、仮死の状態にはいっていたのでありました。

満洲国の駐屯兵たちは、嵐なぞで食糧がとどかなくなると、山へのぼって、この凍りついた仮死の鳥を拾ってきては、あたためて食べるのだといわれます。だが、彼には、いかにも不思議でたまりませんでした。

スパイの伝書鳩

目のとどくかぎり、凍りついた深山の林の中です。どこへ行ったら人間の顔が見られるのやら、いつになったら人家を発見することが出来るのやら、きょうで、八日間というもの、はかどらぬ橇の旅をつづけていたのでした。

まったく、この厳しい寒さの中で、八日間も、彼等が生きていたということは、神様の特別の御加護としか考えられません。それは、彼が日頃、祈願していたハルビン神社の神様のおかげであると、強くうなずかれました。

このハルビン神社は、彼が生れ故郷のハルビンを去って、父母と一しょにロシヤへ移ることになったすぐ前、昭和十年三月十日の陸軍記念日に仮社殿の出来たハルビンの氏神様であります。そこには皇大神宮と明治神宮よりお移しした御神体が奉安されているのであります。彼は、ロシヤへ来てからも、このハルビン神社の神様を忘れずにおがんでいたのであります。（太郎君は、この時の気持を、私に語ったが、これは全く、ハルビン神社の神様のお守りがあったればこそである。日本の人々の強いのは、こうしたりっぱな神様が守って下さるからだと、心からそう信じていたようです）

彼は、倒れた枯枝を切っては焚火として夜をあかし、日が雲間にさす頃になって、はじめて、まどろむという八日間であったのです。そして食糧も半箇月は支えられるとは思って来たのに、あと二日分とは残っていないのでした。それでも、彼は少しも希望をすてませんでした。

神様のお守りと、掌の磁石がただ一つのたよりで、たゆまず東南への方向（コース）をとっていたのでありました。

彼は、九日目の夜をあかして、燃えたあとの炭火で朝食の肉をあぶっておりました。と、目の前の方へ、一つの白い塊が、バサッとおちてきたような気配を感じました。とたんに、イワンやローザもこれに気づいたのか、パッとそこへ飛び出して行きましたが、ほとんど同時に、灰色の大きな塊がまっしぐらに舞いさがってきて、犬より一足お先に、この白い小さな塊を引っつかむや、さっと舞いあがろうとしました。が、その刹那、猛進してきたイワンのために、足をくわえられ、驚いて必死の羽ばたきで、犬ごとぶらさげて、舞いあがりかねまじき光景です。

太郎は、かたわらの銃に手をかけ、狙いをさだめていますと、さすがの怪物も、小馬のようなイワンに、ぶらさがられては、どうにもあがきがつかぬと見えて、くわえていた白い塊をすてるや、その鋭い嘴（くちばし）で、イワンを一つつきにしようと、ものすごい格闘となりました。ローザはと見れば、そのそばで、ただワンワンと吠え狂っているだけです。

「負けるな！　イワン」と、彼は、愛犬をけしかけながら、銃を握ったまま、その場へ駈けつけました。

それは、どえらい禿鷹でした。両方の羽をひろげると、二メートルもあろうと思われる大きなやつでした。

この禿鷹は、イワンに首筋を噛みつかれて、もがいていましたが、らんらんたる目の鋭さはたとえようもありません。彼は、驚いて、イワンに、

「攻撃、やめ！」の号令をかけますと、イワンは、さっと飛びのきました。その瞬間、ダーンという銃声が、凍りついた全山の木々にひびきわたりました。すると、イワンもローザも、狼が吠えるようなウオーッという勝鬨の声をあげて喜ぶのでした。しかし、彼は、撃ちとった禿鷹などには目もくれず、鷹のおとした白い塊——それは一羽の鳩でした——を、手に拾いあげていたのでした。なぜかなら、その鳩の足には丸い鈴がむすびつけられてあったからです。

「なんだろう、この鈴は？」

不思議な顔つきをして、鈴をふってみましたが、なんの音もしません。そこでキャンプへ帰って、ナイフで切り開いてみますと、かたく巻かれた長い紙きれが、その中から出てきました。

彼は、おどる心で、それを見ますと、ロシヤ語で書かれたかんたんな通信文です。

たしかに寒いですね。
お兄さんからお便りがありますか？
私はいつでも手紙を待っているのですが、
近いうちにお訪ねいたします。
おやすみなさい。

彼は思いました。

「馬鹿にしてら。こんなかんたんな手紙を、わざわざ伝書鳩で送るなんて……」と、「だが、待てよ」と、彼は考えなおしてみました。それは、手紙のかんたんな文字にたいして、紙の余白がありすぎることです。そこで、すかしてみましたが、なんの「かくし文字」も見えてきません。こんどはマッチの焔で、ちょっとあぶってみました。が、なんにも現れてきません。そこで、あきらめて捨ててしまおうかと思いましたが、ひょっとしたら、この通信文の中には、何かの暗号がかくされているのかも知れぬと考えられてきましたので、それをポケットの奥深くへしまいこみました。

それにしても、ここはいったい、どこであろう？　そして、いつになったら、日満軍の駐屯部隊を探し出すことが出来るだろう？

彼は、イワンとローザに、禿鷹をくわえさせて、焚火の場所まで持って来させました。そして、海軍ナイフで、禿鷹の腹を切り開いて、その肉をフライパンに入れて、焼いては食べ、食べては焼いて、彼も犬も思わぬ御馳走に、舌鼓を打ちました。

それから、一時間とはたたぬ頃でした。山の下から黒いものが二つ、林の間から、動いて来るのが見えました。その黒いものは、たしかに、自分たちのいる場所めざしてのぼって来るようです。

とつぜん、イワンもローザも、その黒いものに吠えついて行きました。黒いものは、ちょっと、立ちどまったようです。が、こんどは急に駈けのぼって来るようです。そして、その黒いものが、だしぬけに、

「ウェイ　ニーチャオ　シェン　マ」（こら！　きさまは誰だ?）と、声をかけてきたではありませんか。

それは、十日ぶりで、はじめて聞いた人間の声でした。しかも、三年ぶりで、聞いた、なつかしい満洲の言葉でした。

太郎は、われを忘れて、そこへ飛びおりて行きますと、黒いように見えたが、それはカーキー色の外套の頭巾でした。

おお！　それは十日間も探し求めていた、満洲国の国境警備兵ではありませんか！

彼は、吠えついている犬どもを大声で制して、二人の兵隊の前へ飛んで行きました。

「ウォー　チャオ　ユンテン　ウォー　シー　ハールビン」（僕、永田といいます。僕、ハルビンの生れです！）

それから、いろいろあれやこれや、何から先にいい出せばよいか、感激のあまり、喉がかすれて、言葉がつまるくらいでした。

二人の警備兵は、さっき、太郎君が禿鷹を撃った銃声を聞きつけて、この山へ偵察に来たのでありました。

満洲国の名誉のために

彼は、警備隊長の前で、まずしらべられることになりました。

「お前は、なぜ、ロシヤから逃げてきたのだ?」

「なぜ、逃げてきたとは……あんまりです。どうして帰って来ることができたかときき直して下さい。僕は満

洲ッ子です」

すると、隊長は冷たい顔つきで、じっと彼を見つめておりましたが、やがて、部下の兵に向かって、

「この少年を、ロシヤの監視所へ引き渡さにゃならん。逃がさぬように注意しろ」と、命じました。

おお！　なんたる恐しい宣告でしょう？　あまりの言葉に、太郎は気を失わんばかりでした。今の今まで、死とたたかって、脱出してきたのは、なんのためだ！　彼は、ほうり落ちる涙を、ぐっとのみ込んで叫びました。

「お願いだ、それはやめて下さい。この顔を見て下さい。このひどい顔を見て下さい。なんのために、僕は硫酸で顔を焼く必要があったんです？　お国の一大事を知らせるばっかりにだ！　そして、生れ故郷の満洲へ帰りたいばっかりにだ！　ロシヤは地獄だ！　絶対に僕の国じゃない。お母さんもそういっていた。ロシヤはお母さんを殺した。お母さんはりっぱな日本人だ。そして、ゲ・ペ・ウはお父さんも殺した。僕は孤児（みなしご）となった。ロシヤは僕の仇だ。それでも僕をロシヤへ返すというんですか？　僕はいやだ。僕をつれてって下さい、日本の守備隊にです。僕はお土産を持って帰ってきたのだ。その土産は大きい。ここでは話せない。半年死とたたかいぬいた土産だ！　日本の守備隊はどこです？　つれて行かねば、僕がひとりで行く。僕は日本語だって話せる。僕には、大和魂がある。半分だけは、たしかに持っている。それでも僕をロシヤに返す気ですか？　僕はいやだ。死んだっていやだ！」

こう叫んで、彼は隊長の椅子へにじりよって行きました。しかし隊長は、少年の切々とした叫びも、よく呑みこめないというふうで、

「なんといったってだめだ。ロシヤから逃げできたんだから、とにかくロシヤへ返さにゃなるまいて……」と、太郎の言葉などには一向に取り合おうとはしませんでした。

太郎は、もうがまんが出来ませんでした。彼は、目をまっ赤に血走らして、腸の奥から火を吐くような声で罵りかけました。

「おまえはそれでも満洲国の兵隊か？　おまえなぞは帽子を返した方がいいんだ。おまえはロシヤのスパイだろう？　だからおれをロシヤへ返そうとしているんだ。国を愛せ、国を！　もう、おまえなんかに用はない。おれは日本の守備隊へ訴えて出る。そして日本の守備隊が、おれをロシヤへ返すといったら、その時こそ、おれは喜

んで死んで行くぞ！　ロシヤへなど誰が帰るもんか？」

彼は半分泣声になっていました。悲しみが泉のようにわいてくるのでした。苦しかった半年が目の前へチラついてきました。彼はついに声をあげて、ワイワイ泣き出してしまいました。

「お願いだ！　ここで殺しておくれ！　生れ故郷の満洲で殺されりゃ本望だ。ロシヤ兵に殺されるのは、まっぴらだ！」

犬は、戸外で、ワンワン吠えています。主人の嘆き悲しむ声がもれてくるからでした。

すると、隊長は、何を思ったか、カラカラと笑い出して、

「えらいぞ、小僧！　男はその意気がなくちゃいかん。だが、おれをロシヤのスパイだといった、あれだけは取消せ！　いやしくもおれは、名誉ある大満洲帝国の軍人だ。名誉にかけても、取消を命ずるぞ！」

さっと、椅子から立ちあがって、厳然といいきるのでした。

太郎は、目を泣きはらして、そのおかしがたい真顔を、じっと睨み返していますと、万感が、こもごも胸にせまってくるのでした。

「ゆるして下さい。僕、興奮していたのです。大満洲帝国名誉のために、つつしんで取消をいたします！」

涙が、ポタポタと落ちてきました。

「よろしい。これで、おれもはればれした。おまえは、さぞ、蛇(じゃ)か鬼のようにおれを憎んでいるかも知れない。しかし聞け。おまえにはくわしいことはわかるまいが、こちらから向こうへ逃げた者は、向こうからこちらへ返してよこす。向こうから逃げてきた者は、こちらから向こうへ送りとどける。その引渡しは、この黒龍江の真中でやることになっている。だから規則を破るわけには行かなかったのだ。だが、今は例外にする。希望通り日本の守備隊までつれて行ってやる。それまで、わしに命を預けておけ。すぐ支度をしろ」

意外のことばに、彼は耳をうたがうくらいでした。夢じゃないか？　夢ならさめるなよ。と、にわかに、熱血が燃えたぎってくるのでした。

「ああ嬉しいよ！　よかった！　ありがとう！　隊長殿」と、彼は、感激のあまり、隊長の胸へとびすがって行きました。

なつかしの故郷へ

「国と国との間に、軍備の力が平均している時は、戦争は起らない。それは、同じ高さの水がどちらへも流れて行かぬようなものである。

一方の軍備が劣ると、水が高きから低きに押し流されて行くように、戦争が起る」といった人があります。

だから戦争を食いとめるには、敵が五の新兵器を発明したならば、我も五の新兵器を発明すればよい。敵が十の攻撃器を製造したならば、我も十の防禦器を製造すればよいのであります。

しかし、それには、敵が何を企み、何を製造しつつあるかを、つねに知らねばなりません。わが永田太郎君は、この役目の大きな一つをやりとげてきたのであります。

黒河にある日本守備隊で、死とたたかい抜いてきた報告をした時には、泣かぬ兵はありませんでした。その一言一句は、聞く者の腸（はらわた）へ、強い感激をしみこまして行くのでした。

やがて、守備隊長は、目をしばたたきながら、

「君は、少年ながら、日ソ戦を食いとめるはたらきをしたのだ。天晴（あっぱれ）な『平和の戦士』だ」と、ほめちぎり、

そして、さらに声を大にして、

「ことに君が、ありとあらゆる大困難に打ち勝ったばかりでなく、まかり間違えば、数秒間で死ぬような、おそろしい毒ガスを、肌身につけて来たのは、まるで火のついた爆弾をもち歩いていたと同じことだ。その大冒険によって、君は、日本や満洲の人々を救ったのだ」と、ほめたてたのでありました。

少年永田太郎君は大のはにかみやでありました。だからあまりにほめられすぎましたので、耳まで真赤にしてうつむきました。でも、さすがに嬉しさに胸を躍らしておりました。

汽車は、今、この平和の戦士を乗せて、なつかしの故郷ハルビンに向かって、南へ南へと走っております。

「まっさきに、ハルビン神社へ、お礼に行こう！……その足で、昔の家の跡へ行ってみよう。どんな人が住んでるだろうか？」

楽しいような、悲しいような夢を乗せて、汽車ははや北黒（ほくこく）線を過ぎて、浜北（ひんほく）線の海倫（かいりん）に近づいております。

「ハルビンまでは、もう一眠りだ」

イワンやローザたちは、犬箱へ入れられて、貨車へ積まれていたので、主人の顔が見えないため、心配になって、クンクン鼻をならしておりました。

窓ガラスの外では、大満洲の雪の曠野が、刻々に後もどりをして行くようです。

彼の心も、あわただしいこれまでの冒険のあとを、ふりかえっていたのであります。

「地獄のロシヤで、叔父さんは今、どうしているだろう?」

そう思うと、おびえきって生きている叔父や叔母の人のよい姿が、目に焼きついてくるのでした。

「叔父さん、叔母さんの幸福を祈っております」

親切にしてくれたあの姿が、今にも、ものをいい出すように、目の前にちらついてさえきます。そしてまた、仲よしのウラヂミールの顔が、あの危険を知らせに来てくれた時の心配そうな目つきが、大きく目にうかんでくるのです。

「地獄のロシヤにも親友がいたんだ。ウラヂミールよ。幸福で暮しておくれ」

すると、幻のウラヂミールが、驚いたというふうに、自分を見て、

「おや、そのひどい顔は、どうしたんだ」と、たずねてくれるような気がしてくるのでした。

待ちに待ったハルビン駅のプラットホームへ、汽車はすべるように到着しました。

彼は、今こそ、故郷への第一歩をふみしめました。

「さ、きょうからほんとうの満洲ッ子だぞ。父母がなくたって、家がなくたって、ベソなどかくもんか。満洲全体がおれの家だい。がんばるぞ!」

晴れの駅頭へ出ますと、白地に赤くかがやいた日の丸と、五族協和の満洲国旗が、澄んだ冬の青空にハタハタひるがえっているではありませんか。

「おお、すっかり忘れていた。今日は紀元節じゃないか。日本の建国祭だ!」

彼は、大空にひるがえる日満の旗に向かって、力強く万歳を叫ばずにはいられませんでした。

知らぬ間に、彼もはや十七歳の春を迎えていたのでした。

太郎君と会見して

さて、諸君！

この長い冒険談もおわりました。僕が、永田太郎君を、大満洲国北西の辺境、達頼湖（ダライ）の畔（ほとり）に、わざわざたずねたことは、はじめに申し上げておきました。が、今の彼の身分や、その他について申し上げましょう。

彼は今、満洲国の〇〇〇少年班長として、日満両国の敵として、共産主義の国ロシヤやロシヤ化している外蒙古をため、共産主義の黴菌（ばいきん）が満洲へ入りこまぬように、大活動をしております。その働きは、まことに目ざましいものがあります。これは別の機会にまた、お知らせすることにしましょう。

僕は、彼との別れぎわに、

「日本の少年たちへの土産に、君の写真をぜひ一枚写さしてほしいんだが……」と、うっかりいってしまったのです。ところが、今まで、元気であった彼が、急にベソをかいて、恨めしげに僕を睨むじゃありませんか？

「おじさん。こんなひどい顔を、日本の少年たちに見せたら、せっかく僕の話に、やっと好きになれそうになってくれたのが、一ぺんにきらわれてしまうことになら ア。勘弁してよ。僕だって、恥ずかしいや」と、悲しそうに、うつむいてしまうのでした。

「や、こりゃ僕が悪かった。あやまる。ところで、どうだい。一しょに日本へ行ってみないか？」と、僕も気まずくなって、話をかえて誘ってみますと、彼も機嫌を直して、

「うん、行ってみたくってしようがないんだよ。お母さんのお国だもの。……でも今はだめだよ。僕の満洲がいそがしいんだもの」

「そうだ、イワンやローザはどうしたい？　元気かね？」

「日本の兵隊さんに貸してあげたよ。今、〇〇〇の国境警備のお手伝をしているよ。でも、あいつらは仕合せものだよ、だって、生れ故郷の蒙古へ帰れたんだもの」

「ではまたあおうじゃないか？」

彼も、馬で、長い道を途中まで送ってきてくれました。別れぎわに、彼は、

「では、少年倶楽部の読者諸君に、よろしくお伝え下さい。そのうち、こんどこそは、日本のためにりっぱな

働きをしますから、その時はぜひお知らせします」

「では、さようなら」

「さようなら」

彼は、私の姿の見えなくなるまで、馬上から、日の丸の国旗を打ちふってくれました。


なお彼が、国境の山林で、鳩の足首から拾った「敵の密書」について、かんたんに申し上げておきます。

満洲国の〇〇〇で研究の結果、太郎も疑いを起した通り、なんでもないように思えたあの通信文が、果して全部が暗号でありました。またあの怪しい余白には「隠しインキ」で、細かく書かれてあったのです。その内容についてはは申し上げられません。ただ、太郎の働きによって、間もなくスパイを幾人も新京で捕らえることが出来たことだけを、つけ加えておきます。

さて、この物語を、あきずに読んでくれた諸君に心から感謝し、あわせて、我等の永田太郎君のために多幸を祈って、筆をおくことにしましょう。（昭和十三年十月七日）

火薬庫危（あやふ）し

昭和十二年八月十三日に、上海戦（シャンハイ）がおこりました。わが海軍の上海特別陸戦隊は、陸軍部隊が上陸するまで、たった二千数百名の兵力で、二十万に近い支那兵を相手に戦い、日本人の住んでいる北四川路（きたしせん）や虹口（ホンキュウ）へは、敵を一歩も入れず、ついにがんばり通しました。この陸戦隊の勇士たちに交って、少年ながらもあっぱれな手柄を立て、日本少年の意気を大いに示した中田斌（たけし）君がありま す。斌君は、大正十三年の紀元節に、上海で生まれました。まだお母さんのおなかにいる頃、お父さんを失い、五歳の時またお母さんと死にわかれ、たった一人ぼっちになりました。六歳の時、支那人の大曲芸奇術団に加わり、名も支那式に「范小林（ファンシャオリン）」と呼ばれて、一座の花形となり、そのピストル射撃では、天下一品の技をもちました。斌君は、幼い時から、自分は日本人だということを心に刻んでいました。たまたま事変がおこったので、このピストルの技を祖国の戦に捧げるのは今だとばかり、一座をぬけ出して、わが陸戦隊へかけつけました。それ以来、勇士たちの人気ものとなって、数々のすばらしい手柄を立てました。このお話はその一つです。

怪しい人影

はげしい戦いが、毎日々々つづきました。敵はくらべものにならぬほどの大軍です。それをむこうにまわして、がんばりつづける日本軍は、ほんとうに死物ぐるいでした。

ところが、その同じ上海の街でありながら、蘇州河（そしゅうが）を一つへだてたイギリスやフランスの租界では、おもしろいものでも見物するように、この苦しい死の戦いをながめているのです。いや、ながめているだけならまだいいが、彼等は、自分の国の力をかさに着て、日本軍にあるかぎりのいじわるをしているのです。

とりわけ、こまらされるのは、卑怯な支那の便衣隊をたすけて、いろいろわが軍の邪魔をさせることでした。陸戦隊では、なんとかしてこの便衣隊をやっつけたいと思うのですが、相手は外国の租界の中に巣をかまえているので、どうすることもできません。

わが中田斌少年は、これがくやしくて、しゃくにさわってたまらないのです。

「僕は小さい時から支那人として育ってきているのだ。租界へもぐりこんだって、誰も僕を日本人と思いはしない。よし、なんとかして、僕の力で便衣隊の本部をつきとめてやろう」

と、そのおりをうかがっていました。

ちょうどその時、租界の外国人があつまってつくっている上海義勇団というのが、上海にいる各国の大公使や武官をまねいて、大宴会をもよおしました。もともとイギリスやフランスやアメリカは、こんどの事変を戦争とみとめないというたてまえをとっているので、こんな、あてつけがましいことをするのです。

招待状は、むろん日本側へも来ました。

生きるか死ぬかの、血みどろの戦争をしているところへ、宴会の招待状をよこすとは、なんという人をばかにしたふるまいでしょう！　しかし、こちらは何気なくそれをうけ、海軍武官の大曾根大尉ほか二三人が出席しました。そして、あつまっている外国の連中を相手に、平気で酒をのみながら、たっしゃな英語やフランス語で、さかんに冗談などとばしています。

「今夜は一つ、日本武官の弱った顔を見てやろう」

くらいに思っていた連中は、大曾根大尉等の、あまりにおちつきはらった、平気な様子に気をのまれたかたちです。

万国旗を天井一ぱいにはりめぐらした、義勇団本部の大広間は、こうして、いつまでも明るくにぎやかにざわめいていました。

その頃、この義勇団本部の前庭の植えこみの闇に、こっそり身をかくしていたのは中田斌少年でした。

斌君は、こんもりと繁った木の枝に腰をかけておりました。そこからは宴会場の広間が手に取るように見えます。

斌君は、さっきから、何事か待ちかねてでもいるように、あたりに気をくばっていました。ふと、何やら黒いものが庭の右手に、ふわりと浮いたような気がしました。

「はて、来たかな？」闇になれた眼をすえると、たしかに人間です。一人、二人、三人――その黒い人影は、地べたをはうようにして、広間の窓下へ近づいて行きました。

「あ、たしかに便衣隊のやつらだ」

じっと息をころして見まもっていると、その人影は、窓ぎわまでいって、すばやく蝙蝠のように壁へ吸いつき、じりじり背のびをしながら、内の様子を覗きはじめました。黒い頭を代り番にのばしたり縮めたり、左右に動かしたりしています。何かをしめし合っているようです。

ところが、この時、義勇団の巡視兵が二人、建物の左角から現れると、とつぜん立止って、

「誰だ？」とどなりつけました。

この声に、黒い人影はハッとして窓から離れるがはやいか、物をもいわずピストルを射ちました。その巡視兵も驚いて、応射しました。

だが敵も味方も倒れません。

「ちぇ！　なんて下手かすぞろいだろう」

舌うちをして斌君は、はやる心をおさえ、なおも木の上から、この闘いを見物しておりました。

その銃声を聞いた義勇団の警備兵が、機関銃を持って駈けつけました。

これにはさすがの便衣隊もかなわぬと思ったか、ひらりと身を躍らして植えこみの中へとびこみました。

「それ、逃がすな！」と、警備兵もこれをおっかけて来ました。

斌君も、枝からさっと飛びおりて見ると、三人の便衣隊は煉瓦塀につかまって、一人がふみ台になり、その肩へ別の一人が乗って、塀の上にいる今一人が、それを引きあげているところでした。

斌君はそれに向かってパンパンと二発くらわせました。

「あ！」とさけんで、塀の上と肩の上にのっていたのが、もんどりうって、どさっと地上に落ちました。

ふみ台になっていた男は夢中で二三米ほど逃げだしてはみたものの、塀を乗りこえられぬと観念したものか、その場にうずくまってしまいました。斌君は近づいて小声で言いました。

「早く早く。小父さん！　こっちへおいで、縄梯子があるよ」

闇の中から思いがけぬ味方の声がしたので、生きのこりの便衣隊はびっくりして、

「おまえは誰か？」と、聞き返しました。

「シッ、あとで話すよ。さ、小父さん、早くだ」

縄梯子に足をかけると、曲芸団仕こみの早業で、するすると登ってしまいました。一刻をあらそう危険な場合です。便衣隊の男もあわてて縄梯子へしがみつき、たよりない足どりで登りかけた時、とうとう警備兵に見つかってしまいました。

「待て‼」と、どなって、警備兵はピストルのねらいをきめようとしました。そのせつな、斌君のピストルからパッと火が噴きました。

「あ！」と、その警備兵はさけびました。握っていたピストルがはじき飛ばされたのです。その兵はあわてて拾おうとしました。すると斌君は塀の上から「拾っちゃいかん。またはじき飛ばすぞ！」

その時、便衣隊の男の足が、やっと塀の上をまたぎました。

二人は夢中で飛びおり大急ぎで往来を横ぎり、路地から路地へと、かけ抜けました。

もう追手の姿は見えません。便衣隊の男はホッとして言いました。

「お前、子供に似あわぬ大した腕前だね、助けてくれてほんとにありがとう。でもお前は、なぜ、あんなところへ忍びこんでいたのか？」

斌君は、支那の少年になりきって答えました。

「今はお国の一大事じゃないか。日本将校をやっつけてやろうと思って行ったんだよ。ところがさ、仕事に取りかからんうちに、あのさわぎだろう。三人で窓をのぞくなんて、どうかと思うよ。僕にやらせりゃ、広間にいた四人の日本将校は残らずやっつけられたのだがなあ。どう考えても、残念でしようがないよ」

便衣隊の男は、少年の言葉をじっと聞いていましたが、

「えらいなあお前は。ほんとに感心した。我々の隊長も、きっとお前をほめて下さるだろう」

「え、隊長さんの所へつれてってくれる？　うれしいなあ」

「お前はきっとりっぱな少年班長になれるよ」斌君は、おなかの中で赤い舌をペロリと出して、しめた、とさけびました。

爆発十一時

この便衣隊員によって、斌君はその夜、まんまと彼等の本部に入りこみ、隊長に引きあわされました。隊長は、彼の勇敢な行動をしきりにほめたたえた上、彼にとって全くもってありがたくない便衣隊少年部第三班長という肩書をくれました。

ちょうどその時、一人の便衣隊員があわただしく隊長室へ飛びこんで来ました。その男は隊長の前に不動の姿勢をとって、

「報告」と申しました。

しかし、そこには見なれない少年が隊長の側に腰をかけていたので言うことをためらいました。

「言え、かまわぬ、この少年は今夜から少年班長に任ずることにしたのじゃ」

「は。では報告いたします。自分等は苦力(クリー)にばけて、かねて計画したように、今夕ジャンク船を招商局碼頭(しょうしょうきょくまとう)の波止場へつけて、火薬箱の荷上げをしておりますと、思い通り日本の陸戦隊の歩哨兵に発見され、箱に何があるかと問いつめられました。『自分等は苦力のことだから何があるかわからない。碼頭の第二号倉庫へ積みこむようにと言いつけられて、一人あたり大洋(ダイヤン)一元(日本の一円)の賃金をもらったばかりだ。自分等をやとったのはイギリス商店の英華(えいか)洋行だからそれへ問い合わせて下さい』と言ってやりますと、日本の歩哨兵は仲間を三四名よび集めて、内部をとにかくあらためると箱の一つに手をかけ、釘を抜いてしらべました。もとより火薬がつめてあるのですから、すぐに発見され、そのまま十五箱みんな取りあげてしまいました。その時、彼等の中の一人が自分たちをにらみつけて、貴様たちは便衣隊だろうととがめました。

『とんでもない、自分たちはほんとの苦力です』そういって手を合わせ、おがむまねをしますと、日本兵は笑って、

『よろしい。二度とこんな仕事に頼まれるじゃないぞ。早くいけ』と言いましたので、いそいでジャンクへ移ろうとしますと、

『その船も捕獲する。みな陸上から歩いてかえれ』と命じたのでこれ幸いとばかり虹口(ホンキュウ)へ潜りこんで手分けをして見ておりました。日本兵は十五の火薬箱を残らずト

ラックに積んで陸戦隊本部へ運び、なにしろ危険物のことですから火薬庫へ入れてしまいました」

するよ、隊長は待ちきれないように、

「それで、火薬の奥に仕掛けた時計信管は何時にしておいたか?」

「は。時計信管の発火装置は今夜の十一時かっきりに点火するようになっております。だからあと一時間たらずで陸戦隊の火薬庫は木ッ葉みじんとなるのであります」

「うん、ごくろうじゃった。いずれ賞与はたくさん与えるぞ、ひとまず宿舎へかえって休め」

賞与と聞いて、その隊員は顔に喜びの色を一ぱいたたえ、いくども敬礼をして立去りました。

斌君は平気な顔で、この大陰謀を聞いていましたが、心の中は怒にもえ、血はたぎり、腸(はらわた)はにえくりかえるようでした。しかし、態度はどこまでも少年便衣隊らしく、

「おお、すばらしいですね、隊長閣下、僕にもそのような勇ましい仕事を命じて下さい」

と、目をかがやかしてたのみこむのでした。これには隊長もすっかり満足して、

「そのうち、お前にも重大な任務を与えてやるぞ」

「では、明日から僕うんと働きます」

斌君は、隊長室から出て腕時計を見ると、すでに十時二十分でありました。

あ、あと四十分で時計じかけの信管が火を出す。すると、陸戦隊本部の火薬庫は一ぺんに爆破されてしまう――。

こう思うともう気が気でない、そのままかけだして、公衆電話を見つけると、すぐ飛びこんで、陸戦隊本部を呼びました。しかし、ああ、こちらの租界と日本人街との電話は切られていて通じないのです。

これには斌君も困ってしまい、気はあせるばかりです。どうしても十一時前にわが陸戦隊本部へ知らせねばなりません。だが、この夜は上海の市街戦はじまって以来の大激戦で、敵味方の砲声は耳をつんざくばかりでした。

敵は、二十万という大兵力でわが日本人のいる租界を一気にふみつぶしてしまおうと、全線にわたって怒濤のようにおしよせて来ました。これに対して、わが陸戦隊の勇士は、わずかに二千数百名です。防戦また防戦、決死の大奮闘をしてはおりますが、あまりに兵力に差がありすぎます。租界は刻々危険になってきました。その上

に今またわが軍の火薬庫が爆破されてしまってはたまったものではありません。大砲も高射砲も撃てなくなってしまいます。

いや、そればかりでなく、火薬庫のとなりは銃器弾丸の倉庫です。爆発と同時に一切の兵器は吹き飛ばされてしまうでしょう。そうなったらわが軍は、どうなる。たとえわが軍艦から兵器弾薬の補給は出来るとしても、その間に、わが全線の一方がくずされてしまわないともかぎりません。そうなったら最後です。敵の大軍はそこからどっとおしよせて、わが租界をたちまちに踏みにじってしまうでしょう。

こう思うと、斌君の目のあたりに、日本租界の二万人の同胞が支那兵に家を焼かれ、財産をうばわれ、皆殺しにされるいたましい光景が浮かんでくるのでした。

「くそ！　爆発させてたまるものか」

斌君は北京（ペキン）路をバンド街に向かって、宙を飛ぶように走っておりました。

わが歩哨線に入る花園橋（ガーデン・ブリッヂ）へつくには、あと二十分間はかかります。しかも、その歩哨線から火薬庫までは、どんなに近道を抜けて駈けつづけても、なお十分間はかかるのです。全速力で駈けとおしても三十分はかかるのに、時計は待つことなく十一時にあと二十五分です。どんなに気をもんでも五分間だけたりません。いや、もっともっとたりません。十一時かっきりに到着したのでは爆発してしまいます。十五箱もある火薬を広場へ運びだすには、少くとも三分や四分はかかります。だから、あと二十分間で隊舎へいきつかねば間にあいません。

「畜生！　足がもぎれたって、心臓が破裂したって、きっと間にあわせて見せるぞ」と、斌君は死物ぐるいで走っています。

しかも、空襲警報で街はまっ暗です。思うように走れるわけがありません。と、直ぐ眼前の闇の中に、ベルを鳴らしっぱなしで進んで来る黒いものがありました。

「あ、自転車だ！」

斌君は、いきなりその黒いものに正面から、ドンとぶつかって行きました。ドシンという音がして、黒いものがどうと地上へのめり落ちました。

「やい、気をつけろ！」どなりながら、その自転車の主が立ちあがった時には、もう、自転車の姿は闇の中に消えていました。

「すまんすまん。お国のためにはかえられん」

自転車を奪いとった斌君は、夢中でペダルをふんでおりました。

なにしろ自転車にかけては曲芸団仕こみの腕前です。その上、危険を覚悟で走って行くのです。たちまちバンド街へ出ました。すると両側は英国の警備兵で一ぱいでした。

「こら、どこへ行く?」

「あぶない!」

「通過証を見せろ!」

英国の警備兵は口々にさけんでこの無鉄砲ものを食いとめようと、あちら、こちらからパッとサーチライトをあびせかけました。

斌君は、そのまばゆい光を一せいに受けて、目がくらみ、思わず、あっといって、自転車から転げおちました。だが英国の警備区域は眼の前の花園橋までです。

「それ! 捕えろ」

と飛んできたところで、その短い橋さえ渡ってしまえば、もうそこは日本軍の歩哨線内です。

斌君は、そのまま起き上ると、

「うわっ!!」と、大声をあげて、一気に橋を渡ってしまいました。二十分もかかるところを、たった五分間で来てしまったのです。ここまで来れば、自転車はなくても、あと十分走れば、爆発の五分前には到着することが出来ましょう。

だが、租界は今、雨と降りしきる敵弾の中にさらされているのです。わが勇士たちでさえ、往来を這いながら連絡を取っているのに、斌君はこの危険な道をどんどん走って行くのでした。

神に祈る

夜の闇に乗じて、今しも支那兵は日本人の密集している北四川路・虹口方面に襲いかかり、機上からチェッコ機銃の弾を雨とふらしてよこしました。

わが陸戦隊では、これに向かって高射砲、高射機銃で応戦しました。そのうちに、揚子江(ようすこう)上の母艦を離れたわが海の荒鷲は、さっと上空に舞いあがってきたので、支那機はたちまち闇の空へ消えてしまいました。すると、今度は対岸の浦東(プートン)の敵陣地から黄浦江(こうほこう)の上を越えて、虹口方面へ野戦重砲弾がつづけざまにうちこまれてきたので、わが江上艦隊はすぐにそれを砲撃しました。

このため虹口・北四川路一帯は燈火管制で真暗になり、

日本人街は、敵弾の中にさらされて、ものすごい火花にいろどられ、家も道路もビリビリとふるえています。

ところが、その弾丸の降りしきる危険な闇の往来を息せききって走って来るのは、わが中田斌君でした。その無鉄砲さにおどろいた日本の租界警備員はしきりに、

「危い！　出ちゃいかん！」

と、どなりつけます。だが今の斌君にはこの注意もなにも耳になぞはいりません。あと五分か六分で陸戦隊の火薬庫が爆破されてしまう――。

「大へんだ大へんだ」と、心をせき立てながら弾丸のように飛んで行きました。

そのまま陸戦隊本部へ駈けこむなり、急をつげようとしましたが、息がつかえてすぐには物も言えません。

「招商局碼頭でぶん捕った十五の火薬箱を、すぐに射的場へすてろ、十一時かっきりに爆発する時計信管が潜りこましてあるぞ――」

やっとこれだけ言いきると、そのまま目がくらくらとして、ばったり歩哨兵の前に倒れてしまいました。

意外なそのしらせに、歩哨兵は驚いて、倒れた少年を懐中電燈で見れば二度びっくり、かねて見知りごしの人気者、斌君でありましたから、これを引き起そうとしましたが、斌君の言った今の言葉に気がついて、腕時計を見れば十一時にわずか四分前です。

「うわあ！　これあ大へんだ」歩哨は顔色をかえて隊舎へ駈けこみました。そして、たちまち火薬庫へ伝えられたので、「それ！」とばかり、またたくまに十五箱が、トラックで裏の射的場のまん中へ運び出されました。

隊舎へ駈けもどって、十秒、二十秒――どうなることかと思っていると、轟然と大音響がおこって、ものすごい火柱が闇の空に吹きあがり、火の粉が雨のように、ばらばらと降りました。

わが勇士たちは思わず、
万歳‼　をさけびました。その時誰かが倒れた斌君のことを思いだして、早く救護室へ運べとどなりました。

「おお、そうだった。殊勲者をいたわれ！」みんなが隊舎の入口へもどって来ました。しかしもうそこに斌君の姿は見当りませんでした。

その頃、彼は、隊舎からほど近い上海神社へお参りして静かに社前へぬかずき、

「神様にお礼を申し上げます。神様のおかげで火薬庫の危険はとり除かれました。でも神様、この斌をなおこれからもおまもり下さい。と申しましても斌は命が惜し

いのではありません。斌は死んだとて泣き悲しんでくれる一人の身寄もない孤児です。なんで命をおしみましょう、ただ、私のお願いはもっともっと日本のお国のためにつくさせていただきたいのです……」

合掌しながらこう一心不乱に祈願をこめていたのでありました。

懺悔の突撃路

一　怪ニュース

支那事変漸く、酣（たけなわ）の昭和十二年十月初旬の或る朝
——

　第二生命保険会社K市出張所々長に、二ケ月前、東京支社からその敏腕を買われて栄転した野村は、出社時間にまだ間があるので、朝刊に眼を通していたが、第三面を開くと、俄然息の根の止まるほど吃驚（びっくり）した。

　それは、その日の第三面を独りで占め切っている怪ニュースだ。

　野村は血相変えて一と通り読み終ると、第二、第三と別の新聞を開いて見たが、何れも同じように大見出しで、大々的にその日の特種として取扱っていた。


市の戸籍吏びっくり仰天！

　死んだはずの亡者が勇んで従軍を願い出る

　K市下本田町一丁目十八番地に原籍を有する白石凸（たかし）（三十一）は、七年前常夏の国ホノルルへ出稼ぎに行き、現在相当の貿易商を営みおりしが、本年六月愛妻に死別し異郷の空で寂しい月日を送るうち、今次の日支事変勃発を知るや、陸軍歩兵上等兵の名誉ある軍籍を持つ彼は、烈々たる祖国愛に燃え帰心矢の如く、汗と膏（あぶら）で築き上げた地盤も看板も弊履の如く投棄て帰郷するや、直ちに市の兵事係を経て聯隊区司令長官宛従軍志願書を提出したる処、意外にも同君は三年前（ぜん）病死として戸籍簿は勿論所属聯隊区も同君の姓名が抹消されおること判明し、びっくり仰天、同君は他人の死亡届が自分の籍へ間違えられて記入されしものと推断し、即日地方裁判所に向け戸籍復権願を訴え出た。また一方市役所にては、躍起となって記録を調査した結果、まぎれもなき白石凸の死亡届及（および）死亡診断書を発見、戸籍係の過失に非ざることは確証判明したが、然（しか）らば、この怪奇きわまる事件は何者がいかなる目的のもとに他人の戸籍を抹殺したか？　また

白石凸と名乗る同君は果して本人なるや？　ここに二つの疑問符が投ぜられたが、後者は親戚及知己の立証に依り、同君こそ真実の白石凸なること判明。ここにおいて当局は、この怪事件の犯人逮捕は別問題とし、時局柄国策の線に沿うべく大英断を以て愛国の至情に燃える同君の希望を容認すべく、目下凝議中なり……。

「おいッ！　東京時代の契約者控帳を出してくれ！」

野村は蒼白になった唇を振わせながら、妻に命じた。そして、妻から「契約者控帳」を受けとるとパラパラと慌ただしく帳簿をめくった。

「あッ！　これだ！　……姓名も、原籍も……」

野村はこう言って指折り数えて、

「おお、確かに今年は数え年三十一だ……」

野村の脳裏には、三年前に会った白石の顔や、保険契約当時のいろいろのことが、まざまざと走馬灯のように映じ出した。

「おい、俺は直ぐに出発する。旅行の用意だ。東京へ行って来る……」

野村はこういって、先刻（さっき）から夫の慌ただしい様子に不審を抱きながら、側におろおろしている妻女に向って、

「一大事突発だ！　これを……」

と、新聞を突出した。妻は、渡された新聞を急いで読んだ。

「まあ！　白石凸！　この方は何時（いつ）ぞや、十万円の保険に加入し、一回掛けたきりで、八ケ月目に外国で死んだとかいう、あの人のことでしょう……」

妻も夫同様に、眼を見はって驚いた。

二　事件の鍵

野村は、支度もそこそこに、新聞を握って家を出た。そして先ず第一に、白石凸を訪問したが、本物の白石は、自分が東京の関口台町で契約した白石凸とは、全くの別人であり、そればかりでなく、保険金受取人の白石の妻悦子も、本物の写真とは似ても似つかぬ女であった。

野村はこうと判ると、その足で東京へ発って本社へ行き、既に支払済みとして整理されている白石凸の書類綴を倉庫の中から探し出した。

――三十年満期の養老保険……第一回年払掛金四千円余払済、職業、貿易商（白石洋行）……契約八ケ月後、

昭和九年十一月廿三日死亡……死亡診断書、流行性感冒によるクルップ性肺炎、更に肺炎菌性中耳炎併発、発病後八日目死亡……死亡場所、上海(シャンハイ)仏租界天文台路、博愛堂医院……主治医、仏国医学博士李濟亘(りさいかん)……保険金受取人妻悦子――

「不思議なこともあるものだ」

野村は、一括書類を調べてみて、表面上会社として、社員としての何等手抜かりはなかったことだけは、せめてもの慰めであったが、この怪事件の責任は、何となく自分にあるように思えてならなかった。

野村の眼先には、偽白石の葬儀の模様が泛かんで来た。

――ひどい雨の降る日、それから、関口台町の坂が会葬者で混雑したこと、数十の花輪が白石の交際家と人望を物語るかのように飾られてあったこと、夫の突然の死に泣き濡れた若妻の顔――等々。

かくして、第二生命は、十万円の保険金詐欺にかかったことがはっきりしたので、直ちに警視庁に訴え出た。

そして野村は、この怪事件の鍵を握る唯一の人として、一時警視庁鑑識課の一隅に缶詰となって、幾万という犯罪者の写真や、数十万の指紋カード、最近十年間に亘る文書偽造行使詐欺犯のカード数万枚や、犯人自筆の申込書の筆跡と一般犯人の書癖等の調査に立会(たちあい)したのだった。

と、同時に、また一方では、敏腕な刑事が八方へ飛躍していたが、偽白石の邸(やしき)も既に葬式一ケ月で何処へ移転したか、皆目様子が判らず、偽白石の貿易商を経営していた横浜の白石洋行も影も形もなかった。

が、しかし、或刑事は、犯人が、第二生命以外に、慶応生命に七万円、星生命に三万円の契約をし、これも第二生命同様支払済となっている新事実を発見した。

また、即日K市に出張した斎藤刑事は、K市の問題の男は、確に戸籍で殺されていた本物の白石凸である事及び、ホノルルへ出稼ぎに出た動機に過分の謎が含まれている事、また死亡した妻悦子との夫婦生活に不可解な深い溝があったらしい事、悦子の入籍受付が昭和十二年一月廿五日で、死亡が同年六月二十日である事、悦子の父が芦屋に隠居生活している事、保険契約書の表で見ると、契約は昭和九年四月五日であって、悦子が白石に入籍した時より三年以前であり、なお悦子の生年月日は戸籍同様大正元年三月十日であるところから推して、犯人は、白石の事情は勿論のこと、妻悦子を白石以上に熟知している事等々の、この事件の解決点に近い鍵を、幾つも発見して本庁へ報告したのだった。

今まで、殆ど不眠不休で凡ゆる方面に手落ちなく捜索に努力をつづけたが、幾日たっても、事件は迷宮に入るのみで、係りの主任警部は、全く業を煮やしていたが、K市派遣の斎藤刑事からこの報告をうけると、ハタと膝を打って喜んだ。そして、彼は、斎藤刑事に至急悦子の実父を洗うことを命じたのだった。

三　老人の述懐

神戸三ノ宮の駅では、出征兵士を送る歓呼の声で、ごったかえしている。秋とはいえ、夏に戻ったような暑さで、インキ壺をひっくりかえしたような青空に、正午に近い太陽は、街も人も、カンカン照りつけた。阪神電車に乗替て芦屋へ逆行した斎藤刑事は、悦子の実父浜田英造の門を叩くと、

「昨日も兵庫県の警察部じゃと云うて、手前共へお訪ね下すったが、何の御用か薩張り(さっぱり)お糺しにならずに帰られたようじゃ？」

と、日に焼けた赤銅顔に胡麻塩の頭と真白なカイゼル髯を生した浜田老人の言葉であった。

「実は、悦子さんというお嬢さんのことに就きまして、お差支のない限り、出来るだけ詳しくお話を願いたいのですが……？」

老人は、この意外な質問に、ぎょろりと眼を光らして、

「悦子は、どうかしましたかな？　あいつは七年このかた行方の知れぬ親不孝ものじゃが……？」

「行方不明？　それはちと変ですな。白ばッくれずに、もっと打ちとけて下さいよ。悦子さんの入籍届があの男の戸籍簿にチャンと記録されているのに、貴方は、まだ行方不明だなんて、これを否定なさろうと仰有(おっしゃ)るんですか」

「これはまた、異なことをお訊ねになるわい。あの男とは一体、誰のことです？」

「白石凸です」

「なにッ!?　白石じゃと？　うーン、やッぱり彼奴(きゃつ)の仕業であったか！　して今、え、悦子は？」

「では、貴老(あなた)は何も本当に御存じないのですか？　彼等がホノルルにいたことも……」

斎藤刑事は、たたみかけるように質問したが、それッきり、老人は眼を閉じ、口を堅く結んでしまった。これでは取りつくしまもない。そこで、刑事は、戦法を変え

て、

「お気の毒に悦子さんが、この六月に、あちらで病死されたことも御存じないのですか？」

「なにッ！　悦子が死にましたと？　ふーん、それでよい、それでよい！　わしが楠本に対する責任感も、これで幾らか軽うなったわい。よく死んでくれた。悦子ッ」

　老人の窪んだ瞼に熱いものが滲み出ていた。刑事は、それを見逃さなかった。老の口から思わず出た楠本とは果して、何者だろうか？

「何か深い御事情のあるように見受けられますが……その今、仰有った楠本という方にも是非お目にかかりたいんですが、何もかも包まずにお打ち明け下さい。決して悪いように取計らいません」

「貴方は、楠本に何か用でもおありかな？　楠本は白石のために、否、悦子のためにじゃ、一生を棒に振った気の毒な青年じゃ、今、何処にいるやら俺（わし）にも解らん。だが、朝な夕なに俺が心から詫びているのは楠本にだけじゃ」

　斎藤刑事は、この謎のような老人の述懐に、いよいよ魅せられて行くのであった。そして、白石、悦子、楠本の三者の関係を判っきり知ることに依って、この二十万円の保険詐取事件が直ちに解決されるかも知れぬと、秘かに考えられるのであった。

　老人と刑事とは、暫し思い思いの感に打たれて沈黙をつづけていた。

　さて、この浜田老人とは如何なる人物であろうか？

今でこそ芦屋の別荘地帯に些（ささや）かな隠居暮しに静かな余生を送っているが、その昔は玄海の荒波を蹴って、台湾海峡や南支那海を、数百回も往復したことのある日本丸の船長であった。そして問題の白石も楠本も彼の配下に属する青年船員であった。

　やがて、沈黙を破って、老人から口を切った。

「失礼じゃが、貴君（あなた）の眼は、餓えた狼のように獲物を狙っていられるが、尠くとも楠本に不利益となることは絶対に申し上げられぬ。まさか楠本のことでお出でになったとは思えないが……あんな正直者で、豪胆で、痛快で、正義に富んだ男は珍らしい……」

　これには刑事も二の句が出なかった。怪しいと狙いをつけた楠本を、何故か老人は極力庇い、却って、白石を憎みきっているのだった。

「御尤もな話。実は何を隠しましょう。白石は陰険と惨虐な方法で、貴老のお嬢さんを殺害した嫌疑に就いて、実はお邪魔に参上したような訳です。しかも白石は、その犯行の凡てを楠本に塗り附けようとしています。白石には充分の証拠が集っています。しかし、彼は頑として自白しません。楠本の行方が不明だからです。そして楠本の居場所が永久に解ってくれないことを白石は望んでいます。或は最早や白石の手に依って、楠本までもが惨殺されてやしないかとさえ疑われる筋も、あるにはあるんですが……。今の吾々には、楠本の安全でいることを発見するのが、何よりの先決問題かと思われるのです」

刑事の眉宇には、嘘で固めた誠の気魄が犇々と迫っていた。

「やア、よくぞ打ちあけて下すった。俺も満足じゃ」

浜田老は、そう云って、輝いた眼で、今は何の警戒もなく、昔の物語を残らず彼にしてくれるのであった。

四　前線の楠本

浜田老人が、斎藤刑事に、三者の関係を、審さに語っていた頃、問題の楠本は、何処で何をしていたか？

楠本は、白石の従軍志願などは知ろうはずもなく、一足お先に出征して、呉淞クリーク上流の決死的敵前渡渉を敢行し、しかも僅か廿メートルの白兵戦で、弾雨の中に死闘する突撃の真ッ最中であった。

楠本一人でも、敵を十五六名突殺していた。

何條たまろう頑強の敵陣の一角は崩れた。

「それッ‼」と、云うので、楠本は、がむしゃらに深追いをしていた。そして、はッと気附いた時には自分ばかりが驟雨のようなチェッコ機銃の集中射撃を受けていた。

「糞ッ。敵に後を見せてなるものかッ」

楠本は、悲壮な決心で、そのまま独りで死地へ突入しようとしたが、声を限りに、この暴挙を阻止する戦友の叫びを後に聞いた。咄差に彼は敵の退却して空ッぽになっていた眼前の塹壕へヒラリと飛び込んで、ほッとした。敵弾が、彼の頭上を、無茶苦茶に走り過ぎて行く。地上は文字通り弾丸の雨で今は身を曝す一寸の隙間すらも与えなくなった。

彼は綿のように疲れが出た。服はボロボロに裂け、バンドは敵弾のために断ち切れていた。腰のあたりに疼痛が感じられて来た。ドス黒い血が腹に巻いた千人針やズボンを通して、べっとりと掌に触れて来た。

「やられたらしい。……どうやら俺も、やっと一人前の兵隊の仲間に這入れそうだ」

過去に大きな罪を持つ楠本には、これで罪の何千分の一かが償われたような気がして、痛む魂もこれで幾らか慰められて来るのであった。彼の場合は、他の戦友等と違って、死の凱旋をしようというのが、絶好の條件であった。それは、惨虐極まる白石の奇襲を受け、最愛の悦子を永遠に奪い取られた刹那から七年このかた、生ける屍となっていた彼は、魂の抜けた生命などには、何の未練も執着も感じなかった。そして悪鬼となって只管復讐を誓ったのだったが、それもコースを間違えて、今では別の大きな罪悪が新たに殖えたのみだ。それ故にこそ、一刻も早く国のため目覚しい働きをして、戦地に屍を曝すことが彼の急務であった。彼が無鉄砲な生命知らずの目覚しい殊勲の数々を繰返したのも、死んで罪の償いをしようという覚悟があったればこそだ。

然らば、彼の罪悪とは果して何であろう?

その夜、戦場は真っ暗であった。十字砲火の火蓋も消えて、沈黙のままに息詰るような敵味方の対峙であった。戦場の夜は、次第に、無気味に更けて行く。

最前線の塹壕の中に、一人ぽっちで深手を負って倒れていた楠本には、夢にも忘れ得ぬ過去の感傷が、痛手も忘れてまざまざと思い浮ばれて来るのであった。――

五　塹壕の夢

――爽かな波に、銀光を散らして、夜の港を彩る数百の船の灯が、眼下に見られる公園の暗い木立の蔭に、楠本と悦子の若き日の姿が、その頃夜毎に見出された。二人は、やがて訪れるであろう幸福な日を夢見ながら、甘い恋の囁きに夜の更けるのも忘れて、睦み合う仲であった。

青春の楠本は、悦子の父を船長とする日本丸の事務長心得であった。

恋の歓喜には絶頂がなかった。いくら登り詰めても、新たな歓喜が、次ぎ次ぎに湧いて来る。

その夜も、二人は何時までも語り合った。

「明朝、嵐になってくれないか知ら？　そしたら妾、どんなにか嬉しいでしょう」

悦子は、明朝に迫った出帆を、嵐の威力に縋っても引き止めたい心で一杯であった。

「縁起でもない。嵐だなんて――マドロスに嵐は大禁物ですよ、ははははは」

楠本は、悦子の言葉をいじらしく聞きながらも、強いて男らしく笑ってみせた。

「ええ、ですから、まだ船の出ない前に、嵐になればいいと思ったの」

「ところが、そうは問屋で卸しませんよ」

「そうね……じゃ、お父様に病気になっていただけないか知ら？」

恋のためには、そんなことさえ考える悦子であった。

「冗談じゃありませんよ。もし本当にお父様が病気になられたらどうします。そんな不吉なことは云いっこなしにしましょう。今度の航海は、たかが香港(ホンコン)までだから、長いたって知れたもんです」

楠本は、こう云って、悦子を強く強く抱きしめた。うっとりと抱擁している二人は、この青春の歓喜を知るものは恐らく神様以外にはあるまいと思っていたが、後の木蔭の闇に蹲って、彼等のこの私語(ささやき)を偸み聞いていた男があった。それは、楠本の同船員(シップメート)白石凸(たかし)であった。

「僕、今度の航海中に、悦ちゃんのお父さんに、思い切って二人の仲を打ち明けたいと思っているんだ」

「まアほんと！」

「本当です。僕は真剣です」

「でも、お父様、許して下さるかしら？」

「さア、それは何とも云えないが、多分十中の八九分(ぶ)までは許して下さるという自信だけはあるんだ……」

「妾も、きっと成功すると思うわ」

悦子は、楠本の決心を聞いて、やっと安心するのであった。

二人は、踵を返して、心も軽く、浮き立つ思いで帰って行った。

悦子は、彼と別れて、暗い路地を小走りに家へ急いだが、ふと路地横の暗闇から、突然、彼女の前に何奴か立ち塞がったので、ぎょっとして足をすくめた。

「悦子さん」

男の声は、低いが、力が籠っていた。

「悦子さん！　お願いがあるんだ。聞いてくれませんか？」

男は無遠慮に、悦子の手を握った。

「あら！　白石さん、まあ何をなさるの。お放し下さい！」

悦子は、白石の言葉には耳もかさず、その手を振りもぎろうとあせった。しかし白石はなおも執拗に迫った。

「悦子さん。僕は君を、死ぬほど愛していたんだ。僕の……」

「放して、放して！」

悦子は必死になって白石の手を振りきって、転げるように、家の門へ飛び込んだ。

六　白魔は囁く

翌朝、楠本は何事も知らずに船へ乗組み、香港への航海の途についた。

悦子は、その朝、頭痛がすると、父の出発さえ見送らず、ふさいでいた。今朝の彼女は、昨日までの彼女ではなくなっていたのだ。楠本以外の男には、決して許すまいと堅く心に誓っていた純潔な唇が、白石のために汚されてしまっていたからである。思えばそれはあの場合不可抗力であったとはいえ、急に眼の前が真ッ暗になったような気がして、泣けてきてならなかった。

昼過ぎになって、突然、余りに突然に、白石が悦子の家を訪れて来た。

「あら？　白石さん。貴方は船へお乗りにならなかったんですか？」

悦子の母は驚いて訊ねた。

「はい。身体の具合が悪いものですから、今度の航海だけ休まして戴きました」

「それはいけませんね。身体が何より大切です。お気をお附けになられたがいいわ」

「は、有難う存じます。今朝船長から、悦子さんも何処かお悪いように聞きましたが、どんな御様子でしょうか？」

悦子は、寝床の中から、その白々しい言葉を聞いて、歯をくいしばって、悪魔！　悪魔！　と心で罵っていた。

「悦子ですか。大したこともなさそうです」

母は、気軽に答えていた。

それから、白石は、毎日のように、悦子の家を訪れて来た。しかし白石は、その後、悦子に対しては直接に云い寄ろうとはしなかったが、代りに彼女の母の歓心を買うことに腐心し出した。そして、その手段は飽くまで卑劣であった。

白石は、悦子の母の前では、決して自分自身のことを語ろうとはしなかった。ただ機会ある毎に、楠本のことを話題に上せて、楠本を誹謗することに依って、自分が凡ゆる点で、楠本に優れていることを、彼女に知らせようと心を砕いていた。

或る日、白石は遂に、楠本の一身上に関して、平気では聞き流すことの出来ないような事を語り出した。

「彼奴（あいつ）は、自分では隠していますが、恐ろしい人殺しの子です。奴の父というのは山師でした。経営していた鉱山が失敗したので、苦し紛れに相場へ手を出したんです。ところがそれも失敗で、結局のところ債権者の一人を絞め殺してしまうようなことをやらかしたんです。それは楠本の五つか六つぐらいの時でした。僕は楠本とは家こそ離れていましたが、小学校の同級生でしたから、その頃のことをよく知っているんです。誰も楠本などとは呼ばずに、鬼ッ子という綽名で呼んでたものです」

白石は、嘘八百を並べたてて、得意顔であった。

「まア、そんな恐ろしい人の子でしたの。あたしたち、ちっとも知りませんでしたわ」

悦子の母は、こう云って、溜息を洩らした。

悦子は眼が眩むようであった。そして――ほんとだろうか？　そんなことはない。みんな白石の造り話だ――と、何度も、心でそう繰り返していた。

七　青春歓喜

日本丸は、香港で積荷を下して、対岸の九龍（カーロン）で別の新荷を積み込んで、二日碇泊した後、直ちに母国へ向って出帆した。

南支那海は、往きの低気圧に比べて、帰りはケロリと忘れたように、平穏そのものであった。三千五百噸（トン）の日本丸は、楠本の楽しい夢を乗せて、一日ずつ母国へ近づいていた。

今の彼は、自然までが、自分を祝福してくれているように思われた。太陽も笑っている。海も笑っている。そしてやがては、母国の山々も自分を笑顔で迎えてくれるだろう――そんな気がして、幸福で心が躍っていた。だが、楠本は、悦子とのことを、彼女の父には、まだ話してはいなかったのだ。話す機会は、何度もあったが、いざとなると事が事だけに、云い出しにくくなるのであったが、明日はもう港へ船が着くので、思い切って事務室を出たが、デッキを踏んでいる自分の足に力がはいっていないように思われた。頼りなげな心に空元気をつけて、船長室の扉をコツコツとノックした。

内部から船長の落着いた声が聞えてきた。

「おはいり」

楠本の姿を見ると、

「何か用かな?」

「ハイ。自分のことで、お願いが……」

「自分のことで? ――まあ、掛け給え」

「はッ!」

「どんな事だね?」

老船長は、シガーに火をつけて、紫の煙を吐きながら、静かに訊ねるのであった。

「実は、悦子さんの事についてです」

「ふむ。悦子の事について? ――どんなことかは知らぬが、まア遠慮なく云うてみたまえ」

船長は、腹を立てると、恐ろしい怒りを相手に投げつけてくるが、平常は慈父のように船員を愛していた。殊に、この老船長は、楠本を他のどの船員にも増して愛していた。

「はい。実は……悦子さんと結婚さして戴きたいのですが」

「ほう。悦子とか……よかろう。わしには異存はない。だが悦子は何と云うかな? いくら親でも、こればかりは強いる訳には行かんでのう。じゃからここで判然りとした返事はでけんが、わしは大賛成じゃよ。わしも、あと五年で七十になるでのう。君のような前途有為の青年に娘を貰ってもらえば日本丸も後継ぎが出来て喜ぶじゃろう。いや会社が何と吐かそうと、この日本丸は、わしが育ての親じゃ。是が非でも我を通して、君を日本丸の新船長にせにゃならん。わしも会社の重役じゃでのう。安心するがいい」

「ハッ。お許しを戴きまして有難うございました。船長ッ!」

楠本は、思わず椅子から離れて、船長の手を堅く堅く握るのであった。

「誠に申訳もございませんが、悦子さんとは既に約束済みであります」

「何に? 悦子と話が出来ていたのか? ハッハッハッ。そんなら、もう何も文句はないじゃないか。誰に遠慮もいらん。帰ったら直ぐにも結婚せいッ」

楠本は、有頂天になって、船長室を飛び出して、デッキを気狂のように歩き廻った。

日本丸よ……もっと速く、走れ、走れ、――と。

八　皮肉な運命

日本丸がいよいよ明日の午後、港へ着くというその前夜の出来事である。彼女の身に恐るべき悪魔の毒爪が襲いかかっていたのであった。神ならぬ彼女には、どうして、この不吉な運命を予感することが出来得よう?

悦子は、明日の幸福の日を思えば、その夜は、何度寝返りを打っても、眠れないのであった。

しかし、二人の喜びにひきかえ、白石の心は穏やかでなかった。白石はその夜悪魔となって、悦子への奇襲を決行した。

彼女は、あらん限りの力で抵抗し髪に差していたピンを以て、白石の右の耳穴を咽喉にも通れと突き差して「あッ」と、彼に悲鳴を挙げさせはしたものの、噫(ああ)!男の力は更に強いものであった。

窓の外では、更けた夜空に、キラめく星のみが、彼女の辱かしい姿を凝視(みつ)めているばかりであった。

一方、楠本にとっては希望に充ち溢れた夜が明けた。

その日の午後、日本丸は全速力(フルスピード)で、港に向って驀進していた。

やがて、検疫が済んで、日本丸はいよいよ桟橋の一つへ横附けにされた。

楠本は押えきれぬ喜びを胸に抱いて真先に桟橋へ躍り出した。が……悦子の姿は見えない。血眼になって探したが、悦子の姿が見えない。

「来ていないはずはないが? ……もしかしたら病気かな?」

楠本の心は急に暗くなった。

「どうした。楠本」

桟橋に突ッ立ったまま、呆然としていた彼の肩を叩いたのは、老船長であった。

「悦子は、何か差支が出来たんじゃろう。さもなければ、体の具合でもわるいのかもしれない。どうだい、これから、わしの家(うち)へ一緒に行ってみては……」

船長は、彼の失望の色を見て、慰めるように、こう促した。

悦子の姿が見えないのに、彼の胸は曇ったが、船長に、そう云われると、急に晴々としてくるのであった。

悦子は、身体が悪いと云って床についていた。

船長は、楠本の結婚話を、悦子や悦子の母にも語った。悦子の母は、白石から聞かされた話を思い出していたが、楠本の前で、それを良人に話す訳にも行かないので、曖昧な返事をしていた。しかし、頑固な老船長は、そんな老妻のことなどには頓着なしに押しすすめてしまった。

こうして、悦子は、悩みを胸に秘めたまま楠本と結婚することになった。

九　悪鬼跳躍

悦子が楠本と結婚してから半年は、夢のような楽しさの中に過ぎた。

白石も、あの晩限りで何処へ行ったか？　港の町には姿がついぞ見られなかった。しかし、その半年の間、悦子の心のうちには、絶えず烈しい嵐が捲き起っていた。

神様にも近い楠本は、飽くまで自分を処女であったと信じきっている。彼の眼は、いつも愛情に輝いている。そして、心から優しい彼を想えば、どうして、この事実を打ち明けられよう？——それは、何処まで行っても際限のない懊悩であった。

或る日、明日の航海を前に控えて、二人は、四方山の話に耽っていたが、ふと楠本は、思い出したように、

「今日は珍しい人に逢ったよ。白石君だ——」

その刹那、悦子は云い知れぬ恐怖に戦いた。だが、楠本は、それには何も気づかず、

「何でも東京で働いていたんだそうだが、思わしくないので、港恋しさに、また戻って来たとか云っていた。日本丸に帰って働きたいらしい。それでお前からお父さんに頼んでもらいたいようなことを云っていた」

「まあ、あの人が、妾に……？」

「近いうちに家へ遊びに来ると云っていたよ」

「……？」

「お前から、よく頼んでやるがいい。俺と白石は小学校も中学も、そして兵隊にまで一緒に行った幼友達だ。困る時はお互いッ子だ。助けてやろうじゃないか？」

何も知らない楠本は、そう云って、悦子に同意を求めた。

その夜、楠本の外出中に、白石が悦子を訪れて来た。

「暫くでしたね」

白石は、馴々しい口のききかたをした。

「貴方は、よくも、よくも妾に顔が合されますこと」

悦子は、怒りで震えていた。

「やあ、そう仰有られると一言もありません。しかし、僕も貴女のお蔭で、こんな片つんぼになってしまいましたからね」

白石は、右の耳を押さえて見せた。

「それは、自業自得じゃありませんか?」

「はは、なるほど、自業自得ですか。確かにそうでしょう。だが、貴女は、よくもこうして幸福を装うた暮しをしていられますなア。別に辱かしいとも、苦しいとも思わずにね……?」

「まあッ! 貴方こそ鬼だ、悪魔だ」

「出よう次第では、鬼にもなれば仏にだってなれますよ。だが、悦子さん。僕は、今でも貴女を愛しきっているんです。僕には諦められないんです」

「まあ? 失礼な。妾には今は楠本という立派な良人(おっと)があります」

「立派な良人? ははは。いや、貴女は貞女だ。結婚前に貞操を奪われた貞女だ。ははははは」

「……」

「でも僕は、その秘密を曝こうとは思っていない」

「帰って下さいッ。あなたとは口を利くのもけがらわしい!」

「ええ帰ります。そのかわり残念だが、楠本には一切を告白する」

「……話すなら勝手に」

悦子は、熱湯を飲まされる思いで、そう云ったが、きっぱりと云い終るや、途端に、世界の終りが来たようにクラクラッと目が眩んで、打ち倒れてしまった。

白石は、悦子の家を出て、海岸の方へ歩いて行った。彼の胸は、無念さで一杯であった。しかし、彼は、いかなる絶望の淵に落ちても、我れを忘れるような男ではなかった。一つのことに失敗した瞬間には、もう次に取るべき手段について考えを巡らしている男であった。この時も、彼は悦子に当って失敗したので、今度は楠本に対しての手段を考えていた。

すると、だしぬけに背後から、ポンと肩を叩くものがあった。振り帰って見ると、思いがけなくもそれは楠本であった。

「どうしたい? 女房に逢って、君の就職のことを頼んできたかい? まだか?」

「まだなんだよ。実はね、言い悪(にく)いことなんだが悦子さんのことで、是非とも君に打ち明けんけりゃならんことがあるもんだから……」

「なに、僕の女房のことで？　……一体どんな事だい」

「歩きながらじゃ話しにくいんだよ。何処か休む処がないかな？」

「じゃ船へ行って話そう。船には酒もあるよ」

幼馴染みの親しさで、二人は腕を組んで船へ行った。船には留守を預かる七、八名の船員はいたが、みな酔ッ払って眠っていた。

「君と、飲むのも久し振りだな」

楠本はウイスキーの栓を抜いて、懐かしげに、云ったが、

「ああ」

と、白石は、気のない返事をした。

「どうしたんだ。馬鹿に悲観してるじゃないか？」

「悲観するのは当然(あたりまえ)だよ。君に対して申訳のないことをしていたからだ」

「なに？　俺に？」

「そうだよ。僕は心から謝まる。実は、君の結婚前夜に、悦子さんの処女を奪ったのは、この俺だ」

「……？」

楠本は、余りの驚きで茫然とした。

「悦子と僕は恋し合っていたんだ。ところが、あいつは、楠本という別の対手(あいて)を見付けて、僕をぞうきんのように棄てた。そして、楠本、おまえは偽られて、あいつと結婚したのだ」

「……白石ッ。貴、貴様は、何の恨みがあって、僕を苦しめるのだ。俺には貴様の言葉は一つとして信用は出来ん」

「君が信じないんなら信じなくとも結構だ。しかし楠本、事実は何処までも事実だからな」

「たとえ事実でもいい。俺は悦子を許す。過去においてはどんな罪があろうと、悦子は今、俺の忠実な妻だ」

楠本の眼には、熱いものが流れていた。

意外の言葉に、流石の白石も、たじろがずにはいられなかった。この秘密を曝けば、てっきり楠本の悦子に対する愛情は一変するに違いない。そしたら悦子を奪って逃げよう――こう考えていた白石の目算は、ガラリと外れてしまった。機敏に働く彼の頭脳も、この時ばかりは、次に採るべき手段を考える余裕もなかった。

夜は更けていた。月が、二つの影を甲板(デッキ)に黒く落していた。

「楠本ッ！」

白石は、突然、呼び止めた。

「君は、僕を憎んでいるだろうな?」

「憎む? 君を憎んでも始まらん」

「じゃ僕を許してくれるのか?」

「許すも許さぬもないよ。しかし、君に、僕の許すという言葉が必要なら許すよ」

「やあ、それを聞いて安心した。やはり君は僕の親友だ」

「……」

白石は、そう云って、楠本の手を取り、心から涙を流しているようだった。が、それは楠本に油断を与える悪魔の偽装であった。二人が舷梯(タラップ)へ下りかけた時、白石は突然、背後から、楠本を海中へ突き落した。

「あッ」軽い叫びを残して、水中へ潜った楠本は、直ぐに海面へ浮び上った。これを見た白石は、今しがた二人で乗って来たボートに飛び移って、楠本の方へ漕いで行った。

楠本は、新たな危険が更に加わって来たことを知った。そして必死に泳いでボートの追跡から遁れようとした。だが、人間の手はオールにはかなわない。ボートは急速度で楠本のそばへ迫って来た。楠本は逃げることを断念せねばならなかった。逆にボートへ乗込んで行って白石を殺すか、自分が殺されるか、その何(い)れかであることに覚悟を決めた。楠本は、ボートの舷(ふなべり)へ手をかけた。白石は、その手を力一杯、櫂で叩いた。楠本の手からは血が流れた。彼は死物狂いだ。そして、遂にボートへ這い上った。

「貴様は、何の恨みがあって、卑怯な真似をする?」

楠本は、今にも白石に飛びかからんばかりの身構えで、呶鳴りつけた。

「フン。俺はな、貴様の女房が欲しいだけだ」

「馬鹿! 卑怯者!」

「何を云やがる。理窟は抜きだ。貴様の女房を奪ってみせる」

「畜生ッ!」

楠本は、武者震いをして、白石に摑みかかった。だが、ズブ濡れとなって疲れている楠本は、もはや白石の敵ではなかった。再び白石のために海へ突き落されてしまった。それでも楠本は、舷へ手をかけて来た。すると白石は、楠本の頭部を、あらん限りの力で、櫂で打ちのめした。

息の根が止った楠本は、ぽっかり波間へ浮き上って来た。

「ざまア見やがれ。悦子は俺のもんだ」

悪鬼と化した白石には、もはや殺人の恐怖もなかった。

× × ×

浮きつ沈みつ、荒波に弄れていた楠本は呼吸こそ止ってはいたが、本当に死にきってはいなかった。漁船に救いあげられ、念入りの人工呼吸でやっと意識を取り戻して来た。だが、身体は綿の如くに疲れている。手厚い漁師達の介抱で、漁船で一夜を明した。

翌日の午後、漁船が港へ帰る頃、やっと口が利けるようになって、タクシーで家へ帰ったが、そこには最愛の悦子の姿が見えなかった。船長は既に航海に出ていたし、悦子の母だけが、彼の変り果てた姿を見て、ただウロウロしていた。

「お母さん、悦子は?」

楠本は何よりも先に悦子の安否を訊ねたが、嘗て、白石の口から、楠本の父が、その昔、死刑囚であったと、まことしやかに聞かされて以来、悦子の母は、いつも心で楠本を極度に恐れていたので、彼女は、あとの祟りを恐れて口を噤んだまま、無言でいた。

楠本は、世界が崩れかかって来たような気がした。友に裏切られ、最愛の妻を奪われ、彼の腸(はらわた)は煮えくりかえっていた。この世に生きている人間の一切が、業腹で、妬ましくってならなかった――それからの楠本は、悦子の行方を探して、気狂いのようになった。そして彼は、悪魔白石に、どんな復讐を企てたか?――

今、楠本は、塹壕の中で、当時の痛ましい過去を、まざまざと胸に浮べていた。

闇の戦場には嵐の前の無気味な沈黙がまだ続いていた。

一〇　捜査線一頓挫

日本丸の船長をしていた浜田老の閑居から引きあげた斎藤刑事は、警視庁へ戻って、主任警部の前に、白石、楠本、悦子の三角関係に就いて、詳細に亘る説明をした。だが、肝腎の楠本が戦線へ出て血みどろの活躍をしていることは、斎藤刑事にもまだ解ってはいなかった。

「気の毒だが、今一度K市へ引っ返して、楠本の戸籍を洗ってみてくれないか?」

主任警部の言葉であった。

「承知しました」

斎藤刑事は、気軽に答えて、立ちかけると、

「君？」

警部は、呼び止めて、

「いましがた、上海の総領事館警察から、問い合せの返電が来たところだ。白石凸の死亡診断書を書いた博愛堂医院の責任医師李濟亘に、詳しいことを訊ねたそうだが、確かに白石凸という患者は、その医院の一室で入院中に死亡したと云っている。楠本は、一体、誰を白石凸になりきらしていたんだろう？　そして、その替え玉は野村君に勧誘されて保険契約をした男だろうか？　それに今一つ不思議でならんのは、三ケ所の保険会社から合計二十万円の保険金を受取った白石凸の妻悦子とはいったい誰だろう！　君の話では、当の悦子自身でないことだけは頷けるが、とすれば、やはり楠本の情婦だろうか？　この辺が、まだ少しも解けてこない」

「や、よく解りました。私の考えでは、ハワイ帰りの白石自身にしろ、あの通りの暗い影を持った陰険な男ですから、病死だという悦子の死因だって怪しいものかも知れません。とにかく重要参考人として本庁へ同行して来ましょう！」


翌朝、斎藤刑事が、K市へ到着すると、駅頭は、歓呼の声や日の丸の旗の波で、ゴッタがえしていた。

彼は、駅前の食堂で、腹ごしらえをしていたが、ふと、卓上に投げ散らされていた地方新聞に眼を落すと、意外な記事を発見した。

国策線上スピイデイの名判決として、白石凸の戸籍問題が復権を認められ、同時に、聯隊区から召集令が発せられて、陸軍歩兵上等兵白石凸の晴れの出征入隊が、いよいよ明日であると報じられていた。

証拠の歴然とした重大犯の容疑者ならばともかくも、普通の参考訊問程度の者では、晴れの出征を阻止することは不可能だ。下手に職権を振りまわせば、徒に市民の悪罵を買うのみだ。

そこで、彼は、市役所へ行って楠本の戸籍関係だけを詳細に調べてみることにしたが、ここでも、捜査線上にストップを命ずるような、大きな事故が彼を待っていた。それは――

第一、楠本には戸籍上に現れた妻はない。第二、楠本は、本年九月××日、応召。現在、中支派遣軍○○部隊に編入。第三、楠本の寄留地の留守宅は、大阪市東成区北××町××番地。第四、楠本の両親は既に死亡して、

彼は戸主。第五、楠本の父の直弟、即ち叔父がK市栄町××番地に居住している。この叔父の話に依ると、楠本は、原籍地に、父の遺産の土地や家屋を相続していたが、四年前に約一万四五千円の棄値で、K市の不動産銀行に売却してしまった。だから現在の楠本には、故郷に残してあるものと云えば、祖先が眠っている菩提寺内の墓所ぐらいのものである。しかし、楠本は、大阪の船場においては、現在、資本金一百万円の軍需会社の社長であり、分工場は、東京郊外の××にもあるが、ここでは軍艦、汽船、戦車等のスプリングを製作している。最近では航空資材の部分品にまで製作の手を拡げているが、これは楠本等の苦心の発明になるもので、〇〇の助成を得て、製作の〇〇を保たれているが、航空報国に偉大なる一エポックを画したものである。等、等、等である。

かくして、犯罪の重要容疑者と見做される楠本が、意外にも軍国の日本に一異彩を放つ愛国的な科学者として飛躍しているばかりでなく、自ら応召の第一線に立って、暴支膺懲の聖戦に参加しているではないか？

さすがの斎藤刑事も、これには手の下しようがなかった。近来の大掛りな怪事件として、大変なハリキリかたであっただけに、犯人逮捕の一歩手前で、思わざるの背負投げを食わされては、あきらめられないのであった。

彼は、憔悴しきって空しく本庁へ帰ると、主任警部は肩を軽く叩いて、

「残念でも捜査は、これで一旦打ちきりにする。だが胸がおさまらねば、当分、気の済むまで、楠本の外証堅めをしておくのも強ち無駄じゃなかろう。それに、まだ楠本が、犯人だと決っている訳でもなし、意外な掘出し物を発見しないとも限らんからね」

そう云って、慰めてくれるのであった。

一一　暁の大場鎮

それは昭和十二年十月四日の暁方であった。楠本所属の〇〇部隊は、大場鎮へ向い、寒気と飢とに戦いながら徹宵の進撃をつづけ〇宅の村落に這入った時、隊長の号令一下で、四時間の休息を許された。そして隊長は、

「本日の午後を以て本隊はいよいよ大場鎮の総攻撃に参加する。遺言状を書いていない者は、今のうちに認めておけ」

みんなは、水筒の泥水で、握り飯を咽喉へ押し流すと、

思い思いに最後の手紙やハガキを書いた。

楠本には、別に、取り立てて書き送らねばならぬ対手（あいて）もなかった。もし戦死すれば、会社の経営を誰に継がせ、そして自分の財産を、どう処分するか？　その一切を出発の前夜に、詳しく認めて、社長専用金庫の奥深くへ秘めて来たのであったから——。

だが、その遺言状と一緒に添えて書き残して来た懺悔録が、何処かに間違って書いてありはしなかったか？　それが気になったので、戦友達のざわめきから、少し離れて、背嚢を枕に、枯草の上にゴロリと仰向けになって静かに眼を閉じた。

百万円の軍需会社の社長も、戦地へ来れば、一ケの陸軍歩兵上等兵である。生死を捧げた戦場の明け暮れ、今も眼にチラついて来るのは悦子の映像（シルエット）であった。愛情に充ちた彼女の顔が、いつしか二重写（オーバアラップ）されて、悪魔の顔となっている。それは闇の夜の海中で、櫂で叩いた白石の凄い形相だ。

——俺は、あれから、日本中の港々に、悦子と白石の姿を追うて、のら猫のように探して歩いた。しかし、悦子を奪い取った白石は、あの夜をきっかけに、マドロス稼業を清算したのか？　彼等の所在（ありか）は杳として解らない。足も靴も擦り減らして、三年間を棒に振った根気の強さには、自分でも呆れ果てたほどだ。そして、この流浪の三年間は、俺の生涯を破壊してしまったのだ。偏屈で、意地悪で、猜疑深くて、陰険で、俺は立派な悪鬼となっていたからだ。視野に写るもの、感ずるもの、そのすべてが、限りない呪詛の世界に発展していった。

「善とは何だ？　悪とは何だ？　畜生ッ！　犬に食われてしまえ」

夢中で、追っ駈けて歩いた自分が、馬鹿げて、腹立たしくなってきた。

「太く、短く、大胆に生きることだ」

これが、四年前の俺の見つけた生きる途（みち）だった。

恰度その頃の或る日、俺は銀ブラの途中で、中学時代のクラスメート菊池に邂逅した。

そこで二人は、奇遇を祝福すべく、大日本ビールのビヤホールで乾杯した。

その時、菊池はまだW大学の理工科に籍をおいていたが、俺は既に素晴しい専売特許を幾つももっている。そして、そのうちのスプリングの如きはさしずめ廿万円位の資本を投ずれば、その発明は立派に企業化せるし、時節柄、国家に貢献する大事業が生れるということを話した。

　その夜、俺は下宿の一室に寝転んで、途方もない陰謀を企んだ。そして、その翌日、陰謀の第一歩を踏み出すことにして、四年振りで故郷のK市に帰り、遺産を不動産銀行へ一万五千円で売却して、再び上京し、小石川関口台町に家賃百円の貸邸（かしやしき）を求め、家相応な家具や調度を入れ、先ず山師の玄関を構え、計画通りに家の門には白石凸（たかし）の名札をかかげた。

　それから、新聞に広告を出して、高級な女中を募集した。しかし、何人来ても、自分の妻に、いや、この家の主婦に仕立てるほどの女を見出すことが出来なかった。そこで俺は、銀座のカフェーや酒場漁りを始めて、二ケ月後に漸く一人女中否臨時の妻を一ケ年契約で入れることに成功した。

　女は、教育もあり、美貌で、近代的で、落着もあり、家へ入れると尚更見直せる。うってつけのものだった。

　俺は先ず女の身元や素性を洗う必要を感じ、女の謄本と身分証明を取寄せてみた。女には想像通り暗い過去があった。万引きで三ケ月、掏摸で一年という監獄生活の体験者だった。

「しめたッ！　素晴しい掘出物だ」

　俺は、適当な陰謀の相手を得て心から喜び勇んだ。

　だが、女には、自分の心など読まれるような迂闊なことはしなかった。

二　笛には躍る

　日の経つにつれ、臨時のはずの彼女は、契約の域を越えて、俺を好きになってきた。

　そうした或日――

　勝手口から名刺を通して粘り込んで来たのが、第一生命保険会社の外交員野村であった。

（さてこそよき鴨ござんなれ）

　俺は野村を応接室へ通して、内心ビクビクものだったが、五万円契約を切出して、とうとう十万円の契約を強いられて約束した。

　その翌日、野村は鬼の首をとったように保険医を連れてやって来た。

「いいお体ですなア、これじゃ満期が過ぎても大丈夫ですよ」

　この医者の言葉につれて、野村は、

「それは結構ですが、しかし万一ということもありますから、受取人はやはり奥様に……」

と、猫なで声で云った。

「まあ、妾が受取人!?」

彼女は、側からどんぐりのような眼をして驚いた。

その夜、彼女は俺に、うらめしそうに愚痴を洩らしだした。

「夫婦生活を一度もしない、夫婦なんて一体あるかしら、たとえ臨時だって……それに妾……片輪じゃないことよ。ねえ……」

と、あとは言葉の代りに、蠱惑的な眼に物云わせていたが、俺は、ニヤリと笑っただけだった。

だが、何時とはなしに、俺達は、夫婦生活に入るようになった。

横浜に、貿易商の事務所があるように、家にも、世間にも見せていたので、俺は毎日、いやでも出勤を装わなければならなかったので、俺は毎日、我孫子へゴルフに行ったり、浅草で、漫才や浪曲や女のチャンバラなどを見て時間をつぶしていた。

俺はこうして悠長にはしていたが、内心では、一日も早く予定の全額だけの保険を契約したいとあせっていたが、こちらから積極的に出てもし千仞の功を一簣に欠くようなことがあってはと、根気よく時機の到来を待った。

すると、待てば海路の日和で、第二の鴨がやって来た。それは我国保険会社の創始者と称する慶応生命だ。

この外交とも、何やかやとせり合って、とうとう七万円の契約が成立し、やはり受取人は彼女にした。

それからまた暫くたって、これは第二流の下に属する保険会社であるが、星生命という第三の鴨が押しかけて来て、これは三万円の契約をして帰った。

彼女は、もう有頂天だった。合計廿万円もの金がころがり込むと予想して喜んでいたが、彼女より俺の心の満足は大したものだった。そして俺はもう半ば、計画が遂行したと心にきめて、時期の到来をひそかに待っていた。

すると或夜、外出先から帰ってみると、どうしたのか彼女は、めそめそ泣いていた。

「おい、どうしたのだ？　何が悲しくて泣いているのだ？」

こうやさしく聞くと、彼女は、返事の代りに、書留郵便で送られて来た大きな封筒を見せた。それは保険会社から送って来た保険証券だった。

「これがどうしたんだい？」

「だってあんまりですもの。よく受取人のところを見て頂戴。あたし悦子ッて名じゃないわ。あなた、奥さんが他にある癖に、あたしを騙して……」

俺はこの刹那「しまった」と直感したが、すぐ、平気をよそおって、尚更落着きを見せながら、

「馬鹿だナア。悦子ってお前のことだよ。実はまだ忙しいので、ついうっかりしてて、お前に事情を話さなかったが、お前の名の浪子ってのは、姓名学上『短命で不運』の悪い名なんだ、それで入籍する時は、悦子に改名しようと思っていたから、保険証の方も悦子にしておいたんだ。他に女房がある位ならお前を見付けるのに、あんな苦労はしやしない」

「嘘！」

「嘘なら嘘でいい。悦子がいやなら、今からでも遅くはないから浪子と訂正して届ければいいじゃないか。泣くほどの問題じゃないよ」

「あんた、ゆるしてね。じゃ、これから悦子ッて呼んで頂戴」

「ざまあ見やがれ、女なんて甘いもんだ」

俺は、ひそかに優越感を覚えた。とにかく、これで万事思い通りに進んだのだ。おれの計画はこの過程(プロセス)でゆけば、あと六ケ月で十分だ。

ただ、あとに残された工作は、浪子の悦子をガッチリ俺に結びつければいいのだ。

だが、この工作は、ただ「愛」の一字につきるいともたやすい問題だ。

その後、俺は抜かりなく夫婦生活をこまやかにしていった。

従って彼女には、有頂天な日が幾日もつづいた。今では彼女は、俺にとっては高圧線に引っかかった小雀のような存在だった。

一三　魔都上海

或る夕刻のこと。玄関へ出迎えた彼女を見るや、

「急だが、明日上海(シャンハイ)へ出発せにゃならん」

と、実は浅草で遊んでいたのだが、横浜のオフィスから帰ったようにつくろって云った。

「まあ！　商用ですの？」

「うん、儲け仕事だ」

「そう？　でも、妾(あたし)、何だか寂しいわ」

「俺だって寂しいさ。だから今、途中で考えながら来たところだ。思い切って一緒に伴(つ)れて行こうかと……ね」

「あら？　本当に伴れてって下さる？」

彼女は飛び立つ思いで、旅装を調えるのであった。

こんな調子で、彼女を釣って、上海へ行った俺であった。

上海は、マドロス時代に、ちょいちょい遊んだ魔の都だ。俺の悪計を決行するには、うってつけの国際都市だ。四月の上海は、一年中で一番気候のいい時だ。マロニエの街並木にも、南京路(ナンキンろ)のネオンにも、春のそよ風が心地よげに撫でて行く。

長崎丸の乗船名簿には、後日の証拠を作るために、俺は白石凸(たかし)で、彼女は其妻(そのつま)悦子と抜かりなく偽名しておいた。

黄浦江(こうほこう)の郵船碼頭(まとう)で上陸すると、俺達はタクシーでアスター・ハウスへ向った。このホテルはカセイやパレスと同様に、上海では洋式ホテルとして一流どころであった。

ホテル生活をしたことのない彼女には、何もかも珍しづくめであった。このホテルでは、和装の日本婦人は、彼女一人であった。

「妾、気まりが悪いわ。日本の旅館へ移りましょうよ」

彼女は、熾(さか)んに、そう云って、俺を促した。馬鹿野郎、日本の旅館へ泊まれるものか？　忽ち俺のアリバイが潰されてしまうじゃないか？

「直ぐ洋装することだ、レディ・メイドでも結構素敵なのがある。日本語の解る支那ボーイは、幾人もいるから、この部屋へ取寄せさしたらよい。お前が品定めをしているうちに、俺は総領事館へ上陸届を出してくる」

上陸届といっても簡単である。原籍、現住所、姓名、生年月日、職業、上陸後の寄留先等を一枚の紙片に記入して、領事館警察へ差し出せばよいのだ。写真を添付しろとか何とか、いう面倒な規則はない。普通は上陸後三日間以内に届け出ることになっているが、短期間の見物に来るツウリストでは届けずに帰る者も尠くない。だが、白石に化けている俺の場合は、後日の足跡を残すのには、是非とも届出が必要であった。

翌日、俺は、仏租界の天文台路に病院を開業しているドクトル李濟亘(りさいかん)を、数年振りで訪れた。

彼は巴里(パリー)で学位を貰って帰った支那人だが、俺と知り合った当時は、まだ香港の英人財団の公立病院に勤務していた部屋住みの頃であった。

彼の魚釣りときたら、気狂いに近いほど熱心であった。或る日、彼は夜釣りに来て、どう踏み違えたか、防波堤から足を滑らして、海中へ、もんどり打って落ちてしまった。それを救ってやったのが縁となり、きってもきれぬ親友となっていた。

彼が、独立して上海で開業するようになってからも、俺達の乗組んだ日本丸は、月に一度は上海へ碇泊したので、その都度、いつも彼と酒をくみ交わすことが出来た。

それが、だしぬけに、三年振りで訊ねたので、彼はひどく喜んだ。

俺は、鱈腹御馳走になった上に、死亡診断書のことまで話を持ち出すと、彼は二つ返事で、引受けてくれた。

「市役所へ届ける一枚は簡単なのでいいが、保険会社へ提出する奴は詳しいのを三枚だけ欲しいのだが……？」

老酒（ラオチュウ）に火照った李の顔を見ると、

「三枚や五枚だなんて、ケチなことを云い給うな。何百枚でも書きますぞ」

彼は、無遠慮に豪傑笑いをしたが、直ぐに声を落して、

「必要なら今夜にでも書くがね。しかし領事館へ届けた日が昨日だとすれば、死ぬのが少し早すぎる。あと十日ほど上海で遊びなさい。それに遺骨が要りますかな？ 保険会社には不必要でも、東京へ帰って葬式を出して世間を胡麻化すには、やはり遺骨があった方がよい。多分、それまでには年齢（とし）恰好の適当したのを取揃えられると思う……土葬の骨なら訳もないが、火葬のだと探すに、ちと暇どれるが、なアに、二十元か三十元も費（つか）う気なら、病院の小使にだって取って来てもらえるさ」

一四　陰謀の夜

俺が李と話している頃、彼女はレディ・メイドのイヴニングドレスを着て、ホテルのロビーで、俺の帰りを待っていた。その夜は、ドクトル李濟亘の案内で、上海の夜景を見物さすことになっていたので、彼女は、とりわけお化粧に念を入れて、めかし込んでいた。

それから十日間というもの、凡ゆる猟奇の世界に彼女を運んでやった。

この幸福が醒めきらぬうちに、俺の陰謀を打ちあけて、あとの独り舞台を、背負って立たさねばならぬ彼女の肚

の底を、確かめねばならない。

遂に十日後の夜が来た。

ホテルでの寝物語に、俺は無言って、彼女の眼の前に、一通の死亡診断書を取り出して見せた。

「これ、なんなの？」

彼女は訝しげに、手にしたが、

「どうするの、これ？」

「どうもしやしないさ。今夜から白石凸という俺が、死んだことになるまでの話さ」

「まあ！　どうして？」

「金儲けのためにさ」

「保険でしょう？」

案外に落ちついて、訊ねた。

「お前は、その受取人だ。解るだろうな？」

「それが、貴女の商用でしたのね？……あとの芝居、妾に出来るか知ら？」

「お前なら、きっと、うまくやれる。ここに悦子の戸籍謄本も揃えておいた。手品の種はこれだけだ」

「妾に度胸があるか知ら？」

「監獄の経験も飯の味も、おまいの方が先輩じゃないか？」

瞬間、彼女の顔は、さっと土色に変った。そして唇は紫色に――。

「何ですッて？」

「何もかも知っていたのさ。でも、俺はおまえが好きだった。今でも好きだ。そして将来も、死ぬまでも……だ。みんな運命の廻り合せだよ」

彼女は、まだ震えている。

「しかし、掏摸や万引きと違って、こいつは、ちと大仕事だ。でも俺が背後についている。明日になったら、この診断書を見せて、おまえだけ領事館へ帰国届を出して来るんだ。船も神戸まで一等のCだ。俺は変名で三等に乗っている。汽車に乗っても別々だ。東京へ帰ったら、祭壇を飾って、この遺骨を安置するんだ」

こう命令して、風呂敷を解いて、李から貰い受けて来た骨甕を示してやった。

彼女は、無言で点頭いた。

俺は、更に、トランクから住所簿を取り出して、

「さ、これが俺の死亡状を出す宛先きだ。あとで禍を残すような野郎は一人だって記入してない。浅草で知り合った芸人と、半年がかりでやり出したゴルフ倶楽部のメンバアと、浜のチャブ屋で知り合った毛唐人達とだ。

横浜の貿易商が死んだというのに、毛唐の会葬者が一人もないとは却って不思議に思われるからな。俺はすっかり用意しているのだ」

「でも保険は取れても、貴方は戸籍から永久に消えてしまうじゃありませんか？」

彼女は、初めて口をきいた。

「ところが、俺の戸籍は依然としてそのままだから安心して可なりだ。白石凸は断じて俺ではない。そやつは四年前に、俺を殺して逃げた奴だ。しかし俺は奇蹟的に救われた。だが白石は、今でも俺を殺したと思い込んで、地球の何処かに潜っている。俺は復讐を誓って悪鬼となった。でも、俺は奴を探すのに、余りに疲れ果てた。この上は、せめて戸籍の上でなりと白石を殺さねば腹の虫が癒えなかった。そして俺は、この計画を徐(おもむ)ろに樹てた。解ったね？」

「……」

「お前は喪服で哭(な)き悲しんでいる間に、俺は横浜で下車して、色んな葬儀屋や花屋へ、何々会社の名前で花輪を数十組誂える。次に東京へ潜入して、やはり十箇ほど誂えて届けさせる。俺の仕事は、それで終りだ。葬儀が済んだら、多摩墓地を買って、この骨(こつ)を埋(うず)めて、木の墓標を立てておく。それも解ったね？」

彼女は、ただ点頭(うなず)いていた。

「それが済んだら、家財道具を売り払って、俺達は神戸で落ちあえばよい。とにかく、おまえが、うまくやってのけるまで、俺は変装して、絶えずお前の身辺を視ているから、ビクビクせずとも大胆にやるこった」

これで、俺達の陰謀密議は終った。

かくて、二十万円の保険金をマンマと詐取するのに、ものの一ケ月とはかからなかった。

「ねえ、直ぐ逃げましょうよ。上海か香港へ！」

神戸オリエンタル・ホテルの一室で、彼女は熾(さか)んに急き立てた。

だが、俺は、若き技術家(エンジニヤ)菊池に旅費を送って、彼を神戸へ呼び寄せた。

菊池の発明は国家的だ。もし失敗したところで、この不正な金を失うだけだ。何の悔いるところがあろう。のるか、そるか、国家に捧げる試金石だ。

菊池とは、あれから一年近くも音信を断っていたので、彼は驚いて飛んで来た。

二人はそれから、大阪の船場に、小規模の工場を建てて、試験的にスプリングの製作に取りかかった。思ったより素晴しい性能を発揮したので、二人は全生命を、これに打ち込んだ。

最初に、大量の註文を受けたのが、有名なK造船所であった。しかも極東方面の不安は更に、この事業に拍車をかけて進んだ。そこへ世界の建艦競争が起った。幾度、拡張しても、俺達の工場は狭くなっていった。遂に、〇〇関係の都合で、俺達は東京附近にも大工場を新設せねばならなくなった。今の〇〇工場はそれだ。

その頃、菊池と俺とは、更に別の発明に苦しんでいた。それは航空機の部分品だ。遂に理想的なプラグも完成した。途端に息をつぐ暇もなく勃発したのが支那事変であった。工場は無茶苦茶に忙しくなった。そのゴッタ返しの最中に、俺は名誉の召集を戴いた。罪滅ぼしには、まさに破天荒の恵まれた機会だ。

専務取締役兼技術部長の菊池は、社長という俺の職場まで代行せねばならなくなった。

菊池は、今、銃後の第一線に立って血み泥に働いている。

思えば、それは、たった三年間の努力であった。十五万の資本金が三十万円となり、五十万円となり、そして百万円と膨れあがった。俺達の資産も、豚のように肥ってきた。しかも戦時下の日本にはなくてはならぬ国家的の軍需工業だ。寄附や慰問品は、のべつ幕なしにバラ捲いたが、捲けば捲くほど資産が殖えてくる。まるで夢のような世界だ。保険金の二十万円などは、いつでも返済出来る。馬鹿々々しいような景気だ。気狂いになりそうであった。いや、気狂いになっていたのだ。そして、俺は、この願っても得られぬ光栄の召集令状を握り締めた時、浪子の悦子とは、永遠の訣別をしたのであった。

十万円の手切金で、彼女は案外、すなおに別れてくれた。なぜなら、俺は罪滅ぼしをするために、絶対に生きては凱旋しないことを彼女に誓ったから……。

名誉の応召こそは、俺に千載一遇の素晴しい死場所を与えてくれたのだ。俺は毎日、感涙に咽(むせ)んでいるのだ。この大罪人も、死ねば靖国神社へ末席を汚される。俺は何も思い残すことは無い。

「今や俺には、悦子もない。白石もない。眼まぐるしい工場もない。ただ一途(いっと)、君国のために、戦場へ華々しく屍を曝すのみだ！」

工場の金庫へ遺言状と一緒に秘めて来た俺の懺悔録には、こんなことを、もっともっと詳しく書き綴っておいたはずだ。

大場鎮の総攻撃を数時間の後に控えた俺に、書き忘れた懺悔録の補足は、最早一頁（ページ）もない――。

楠本は反省の沈黙を破って、枯草の中から、がばと跳ね起きた。そして、○○部隊長の休憩所へ近づいて行った。

「今日の決死隊は、是非参加さして下さい」

彼は、唇を噛んで、○○部隊長を凝視（みつ）めた。

「今日は全隊が残らず決死隊だ。俺も死ぬ。みんなも、その覚悟で死んでくれ」

一五　決死部隊

曠野に秋風がざわめいて、空は次第に曇って行った。全隊は地上を這うようにして黙々と前進していた。

突如、後方の○○部隊より突撃の援護射撃が開始された。

ダ、ダ、ダーンと銃身も白熱するばかりに、射ちまくってくれる。耳もつんざくばかりだ。

楠本等の前線部隊に、いよいよ突撃の命令が下った。万雷の如き敵銃火の応射の中に、こちらは天地も轟く突撃の喚声だ！

それは、一気に三百メートルの大前進であった。

「あと二百メートルで大場鎮の一角へ肉薄出来るぞ！」

喜色に溢れた○○少尉の叫びであった。

だが、百メートルの前方には、厄介なクリークがある。しかもその対岸には鉄條網がある。そしてその直ぐ背後の丘陵には頑固なトーチカが睨んでいる。

かくて、敵は三段構えの鉄壁の防備陣を張っているのだ。

楠本等は、膝射壕（しっしゃごう）の中で、また数時間も待たねばならなかった。そして、日はとっぷりと暮れていた。

ぼんやりと空を染めていた大場鎮の灯が、一斉にふッ消された。同時に咆哮一閃、ダ、ダ、ダーン。迫撃砲が唸って来た。吾が陣地からは、まだ何の応酬もない。真ッ暗な天地の空間に漂う不気味な重圧が、犇々と迫って来る。

ここで、全員は、背嚢その他、荷物となる一切の厄介ものを棄てて、膝射壕を這い出した。クリークまでに、あと三十メートルだ。先発工兵隊の敵前渡渉が、弾丸飛雨の中に決行された。鉄條網に破壊筒が向けられないうち、クリークでは、豆を射るような敵の機銃にバタバタと殪(たお)れる。だが殪れても殪れてもあとから勇敢なのが飛び出して行く。

やがて、天地も劈(つんざ)く爆音と共に火煙が、もくもくと立ちあがった。爆破が成功したのだ。間髪を入れず、突撃喇叭だ。

楠本は、もうクリークへ飛び込んでいた。火花が散る。火煙が揚った。土煙が立つ。空に飛行機が地に戦車が、江南の天地は一瞬にぐらぐらッと揺らいだ。

破壊された鉄條網の進撃路には、敵兵が折り重なって殪れていた。しかし味方の損害は案外少なかった。楠本も奇蹟的にも一発の弾も食っていなかった。彼は遮二無二、突入して、敵トーチカの頭上に駈け登るや、腕も折れよと日章旗を打ち振って万歳を絶叫した。どっと戦友が飛び込んで来た。

「最後の一人まで頑張れッ！」

〇〇隊長の声も、直ぐ背後に聞えて来た。

楠本は、トーチカの中から機関銃を持って逃げ出して来た支那兵の頭上へ、肉弾で、ぶつかって行った。銃尻で、その機関銃も支那兵も、そこにいるだけを残らず叩き倒した。だが、前面のトーチカから火を吐いて来た一斉射撃に彼は数弾の貫通銃創を受けたのだった。

一六　不思議な邂逅

野戦病舎で彼は寝台に仰臥させられていた。そして、枕元には、誰かが、じっと自分を視ているような気配を感じた。意識は戻ってもまだ視力が出て来ない。顔らしいものが網膜に漠然と写って来るだけだ。何か云おうと口を歪めたが声も出ない。

彼を凝視(みつ)めていた男は、遂に堪りかねたように、彼の耳へ口を押しあてて叫んだ。

「楠本！　俺だ。俺が見えないのか！」

その声に、楠本は、ハッとした。

「誰だ？」

蚊の鳴くような声で、やっと口がきけた。

「おお！　俺だ、俺だ！　白石だよ」

「なにッ？　白石だ。嘘だ。夢だ。……馬鹿なッ」

楠本は、またウトウトとしかけた。

「おい、楠本ッ。俺の顔が見えないのか？　俺は死んで君に謝るために、態(わざ)と従軍に志願して来たのだ。俺は、あの時、君が死んでしまったとばかり今の今まで思っていたのだ。許してくれッ、楠本」

この、意外な言葉に、楠本は、さっきよりは意識もやや強く、視力も幾らか、判然（はっきり）としてきたようであった。

「おお、見えてきた。君は確かに白石だ」

「楠本！　済まなかった。堪忍してくれ！」

白衣の白石は、突ッ立ったまま、輝いた両眼から大粒の涙を、ポタポタ落していた。白石は既に砲弾で片腕を失っていた。そして、明日になったら病院船で内地へ白衣の凱旋をすることになっていたのだ。

楠本の眼にも、微（かすか）に涙が滲み出ていた。

「俺だって、俺だって、白石に済まんことをしている。許してくれるか白石？」

「君は、何も謝る必要はない。楠本！　たった一言でよい。許すと云ってくれ」

「そしたら、俺にも、許すと云うてくれるか白石？　戸籍で君を殺したのは、この俺だ」

「おお、そうであろうとも。みんな俺が悪かったからだ。許すとも、許すとも」

「俺も許すぞ！」

「有難う、有難う楠本、礼を云うぞ！」

「悦子は幸福にしてくれているだろうな？」

「……この六月だった。悦子はホノルルで死んだ。俺を恨み、呪い尽して……」

「ええッ。それア本当か？」

「本当だ。悦子は君の名を二度までも呼んだ。それが彼女の臨終であった」

楠本は、再び昏睡状態に陥っていた。

かくて、彼の恋も、怨恨も、激怒も、流浪も、陰謀も、奸策も、懺悔も、その倉皇（あわただ）しい生涯を、野戦病舎の一室に残して、洗い清められた魂となって、昇天したのであった。

×　×　×

楠本の遺言状に依って、二十万の私財は、保険会社に、それぞれ返還された。そして故郷の墓地へは、楠本の骨と並んで悦子の遺骨も一緒に埋（うず）められた。白石の涙の計らいであった。

また楠本が死の凱旋をした時、真先きに駅頭で、これを迎えたのは、斎藤刑事と保険会社の野村君であった。

或る日、楠本の墓前へ、見知らぬ女が、墓石に水を打って、花束を捧げていた。

それは悦子に化けた浪子の懺悔のひとときであった。

この姿を彼方で、じっと眺めていたのは、芦屋の閑居から、楠本や悦子の墓詣(はかまい)りに、遥々と訪れた浜田老であった。浪子は、まもなく北海道へ走った。トラピストの門を叩いて尼となったのだ。今も朝も夕なの礼拝に、楠本の冥福を祈っているとか……。

暗黒街の機密室

魔都「上海（シャンハイ）」

地球上の凡ゆる人種を吸収して、根強い国際悪を構成している魔の都「上海」——。

ここ上海を中心とした日支の戦火は止んだが、いまなお世界の間諜（かんちょう）都市、世界的ギャング都市、そして五十万の妖しい女が白昼横行する妖魔の都市として、上海はますます複雑怪奇な様相を呈して行くばかりだ。

更に最近の支那街ときたら、幾百万という飢えた難民が、雲霞（うんか）のように群がって怒号を続けている。

「飯を食わせろ！」「家を呉れろ！」「衣服を与えろ！」「阿片だ！　モルヒネだ！」だが、その越界路（エックステンション）から一度租界にはいれば、近代的建築を誇る各国富豪の大邸宅がズラリと並んで、ここでは美衣と美食に飽満している豪華な生活が皮肉な対象をなして展開されているのだ。

夜ともなれば、キャバレーから、ナイトクラブから、ダンスホールから、ネオンサインの濃厚な光が毒々しげに輝いて、そのどこかでは妖しい魔女が夜の白む頃まで狂踊乱舞を続けていることだろう。

しかもまた、ここは、世界各国の勢力が、その威を競っているのだ。吾が陸戦隊は虹口（ホンキュウ）方面に水も洩さぬ警戒陣を張っているし、花園橋（ガーデン・ブリッヂ）を渡った向うの租界では、英国警備兵のオートバイが走り、伊太利（イタリー）の水兵の示威行進が行われ、更に向うの仏租界では、兵隊を乗せた装甲車やタンクが、租界の関門を物々しく固めている。しかるに、一方同じ仏租界ではこの警備軍を尻目にかけて、抗日テロ団の本部が巣をつくり、ギャングどもが横行して、連日連夜、銃声の絶え間がないという有様なのだ。

昭和十四年十一月中旬（支那式に云えば民国二十八年十一月中旬）のある夜のこと——。

疾走してきた一台の自動車（セダン）が仏租界工部局警察部の真向いのビル前に、ピタリと止った。すると、拳銃（ピストル）サックを肩に掛けて、仕込杖を握った屈強な支那人門衛が、二三名ツカツカと出て来て、頑丈な鉄柵の内側から、その自動車へ注意深い視線を浴せた。

自動車には年若い金髪のアメリカ美人が乗っている。

「あたくしです。通して頂戴」こぼれるような愛嬌をたたえて門衛に媚笑をおくる。

「おや？　これはこれは、クリスチナ・エドモンヅ嬢でしたね。さ、どうぞ。お通り下さい」門衛の一人は、慇懃（いんぎん）に答えて、電気仕掛の釦（ボタン）を押した。鉄の扉は自動的に左右へ開かれて、自動車は、そのままスルスルと門内へ吸い込まれて行った。

自動車が玄関の入口へ横づけになると、彼女は車からヒラリと飛び降りて、玄関の扉（ドア）をコツコツコツと、三ツ叩いた。

だが、扉は容易に開きそうもない。パタンと扉の一角に穴があいて、そこから玄関番の鋭い眼が、ギョロリと光った。

彼女は無言のまま、手提鞄から上海香港銀行発行の札束を、無造作に摑み出して、それをちらと眼の前に見せた。

すると玄関番の眼が笑って、穴の蓋は塞がれた。そして重い扉がギィーと内から開いた。

「ごくろうさま」それっきり彼女の姿は扉の奥へ消えて行った。

ここは、一千円以上の見せ金がないと、いやあったとしても、始めての者では、絶対に入場させてはくれない規約になっているのだ。

一体、ここは何をする所なのだろう？

血を吸う紙幣

ここは悪の華咲き乱れる賭博場なのである。しかもフランス工部局の許可を得て、堂々と税金を納めて営業している警察公認の大賭博場「大発公司（だいはつこうし）」なのだ。

仏租界には公認の賭博場が全部で六ケ所あるが、どれも皆、資本金五百万円というベラ棒な株式組織の会社で、その株主は支那の一大秘密結社「青幇（ツインパン）」の親分たちによって占められているのである。

この大発公司も勿論その一つで、かつては黄金栄（こうきんえい）や杜月笙（とげつしょう）などによって牛耳（ぎゅうじ）られていたのであったが、事変後の今は、上海の夜の司令官と云われる売出しの羅文旦（らぶんたん）の手に移って、どの賭博場よりも一段と繁昌（はんじょう）しているのである。毎日のカスリ銭の揚り高は優に五万円を突破し、日曜祭日とくると、十四、五万円に達すると云われている。

厳重な二つの関門を通過した彼女が扉の奥に潜り込むと、そこには早や、血の迸るような賭博の興奮とスリル、それに百パーセントのサーヴィスが彼女を待ち受けていた。

香の高いシガーやシガレット、贅沢な世界料理、年代の古い高価なブドウ酒、夢のような陶酔に浸れる阿片吸引室——。そのすべてが無料で、しかも幾十人かのボーイが痒い所へ手の届くようなサーヴィスをしてくれるのだ。

クリスチナ・エドモンヅは、スタンドで、ウイスキー入りのブラックコーヒーに咽喉を濡おすと、やがて、大シャンデリヤの輝く大広間へと出て行った。

大広間には、賭博国モナコのモンテカルロから直輸入された豪華な輪盤が八台も据えられ、その輪盤を載せた各テーブルには、紳士淑女？ の各国人種をもって色彩れた賭客が、ぐるりと席を占めながら、廻転している輪盤に、いずれも心を奪われていた。

エドモンヅは、その空席の一つへ、つつましやかに割込んだ。するとテーブルの四隅に立っている睇礫の一人が、軽く会釈をしながら彼女の傍へ近づいて来た。

「マドモワゼル。今夜は素晴しいですよ。貴嬢のお好きな数字ばかりが出ております」

こっそり耳うちをしてくれたので、彼女は、スッカリ嬉しくなって、

「じゃ、あたし、今夜は5の一点張りで賭けようか知ら？」手提鞄から札束を摑み出して、睇礫に渡した。

「それ、二千円あるはずよ。全部両替してきて頂戴」

「かしこまりました」睇礫は札束を握って勘定し始めたが、

「おや？ このお札にはベットリと血がついておりますが……？？」と云って異様な眼で、彼女を凝視めた。

「ええッ！ お札が血を吸ってるんですって？」彼女は無意識に反問したのだが、瞬間ぎょっとして、あとの言葉が出なかった。

血と聞いて、両脇に席を占めていた賭客も驚いて、輪盤に注いでいた眼を、急に彼女に向けて、うさん臭そうにながめるのであった。

無人水雷

その刹那！　つい今しがたの無気味な出来事が電（いなずま）のように彼女の眼前を通り過ぎた。

彼女は当年とって二十四歳、紐育（ニューヨーク）市で生れ、ボストン大学を卒業後、生来の冒険好きから密偵を志願して、六ケ敷（むずかし）い試験に一度で合格（パス）、アメリカ情報局（インテリゼンス・デパートメント）に採用され、その諜報機関から特派されて、上海に潜り込んできた新進の女間諜であった。しかし表面は、アメリカのホッチキソ兵器会社の販売員（セールスマン）ということになっており、上海のギャングを相手に武器を売りさばいていたのであった。

さて、現在の欧洲大戦で、英仏の聯合国をキリキリ舞いさせているのは、何と云っても独逸（ドイツ）の無線機雷である。これは暗夜ひそかに潜水艦や飛行機で、交戦区域へ敷設されるのであるが、この機雷は、作戦本部に特設された機雷操縦室の把手（ハンドル）一つで、思うままの位置に自由自在に、驀進して行って、アッと云う間に英仏の軍艦や商船を撃沈さしてしまうという驚くべき新兵器である。船艦の所在位置さえ正確に知ることが出来れば、その命中率は百発百中だと云われている。一方敵の艦船の所在を発見するためには絶えず海洋上空を飛びまわっている偵察機があり、これに発見されたら最後、すぐ無電で作戦本部に急報されて、その位置に最も近く敷設されている眠れる機雷が活動を開始する。つまりその機雷のみが感受する特別の電波によって、操縦機の命ずるままの方向に驀進するという仕組になっている驚異的機雷なのだ。科学の独逸は遂に「無人水雷」時代を現出させたのである。

「まさに世紀の戦慄だ‼」

世界中の軍事スパイたちが、叫びを挙げて、この驚嘆すべき魔の操縦機の正体を探り出そうと日夜狂奔するのも無理はあるまい。

独逸の「秘密警察（ゲシュタポ）」は、それを防ぐために戦い、英仏のスパイは、それを盗み取って最高の勲章にありつこうとしているのだ。また交戦国以外のスパイどもは、それを莫大な金で英仏へ売込んでやろうとして、スパイの聯合参謀本部をジュネーブに組織して、独特の網を張っている。

この操縦機の秘密さえ知ることが出来れば、英仏は直ちにそれに対抗すべき妨害撹乱機を製作することが出来るからである。

「あの秘密設計図を入手すれば、五十万円の報酬にありつけるぞ？」

「とんでもないこった。英国じゃ十万磅（約百七十万円）で至急買い取りたいと云っとるんだ」各国のスパイが二人と寄れば、必ず、この噂で持ちきるというもの凄い話題である。

そうした時も時、独逸海軍工廠附の造機技師が、この「無線方向機雷操縦機」の設計図と操作書を奪って、突如！　国外に亡命したという大事件が発生したのであった。

亡命の目的は皆目不明であるが、早くもその真相が世界中のスパイたちの嗅ぎつけるところとなってしまった。

「それッ。素晴しい獲物が飛び込んで来たぞ！」

各国のスパイたちは、幸先よしとばかりに、手を打って喜んだ。ところが上海の如きは、情報交換、諜報売買には持ってこいの都市ではあるし、亡命客の潜伏するには最も安全な避難場所でもあったので、各国のスパイたちはドシドシ上海へ押し寄せて来たのであった。

勿論こんな場合アメリカの女間諜クリスチナ・エドモンヅがその中の一人であったことは云うまでもない。

ところが突然、昨日のことだった。

かねて馴染のギャング「魔風団」から、途方もない大量な武器の註文が、彼女のところへ飛び込んできたので驚いた彼女はその打合せに、酒場「ジークフリート」へ出向いたのである。

この魔風団は独逸人のみをもって組織しているギャングであったが、いままで目覚しい活動は一度もしたことがなかったので、彼女は、この莫大な武器註文に不審を抱かずにはいられなかった。

「どこかへ殴り込みでもお掛けになるんで御座いましょうか？」

彼女は腑に落ちぬ顔で、首領を凝視めた。

「ま、そのへんの見当だと思ってもらえば、問違いござんせん」

首領は曖昧に言葉を濁した。

「でも、火薬の御註文がズバ抜けて多いじゃございませんこと？」

首領は瞬間、返事に窮して躊躇うたが、

「実は、子分の中に学者の出来損いみたいな風変りな奴がいましてね。そいつが、なんでも、まだ世界に発明されない効果的なダイナマイトとか、地雷火とかを造る方程式を発見したとかで、その試作をさせろと云って、うるさくせがむんで、仕方なしに、註文してみることにしたんでがすよ」

彼女は点頭いて首領の部屋を出た。しかし、そんな返事で得心するような彼女ではなかった。「きっと何か曰くがある？　一体何だろう？？」持ち前の探偵根性が根強く動いたので、そのまま階下の酒場へ行って、まず子分を蕩し込んで聞き出してみようと、空いた卓子の一つを占領して、そこへ神輿を据えることにしたのであった。

桃色戦術

「姐御。御機嫌じゃござんせんか？」

網を張って待ち構えているとも知らずに、そう言葉を掛けてきたのは、魔風団でも参謀格のハウゼルというやくざ男であった。

「ええ、あたし今日はとても御機嫌なのよ。だからうんと酔ッ払って、誰かと浮気をしちゃおうかと思って今物色してるところなの」酔眼をうっとりさせて、あだっぽく云った。

「御冗談ばッかり」

「冗談なら冗談でもいいわよ。そんなところに立っていないで、ね、あなた、あたしに浮気の相手を探してよ」

「冗談でねえ。本気で云っとるんですかい？」

ハウゼルはニタリと笑って、椅子を引き寄せながら、彼女の傍へ腰を据えた。

「あなた、飲みましょうよ。今夜あたしの浮気の相手になってくれてもいいんでしょう？　ね、それともおいや？」触れなば落ちんという風情を見せて、彼女はハウゼルをうながした。

「姐御。そりァ本当ですかい？　姐御に一晩なりと可愛いがられりァ、俺ら明日死んだって文句は云わねえ。だが、どうしてまたそんなに御機嫌なんですかい？」

「だって、あなたの首領から、凄いほど沢山御註文を受けたんですもの」

「ああの一件で、ですかい？」

つい、何気なく喋舌りかけたが、厳重に口止めをされていたと見え、慌てて口をつぐんでしまった。

「あたし、何もかも聞いて知ってるのよ。首領から肚を割っての御相談でしたので、あたし、御引受けしたのよ。でも、物騒なものを造るのね？　恐いわ」大袈裟な身振りをして、相手にチラリと流し目をくれた。

「何しろ姐御……」ハウゼルが云いかけると、彼女は、その口を素早く押えるようにして、

「やーよ。姐御なんて人聞きの悪い……。あたし、まだ若いのよ」

「ちげえねえ。こいつア俺の負けだ。あやまるぜ」ハウゼルは、てれながら笑って見せた。

「ね。ハウゼルさん。飛んでもない物騒なものを、変な学者が造るんですってね？　首領が云ってましたけど……」

「変な学者じゃござんせんよ。よっぽど偉い科学者らしいですぜ。半月ほど前に、こっそりと本国からやって来たんでござんすが、地階の一室を研究室とかにして、そこへ潜り込んだきりで一度だって外出もしやせんし、第一この酒場へさえ顔（つら）を出したことアねえッていう凝り性な学者なんでござんすからね」

「学者ッて、みんなそうよ。それにしても、あんな恐しいものを造って、一体どこで試験して見るのか知ら？」

「さ、それが問題なんでさ。黄浦江（こうほこう）や下手な海でドカンとやったら直ぐ日本海軍に怪しまれてしまうので、首領もひどく首をひねっていやしたよ。結局のところ試験なしでやっつけようということに決定しちゃったが、なんでもイギリスに船籍を持つトロール船を南市（なんし）の買弁（マイベン）から五、六隻買い取って、そいつで南支那海へ乗り出して、暴れまわろうという無鉄砲な作戦ですからな」

「そんな無茶な海賊稼業（しょうばい）ってあるか知ら？」

「冗談もんでげしょう。ドカンと木ッ葉微塵にやっつけてしまうんですぜ。一銭だってフンだくられりゃしませんや」

「そうね。あたし、うっかりしてたわ。そんな海賊ってないもの」

ハウゼルは急に周囲を見渡すようにして、

「壁に耳ありの譬もありまさア。こんな話は止しにしましょうや」

「それがいいわ」

彼等は幾杯もグラスを重ねたが、それから暫らくして、男女（ふたり）は競犬場（ハイアライ）へ出かけて行った。だが彼女は賭ける後から取られてばかりいた。さすがに賭博好きな彼女も、この時ばかりは、まるで別なことを考えていたからであろう。

――ジークフリート酒場の地下室に潜っているという学者こそは、問題の無線方向機雷操縦機の設計図を持って来た独逸の海軍技師に違いない。そして彼は魔風団を動員して、南支那海や太平洋や印度洋に航行中の英仏の船艦を無警告で撃沈しようと企てているのだ。独逸の秘密警察は、彼を故意に売国奴扱いにして、空騒ぎをしているのではなかろうか？

「これは、てっきり独逸の新たな奇襲戦術かも知れん？」

こんなことを考えていたので、犬の競争などには、一向に魅力を感じなかったのであった。

貞操を賭けて

両人は逸園の競犬場を出て、附近のリエージュ・ホテルへ宿泊することにした。

目的を貫徹するためには、どんな犠牲でもしのばねばならなかったのだ。

ハウゼルは、すっかり有頂天だった。

そして、二人の物語りはいつまでも続いた。

頃合いはよしと、彼女は遂に奥の手をきり出した。

「ねえ。あなた。あたしの希望を叶えて下さらない？　そしたら、あたしたちは一生涯楽しい夫婦生活が送れるわ。しかも、あたしたちは百万長者になれるのよ」彼女は愛情に充ち溢れた眼で、哀願するように、彼の顔を覗いた。彼は嬉しくなって、

「よ、喜ばせッこなしにして下せえよ。そ、そんな棚ボタ式な話ってあるもんですかい？」

「あるのよ、あなたの立場と地位を利用なされば、たった五分間か十分間の冒険で済むのよ」

「こいつアますますもって有難山の時鳥だ。さ、じれッたがらさねえで、何なりと命令して下せえましよ」

「でも、あなた。きっと吃驚りするわ」彼女は幾度も念を押して、彼に変心なしと見たので、やっと安堵して、目的を残らず語った。ハウゼルは一々点頭いて聞いていたが、別に驚いている様子もなく、

「よろしい。ぞうさもねえこってす。奴を殺して、その図面とかを奪い取ってくれぁいいんでげしょう。明日の晩までお待ち下せえ」

ハウゼルは自信たっぷりで、はっきりと答えた。

こうして、ハウゼルと別れたのは今朝のことであった

が、約束の時間に昨夜の部屋で待っていると、果して彼は成功してホテルへ帰ってきた。

「図面ッて、これのこってしょう？　こんな詰らねえものが、百万両にもなるんですかい？」

彼のもって来た図面を彼女は引ったくるようにして摑み取るや、凝視する彼女の顔は見る見る紅潮して、遂に歓喜の叫びを挙げた。

「嬉しいッ‼　あなた！」彼女はハウゼルの首ッ玉にしがみついた。

ハウゼルはいよいよ、勝ち誇るように、私語（ささや）いた。

「拳銃（パチンコ）じゃ音がして、うるせえと思ったんで、海軍ナイフで一突きに心臓を刳（えぐ）ってやりやしたよ。ところが図面らしいものが何んにも見つかりやせん。で、もしかしたら野郎の肌身に着けていやがるんじゃあんめえかと思ったんで、血の噴いているチョッキに手をかけて、まず上衣を脱がせると、馬鹿に内ポケットが脹れてるんで手を突ッ込むと札束が一杯出てきた。こいつア幸先いいぞとばかりに、次にズボン、それからワイシャツという順序で調べてったら畜生め、アンダーシャツの背中に五枚も重ねた図面が縫い附けてあるじゃございませんか。面倒臭せえからシャツごと切り抜いて来やしたが、そん時の札束は、これで……」と、ポケットから摑み出して、小卓（テーブル）へポンと載せた。

「まあ！　お金まで、だまって貰ってきちゃったの？　さ、あなた、祝杯を挙げましょうよ」

そう云って、かねて用意しておいた二つのグラスにシャンパンを景気よくなみなみと注いだ。そして自分は素早く手前にあるグラスを取って、別のグラスを彼の手に握らせた。

「ブラボー‼」

男女（ふたり）は同時に飲みほしたが、ハウゼルは、もう一杯くれろと云ってグラスを突き出した。云われるままに彼女はシャンパンの瓶を持ったが、その刹那であった！　ハウゼルの顔色は突如、蒼白となって、崩折れるように前のめりに倒れた。何か呻吟（うめ）こうとして唇を動かしたが、はや口にも手足にも、ひどい痙攣がきて、そのまま絶命してしまった。

彼女は、じいッと、それを凝視めていたが、さすがにいい気持はしなかった。

「ご苦労様でございましたわ」彼女は、静かに引導を渡した。

ハウゼルのグラスには毒薬が盛られてあったのだ。

彼女は、震える手先で、設計図と札束を手提鞄に入れるや、部屋に錠を下し、その鍵を持ったまま、ホテルを飛び出した。

だが、設計図と操作書は一刻も早くどこかへ匿(かく)してしまわねばならない。彼女は、ふと金属性の寝台の脚へ眼を着けた。

「まあ!? すてきな匿し場だこと!」

急いで、寝台に突っかい棒をして、その円柱(まるばしら)の脚の一つを浮した。そして車のついた脚の附け根の所をひねると、果して螺込(ねじこ)みになっていたので、これを外してガラン胴の脚の中へ、図面や操作書を小さく巻いて押し込み、螺(ねじ)を嵌(は)め、元通りにして、ホッと吐息を洩した。それから札束のはいった手提鞄を持って部屋を出たが、気を紛らわすために、かねて馴染の賭場「大発公司」へタクシーを走らせたのであった。しかし、札束の中に血を吸っている札が交っていようとは夢にも知らなかったのだ。

それを今、この賭場の睇礫(ディティッ)から注意されて、ハッと気附いたのである。

悪銭

彼女は強いて平静を装いながら、

「たったさっき、銀行から貰ってきたままなんですの。……でも、血のついたお札を寄越すなんて、縁起でもない」

こんな云い訳など誰も信ずる者はなかったが、さりとて、これ以上に詮索する者もいなかった。

両替の勘定場から戻ってきた睇礫は、様々の色札を、彼女の眼前へ積んだ。輪盤へ賭けるには、現金の代りに凡て、この札を用いる事になっていたのだ。札は百弗(ドル)、十弗、五弗、一弗と色彩によって区別され、総決算をつけて帰る時には、この札が再び現金に交換されることになっていた。

賭客はテーブルに吸いついて、各自が思い思いに、これが出そうだと思われる番号へ賭けていた。その賭け方も極めて複雑で、もし一つの番号のみに賭けて当れば三十六倍となって帰ってくるのである。札を二門に跨いで賭けると十八倍になる、というように、厄介で興味のある規定がつくられているので、彼女が気を紛らわすには、うってつけの場所であった。

ここでは一回の勝負に賭けられる金高は何万弗という巨額に達し、貧乏人が見たら眼を暈（まわ）すような光景が、瞬間のうちにドシドシと片づけられて行くのである。

彼女は、好きな5番の門へ、はじめ百弗を賭けた。みんな賭け終ると、司宝官（スパーク）は輪盤にスイッチを入れた。途端に擂鉢（すりばち）型の円盤はスタートを切って廻転し始めたので、賭客の眼は一斉にそこへ集められた。司宝官は慣れた手さばきで、その廻転と反対の方向へ一つの小球をサッと転がした。いよいよ運命の骰子（さいころ）は投げられたのだ。小球は次第に廻転力を失って、間もなく円盤の底の番号の記された小区域の一つへ落ちて止った。この落ち込んだ穴の番号が、当り番号なのだ。

「6番の大当りッ!!」楂牌（ソーバー）（当り番を大声で呼びあげる係り）が叫んだ。

「まあ憎らしい。隣の穴へ落ち込むなんて……ぞくぞくさせるじゃないの」彼女は思わず呟いた。

四隅に立っている八人一組の睇碟は、素早く手をのばして、賭けに外れた金札を浚って、当った観客へ配当金を支払った。この操作の早いのには何人も一驚を呈するであろう。睇碟の役は、非常に頭脳（あたま）が良くなければ勤まるものじゃない。一度に数十名の張る賭け金に対してその複雑な配当を瞬間に暗算で支払わねばならぬからである。

彼女は意地になって、また5番へ百弗を賭けた。だが今度は20番に落ちて、呆気なく取られてしまった。

こんな調子で、焦れば焦るほど躓いて、そして持ち札は、あと僅かに五十弗、おまけに魔風団の追っ手が今にも押し掛けて来るような幻がチラついてきて、どうにも腹が据らなかった。

最後の五十弗も一瞬にして取られてしまうと、すっかり苦りきって席を離れた。

「馬鹿々々しい。すってんてんで帰れると思うの?」

彼女は、やけになって、ハイボールをあおったが、ふと気附いたので、手招きで一人のボーイを呼んだ。

「ちょいと。社長さんに急用が出来たのよ。羅文旦さんいらっしゃるでしょう?」

彼女は、自分の名刺を手渡した。

機密室（ブラックチェンバ）

エドモンヅが入ってゆくと羅文旦は三階の社長室で、子分たちに何事か秘策を授けていたところだった。

「いつも御繁昌で結構でございますわ」

「有難う。時に御用件は?」羅文旦は、徐ろに葉巻（シガー）へ火をつけた。

「あたし、今夜はどうかしていますわ。ペロリと二千弗を費（す）ってしまったんですもの。こうなったら一ぺん目を出すまで意地にも帰れやしません。ですから先日お届けしましたS・N・Gの代金を頂戴出来ませんか知ら……」

「ン。あの小型機関銃のことですかい？　実は、まだ試発もしていないんですが……。よろしい。支払っておきましょう」

青年首領の羅文旦は、百弗紙幣の束を、尻ポケットから摑み出した。

「さ。これだけあれば、今夜は相当に楽しめますよ」

彼女は、それを受取って部屋を出たが、その足で直ぐ賭場へ姿を現わした。しかし落ち目の時は仕方のないもので、これもまた瞬く間に捲き挙げられてしまった。

「あんなもの、みんな負けたって構やしないわ、私はもっともっと素晴しいお宝を手に入れたんですもの」

と、そう自らを慰める彼女の眼に設計図と百万円の金貨が入り乱れて浮び上っては消えるのだった。

「エドモンヅさん。何を呆然（ぼんやり）していらっしゃるんです」

だしぬけに背後（うしろ）から呼びかけた男があったので、驚いて振りかえると、愛人のトーマスが微笑をたたえて立っていた。

「おや?　いつ帰っていらっしゃいましたの?」

エドモンヅは急に元気づいて、トーマスの手をぎゅッと握りしめた。

「あたし、あなたのお帰りになるのを待ちきっていたのよ。凄い獲物を手に入れたわ」

「僕だって大変なニュースを摑んできましたよ。さ。直ぐ地下室へ行きましょう。とても嬉しい儲け話があるんです」

「あたしだってそれ以上のがございますわ」

恋人同志は腕を組んで、地下室の特別私室（プライヴェート・ルーム）へと急いだ。

トーマスという男は、英国参謀本部附の陸軍大尉で、諜報機関から派遣されている軍事探偵であった。

特別私室では凡ゆる大きな商談、密輸入の取引、スパイの情報売買、戦慄すべきギャングの陰謀等が行われるのであって、この部屋部屋こそは、ある意味において、上海を左右する機密室だったのだ。

男女は、その一室へはいると、内部から鍵をかけた。

トーマス大尉は、一体、彼女に、いかなる密談をしようとしていたのであろうか？

復讐戦

その頃――。

この賭博会社の社長室では、羅文旦が秘書や子分たちを退けて、贅沢な安楽椅子に寝転びながら「赤穂義士伝」を読んでいた。

彼の父は杭州生れの支那人であったが、母は上海で芸者をしていた長崎県生れの日本人であった。

父は上海生えぬきのギャングの一首領であったが、その頃、蔣介石の手足となって猛威を振るい出した支那の一大秘密結社「青幇」と勢力を争って、これに敗れて惨死したので、彼は十八歳で父業を継ぎ、上海の暗黒社会へスタートしたのであった。

彼は暗黒街の、どの顔役よりも若輩であったが、智能的には顔役中の誰よりも優れていた。その上、この社会で最も必要とされる射撃の技において、全く天才的な冴えた腕を持っていたので、メキメキと売出して行った。

そうした時に勃発したのが、昭和七年一月二十九日の第一次上海事変であった。

誰の口からともなく、

「羅文旦は混血児だ。奴の母親は東洋鬼（日本人を悪しざまに云う彼等の常套語）だ。漢奸だ！」

ギャングの世界にまで、漢奸騒ぎが起って、青幇に買収された子分の一人が、羅文旦を裏切って彼の母を惨殺してしまった。

「さきには親爺の生命を奪い、今また母を亡きものにしやがった。覚えていやがれ憎ッくき青幇め‼」

彼は、息切り立って、敵の真ッ只中へ飛び込んでやろうと思ったのも二度や三度ではなかった。しかしその都度「赤穂義士伝」が、この暴挙を戒めてくれるのであった。

かくて隠忍自重の数年間は過ぎた。今や羅文旦の勢力は侮るべからざるものとなった。

果然、大陸の地軸をゆすぶって爆発し出したのは、今度の支那事変である。戦火が見る見る上海に燃え移るや、激戦二ケ月、皇軍は忽ち上海を掃蕩したので、青帮の親分たちは、風を喰(くら)って、蔣介石の膝下へ逃げうせてしまった。首領を失った青帮は支離滅裂となった。

「機会は今だ！」

羅文旦は、俄然蹶起(けっき)した。

まず青帮の弗箱と云われていた大賭博場「大発公司」を大挙して占拠するや、ここを根城(ねじろ)として、青帮の既成勢力を、徹底的に叩き潰し始めたのであった。

彼は三千の子分たちを叱咤して、大号令をかけた。

「戦いは、これからだ‼　民族の敵、蔣介石を抹殺しろ‼　青帮の息の根を止めるまで戦い続けろ‼」

かくて忽ち百名の暗殺隊が組織された。果して効を奏するや？　否や？　は今後に残された興味ある問題である。暗殺隊は巧みに変装して重慶(じゅうけい)に向った。

一方、彼は上海の暗黒社会へ独特の網を張って、多くの抗日テロ団や、抗日スパイを片ッ端から引ッ捕えた。そして闇から闇へ葬っていたのだ。

その独特の網の一つが、この賭博場の地下室にも、秘密裡に張られてあったのである。

今しも、この網に引っかかったのが、英国軍事スパイのトーマス大尉とアメリカの女間諜クリスチナ・エドモンヅであった。

突然、卓上機がヂリヂリンと鳴り出したので、羅文旦は読み差しの「赤穂義士伝」を机上に伏せて、受話器を取った。

「た、大変です。録音室へ来て下さい」

輩下の録音技師(モニター)からであった。

「よろしい。今直ぐに行く」

三十一歳の青年首領羅文旦は静かに起ちあがった。

密談

地下室の特別私室(プライヴェート・ルーム)は、小ぢんまりと整っていた。

賭客たちの多くは、商談や陰謀を画策するために、好んでこの部屋を利用していたのであった。しかし、彼等のうちで、この部屋の天井の一隅に開けられてある通風窓に特別の注意を払った者は、今までに一人もなかった。

その通風窓の天井裏には、感度の鋭敏なコンデンサー方向マイクロフォンが備えつけられ、これにキャッチされた彼等の密談のすべてが、録音室の増幅機（アンプリファイヤ）で拡大されて、自動的にレコードに記録されて行くように仕組まれていたのである。

羅文旦は、その録音室へ姿を現わすと、技師は待ち構えていたように、

「これを御聞き取り下さい。容易ならぬ陰謀らしいです」そう云って、デキタフォンにスイッチを入れた。撮音された円筒形の原板は廻転して、トーマス大尉とエドモンヅとの密談がそのままに物語られて行った。

「獲物というものは、意外な所に落ちているものです。僕があのまま香港から、こちらへ帰ってしまえば、恐らくそれを拾うことは永久に出来なかったでしょう」

「どんな獲物でございますの?」

「ま、お聞き下さい。日本の海軍は、支那の優秀な港を殆んど占領してしまっているので、支那は自分の領土内で直接に陸揚げをすることの出来る武器や戦争資材の輸入港は、今のところ南端にある雷州（らいしゅう）と北海（ペイハイ）の二つしか持っていません。僕は命令で、この方面の貿易状態や輸送路の関係を調べに行っていたんです。ところが雷州の視察を終えて北海へ行った時でした。埠頭前の茶館（さかん）の二階に陣取って、何気なく双眼鏡をいじくっていますと、意外な光景が眼鏡に写ったじゃありませんか。

沖へ出ている五、六艘の釣船がやたらに場所を移動しているのに、まず不審を抱いたのです。しかも彼等は釣糸を垂れていましたが、それは魚を釣るためではなく、水深を計っていたのです」

「なんの必要があって、そんなことをしていたんでしょう? きっと、日本軍のため海南島（かいなんとう）から追っ払われた海賊たちかも知れませんわ」

「そうでしょうか? ……しかし海賊ならあのへんの海は底の底まで知り尽しているはずです」

「でも新米の海賊たちかも解りませんわ」

「あるいは、そうかも知れません。しかし僕はその夜、支那宿へ帰っていよいよ怪しまずにはいられないようなニュースに接したのです。その北海から広西省（カンシー）へ出る省境の山岳地方の粘土層に、多量のアルミニュームの鉱脈とかがあるとか云って、五人連れの鉱山師（やまし）がこの宿を今朝出発して行ったというのです。そのうえ宿のおやじの話に依ると、彼等の言語に厦門（アモイ）地方の訛があったから、この土地のものではないと云うのです。おそらく彼等は、

この北海を中心として、広西省の南寧(なんねい)地方へ出る道路は勿論のこと、河や山や畑や森や、あらゆる目標物と地勢を偵察するために、出発したのじゃないかと思われるのです」

「真逆(まさか)？　あなたの獲物って、そんな程度のものなんですの？」

「そんな程度のものですって？　あなたも存外に鈍感でいらっしゃいますな。これは日本軍がいよいよ北海附近へ敵前上陸をするための敵情偵察隊だとは思いませんか？　僕たちは、それを支那の軍事機関へ売り込んで、お金にさえなりァいいのですから」

「でも物的証拠を見せなくちゃ、お金を出さんでしょうよ。きっと」

「大丈夫です。僕たちは今の話に、もっともっと山をかけて、明朝(あす)にでも日本軍が上陸せんばかり、吹ッかけるんです。先方は堪らなくなって、上陸地点はどこだ？と、たたみかけて訊いてくるに決っています。そしたら交換条件で、その値段を決めるのです」

「……」

ここで、二人の会話は、ちょっと途切れた。

機関銃

やがて、デキタフォンは更に二人の会話を伝え始めた。

「……そこで僕は、大々的急行で、上海へ飛び帰ってきたという訳です。さ、直ぐ僕を案内して下さい。売込みに行こうじゃありませんか？　貴嬢(あなた)はその取引所を御存じのはずです」

「取引所ですッて？　あたし存じませんわ」

「貴嬢は、この上海に潜り込んでいる国民政府軍事委員会直属の有力な密偵長と懇意じゃありませんか？」

「あああの孫(そん)大佐のことでしたの？」

「そうですそうです。すぐ彼に逢わして下さい。彼は今、どこにいるんです」

「パイオニアグランド横のグリン・ハウスにいるはずでございますわ」

「では直ぐ電話をして、これからお訪ねしてもよいかと打ち合せをして下さい。早く」

「待って下さい。あなたは御自分のお話ばかりして、あたしの拾った獲物のことなんか、これッぽちも訊ねて下さらないじゃありませんか」

クリスチナ・エドモンヅは、問題の無線方向機雷操縦機の設計図を奪取した顚末を詳しく物語った。そして、これを英国軍事探偵トーマスの手を通じて、英国へ売込んでもらえるなら、自分達は十万磅(ボンド)の金持ちになれると語った。しかしトーマスは、これを自分自身の手で獲得したことにして提出すれば、自分は軍人として最高の名誉ある勲章を授けられることになるであろうから、ぜひ、この殊勲を自分自身のものにしてくれろと頼んだ。そして、

「僕たちが結婚式を挙げるクリスマスの日も、あと僅かじゃありませんか。夫婦になれば一心同体です。僕の名誉は貴嬢の名誉でもあります」と云って、彼女の決意を促すのであった。しかし、彼女は名誉よりも金を望んだ。

二人の間に軽い口論が起ったが、トーマスは、とにかくその設計図を見た上で方針を決めようではないかと切り出した。彼女は納得した。

「では、孫大佐への売込みの一件を先に片づけて、それから貴嬢のアパートへ行きましょう。それが道順でもあるし……。さ、部屋を出ましょう」

デキタフォンに記録された会話は、ここで止っていた。

一部始終を聞いていた羅文旦は、

「これは、どの部屋からの録音だ?」鋭く訊ねた。

「三号室ですが、手配は既につけてあります」録音技師は即座に答えた。

その時、モニターの助手が、慌てて飛び込んで来た。

「会話の主は、いまスタンドで酒を飲んでおりますが、女は電話室へ行きました」

「よろしい」羅文旦は急いで部屋を出た。

それから十分間の後ちであった。

トーマス大尉とクリスチナ・エドモンヅの二人は腕を組んで、自動車(セダン)の中におさまっていた。自動車はパイオニアグランド方面に向ってプラタナスの葉こぼれる街路樹の中を、滑るように走って行った。

その時、一台の幌自動車(オープン)が向うから、暗夜の中に二ツ目玉を光らして物凄いスピイドで疾走してきたが、擦れ違った瞬間!

ダダダダッ! 豆を炒るような機銃弾を浴せて、あッと云う間に行き過ぎてしまった。

トーマスとエドモンヅは、ともに十数弾を受けて即死し、支那人の運転手は虫の息であった。自動車は街路樹

と衝突して、危うく横っ倒しになろうとして、やっと踏み支えられた。そして、驚いて夜更の道路へ弥次馬が飛び出してきた頃には、機銃弾の雨をふらした魔の幌自動車は、闇の彼方へ遠く消えて影も形も見えなかった。

その頃、そのオープンの中では、

「フン。馬鹿な奴等さ。てめえらの売りつけた機銃の試発に、てめえら自身が、その標的になるなんて、おめでたい奴もあればあったもんさ」

「身をもって武器の正確さを証明したッていう訳でしょうな、親分」

「つまらん謀叛を企らむやつは、いつでもこの通りさ。ウアッ、ハッハッ‼」

羅文旦は、腸の奥底から笑い崩れた。

「さ。今度はグリン・ハウスへ急行だぜ。孫大佐を片づけたら俺は帰るが、てめえたちは、エドモンヅの部屋へ行って寝台の脚をもぎとって来い。あとくされのねえように、俺が図面を焼き払ってやる。英仏が何だい？ 独逸が何だい⁈ 俺アどっちの味方でもねえよ」

機関銃を積んでいる羅文旦の幌自動車は、暗の街を疾って行った。

（後記）皇軍が荒天を冒して、北海に敵前上陸したのは、それから数日後であった。当時都下の新聞は一斉に、その敵前上陸の全責任者高須海軍中将の談話を発表したが、中将の苦心談中に、上陸に対する事前工作として、同地方一帯を偵察するのに、多大の困難と苦労をしたという談話のあったことを、諸君は思い出すであろう。

ビルマ公路（ルート）

いま世界の耳目を集めている話題が二つある。その一つは、ドイツがいつ、いかなる方法でイギリス本土攻略を決行するかの問題であり、もう一つは、蔣介石（しょうかいせき）が最後の輸血路と恃（たの）むビルマ・ルートの再開によって、彼奴（きやつ）の命脈が果して、どれほど保たれるか？　日本が、いかなる方法でこれに対抗するかの問題である。

この問題のビルマ・ルートとは、英領ビルマの海港ラングーンに端を発し、ビルマ鉄道最北部の終点ラシオの駅より自動車道路で支那雲南省（うんなんしょう）の国境を貫いて滇緬（てんめん）公路に接続し、雲南の首都昆明（クンミン）に達する蜿蜒（えんえん）七百二十五哩（マイル）に及ぶ大軍需輸送道路なのである。

この道路は最低地でさえも海抜四千呎（フィート）以上あり、多くは七千から九千呎の高きに位し、事実「世界の屋根」の上を走っているのである。これはその昔（西暦千二百七十二年）マルコ・ポーロが、一万二千名の騎馬隊を従えて通過した道路であり、その歴史的な隊商路を今や蔣介石が「世界一の軍用道路」と豪語するほどに、その道幅を拡げ、またこれを横切るサルウィン、メーコン、ソンコイの三大河川に近代的な鉄の大吊橋を架け替え、更に数千呎の峡谷に無数の鉄橋を架けて、昔の姿を一新してしまったのである。

この物語は、このルートで起った記録的な大冒険譚である。

箱詰の生き人間

稀代の熱血漢として、羅文旦（らぶんたん）の存在はあまりに有名だ。彼は世界の癌と云われる上海（シャンハイ）の闇に蠢動（しゅんどう）する凡ゆるギャングの首領たちを、片ッ端から撫で斬りにして、今では押しも押されもせぬ世界の顔役となった。しかし彼は、まだ三十歳を迎えたばかりの青年なのだ。

支那事変の勃発と同時に、蒋介石は幕下(ばくか)の精鋭をすぐって数百の間諜とテロリストを上海に潜行させた。だが、羅文旦は、彼等の化けの皮を忽ちヒンむいて、秘かに斬って棄てていた。彼のこうした行動は、誰に頼まれたというのではなく、彼がただ生れながらの親日家だったと云うまでの話だ。なぜなら彼は日支の混血児だったからであろう。

彼は汪(おう)政権が成立して、中国に輝かしい新国家が生れるや、決然としてヤクザの稼業を洗ってしまった。そして彼のために命を投げ出している数百の配下等と共に血盟の誓いを結んで、新たに「中国新民突撃隊」を組織した。これはアジアの敵蒋介石の擬装政府を叩き潰すための決死隊なのである。

その後彼等の得意とする潜航艇式活動は次々に開始された。大きな獲物が矢継早に挙げられたが、この物語はその中の一つである。

時は昭和十五年九月十八日に始まる。この日はあたかも英国が日本にビルマ・ルートの輸送禁絶を約して正に二ケ月目に当り、また満洲事変勃発の紀念日として忘れ難い日である。

この日を間近にして、羅文旦は深く期するところがあって、三名の闘士を選び、英領ビルマに潜り込ませた。選ばれた闘士の中には聡明で、勇敢で、若くて奇麗な女性が一名まじっていた。彼女の全貌は物語の進むにつれ明かにすることにしよう。

昭和十五年十月十二日、星の降るような夜であった。

南十字星はキラキラとまたたき、ここラングーンの港は、ようやく深き眠りにはいろうとしていた。

と、夜の静寂を引きちぎるような鋭い警笛が続けざまに吠えて、一隻の汽船が入港してきた。

それは、七千噸(トン)はゆうにあろうと思われるアメリカの貨物船であった。

云わずと知れたアメリカから援蒋軍需資材を満載してきた船である。それが貨物船専用桟橋に着船すると、ビルマ警備兵の厳重な監視のもとにインド人、ビルマ人、安南人、支那人など百名にあまる荷上げ人夫たちが、小さな各自の運搬車で、四十八輌も繋がっている軍用貨物列車へ積み替えを開始した。

拳銃、小銃、高射機関銃、ガソリン、弾薬、火薬などの危険物から、野戦兵器、航空機用発動機、解体された戦闘機の部分品類などが、いずれも頑丈な木箱に詰められてあった。

波止場は忽ち、これ等危険物の箱、箱、箱の行列で、テンヤワンヤの騒ぎを演じた。

ところが、このドサクサのさなか、荷上げ人夫詰所の裏にボロをかぶせて匿(かく)しておいた一つの木箱の被いを取去ったかと思うと、それを荷上人夫達と同じ運搬車に載せ、不敵にも行列の中へ加わった一名の人夫がいた。

夜の薄明りの中ではあり、あまりにも堂々と手際よくやってのけたので、誰れ一人怪しむ者もなく、極めて自然の裡に行われた。

その箱の中には生きた人間が、二人までも入っていたのである。

この箱詰の人間たちは、どうやら自分等が首尾よく危険物の箱の山と一緒に列車中へ、御仲間入りすることが出来たような気配を感じたので、まず一人は手探りで同志の袖をグイと引いた。

「うまく行きそうだぜ」

「モチよ」答えたのは意外にも女であった。二人は、窮屈で、僅かに薄明りの洩れてくる箱の中で、いとも暢(のん)気(き)そうにニンマリと笑った。

この危険物の箱の山は、いつ、どんな間違いから、爆発しないと誰が保証出来よう？　しかも彼等はいよいよこれから二日二晩、その窮屈な箱の中で暮さねばならんのだ。まさしくトーチカ以上の心臓の持主か、よほどの無神経の者か、飛びきりの健康者でなくばとても出来ぬ芸当である。

数時間の後、この軍用列車は一路ラシオを目指して、無停車のまま進行を続けた。その途中、駅に近づく毎に線路の切り替えで、貨車はヒドク揺ぶられた。その都度、二人はさすがにヒヤリとするのであった。

「なアに、間違いが起ったら瞬間に吹き散って真ッ黒焦げになってしまうまでさ」

「そうよ。覚悟は出来ているわよ」彼女も元気で答えた。

決死隊の大和撫子(やまとなでしこ)

彼女は純粋の日本娘であった。

彼女は上海の支那人の家庭で生れた。彼女がまだ母の胎内にいた頃、父は身重の妻を支那の友人陳(ちん)氏の宅に預けて、蘭印視察の旅に出たまま、スラバヤの病院で客死したのであった。母は驚きのあまり月足らずで彼女を生

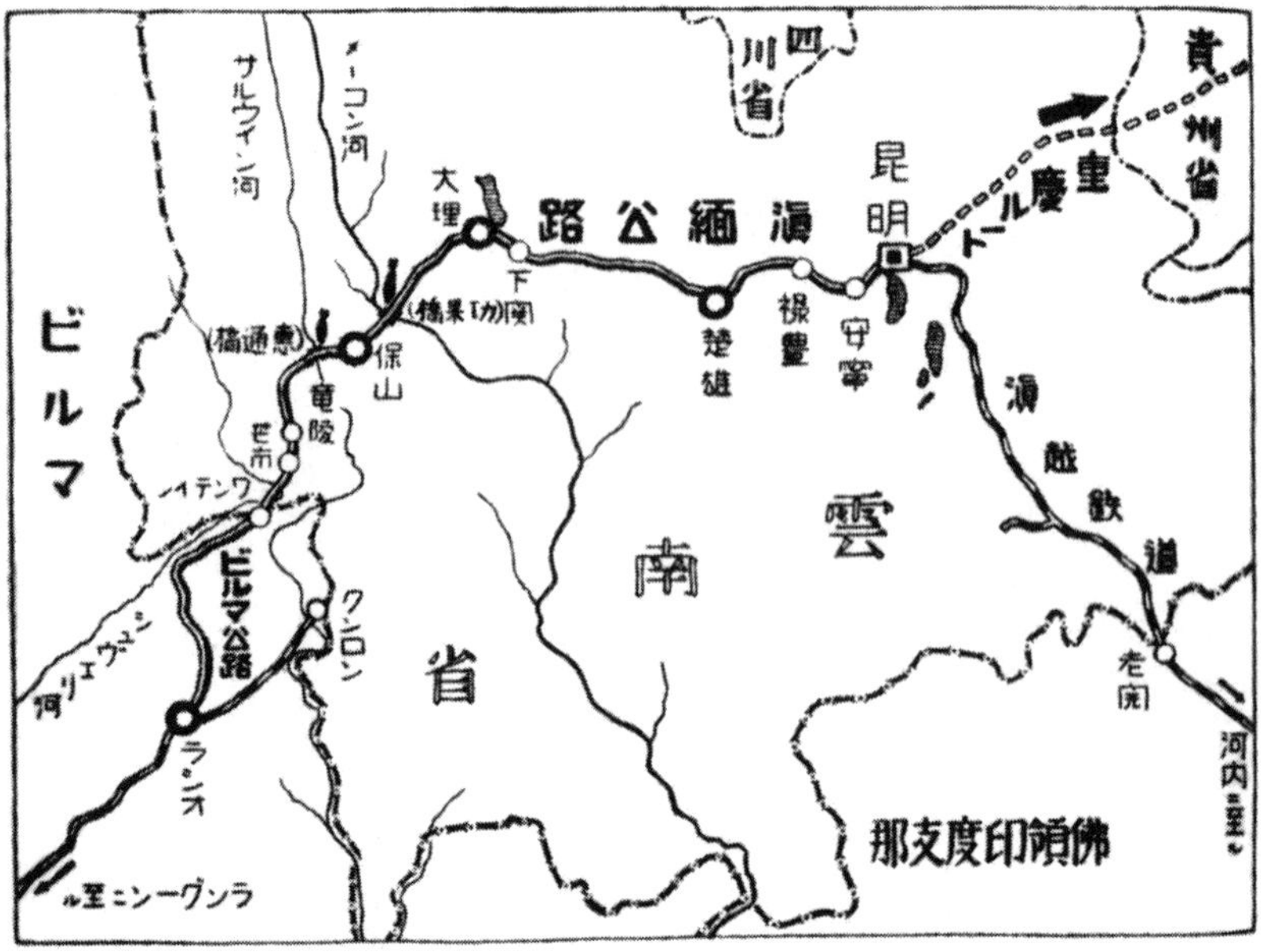

み落したが、陳氏夫妻の手厚い看護を受け、母子とも安らかに療養を続けることが出来た。

体が恢復すると、母は帰国を決意したが、陳氏夫妻の親身も及ばぬ深き厚意に感泣して、永くこの家にとどまることになり、母は家政婦となって立ち働いた。そうした家庭の中で彼女は育てられて行った。

かくして二十一年間の日月（じつげつ）は夢の如くに流れた。彼女は今は上海芸術大学の学生となっていた。

北支に端を発した支那事変が上海に飛び火した頃、彼女等母子はフランス租界に住んでいた。支那群衆の眼が注がれたのは当然である。

「きゃつらの家には漢奸（かんかん）の母子がいるはずだ‼」

「きゃつらを曳きずり出してなぐり殺せ‼」

猛り狂った群衆は屋内に殺到してきた。

母子は身をもって脱れたが、直ぐバラバラにはぐれてしまった。

彼女は遂に捕えられて憲兵に引き渡された。

彼女は、その時羅文旦の手に救われ、以来、その本拠で、あの恐ろしい事変の数ケ月をすごすことになった。

羅文旦の配下の調査報告に依ると、陳氏の夫妻は漢奸を庇ったという理由で憲兵に拉致されて銃殺され、母の行方は未だに不明であったが、おそらく同じ運命に果てたことであろう。彼女は歯を食いしばって復讐を誓った。

彼女が勇敢なる女闘士として羅文旦の直接指導を受けることになったのはこの時からである。

この突撃隊にあっては羅文旦の命名で、彼女は陳眉秀（チェンメイシュウ）の支那名で呼ばれているが、牧勝子こそ彼女の本名なのだ。

彼女はビルマ・ルートの破壊工作を自ら志願して、この命がけの箱の中に、進んで詰め込まれたのであった。

軍需品置場

ガラ、ガラ、ガターン
鉄路の上で、物凄い動揺が起って、この軍用貨物列車は、始めて停車した。四十四時間ぶりである。時計を見るともう夜の七時をすぎている。幸に月が出ていた。

「いよいよ終点だ。お互に頑張ろうぜ」

箱の中で同志は力強く私語（ささや）いた。しかし眉秀は、やっと「ええ」と答えたのみであった。彼女はあらゆる窮屈な悪条件のもとに堪えられるだけ堪えてきたのだが、もうこれ以上の抵抗は不可能と思われるほどに衰弱していたのだ。

列車の進行中、彼等がこっそり箱から身体（からだ）を出したのは、たった五度だった。それも時間にすれば僅かに四、五分ずつ、用をたすために余儀なく出ただけである。

何しろ熱帯の旅である。一通りの苦しみではない。箱の中はあたかも蒸し風呂のような暑さなのだ。体内の凡ゆる汗も脂肪（あぶら）も出尽して、顔も手足もベトベトであった。おまけに髪の毛は魚肉の腐敗したように、動く度びにプーンと悪臭が鼻を突いて胸がむかむかしてくるのだ。もう幾度となく吐瀉（としゃ）して、今は吐くべき生唾も出なかった。

「おや？　積み替えだ。あと二、三時間の辛抱だ」

同志の揚君（ヤン）は、そう云って、眉秀を揺ぶり起した。彼女はハッと我れにかえった。

いよいよ積み替えが始ったのだ。

彼等は、このラシオの市街から三哩ほど離れている旧市街の軍需品置場へトラックで運ばれて行った。

この軍需品置場の前が、ビルマ・ルートの起点となっているのである。

この広々とした置場の中には、三つの倉庫があった。

普通ならば、駅からトラックで運ばれた軍需品は、直ちにこの倉庫に入れられてしまうのだが、この一週間の間に軍需品を満載したアメリカの貨物船が六隻もラングーンへ着船したので、この倉庫は無論のこと、置場全体が貨物の山となっていたのだ。

英国は吾が再度の申入れに対して、ビルマ・ルートは引続き輸送を禁絶してもよいというように見せかけていながら、さきに決めた公約期間（十月十七日まで有効）が、まだ切れないうちに、このルートの起点へ、既に、これだけの軍需品を待機させていたのだ。

箱詰の人間たちを運んだトラックは、この軍需品置場へ停車して、すでに二時間は経過したと思われた。彼等は、その間、どこへも積替えされたような気配を感じなかった。

四囲（あたり）は月の白光を浴びて森（しん）として死んだような無気味な静けさを保っていた。

彼等は遂に堪りかねて、箱の篏（は）め板をはずし、秘かに首を出した。

自分達も貨物もトラックに乗せられたまま、その上に分厚い防水布（シート）を掛けられていたのだ。二人は注意深く這い出して、防水布の端を少しめくって見た。涼しい夕風がサッと心地よく顔を撫で去った。

前後左右は、みなシートをかぶせたトラックばかりだ。ルートの解禁と同時に、このままトラックはすぐ国境を目指して進めるだけの準備をしているのだった。

「畜生ッ。今に見ろ！」揚君は首をもたげて、シートの山を今一度見渡した。

「凄い景気だ。トラックは、ざっと千台はあるぜ」

その時、急に靴音が背後に聞えた。二人は亀の子のように首をすくめた。

靴音は段々近づいて来る。

偽の支那将校

彼等はシートの中で、息を殺して耳をそばだてた。規則正しい歩調で、靴音は遂に彼等の前を通り去った。それは二名のビルマ人の衛兵であった。頭に白いターバンを巻き、カーキ色の上衣にカーキ色の半ズボンをはき、鉄砲をかついでいた。

兵隊が行ってしまうと、また死んだような静けさにかえった。

「君は今の内に支那将校に変装していてくれ。僕はダイナマイトを仕掛ける場所を調べて来る」

揚君はトラックの下へ潜り込んで、いずれかへ姿を消してしまった。

眉秀は箱から、二人に必要な道具を残らず引きずり出し、素早く身仕度をととのえた。その時、またもや衛兵の靴音が聞えてきた。

彼女は周章てて(あわ)トラックの下へ潜り、手をのばして道具もそこへ引きずり寄せた。しかし靴音は別の列に並べられたトラックの方へ消えて行った。

彼女は再び這い出して、注意深くトラックの上によじ登った。揚君が帰ってきても目印がないので困るだろうと思ったからであった。

「どこまで探しに行ったのか知ら?」

シートの上で腹這いになったまま、ちょっと頭をもたげると、トラックの、あちこちで衛兵の光った小銃が動いているのが見えた。

絶えず静かな風が吹いていた。トラックからトラックに焔が燃え移って行くに誂え向きの風であった。

すると、直ぐ背後で、突然、カサカサという音がした。彼女は、ハッとして、腹這いのまま徐々に向きをかえ拳銃の引き金に手をかけたまま、前方を凝視した。

ニュッと眼前に首が現れた。それは揚君であった。

「びっくりしたわ。敵かと思って……」だが、動悸はまだ早鐘のように打っていた。

「さ、今の中に、早く決行しよう。先へいくほど仕事がしにくい。いいかね。この列から右へ向って三ツ目の列を五メートルほど行くとガソリンの缶ばかり積んだトラックが二十台ほど並んでいる。君はそこへ行って缶の間へダイナマイトを仕掛けてきてくれ。導火線は出来るだけ目立たぬように頼むぜ。僕は火薬ばかりのトラックを見つけてきたから、少しばかり遠いが、その方へまわろう。では、僕に薬っぱ(ダイナマイト)と紐(導火線)を呉れないか」

「みんなトラックの下に置いてあるわ」

彼女はトラックから滑り降りた。

「どっちが失敗しても、これッきり見おさめとなってしまうのだ」

「縁起でもない。大丈夫だわよ」

二人は堅い堅い握手をして互の目的地へ別れた。

眉秀は目的の場所へ忍んで行った。手頃の一つを見出して、それへ這い登り、シートを少しはね除(の)けた。大事を決行する前の緊張で、体は震えた。靴が缶に当る鈍い音さえまるで大音響のように響いた位である。

彼女は微かな光を頼りに、手近の缶と缶の間へ、導火線で繋いだダイナマイトを差入れた。そしてそこから下へ降りようとした時、過って足を辷らせた。その物音に、突然、五、六台のトラックを挿んだ向うから、荒ッぽい声が誰何（すいか）した。

彼女は息を殺して縮こまっていた。

「誰だ⁈　そこにいるのは？・？・」

再び、怒鳴り声がした。

しかし答えもなく、その後何の音もしなかったので、衛兵は安心したらしく、それ以上に調べには来なかった。一時は、事発覚したかと観念した彼女は運命を天にまかせて、数時間とも思われるようなその数十秒を待っていたのだ。

やがて、注意深く、トラックの間から下へ四ツん這いに歩いて出口に向った。

揚君は既に諜（しめ）し合せた場所で待っていた。

「よかったなア。お互に無事で……」揚君は涙をボロボロこぼした。彼女も目蓋（まぶた）がジーンと熱くなった。

見れば、二人は互に支那の輸送指揮官のような変装をして泣いていたのである。


「でも歩哨の眼を掠めて、うまくここから出られるか知ら？」

眉秀は不安でこういった。

「なアに大丈夫だ、大胆にやるさ。もう俺達はカラ身だもの」

彼等は四、五台のトラックの下を潜ぐり抜けると、間もなく高くて長い石塀の続いている所へ出た。

「こいつを飛び越えてしまやア世話なしなんだが……待て待て俺がちょっと偵察してくる」

暫くして揚君は小型電話器を見つけて、帰ってきた。

「いいものを見つけたよ。これで一つ芝居をやってくる」

揚君は再び稲妻のように飛び出して行った。彼はこの仕事には慣れていた。電線に繋ぐや否や、

「ハロー、ハロー」気忙わしく英語で呼びかけた。しかし交換台は眠っているのか、何の返事も聞えてこない。それでも彼はあたりをヒドク警戒しながら、腹這いにな

って電話器に噛りついていた。

「どちらへ?」確かに交換台からの声だ。

「門衛詰所へ願います。……もしもし門衛詰所ですか?御苦労さんです。こちらは倉庫係です。ただいま昆明から派遣された輸送係の将校が二人ここからお帰りになりますから宜敷くお願いいたします」

「ハイ、承知しました」

ガチャリと電話は断れた。揚君は、ニヤリと笑って戻ってきた。

二人は、しゃがんだまま作業にとりかかった。

彼女は手で掩いながらマッチを擦って、揚君の差出した導火線に点火した。シュッと烈しい音がしだした。

二人は暫く、導火線が燃えて行くのを確かめてからそこを離れた。

彼等は自分たちの計画を、この導火線のみに托して行くのが、堪らなく頼りないように思われて、幾度となく振り返って見た。

門衛は二時間おきに交替となるので、さっき電話を受けた門衛は支那将校が、いつ倉庫係を訪ねてきたのか解らなかった。だから彼等は、少しも不審を抱かれることなく堂々と、その門を出ることが出来た。歩哨は捧げ銃(つつ)の儀礼を贈ってくれたほどである。

彼等はホッと安堵の吐息を洩らした。

道を曲るや、彼等は焼きつくように腕時計を睨んだ。

「おッ! あと三分間足らずだ‼」

もし何の障害もなく導火線が燃えていれば、ガソリン缶の方からさきに爆発するはずであった。

彼等は、むちゃくちゃに走った。

ラシオの旧市街の灯が直ぐ眼の前に見える所まで来た時、ド、ド、ドーン! 轟然たる大爆音が天にとどろいた。振り返ると早や火の手がメラメラと舞いあがっていた。

続いて第二の爆発が最初の音響を呑むように轟いた。思わず二人は両手で耳を押えた。

大きな黄色い光が次第に真赤に変って、まるで昼間のような明るさになった。焔が高く跳(おど)り上って、パチパチという火花が泉のように空へ吹きあげられて行った。小銃や機関銃の弾薬が破裂する音にまじって、凄じい叫び声が続いて聞える。衛兵の宿舎は置場の奥の方にあったはずだ。生き残った兵の全部が飛び出して、それぞれの部署について、幾つものホースを焔の海に向けた事だろう、焔は時々掻き乱されているが火の手は次第に拡がって行くばかりであった。

深夜の往来は、忽ち弥次馬どもでうずまってしまった。その人の波を二人は縫うようにして新市街の方へ進んで行った。

意外な手蔓

翌日、街には様々の流言が乱れ飛んだ。二人は普通の支那人の服装に変えて、ラシオの街を見物して歩いた。

彼等は、つとめて人々の多く集る場所へ出かけた。出来るだけ多くのニュースに接するためであった。

市場にはインド人、ビルマ人、支那人、それに山岳地方に住むカチン族やパラウンダ族の土人たちも都会慣れのした顔つきで、その群がりの中にまじっていた。ここでも大爆破の話で、もちきりであった。

「馬鹿野郎。何百万ルピーできくもんか。何しろアメリカの汽船で六隻も積んできたのが一ぺんに灰になってしまったんだ。スパイの仕業だそうじゃ」

「英国の憲兵がラングーンから大勢で調べに来るそうだ。明日の晩あたり到着するだろう」

二人は、その群がりの中から抜け出た。

この市場には碌なものがなかった。腐ったような果実、蜘蛛の巣の張られた野菜、古ぼけたキャラコの布片（ぬのきれ）、等、等、等が乱雑に積まれ、その上を虻（あぶ）や蝿が飛びまわっていた。

街はひどく不潔であった。おまけにインドの女たちが、そのフワフワする木綿のスカートを無遠慮に拡げて、彼等の汗臭い皮癬（ひせん）かきの足に風を入れているのを見ただけでも、暑さ以上のものが感じられた。

ラシオには数軒のホテルはあったが、彼等はある支那人の酒場の二階を借りることにした。

夜になると、この酒場へは色んな種類の人々が飲みに来るので、様々な情報を得るには都合が良かったからだ。

彼等の得たニュースで、最もピンときたのは、その翌夜（あくるよ）、英国の私服憲兵とラシオ警察外事係ビルマ人探偵とが、爆破の夜、ついぞ見馴れぬ二人の支那将校が軍需品置場の門を出たのが最も怪しいと私語（ささや）いていたことである。

眉秀は、この酒場の給仕女（ウエトレス）となっていたのだが、そのことをチラリと耳にした時は、思わずドキンとした。私服憲兵は、

「明日は、きっと捕えて見せるよ。もう犯人(ホシ)のあてはついてるんだ」

火酒にほてった赤い顔が、ほんのちょっと彼女とかち合った時、なんだかそれが意味ありげな顔つきのように思われて、ゾッとした。しかし、彼女は、さりげなく装い、つとめて朗かに、彼等を出口まで送り出した。

それから一時間ほど経って、彼女は、更に二人づれで現れた客の口から意外な事実を掴んだ。

「おい、イギリスは、いよいよ明後日(あさって)を期してビルマ公路(ルート)を解禁するそうだ。ついさっき、臨時トラックがバモから徴発されて三百台も到着したのを見てきたんだ。俺達は明日にも呼び出しがあるだろうぜ」

「だっておめえ、積んで行くものがなくちゃ仕様がありめえ」

「おめえ、まだ何んにも知らねえんだな。明朝一番でラングーンから軍用列車が到着するんだ。駅の助役も云ってたぜ。何にしても俺達は三ケ月ぶりで、ボロイ職にありつけそうなんだ」

「そいつア有難(ありがて)えな」

この二人組は、どうやらビルマ・ルートで働いていたトラックの運転手らしいのだ。彼等は純粋のビルマ人たちであった。

眉秀は、その二人組の中へ割込んではいった。

思わぬ美人の飛び入りに、運転手はスッカリ狼狽(うろた)えて、

「やア、これはこれは。奇麗な娘さんだなア。あの道路を一度でも旅をさしてやりてえくらいだな兄弟」

「そうだってことよ」

「何の話？」

「お前(めえ)、ビルマ・ルートを知ってるかい」

「知ってるわ、旧市街から出ている立派な路で、山や峠を通って行くんでしょう？」

「お前知らねえんだな、そんな生やさしい路じゃねえ、景色がいいんだ、だが俺達の行ける所は国境を越えてから八十哩、竜陵(ルンリン)までなんだ。竜陵から昆明まで五百哩の間は、支那の西南運輸公司という会社が専門に引受けてやっているんだ。この会社の社長てえのは、それ、有名な宋美齢(そうびれい)や宋子文(そうしぶん)の弟で宋子良(そうしりょう)と云うんだ。国境までは造作もねえが、シュヴェリ河を越えた途端に凄え道になるんだ。おまけに、あの辺の蚊ときたら鉄砲玉より恐ろしいんだぜ。刺されたが最後、猛烈なマラリヤ病をくらって二、三時間で死んじまうよ」

この運転手は、いよいよ得意になって、しゃべくり出

した。

「俺たちの車は、虎の出る密林（ジャングル）や、首の取りッこをしてるカチン族の部落や、道端の大きな樹からやたらに猿が落っこってきてキャッキャッと騒ぐ街道や、色んな所を通るんだ。面白いだろう？」

「まア！　なんて素敵なんでしょう。ね。連れてってよ。一度でいいわ。だけど、支那人じゃ駄目なんでしょう？」眉秀は、あらん限りの媚態をつくって、彼の胸に抱きついた。

「そんな事は大した事じゃねえ、支那人やインド人の運転手だっているもの。だがなア、女は乗せられねえ規則になってるんだ」

「じゃ、あたし断然、男装して行くわ。あたし男装したことあんのよ。ラングーンの海岸通りに有名な裏町あるでしょう？　あそこに、あたしのお友達がいるの、その人のお母さんが急病になったんで知らせようとしたの、でも女が行ったんじゃきっとゴロツキどもに悪戯されるに決ってるでしょう。だから、あたし思いきって男装して行ったのよ。ゴロツキたちは、あたしをうさん臭そうにジロジロ見てたけど、あたしの変装がうまかったんで見破られなかったわ。ね、あたし男装するから連れてッてよ」

「そんなに行きてえのかい？」

「お願いだわ。この通り……」

「仕様がねえな。じゃ、連れてってやろう！」

運転手は素晴しい娘を傍（そば）に乗せて旅が出来るのだと思えば悪い気持はしなかった。その上あわよくば、この娘を自由にすることが出来るかも知れないと考えたので、すっかり有頂天になって引受けてしまったのである。

不思議な爆弾

恰度その頃、揚君はラシオ駅へ向っていた。彼は一刻も早くラングーンからやって来る同志と連絡を取りに行ったのである。同志というのは、彼等が箱詰となった時、人夫に化けてその箱を貨車に首尾よく積んでくれた男である。

揚君は、待合室の片隅に備えられた告知板に、それとなく視線を注いで見ると、今朝、自分がチョークで書いた通信文が消されもせずそのままになっていた。

（ひと足お先きに列車へ乗る。君の荷物は七時五分頃、

煙草屋の二階の細君に預けてきた。M生）

この文章の中には四つの隠語が含まれていたのだ。「列車」は「彼女」の意味で、「七時五分」は「七番街五番地」、「煙草屋」は「酒場」、「M生」は、その酒場の頭文字（イニシアル）を示したものだ。これを翻訳すると、

（吾々は七番街五番地M酒場の二階にいる）

という通信なのである。

しかし、これに対する答えらしいものが、まだ告知板に書かれてなかったのである。

彼はがッかりして酒場へ引きあげた。ところが酒場へ帰ってみて驚いた。待ちに待った同志は、既に酒場のテーブルの一つを占領して、眉秀と朗かに語らっているではないか。

「やア！」揚君は手を差しのべた。

夜が更けて、酒場の客がみな帰ってしまってから、彼等三人も二階へ引きあげた。

すると、ラングーンから来た同志は、ポケットから変なものを出して、彼等に示した。それはゴムマリほどの大きさの爆弾であった。

「これは時計仕掛けの装置こそないが、立派な時限爆弾だ。俺はやっと、こいつを手に入れて来たんだ。眉秀ちゃんのビルマ・ルート遮断には何よりの餞別になると思ってね」

彼はニンマリと笑った。

彼の説明によると、この爆弾の内部は空隙で、管の真中に円い銅板が圧（お）し込まれ、それがハンダづけになって、内部が二分されている。その一方にはピクリン酸が充填され、他方には硫酸やその他の可燃性の液体が入れてある。その外側の両方に飛び出ている部分は蠟でつくった強い栓で、これに鉛の帽子が冠せてある。銅板は自分達の欲するままに、厚いのでも薄いのでも自由に入れられる仕掛けになっている。厚いのを入れれば両液が混じるのに長い時間を要するし、薄いのを入れれば短い時間ですむ。この円板の厚さいかんによって両液の混合する時間を調節することが出来るのだ。この両液が一度（ひとたび）混合すると焔が管の両側から吹き出すのだ。それで、この時限爆弾に普通の爆弾を一緒に包んで目的物の中に入れておけば、予定の時間通りに爆弾が炸裂するという方式なのである。

「まア凄いじゃないの。あなた、それ幾つ持って来た？」彼女の眼は輝いた。彼女は、これだけで、もう半ば以上は成功したように思われたのである。

「五個だけ君に進呈するよ」同志は彼女に手渡した。

鉄橋破壊

十月十七日。英国は予定の如く、ビルマ・ルート解禁を日本政府に通告すると同時に、この旨を世界に声明した。

十八日の早朝を期して、第一回のトラック隊は出発した。しかし、悪天候に阻まれて引返した。二回目も不成功、いよいよ二十八日早朝第三回が敢行される事になった。

三百五十台の援蔣トラックは、蜿蜒長蛇の列をなして国境に向って殺到した。そのトラック隊の後から十台目の車に、男装の助手姿で眉秀も参加していた。

出発して二時間後には、早や国境に近づいていた。このルート中の三大橋の一ツ（六十九哩橋）と呼ばれる吊橋が眼前に見えだした頃、一天俄かにかき曇り夜のように真暗な巨大な雲が直ぐ頭の上にまで覆いかぶさって、いまにも皆んなを包んでしまうかと思われた。

「何しろ、ここはもう海抜五千呎（フィート）だからね、雲が手に届くのも不思議じゃない」運転手は一々説明を加えた。

この吊橋を渡れば間もなく国境である。支那領にはいった最初の街はワンティンであった。この市街の中央の道路に立っている門が支那とビルマの境をなしているのだ。

この門の片側で、軍服を着た支那税関吏と憲兵が、みんなの身分証明書を検査した。兵士たちはこのトラック隊の使命を心得ていたので、「御苦労さんです」と、先方から挨拶をして、ただ形式的に身分証明書にチラリと流し目をくれるのみであった。目を向けられる毎に彼女はギクリとしたが、幸い男装を見破られなかった。

トラックが動き出して間もなく大粒の雨が風除けのガラスを叩きつけてきた。それはまるで機関銃の一斉射撃のような猛烈な雨粒であった。だがその次には風も混って大砲のような騒ぎに変じて、めちゃくちゃに運転台の屋根を叩きつけた。そして数分間後にはトラックは、山から流れる雨水が滝のように流れている中を這い進まなければならなかった。トラックは路の上一呎も溜った洪水の中をザブザブと渡った。

こんな状態で二十哩ほど走ると、雨はパタリと止んで陽がカンカン照り出した。しかし、それから十三哩すぎて遮放（チェフェン）の町に入ると、またもや雨の神は恐るべき威力を発揮して、行手の視野を遮切（さえぎ）りまるで子供が玩具（おもちゃ）の自動車を手摑みで止めてしまうようにこの大軍事交通路を進むトラックの行列をピタリと止めてしまった。

道路はトラック三台並ぶほどの道幅ではあるが、土質は軟かい。一方は峨々（がが）たる山、一方は絶壁である。そこへこの豪雨で山から流れる雨水は滝となってこの道路を横切って千仞（せんじん）の谷へ流れているのである。

漸くにして、先発隊が前進を開始し出したのはそれから一時間の後である。こうなるとトラックの間隔をグッと縮めて前の車の轍を踏んで徐行しなければならないのだ。

あと二十哩で芒市（マンモー）の街である。この附近の道路は疫病の河と云われるシュヴェリ河の谷間と虎の出る密林（ジャングル）の間を横断している所で、崖と崖を繋ぐ小鉄橋が無数に架けられている。下は千仞の谷底である。橋を越えると道は泥の海であった。

先発車の轍と轍の間には、時として深さ三呎以上の凹（くぼ）みが出来て、そこへ泥水が一杯に溜っていた。眉秀の乗っている車が第十七号吊橋を渡った頃、彼女はもうこれ以上は進めないと思った。だが運転手は笑いながらその難所の真中へ車を進めた。車輪は遂に軟かい泥の中にめり込んで空転（からまわ）りして、車はもう梃子（てこ）でも動こうとはしなかった。運転手は遂に諦めた。このため後続トラック隊も全部停車するの已（や）むなきに至った。

夜の帳（とばり）はすでに降りている。夜食は竜陵（ルンリン）でとる予定だったが、皆んなここでしたためることになった。

眉秀は長靴を取り出して膝まで没するこの泥水の中へ降りた。

「どこへ行くんだい？　危いぞ」運転手は眼を丸くして食事の手をとめた。

「大丈夫よ、見物してくるわ」

眉秀は、仕事をするのはこの時だと思った。彼女は、ジャブジャブ泥水を蹴りながら、今来た道の方へ戻って行った。浅い流れもあり、深い流れもあった。これを数十秒渡って最後の流れを横切ろうとすると、今にも押し流されそうになった。それを横切って、漸くにして、今渡ったばかりの第十七号吊橋の所へ達する事が出来た。トラックの所から、僅か二百米（メートル）位のところなのだが、なかなかの苦闘だった。この吊橋は長さ三十メートルほどである。その橋を五、六メートルほど渡って、ふと足下を見ると絶好の穴を発見した。爆弾をブラさげるには誂え向きである。彼女は人目に触れぬよう、手早く例の時計爆弾と普通の爆弾とを一つのハンケチに包んで結び、その結び目へ更に紐をつないで、この穴から一メートルほど空間へぶらさげ、その紐を吊橋の鎖に結びつけた。

「こんな雨の日の夜には誰も通るまい」

爆弾は明け方の四時か、おそくも五時までには爆発するはずであった。


大日本帝国万歳！


夜が更けるにしたがって、雨はますます劇しくなった。冷雨の悪寒が骨の髄まで滲み込んでくる。

「畜生ッ。竜陵（ルンリン）まで行ってエンコすれアいいのに。たったあと十哩という所じゃねえか。竜陵まで行きア俺達は役なしになるんだ。あとは西南運輸公司の連中が引継ぐことになってるんだ」

運転手は愚痴をこぼしながら、ウイスキイの角瓶を取り出した。

「風邪除けの呪禁（まじな）いには、これが一番だ」

彼等はウイスキイを飲んだり、焚火などをして暖を摂った。身体がぽかついてくると運転手は思い思いに外套などを被って眠ってしまった。

眉秀は、自分の仕掛けた計画が心配でならなかった。彼女は時計と睨めッくらをしていた。

昂奮と焦躁と身にしみる寒さで眠ろうとしても眠られぬ数時間であった。とろとろと仮睡したと思うと、
突如！　まだあけやらぬ山間のしじまを破る大爆音！

トラック隊の連中は、寝呆け眼（まなこ）をこすりながら手に手に懐中電燈を持って爆音のした方へ駈けつけて行った。

彼女の仕掛けた第十七号吊橋が見事に切断されていたのであった。切断された短かい方は宙にぶら下り、長い方は千仞の谷底に呑まれて跡形もなかった。

彼等は現場につッ立ったまま呆然としていた。架橋されるまで幾ケ月かかるか全く見当さえつかなかったからだ。

「これじゃ、ちょっくら国へも帰れねえじゃないか？」

「糞喰えッてんだ。虎にでも食われて死んじまえッだ」

取敢えず、この椿事を竜陵の憲兵隊に急報すべく五六名のものが泥濘を横切って出発した。

急報に接して竜陵から憲兵隊と修理部隊が駈けつけたのは朝の八時過ぎであった。

憲兵隊では、運転手や助手たちに対して、一々厳重なる身体検査を行い、また身分証明書に貼布(ちょうふ)された写真に対しても厳密なる首実検を行った。ああ、遂に彼女の仮面が暴露される時が来た。

「ヤッ⁉　こいつは女だぞ！」憲兵の一人は素ッ頓狂に叫んだ。

嫌疑者として、彼女を拉致した三九年型シボレーは竜陵に急行した。彼女は唇を嚙んだまま一言も発しなかった。既に結果が解りきっていたからだ。

小雨は止んだが、脚下の谷から低い霧が湧いて道路の上を一面に包んだので、自動車は、ひどく進行を妨げられた。竜陵の憲兵分遣所へ到着するのに二時間もかかった。

分遣所では緊急会議が開かれた。その結果、彼女は昆明の本部まで護送される事になった。それにしても竜陵から昆明までと云えば約五百哩のコースである。自動車は全速力で前進した。陽は西に傾いていたが、空は全く晴れていた。

自動車は海抜七千二百呎の峠をグングン登って行った。美しい風景が眼前にパッと開けてきた。燕の巣のように山腹にかたまっている家々が到る処に見えた。田は生々とした緑色で続いている。

事変以来、日本人で、このルートを旅する経験者は、彼女以外にはないのだ。死出の土産には、この珍らしい経験以上のものはまたとあるまい、と彼女は思った。

峠を登り切ると、今度は一ぺんに地獄の底へ沈んで行くような急坂となった。その坂の中途と思われた時、

「おや？」

運転手は突然ブレーキをかけて、急停車した。

「これア一体どうしたというんだ？　吾々は野狐にでも化(ばか)されているのか？」

憲兵も眼を丸くして叫んだ。

いずれも度胆を抜かれていた。なぜなら、遥か坂の下には、八百呎の幅で流れるサルウィン河が見えるのみで、そこに架けられたルート第一の恵通橋(けいつうきょう)が、まるっきり視覚に浮んでこなかったからである。

彼等は、その一時間前に、日本の海の荒鷲が長駆〇〇の飛行基地より襲来して、この大鉄橋に数十発の命中弾を投下して、痕跡なきまでに吹き散らしてしまったことを少しも知らなかったのだ。これを見て、彼女は快哉を叫んだ。

彼等は途方に暮れた。彼等は引き返さねばならなかっ

た。

　彼女は再び竜陵の憲兵分遣所へ戻された。

　今や憲兵等は、前方に、恵通橋を失い、後方に第十七号吊橋を失って、烈火の如き憤激を感じた。

　憲兵等は、遂に彼女を中庭に立たせた。

「きさまは八裂きにしてもあき足らん奴だが、特に眼かくしだけは許してやる」

　彼等の中の上官らしいのが、こう宣告を下した。

　彼女は始めて厳然と云い放った。

「大和撫子の名誉にかけて、眼隠しなどはお断りいたします」

「それがきさまの最後の言葉か?」

「いいえ。まだあります。私は五ツの爆弾を用意してきたのに、たった一ツしか使用出来なかったのが、何より残念でなりません」

「射て‼」

　九ツの筒口が一斉に火蓋を切った。

　彼女は血まみれになって昏倒したがなおも絶叫した。

「大日本帝国万歳‼　中国新民突撃隊万歳‼」

評論・随筆篇

秘密結社

去る歳ユ社で採用撮影された僕の英文シナリオ（秘密結社）がこの間、フランスで突然上映禁止を喰った。猫の首でも取ったように友人が駈け出してきながら、その由を僕に告げた。嘘だろうと思ったが、「それ御覧よ」と差出されたエコード・パリス紙に依って、成程と僕も思った。あのシナリオは深刻なテロリズムを描いたものだ。表現は、今のはやりの新感覚派という奴よりはむしろ構成派に近づかせたものだ。それだけに軽佻浮薄を好むヤンキー連をおどかし、彼等をひどく恐怖させたらしい。資本家と政治家を片ッ端からブチ殺す団体で、その方法はアメリカ式以外の科学的方策を用いたもので、思想は極端なアナキズムより出発していることは勿論だ。日本へは何時頃輸入されるか知らないが通過するか否かは疑問である。今度、閑になったら、何処かへ、東京をバックに最も近代的な気持を浮かしたもので、表出は構成派と新感覚派とをゴッチャにしたような猛烈な探偵ものを是非書いてみたいと思っている。銀座や丸ビルやお台場、芝浦の魚市場、郊外の白樺の森、気象台や東京駅や神楽坂の地下室等を利用した多少大がかりな探偵ものにしたいと思う。文壇の人達は一般に探偵ものというと小馬鹿にしてかかるが、アナやボル等の気分を巧みに加味してみたまえ。とても深刻なものが出来ますぜ。そして僕は最も近代的な芸術作品になると思っている。（印刷所の校正室にて）

探偵小説異論

○

読売新聞やその他で、または「新青年」や「探偵文芸」やその他で、いくら探偵小説讃美熱をあおったところで、現在のままではこれ以上一歩も上にのさないことは事実である。

なぜなら、現在の探偵小説は芸術作品として余りに芸術的要素に欠けてるからである。

しからば謂う所の芸術的要素とは何にか？　それは生活である。現在の探偵小説の何処に吾々は生活を見出すことが出来るか？

○

探偵小説が芸術作品として見るべき価値のないのは、余りに荒唐無稽過ぎるからである。

○

勿論、探偵小説にはプロットやウイットにおいて、いかに巧みに生かすべきかを考える必要は充分にある。が、そのために人々の肝心な生活を没却している。

○

この結果、作品中に現われた人物の悉くが宙を飛んでいる。犯人が宙を飛べば、探偵もまた、宙を飛ぶことに夢中でいる。かつて、地べたを堅実に踏んでいる作品に接したことがない。

これが芸術的に注目を惹かない最大の原因である。

○

たとえ、そのテーマは、頗る単純を極め、在来の探偵小説中の数多くに見出された謂わば旧套を脱し得ない性質のものであったとしても、その中に一貫して流れる温厚な生活意識のあることが、やたらに奇抜な事件より事件へと走る作品よりも、どのくらい考えさせられ、貴いものであるか知れない。ここに探偵小説の革命論が生れるのである。

○

探偵作家にとって、犯罪心理の研究が最も必要であることは、無論筆者も充分に肯定出来る。が、単なる犯罪心理の研究のみでは、その作品が芸術としての価値を失うと云うのである。吾々は犯人の社会観や彼れ一箇の生活観をも知りたいのだ。

○

こう云えば、犯罪は病的であると、彼等は一言に片附けてしまうであろう。が、筆者はそこに無限の興味を持つのである。病的であればあるだけ余計に、彼等の生活観、乃至は社会観を知りたいのだ。

○

吾々は最早や、宝石や地図の捜査に夢中になる作品には倦き倦きしている。また、突発的に演じられた変死人に対する犯人の厳探にも同様な倦怠を覚えている。いかにその犯罪が複雑なデリケートさを持っていようと、ただ問題はそれまでの話である。犯罪の巧妙さが或いは捕縛の巧妙さが、人生の凡てではない。

こう云えばまた、探偵作家の凡ては、人生や生活を記録するために、吾々は探偵小説を書くのではない。探偵小説は尠くとも特種な小説である。これで満足出来なくば、読んでくれなくてもいいと。――

○

問題を履き違えられては困る。筆者は探偵小説の芸術化を叫んでいるのだ。

今の状態では、いくら普及熱をあおったところで、これ以上一歩も上にはのさないという点に根拠を置いての話である。

それに今一つは探偵小説という名称も、出来得べくんば「犯罪小説」と改称された方が妥当であるように思われる。探偵という字は非常に子供の遊戯に等しい感じを与える。それにまた、事実においても、探偵の嘗て出馬しない「探偵小説」も随分とあるからである。

○

いずれにしても今後の「犯罪小説」は、科学的であることが最も必要であると同時に、また地べたを踏んだ生活的であることも最も必要である。

ここにおいて、始めて「犯罪小説」が芸術作品としての価値を有することが出来る。

汽車や汽船を使ったり、飛行機や潜航艇を使用することが、「犯罪小説」の唯一のトリックであると考えていたら大間違いである。また心理学的にのみ、凡てを解決しようとするのも大きな誤りである。

ただ吾々は、その作品に、吾々と接触した生活が欲しいだけである。いかに科学的とはいえ、生活を離れた作品は荒唐無稽に終る。この点より改革を齎らさねば、現在の「犯罪小説」は絶対に芸術作品としての普及化は望まれない。

探偵趣味

探偵作家として有名な人の物する随筆を読んでも余り感心しないが、作家として謂わば無名に属する人の書く随筆にはひどく、魅せられるものがある。作家として有名な人は、素破らしい構想があっても随筆にはそのネタを落さない。皆、創作に取り入れてしまうからである。一概には云えないが、これは或る程度まで真理である。

とにかく有名でない人の書く随筆に面白いものがフンダンにある。この意味において雑誌「探偵趣味」は毎号名編輯をしている。共鳴するのは、あながち僕ばかりではあるまい。四月号の同誌を見ると春日野緑（かすがのみどり）氏の「詐欺広告」は出版業越山堂をモデルにしているようでちょっと愉快に感じた。越山堂が読んだらさぞ苦笑するだろう。また、森下雨村氏の「うなたん」漫談は先月以来の読者であるが、探偵随筆として、摑み所は、仲々堂に入ったものだ。更に牧逸馬という人であるが、この人は誰れか名のあるトク名氏ではないかと「新青年」を読む度びに思うことである。それほど頭のいい人だ。次に江戸川乱歩氏の創作であるが、あれに今少し「生活」が取入れられたら、もっと素破らしい作品となるであろう。氏の創作を読む毎に、いつもこの気持が浮ぶ。小酒井氏はやはり学者だ、作家ではないという感じがする。しかし探偵小説万能熱をあおるには是非なくてはならぬ人である。三上於菟吉氏には探偵小説が書けない。やはり翻案の天才という格——等々、ちょっと埋草を見出して愚言を吐く。

探偵小説万能来（きたる）

私は「新潮」四月号に「探偵小説異論」なる小稿を草して、探偵小説の生活化を絶叫した。要は事件を主にせず、たといそれがどんなつまらないものであってもいい、彼等の土を踏んだ生活記録の現れであって欲しい。――ということと、犯人と探偵が宙を飛んでいる荒唐無稽さを難じた。そして彼等に生活あらしめよ、社会意識あらしめよ、と結んだ。

◇

そこで私は、この続稿を本論に移すことにしたい。それは、探偵小説の芸術化乃至利用価値についてである。まず私は二つの道を考える。一つは従来の探偵小説をして、一つの芸術を、より価値あらしめるための形式として扱う場合と、探偵小説それ自身のための芸術化への道との、この二つである。

そこで最初に浮ぶのは、現在の探偵小説が今一歩、近代的となり、心理的となれば、私は所謂ひょう変派芸術として立派な価値をもつと思う。

また、現在の探偵小説に対しアナ系に属する作家が、巧みにテロリズムの芸術を溶け込ますれば、すくなくとも在来のアナ派芸術より以上の宣伝効果を挙げることが出来る。即ち、直線的宣伝という奴は徒らに当局をして神経をこそ鋭敏にすれ、従来の経験より観れば、労多くして効あまりに少ない結果をもつ。故に私は彼等に探偵小説の利用化をすすめる。なぜなら巧みに利用すればするほど安全であり、かつ大衆的であるだけに宣伝効果も甚大だからである。

更に私は、唯美派芸術をして溶け込ましむるならば、それこそ素晴らしい近代の悪魔派を生むであろうことを断言する。

◇

探偵小説の著しい現象として、最近とみに目立ってきたのは、変態性慾者を取材にした奇怪な殺人である。勿論これも構想としては確かに興味深いものに価する。が多くはサディズムとマゾヒズムである。そこで私は云いたい。同じサディストを活用さすにしても、従来の型を破った変質者を取材にしてもらいたい。例えば屍好者等は面白いと思う。この屍好者については、私の知る範囲のみでも数多くの事実がある。

◇

タキジール博士の報告に依っても、次のような愉快な屍好者を見出すことが出来る。それによると、「主教の職にあったある僧侶は、しばしば巴里(パリ)の娼家に隠れ遊びをやっていたが、いつも相手の女に白衣を着けて屍体のごとく装わせ、棺台の上に横臥させて、その部屋には屍室の如き装飾を施させ、自分は暫時読経した後、その仮装屍体に向って性交を行うのであるが、その際、女が全く屍体になった心持でいなければ、彼は満足な結果を得ることが出来ないのであった」――これは彼の生活的一断片に過ぎない。しかしこうした種類の変質者が往々にして生む奇怪な犯罪を取材にしたら、在来の探偵ものに見出すことの不可能な深刻な芸術が現われはしまいか。つまり彼には残虐性は充分にある。少くとも婦人の肉体を襲撃しようとする慾求が肉情と共に結びついている。しかし彼には在来の道徳心が幾らか存しているので、屍体を刺傷し、あるいは切断して得る快楽こそないが即ち彼には快楽的兇殺の境地にまでは浸れないが、次のような残忍性を認めない訳には行くまい。即ち彼は、道徳的意識のために、生命ある婦人に対して暴行を加えることが出来ず、また彼の空想は肉情的殺人を通り越して、その結果たる屍体に対してのみ興味をかけるのである。更にこの屍体は無抵抗であるという観念がこの行為を助けることも考えなければならない。――この定義によれば、前上の例は、屍姦よりも道徳的であるだけに、屍体仮装のみに依って満足しようという変質的性慾者は、吾等の撰ぶ芸術的取材に好適なものとなる。しかし、以上はホンの一例に過ぎない。

◇

この他、変態性慾を取材としてはフェティシズムが面白いと思う。殊にそのフェテッシュのヒロインをモダン・ガールに撰ぶならば、かなり色彩のエクセントリックなものが飛出すと思われる。事実それこそ谷崎潤一郎氏の所謂ナオミズム以上のものが生れるであろう。足のフェテッシュが原因となる犯罪、手のフェテッシュが殺人の動機となる場合、あるいは靴、スカート、衣服等々のフェテッシュに依る犯罪等を取材にして欲しい。

◇

またこのフェティシズムとは何等の関係もないが、例の深谷愛子のような、環境的変質者を取材にするのもちょっと愉快である。新聞その他では、彼女の犯罪刹那までの性情的現象は発表を禁ぜられているが、幸にして私はその○○○の抜粋を読んで驚いた次第であるが、彼女には全く貞操観念がないのである。先天的にはあったかも知れぬが、後天的には、即ち少くとも環境的にはその凡てが掻き消されている。全くこれを思うにつけても、私は環境と生活が意識的に人間を変化させてしまうものであることを怖れずにはいられない。彼女はこのために、判官の面前においても、平気でしかも無意識裡に、当時のデリケートな性情遊戯の実際を物語り、この罪を薄弱なものにしてしまう積りで、××夫人が××国の代理公使と関係していらっしゃるとか、そして現にその夫人の如きはその相手と逢曳をした節には、必ず後で水薬を用いなさるとか、そして更に私なども、その奥様から水薬を貰って持っているとかという事実を、平気の平座で、しかもその言葉に、その視線に、神聖なる裁判官を魅惑し兼ねまじき態度をとっている。性情遊戯のデリケートな進展振りについては、発表を憚るが、とにかく私の言を信じてもらえるならば、彼女の性情は全く虚栄そのものを充たす道具に過ぎなかったことを知って頂きたい。物質がこうまで、この発動機にある娘のセックスを征服しているかと、ただただ驚くのみである。セックスが物質のために、全く二時間もに亘る猛烈な性情遊戯の連続に直面しても、彼女の虚栄即ち物質的欲求はセックスを頭から笑殺している。また、新聞の報ずる所に依れば、彼女は日に七円からのチョコレートを要求するとのことである。これに依っても私は一つの生理的現象を認める。即ち普通の女ならばこの多量のチョコレートが含有する興奮剤のために、必然的に性慾的となるところであるが、彼女にあっては、その刺戟は虚栄のために凡てが消散されて行くのである。言葉を換えて云えば、虚栄没頭に要する精神的過労のために、彼女にあってはチョコレートによる刺戟を必然的に欲求するのである。——がしかし本論は深谷愛子論でないから、これ位に止めておくが、近代的という言葉は、性慾的であることを思わしめ、「陰惨なる近代的」はプロレタリアのマスターベエションを思わしめる。

◇

次に私は、探偵小説の生活化に附帯する芸術的効果について一言したい。

日本の探偵作家を罵倒する文壇人あらば、彼は少くともその作品に触れずして吐く妄論だと私は云いたい。毎月、私の読む探偵小説は、丸善、教文館、その他直接申込に依る原書が、数にして二十冊を越え、また、翻訳された大抵の作品も読んでいる。その上私は、日本の探偵作家の創作も殆んど読んでいると云っても必ずしも暴言ではない。そして私は常に、外国の作家と日本の探偵作家とを比較して見ている。そしてこの結論によれば、私は一二を算する特殊な作家を抜きにしたら、現在の外国の作家にあまり感心すべきものがないと云いたい。現在の文壇人の多くが、外国の探偵作家を認め、日本の作家を黙殺するのは、明治維新以来の開化文明崇拝熱の伝統である。現在の外国作家に、どこに探偵小説としてセンセショナルな所があるか？　吾々は最早や宝石や、指環や地図等の紛失、強奪等にはあきあきしている。いかにその犯罪が巧妙であり、あるいは心理的であり、またはより科学的であるにせよ吾等の芸術観よりすれば、あまりに縁遠いものに属する。

そこへ行くと、おだてる訳ではないが、日本の新進探偵作家には、芸術的に素晴らしい素質をもっている。ただその素質が惜しいことには外国作家の現在をのみ踏襲せんと焦りつつあるので、この肝腎の素質が表面的に現れない憾みがある。全く彼等にしてこの点に気附かないのは残念の至りである。その証拠に私は次の如き質問を試みる。

探偵作家が三人寄れば、彼等の話題には次のような言葉が出るであろう。

甲「俺は最近、探偵小説以外の普通の小説が書いてみたくなった」

乙「全くだ。いい加減倦きたね」

丙「俺もそんな気がしてならないよ」

この会話の真理は何を意味するか？　少くともこの会話は、彼等が本質的なものを見出していないからである。しからば本質的なものとは何か？　生活である正に生活それ自体である。生活のない作品には倦きがくる。そして彼等はその生活に留意しない結果である。トリックを創作する時間があっても、犯人を人間としての生活意識を持たせる時間を抜いているからである。どうしても生活がないと、書いている自身が物足らなさを感じる。

探偵作家が、この方面に留意するならば、現在の通俗小説の大部分が、このために征伏されてしまうに違いない。まずその証拠に通俗を標榜する大雑誌は悉く家庭小説大事より抜けて生活化探偵小説万能を現出せしめるであろう。あるいはまた、大新聞の連載小説も無論のことである。すると現在通俗小説で莫大な原稿料にありついている人達、例えば菊池寛氏とか中村武羅夫氏、あるいは加藤武雄氏等、等の人々は、素早く探偵小説に早替りを演じ出すことであろう。何んと諸君、愉快な現象ではないか？

世は挙げて探偵小説万能来となろう？　事実、現在の探偵小説にして、今一歩プラトニックに、あるいは生理的に、または神経的に遺伝的にデリケートなラブストリイを創作するならば、世は挙げて探偵小説万能時代となろう。

要は、生活が何よりも急務である。

悪筆探偵漫談（新年号月評）

小酒井不木「疑問の黒枠」第一回と横溝正史「山名耕作の不思議な生活」について詳述しています。

一

所謂作家という人々の書く小説の面白くないのに愛想をつかした私は数年前より「新青年」の愛読者になっている。

「こいつ探偵小説なぞ読みアがってあきれた奴だ」私を知る作家達の多くは、こう苦々しく吐き出すように私を蔑（さげす）んだ。しかし私はその軽蔑に甘んじた。そして相変らず「新青年」や「探偵趣味」や、或は海外の新刊探偵書を直接取入れて愛読した。現に今も愛読しているのである。それを翻訳して、「新青年」その他の雑誌に売りつけよう等という野心もなければ、またそんな根気も今のところ皆無だ。ただ私は、毎月現れる作品に剽窃がないか、或はその剽窃をいかに巧みな翻案を試みたことにその作家は成功しているか。つまり人のあらを探して喜んでいるだけ。全く人の悪い男です。

ところがこの人のあらを探すことも専門的にそれが趣味となって満足するようになるにはまた多大の努力が伴う。

頼まれもせぬ人のあらを探すことも専門的にそれが趣味となって満足するようになるにはまた多大の努力が伴う。

頼まれもせぬ人のあらを探すために払う多大の努力——考えると実に馬鹿馬鹿しい。が止められない。それが私の探偵癖かも知れぬ。つまり探偵作家たちは、いかに科学的な犯罪を描くかに苦しみ、そしてその犯人を見出すべき探偵心理乃至は物的証拠の科学的考察を試み、それ等がデリケートに運行されればされるほど、その作品の価値について誇りを感ずる。だから彼等は街を歩くにも、車上にあるにも、また人々との談話の中にも、或は新聞記事にも常に微細な探偵的注意力を払い、あれとこれと一つにして犯人をでっちあげ、そしてあれとあれをくッつけて犯人捕縛ということにしよう。――てなことを絶えず考えている。つまり一は彼の芸術欲を満足さすためであり、二にはそれによって原稿料にありつかんとするためであり、つまり原稿料にありつくことに依って彼れ自身の生活をするためである。

ところが私の探偵趣味は、それと趣きを異にし、彼等の材料の出所を知ろうと努めることで――といったら彼等の凡てに私はどやされる、そして俺達には創作がないと吐(ぬ)かすのか？――と私は全く、私の立場を失うであろう。が待ってもらいたい。色んなものから色んな部分を抜いて一つの自分の世界を築くこと。及び色んなところで色んな出来事を見聞した、それを一つに纏めてそこに一個の創作が出来あがる。或は全然想像のみを以て一つの世界を築くこともなきにしもあらずであろう。――共に皆、立派なものである。剽窃でもなければまた翻案でもない。――が自分は、その翻案でもなくまたは剽窃でもないその作品の材料を探す。といったら皆さんに叱られずに済むであろう。つまりウイットなりトリックなりのヒントを探すことに骨を折っている世にも変ちく林な男なのである。がこの骨折代はゼロである。彼等の材料は金になる。私の材料は私の趣味を満足さすのみである。が自分にはそれが一向に詰らなくはないのだ。むしろ余裕があれば、その月の生活費を稼ぐために無理にでっちあげる探偵小説に対して、その作家に、生活費の方は僕の方で引受けてもいいから自分で無理した小説は書かないでもらいたいとたんかの一つも切ってみたい趣味なのである。

さて諸君。私のこの無駄骨は実に骨が折れます。外国の新刊探偵書のみを毎月こくめいに読んだからといって容易く材料の出所なぞつかめるものではない。そこにはまた、独特な心理の動きが必要で、先ずその作品に流れる作家の目的意識を知ることが一番必要で、これは惨劇の演じられた現場に踏込んで先ず犯人の指紋及び物的証拠を見出す道理と同じく、きまりきった最初の方程式で、これが確立しないと捜査方針に根本的な狂いが生ずると同じ原理である。

そこでこの骨折趣味の満足を充たすためには、先ず以て基礎学が必要である。で私は日本のものは勿論、諸外国の法医学に関する色んな文献を漁った。と同時にまた、犯罪心理学に関する文献、或は文学に現れた様々な犯罪芸術、及び犯罪に関する事実を知る手段としては色んな予審調書にまた自慢の新聞記事である。新聞は明治初年以来の数百種を目方にして三千五百貫ほど蒐めている。そして私は今、その明治初年以来新聞に現れた面白い犯罪事実を年代的に探し抜いて目下明治二十七年まで進行している。が自分はこの原稿を金にしたくはない。ただ道楽としての稿本にしておきたい。が、こんなことをいっていたら果てしがつかない。

どれ一つ「新青年」の新年号をのぞいてみよう。がしかし、あらは書き立てたくはない。人様の一生懸命で書いた作品のあらを公衆の面目にさらけ出すなんて飛んでもない話だ。が、多少は勘弁してもらいます。

二

「新青年」巻頭の「疑問の黒枠」は事件の中心を名古屋の豪商村井喜七郎氏の死に置き、小酒井不木氏の長篇力作である。すくなくとも本号の「新青年」はこの作品を売物にしていることは明白である。話の筋というのは、誰れかの悪戯で名古屋新聞に生きている本篇の主人公村井氏の死亡広告を出したことから始まる。ところがこうした悪戯がその前にも二回ほど新愛知の紙上を賑わし、目下警察では犯人厳探中のところだった矢先きなのだ。だから警察の驚きもさることながら、一番驚いたのが当の本人村井氏である。がこの村井氏なかなかの茶気マンで丁度自分が六十歳の還暦祝を控えていたのをチャンスに彼はその不吉な自分の死亡広告に対して模擬葬式を計画した。そして縁起直しをしようと企んだ。これには親類の人達も益々あきれて二の句が出ない。が遂に彼はその模擬葬式を実現した。ところが、その棺桶の中で、彼は坊主のお経を聞いているうちに楽に死んでしまった。家族も親類も、坊主も共にこれはいよいよ彼の悪戯だろうと最初は信じたが、いよいよ本当に息の根が絶えてることに気附いた時、彼等の驚きはどんなであったろう。――第一回はここまでで次号より更に本事件は拡大されていくであろうが、すくなくともこの第一回では、一つの奇怪な犯罪の流行に伴う一つの大きな宿命的な事実のかもされることを説いている。これは一つの宿命論的見地より観た犯罪心理学の問題で、法医学的分析研究の問題ではない。全く小酒井氏は一つの事件を捕えてこの辺の学説を物語ろうとしているのだ。

模擬葬式の主人公村井氏の死は、心理的にあり得べきことだ。現に話こそ違え、昔、学界に催眠術が騒がれた当夜、或る学者は何らの肉体的危害をも加わえずして、暗示に依る精神的殺人法を発表した。そしてその英国の学者は、殺しても差支のないその国の死刑囚に実験を試み、暗示のみにて完全に彼を殺した。その死刑囚が目かくしその他の用意をほどこされて、断頭台の上に載った時、死刑執行官に化けたその学者は、彼に「おまえは世にも恐るべき殺人鬼だ。だからお前を死刑に処すに絞殺などの手ぬるさでは人々の見せしめにならぬ。お前の生血を絞り取って漸次にお前を衰弱させ、苦しむ時間を長びかせて殺すのだ」といった調子で、先ず最初の暗示を試み、次に人々に命じて彼の上半身を裸体にし、背筋の動脈に当る部分にゴム管をあてがって、その上からぬるま湯を注がせ、「おやッ大した勢で血が流れ出るぞ。この分では二十分も生命(いのち)はもたぬだろう」――と、これが第二回の暗示で、第三回は「もう体の半分以上の血が出た。最初は素晴しく真ッ紅な血だったが、もうソロソロ黒味を帯びてきたぜ。何しろもう一升以上も出たからね」そして最後に「おやもう殆んど出尽してしまった。もう一合も出たら最後だろう」こう云って犯人の腕を摑み、脈を見ながら、「おやおや可哀想に、脈は殆んどない。さぞ苦しかったであろうが、もう大丈夫だ。ここまで行けば峠は既に遥かに越している。もう二分間ともたずに楽に死ねる」――と、暗示を与えた刹那、犯人の心臓はその活動を全く停止した。そして二分間も経ずして彼はこの地上から永遠の別れをした。これは全く暗示の効果で、一滴の血液をも流さずして彼を殺し得たのである。ゴム管と、ぬるま湯で、彼の皮膚の感覚は、実際に血液が流れ出ていると信じた。そして苦痛の暗示に依って、彼は実際にこの上もない苦痛を感じた。そして最後の暗示で、いよいよ血液が自分の体内から全く絞り取られたと信じ、その刹那、彼の心臓は停止したのである。

　村井氏の死んだのはこれとほぼ同様な心理で、ただ一方はその暗示が他動的であるのに対して、これは彼れ自身の無意識的な暗示即ち自動的である。がこの暗示的心理作用の学説については今ここで説いている閑はない。よしまた閑はあってもこの雑誌の性質が異るのだから止めにしておくが、何(いず)れ僕は暗示殺人法の様々な実例を挙げて本にしてみるつもりである。で小酒井氏の「疑問の黒枠」に戻るが、作品のテーマとしては万点である。ただその表現にこの人の癖として最初に学説を挿むのが欠点である。これは氏の医学者であるという立場から、こうした説明に近い法医学や犯罪心理学が必然的に、しかも無意識的に筆になるのであろうがこの説明は却って不愉快だ。読んでいても何だか最初の学説を物語で説明しているようで、すくなくとも物語そのものとしては決定的に生きては来ない。あたまから事件をぶつけた方が却って学説に対する効果が多いだろうと思う。

次は佐佐木茂索氏の「千人の散歩者」で、これは極めてくだらないものの一つだ。作者は最後のトリック即ち「第一君の云ったところに依ると、元来手紙は行き違って相手に届いてないっていうじゃないか」というトリック一つのために、あの作品をでっちあげている。氏自身の心境小説の一つで、妻君の姦通しているらしい嫌曳の手紙を夫が手に入れる。そしてそれに伴う嫉妬が彼に探偵心を起さすのであるが、落語のように最後のトリック一つのためにこの文章を物した罪は不愉快だ。ただこの作品を通じて流れる彼等の社会的生活意識の過分に含まれてる所は、今の探偵作家にはちょっと表現し得ざる心理で、この気持は所謂探偵作家の大いに学ぶべき箇所である。

次はペンネーム甲賀三郎氏の「魔の池事件」で、これは小酒井氏の「疑問の黒枠」と共に「新青年」の売物である。いつもながら極めて犯罪を科学的境地に引きずり込むのは氏の生命であり、また他の作家の遠く追従を及ぼさぬ所であるが、この作家あまり事件を科学的にすることにばかり骨を折るためか、往々にして事件が人間生活の倦外を離れて空間の占有物になりすぎるかたむきがある。が今度の作品は確かに時間の占有物であり即ち人間的であり生活的である。文章もなかなか巧みだし、その事件の奇怪さにおいても申分がない。むしろ興味から云えば小酒井氏のものより遥かに刺戟が多いだろう。ただ欠点としては、あの「魔の池事件」に対する当面の第一人称に属する老人の、気持なり言葉なりが余りに若々しくて、どう贔屓目に見ても老人らしい所がない。あれだけ達者な筆力があって、あの一人称に当る老人の気持の出ていないのは、つまり作者の本格意識が科学的であり、生活的ではないからである。この点、氏のためにおしんでおく。

「童話の天文学者」は稲垣足穂氏のものだが、わけの解らぬことを書いていれば、それで原稿料にあやかるといった作品で、この「童話の天文学者」も確かにモノメニアに罹った一種のルナテックなロマンチシストを描いたものだ。

また、平林初之輔氏の「山吹町の殺人」は氏の探偵道楽のもたらす作品としては近来の不出来なものの一つだ。最初の三分の一を読めば最後の結末が解る。新聞記事の延長でさほど大した代物ではなかった。警察を出し抜いた私立探偵の手腕はちょっと愉快（その反逆的な超然的なところが……）ではあるが、ああ犯罪が方程式のように容易に解かれたら犯人は台なしだ。この作品は、もっと複雑なものにしたかった。大体平林氏は文壇きっての探偵ものの好事家であり、プロ文壇では小牧近江、平林初之輔、前田河広一郎とこの三人は好きなことにかけての三幅対である。が小牧はただ読んで楽しむだけであり、前田河はプロ文壇に対する遠慮からこの方面で稼ぐ場合は匿名を用いている。がそんな素ッ破抜きは止めにして平林氏は、あれほど探偵ものが好きでかなり色んな本も読んではいるようだが、さて自分が筆をとって小説を書き出すとすくなくとも一世紀半は遅れた小説を書く――といったような感じを氏の作品から受ける。これは強ち僕ばかりではあるまい。だから氏の探偵的漫談には頭から夢中になって楽しめるが、小説はちょっと読みづらい。同氏には誠に申訳けない次第だが、僕は、小説より氏の漫談を愛読することにどれだけの熱心さを持っているかわからない。この点、特に氏へお願いしとく。

で次は、好漢江戸川乱歩の「パノラマ島奇譚」であるが、これは長篇もので新年号はその第三回だ。無論最初から読んでいるが、想像もあそこまで徹底的に調べて書きこなしたら素晴らしいものだ。海底における事実に近い様々な学説、及び天才的想像力は読んでいる僕たちは事実以上の感覚を刺戟させる。テーマとしてはなお他にも、もっと優れた物は幾らもあろう。が、海底の描写には全く感心させられる。

真野歓三郎氏の「美人探偵」は前篇のみであり、二月号で完結するものだが今のところでは、どうとも批評が出来ない。瀬戸内海の宇和島に起った事件で、神戸の或る汽船会社の乾坤丸事務長の死を描いたもので、今の所、犯人は同島の木村豊吉という青年らしいのであるが、その彼の罪名たる強盗殺人屍体遺棄及び文書偽造は、どこまで事実であるや否や、それを探偵して解決を告げるのが、その青年事務長の恋人であり、一切の鍵は今後の彼女の探偵に待たねばならないのだ、が、新年号はそこまで進行していない。作品的には少し古いタイプで、ちょっと今頃鼻につきそうなものだが、作者の極めて真面目で堅実な態度には、一種の尊い感激が湧く。

最後に僕は、今月の新青年で一つの拾いものをしたことを附記しておく。それは「世界各国風呂奇談」としてトルコ風呂（植松貞雄）や上海の浴場（村松梢風）或はシベリアの風呂（伴太郎）及び倫敦の浴場（松本泰）に、変った風呂の話（中桐確太郎）氏等の随筆に多少の文献を拾うことが出来たことで、丁度、自分が今、自分達の道楽出版たる変態十二史中、僕の引受ける「変態浴場史」に多少の参考資料を得られたからである。この世界各国風呂奇談なる随筆のうち、五氏の発表はそれぞれ独得な珍らしさを持ってはいるが、やはり中桐氏のものは一番読み答えのある文献で、他の四氏のものとは比較にならない。他の四氏のものは、ただ筆が達者で読者を引きつけるというだけの話で文献とは云い得られぬ。が中桐氏のものは確かに一文献として恥かしからぬものだ。――が、そこで僕は考えたことだが、こうして風呂についての文献をそれぞれその道の人に頼んで書いてはもらったのであろうが、その結果は、僅かに中桐氏だけの文献である。して見ると案外世間的に有名な人って、そう詳しくは知らないものだ。やはり早い話が僕達のように無名で変態で、つむじの曲った野郎の方が遥かに世界の風呂文献について歴史的に纏まった材料をもっている。これは確かに最近愉快な現象の一つである。と、こう自慢の一つもしてみたいという自惚れは起るが、それは僕の本が出てからにしてもらいたい。

新青年はこれで打ち切り「大衆文芸」の探偵小説だけちょっと拾ってみる。甲賀三郎氏の「黒衣を纏う人」はその古い型の題名に好意は持てぬが、作品は極めてしっかりしたタッチで描かれている。が、この人の癖としては、先刻もちょっと述べたが、犯罪事実の科学化ということにのみ留意し、生活を概念的なタイプに置き、それ以上一歩も出ていない。そしてその科学的な弁証法を捕えてその超科学的な偶然な機会を主点に凡ての枝葉を考える。だから全体の作品を通じてドッシリ重味のあるところがない。しかし、この人の特徴は犯罪構成の巧みさであり、或はまた、その環境に生ずる心理描写の極めて秩序整然たるものを有し、外国の作家など遠く彼に及ばざるの鮮かさがある。この点は探偵作家として恐らく日本一であろう。が僕の不満に感ずる点は、もし探偵作家なるものが芸術上の一重大要素であるとするなら、またそれに違いない――とすれば、思想的に社会的に、或は犯人なり探偵なり乃至は第一に被害者なりの人生に対する生活意識が確立されねばならぬ。生活のない探偵小説は芸術上の奇形児である。だから犯罪もそれが芸術と結びつけるには彼等の生活が描かれねばならぬ。ただ犯罪心理の遊戯を試みるに過ぎないのなら、何も芸術の範囲にまで拡大しなくともよかろう。しかしそれが芸術である以上、乞う甲賀三郎氏よ、今一歩進まれたし。犯罪を捕えて犯罪を羅列するのみが探偵作家ではあるまい。少くとも作家という立場においてである。単なる犯罪の報告ならそこらの本職の刑事に託しておくがいい。

なおこれも同じく「大衆文芸」の作品だが横溝正史氏の「山名耕作の不思議な生活」——これは近来の傑作だと云ってよい。必ずしも犯人がいなければ探偵小説にならないという法はない。犯人も探偵もいないけど、この不思議な生活は正に探偵小説以上だ。その不思議な生活はアメリカの作家マーク・トゥエーン氏の小説にヒントを置き、自分もこうした生活をして一夜大尽になってみようと決心する。——この辺は確かにロマンチックな考えである。そして彼がその目的を貫徹するために素晴らしい守銭奴となって朝な夕なに算盤をはじく。——この辺の描写は極めて唯物的であり、そしてまた、その小説と同じく、自分も憧憬の中に一人の貴婦人を置き、彼女との媾曳を想像して、その気持をいよいよ幻想の中にまで見出す。——この辺は稲垣足穂以上であり、そしてその金を貯め上げた彼の最後は、即ちこれからそのマーク・トゥエーンの小説通りに自分も一夜大尽になって、その長年食わず呑まずで貯めた金を費い果そうとした時、彼の叔父が死んで、彼は数万円の財産を手にすることが出来た。それがため、彼は思わざるブルジョアにはなったが、幻想にまで描いた一夜大尽の目的は達しられなかった。そこにこの主人公の読者に与える無言の強い暗示を促す。——近来の探偵的な、そして生活的な芸術作品だ。

今月はこの位で勘忍しておいてもらいたい。

予言的中

私は嘗て、本誌「探偵趣味」の昨年五月号か六月号かで「探偵小説万能時代来る」という題の評論を書いたことがある。そしてその内容は、従来の探偵小説に今少し生活意識を入れること、及び犯人なり探偵なりあるいは被害者なりの社会観を確立すること、そして最後にとにかく事件本意に走らず、作中の人物が、しっかり地べたを踏んだなら、きっと探偵小説万能の時代が現出して、まず都下の大新聞は従来の恋愛中心の通俗小説を棄てて吾が愛すべき探偵小説を連載するであろう——それは確かな事実だ。

こう力説したことがあった。

また同じく昨年の「新潮」四月号においても、この事実に関する様々の議論を力説した。そしてその時代が果して今や来たのであった。

まず、東京朝日新聞は江戸川乱歩氏の「一寸法師」を、そして今また、甲賀三郎氏の「支倉事件」を読売新聞が連載しはじめた。

さてそこで私は云う。世の探偵作家よ。もうしめたもんだ。いよいよこれから君達の時代が来たぞ——と。

私は、私の予言がいよいよ実現に近づいて来たことを限りなく喜ぶ。

○

犯人も探偵も地べたを離れて宙を飛んでいた従来の作品が、私の兼て力説した如く最近では著しく地べたの味を嗅ぎ出した。これは確かに探偵小説が立派な芸術という範囲にまでお仲間入りをした証拠だ。とにかく僕は限りなく嬉しい。

愚生儀、何の生れ変りなるや、探偵小説を耽読することここに十年。その間内外の作品を集めて悦に入ること久し。しかして漸やく今、その道楽の無駄骨にてあらざりしを悟り、前途の光明にある感激さえも抱く。

○

終りに愚生儀、今年よりいよいよ持ち前のすぼらを棄てて私達の雑誌「文芸市場」に毎号、探偵小説の月評をはじめた。乞う諸兄、私の雑誌も読んで下さい。

さて編輯足下。道楽趣味の喜びが、もちまえの宣伝にて終りを告げること如依件（よってくだんのごとし）。

（附記）読売の支倉事件については、小生も実際に取調べた事実あり、新聞記者時代の追憶として次号に書かせてもらいます。

親愛なる吾が日本（にっぽん）の少年諸君よ!!

——この物語を知らねば、日本少年の恥です

ここに、おさめた二ツの物語は、いずれも日本一の少年雑誌「少年倶楽部」に最近連載したものでありまして、百万の読者諸君より、非常にお賞めの言葉を頂戴した少年愛国熱血談であります。

あの当時「この物語を、ぜひ一つの本にまとめて下さい」と、少年読者諸君からの熱心な勧告状を山ほどもいただいておりましたし、また全国の小学校の先生がたからも同様なお手紙を沢山に頂戴しておりましたので、何とか御約束を果そうと思っていました矢先き、今回はからずも壮年社の須藤酉濤（とりじゅ）、中野正人の両先生より「自分たちの出版社から出しては……」と、乞われることになりましたので、この物語が再び世の中へ出ることになったのであります。

この二ツの物語は、いずれも今度の支那事変中に起った素晴しい「少年の武勇伝」であります。その一ツはソ満国境に死の冒険と闘って、吾が日本や満洲国のために驚くべき手柄をたてた永田太郎少年の話であります。そして、もう一ツは、今度の上海(シャンハイ)戦のさなかに、吾が海軍陸戦隊の勇士諸君に協力して、抜群の勇名を轟かした「少年ピストル王」中田斌(タケシ)君の大活躍記であります。

これは、吾が日本の少年ならば、名誉にかけても、ぜひ一度は読んで知っておいてもらいたい話です。また既に「少倶(しょうく)」で愛読された諸君も、今一度、しんけんに読み直してみて下さい。きっときっと諸君の愛国心を一層ふるいたたせるものがありましょう。そして諸君も、この二少年に負けぬような立派な人々になって下さい。心からお願いいたします。

さて、終りに臨みまして、この物語の執筆にさいして、ひとかたならぬ御尽力を賜わりました少年倶楽部編輯長の須藤憲三先生に、改めて厚くお礼を申上げて、この序を結ぶことにいたしましょう。

皇紀二千六百一年二月一日

我妻大陸

謹みて記す

ぺてん商法

1

松井源水が独楽を廻し、長井兵助が長刀をふり廻して、お立会いの諸君を喜ばせ、長口舌をふるって歯磨粉や眼薬、さてはがまの油を売りつけたというのも今は早や昔、同じ大道売薬業者でも、モダン松井源水、ウルトラ長井兵助の諸君は角帽にキンボタンの制服、ロイド眼鏡の医学生か、さもなくば洋服の堂々たる紳士に扮して、独楽や長刀の代りに一管の試験管を手にして、博学なる知識を口角に泡を乗せて黒山のお立合衆を吹きまくるのである。

昔は、香具師の商売と云えば、売薬と香具類の十三種に決っていたものだとかものの本にもあるようだが、何がさて、時の流れにしたがって、商売の種類も殖えれば、香具師の趣向もその時と場合に順応して、それぞれに変ってきた。

いま、その起原だの、変遷史等という難かしい事は、いずれ、おのおのその道の専門の人に任せなければならないが、以下は最近私が直接に見聞したごと師の新手のインチキとでも云うべきもの。——

2

一口にごと師と云っても、大道でサクラを使って安物の万年筆を売りつけるヘタリもあれば、いかがわしいレイヨンばかりの反物を競り売るモンタン。あるいはさればと趣向をかえて人の投機心を利用し、観世撚のくじを引かせて飴を売るジク、さては手をかえて鉛台の贋指環を本物に見せて売りつけるチギリ等々、種々雑多にわかれているが、ごと師はわりごと師、即ち沢山のサクラを使って商売をやる香具師を云うので、いま、私が見聞したと云うのは、このヘタリに属するものなのである。

既に、既に大方が御存知のように、一人の香具師が、失業者の盗癖のある阿呆等に扮して、さも、物の哀れという事を文字にでも現したような恰好をして路傍に佇み、まず物好きな通行人の眼をひきつける。

一人が立止る。二人が立つ。三人、四人と次第に通行人が立った潮どきを見計って、盗品だとか、拾物だとか、何だかため給料代りに貰ったものだとか、工場閉鎖のだとサクラとの押問答で、結局は万年筆とか、西洋剃刀（かみそり）を売りつける。

これが所謂へタリ（またの名ツマミ）というやつだそうだが、このインチキはあまりにも知れ過ぎている。そこで考えたのが、次の新手とも云うべき妙策——。何をするにも脳漿を絞らねばおまんまが咽喉を通らないという御時勢だ。

3

私は、この日も所在なさに、銀座の宵を一廻りしてから、バスに身を横（よこた）え雷門へ運ばれた。いつ見ても浅草は人間の胃袋、雑沓の巷であるに変りがない。あたかも血管が肉体を循環するように人が出たり入ったり、私は、その人いきれでめまいがしそうになり、ちょっぴりほろにがいところでもと、電車通りのバー・ウクライナに入ってみた。

さすがに浅草でも老舗（しにせ）を誇っているこのカフェーは、いやに落付いて、私も些か救われたようにほっとした。

私は、チビリチビリとグラスを舐めながら、見るとなしに視線をちょっとそらすと、私のテーブルから外角線の片隅のボックスに、一人の三十男が生ビールに何か洋食を平げ、落付かない風態で、あたりを見廻しながらきょろきょろとしている。といって、私は、何もその男に気を止めているというのでもなかった。私は、なおもグラスを舐めながら、「これからどうしたものだろう」なんて、そんな事を漠然と頭に描いていると、その時、突然

「食い逃げ！」

とカウンターの怒鳴り散らす声が、鋭く私の耳朶を襲うのだった。私は、思わずその声の方へ顔を向けると、件の生に洋食の先生が、女給の隙を窺って一目散に逃げて行く。私は、

「やったな！」と、とりとめもなく考えていると、忽ち「それッ！」とばかりに弥次馬がその後を追って行った。が、幸か不幸か、その三十男は観音堂境内の入口で捕ってしまった。

息せき切って追っかけて来たコックが、

「太え野郎だ！　交番へ突き出せ！」

と憤慨するところへ、そこへ一人の弥次が口を出した。

「手前、金を持たねえのか？」

「へえ、その、あっしゃ万年筆屋なんですが、一日売れねえもんですから……」

と頭を掻き掻き、懐ろから万年筆をぞろぞろっと出して見せた。

「万年筆屋か？　どうれ、見せろ？」

言葉の調子が、どうして却々に恐いところがある。

「これ、幾等だい」

万年筆屋は情けなさそうに、

「いくらでもようござんす。買ってさえ下さりゃ洋食代が払えますから」

とばかり、頭を上下にふっている。

「畜生、太え野郎だ！　喰い逃げなんて……」

「へえ、どうもその」

「おい、万年筆屋、もうこうなりゃ五十銭に負けとけ！」

「仕、仕方がありません。背に腹はかえられやせん」

と、今度は、さもうらめし気にその方を見上げるのであった。

「じゃ、可哀想だ、一本だけ買ってやらア、今から喰い逃げなんて浅間敷い真似は金輪際するなよ」

「へい」

口を出した弥次の一人は、五十銭のぎざを一枚投げ出した。すると、他の弥次の一人も、

「ふん、そりゃ安い、皆さん買ってやりませんか。五十銭でいいそうだ、こりゃどうも見つけもんだ」

と、そんな事を云いながら、自分も一本買った。こうなると文字に書いたように面白いものだ。多くの弥次達は一方に、俺も、私もと、瞬くうちに三十数本の万年筆が飛ぶように売れてしまった。

私も遂につり込まれて一本を手にしていた事を白状しよう。

「どうも有難うございました。お蔭さまで……」

喰い逃げの先生、大によろこんで礼を述べながら、カフェーのコックに、喰い逃げの代金を支払うのであった。ところが、そこへ訴えによって遅ればせに駈け寄って来たのが私服の一人、その万年筆屋を見るなり、叱るどころかなんと、

「こらッ、うまい事を考えやがったな」

と、いたく感嘆の態である。

「どうも、その、えっへへへへ」

万年筆屋は、ぴょこんと下げた頭に手をやった。

「あまり手数をかけるなよ」

刑事が、最初万年筆を買った二人の弥次に眼をやると、
これまた、二人とも、

「恐れ入りやした」

と、平身低頭、お辞儀百万遍の有様に万年筆を買わされた他の弥次達も、やっと気がついたのであった。

「ちぇッ、サクラか、面白くもねえ、見事に一本参った」

と、さも、いまいましそうに見えるのであった。

私も、好奇心も手伝い、ひそかにその成行に興味をもって見ていたのであったが、それらの私語（ささや）きを耳にすると、そそくさと、その場を立去らねばならなかった。


追記　梅原が去る五月五日に突然死んだと花房四郎君から通知を受取ったときには些か愕然とした。夢のような気がした。それまでよきにつけ、悪しきにつけいろいろと交際を持ち続けてきた僕だった。あの男の事であるから、もう慾を云わずにせめて四五年は生かしておきたかった。何かあッと云うような大きな仕事をしたに違いない。

しかし、今はもう詮ない事である。今、その追悼文を書くのが目的ではない。せめて梅原が生前残しておいたこの一文を公表しさえすれば足りる。

遺稿は確か昭和十年頃になったものではないかと思われる。梅原らしい筆致で梅原らしい人柄がよく出ているのではないかと、微笑まされるところさえある。


（I・A　生）

解題

横井　司

1

「性文献の翻訳と刊行で近代期最高の貢献者」（谷沢永一「梅原北明」『日本近代文学大事典』講談社、一九七七）、「『エロ・グロ・ナンセンス』というモダン風俗を出版を通じて最も過激に体現した男」（秋田昌美『性の猟奇モダン』青弓社、九四）、「大正末期から昭和初期の性風俗出版界のオルガナイザー」（同）といわれる梅原北明（ほくめい）は、一九〇一（明治三四）年一月一五日、富山県に生まれた。本名・貞康（さだやす）。梅原家は士族の家柄で、祖父は富山藩の勘定奉行を務め、父親は「富山市きっての剣道家」であったと、北明の実息・梅原正紀は伝える（「梅原北明　その足跡」『ドキュメント日本人6／アウトロウ』學藝書林、六八。以下は主として同書の記述に基づく）。

次男だった北明は、幼い頃は年齢差のある長兄と何かにつけて扱いに差をつけられて「ニンジン的悲哀」を感じたそうだが（梅原正紀、前掲）、家の外では「近所の子どもたちのガキ大将的存在」（同）であった。最初は金沢第一中学校（現・金沢泉丘高等学校）に入学し、続いて富山中学校（現・富山高等学校）に入学、最終的には京都の平安中学校（現・龍谷大学付属平安高等学校）を卒業。中学校で二度、退校処分を喰らったのは、いずれも「ストライキの有力加担者、あるいは首謀者」（同）と見なされたことが原因であるという。

中学卒業後、上京した北明は、最初、医院の書生となるが、薬局から高価な薬を持ち出して売り払ったことがバレて放逐され、続いて郵便局員となるが、これも続かず、実家に詫び証文を送って学費を得、早稲田大学の予科に入学した。ところが実家には東京慈恵会医院医学専門学校（現・東京慈恵会医科大学）に入学したと偽り、医学書を買うという理由で送ってもらった学資で文学書を購っていたが、病気を理由に得た仕送りで英語版チェーホフ全集を購入し、下宿に並べていたところ、心配して上京してきた両親に発見され、送金が途絶えてしまう。その北明にアルバイトを紹介したのが片山潜の友人で、その伝手で翻訳や雑文書きで糊口をしのいでいるうちにマルキシズムの洗礼を受け、早稲田を中退してしまう。

その後、部落解放運動に取り組み、関西でセツルメント活動（社会的弱者と共に定住生活を送り、福祉活動を通して生活改善を図るボランティア運動）に従事した後、上京。『青年大学』という二流雑誌社に勤め、雑誌記者の傍ら手を染めた創作のうち『殺人会社』が一九二四（大正一三）年十一月に刊行され、創作家としてのデビューを果たす。このとき初めて「北明」というペンネームを使用した。ペンネームのいわれについて梅原正紀は「北が明るい――ということであり、ロシア革命への期待感がこめられている」（前掲「梅原北明　その足跡」）と伝えている。

『殺人会社』は副題を「悪魔主義全盛時代」といい、表紙および扉に「前篇」と記されていたが、結局、発禁を食らい、前編のみで中絶してしまう。翌年には『全訳デカメロン』上下二冊を刊行。こちらも下巻が発禁処分を受け、後に訂正再版が刊行された。同書と前後してエ・エル・ウイリアムス『露西亜大革命史』を杉井忍との共訳で上梓。『殺人会社』執筆後、新聞社に転職していた北明は、その余暇をぬって『デカメロン』を訳したのだという。この両翻訳によって、文壇的地位を得た。

『露西亜大革命史』の出版記念会後、金子洋文の紹介で今東光（こんとうこう）と知り合い、今の始めた同人雑誌『文党』に参加。また北明自身も同人雑誌『文芸市場（しじょう）』を始め、こちらには『文党』から今東光、金子洋文を始め、村山知義、伊東憲などが参加した。

『文芸市場』は北明の放漫経営の影響で刊行に苦心し、それを打開するために『変態十二史』シリーズ全十二巻付録三巻（二六～二八）の企画を立て、刊行。内、二冊は発禁を受けたようだが、これが成功して生活に余裕を得る一方で、『文芸市場』同人からプロレタリア文学者などが脱退したため、以後『文芸市場』が軟派色を強めていく結果ともなった。こうした経緯を経て北明は次第に性文献出版へと軸足を移していく。

一九二六年には、『変態十二史』の成功を受けて、予約購読雑誌『変態・資料』を発刊。一九二七（昭和二）年一月には警視庁検閲課の手入れを受け、出版法違反で前科一犯となる。同年九・十月合併号で『文芸市場』が廃刊して後は、上海に渡って雑誌『カーマシャストラ』を刊行したと伝えられる。帰国後、再び出版法違反で拘置。釈放後の一九二八年に雑誌『グロテスク』を創刊（発行署名人は北明の別名である烏山朝太郎）。同誌は三〇年一月号まで北明の手によって刊行されるが、それまでに何度も発禁処分を受けている。

一九二九年から三一年にかけて、明治大正期の新聞から性的事件のみならず、犯罪、政治、経済などの記事を抜き書きして紹介した『明治大正綺談珍聞大集成』全三巻を編纂して上梓。さらに三一年には大冊『近世社会大驚異全史』を編纂・上梓。これを最後に性文献関連の出版からは身を引き、三二年に大阪へ渡り女学校の英語教師を務めたが、「試験のさい、九〇点以下はつけない主義で通したので、バカまじめに勉強する女学生から反感を買い」（梅原正紀、前掲）、再上京。三三年には、右の編纂書の仕事が評価されてか、靖国神社社史編纂事業に加わるが、まもなく辞めてしまい、三四年には日本劇場（通称・日劇）の支配人として招聘され再建の采配を振るった。これが成功し、礼金を得た北明は、仲間と共に台湾へ映画のロケに向ったものの、礼金を使い果たして帰国。

その後は職を転々とし、転居を繰り返していたが、一九三八年には憲兵に追われるようになり地下に潜行。その後は妻子の生活費を稼ぐため、『新青年』や『少年倶楽部』の他、『講談倶楽部』、『現代』、『冨士』といった大衆雑誌に別名で大衆読物を発表するようになる。『新青年』には吉川英治名義で「特急『亜細亜』」を連載。また『少年倶楽部』には我妻大陸（あづまたいりく）名義で「日本の孤児」、「吼ゆる黒龍江」を連載した。『講談倶楽部』以下の大衆雑誌でも我妻大陸名義を使用したが、これは梅原正紀によれば「日本が大陸へ進攻していたご時世に合わせたペンネーム」で「このペンネームが大衆雑誌に登場しているかぎり、健在である」ことを妻へ知らせるための手段でもあったらしい（前掲「梅原北明　その足跡」）。『新青年』に吉川英治名義で発表することになった理由は分からないが、北明をモデルとした野坂昭如の小説『好色の魂』（六八）には、潜伏中に、北明の出していた性文献の購読者だった『新青年』の古い編集者と出会い、以下のようなやりとりがなされたと書かれている。

「もしよかったら、うちの雑誌に、小説を書いてくれませんか、もちろん匿名で」

なにより先立つ金の欲しい北辰［北明のこと—横井註］、「どういう趣向のもの、まさかエロは向くまい」「もうこうなっては、いっそ、時局迎合の血沸き肉躍る熱血小説はいかがです」（引用は岩波現代文庫、二〇〇七から）

野坂の小説では、このとき『新青年』に我妻大陸名義で「吼ゆる黒龍江」を連載し、「これが実は北辰であるときき伝えると、その窮状すくうべく、むしろ大衆文壇から救いの手がさしのべられて」、「特急『亜細亜』」を吉川英治名義で『少年倶楽部』に連載したことになっているが、実際の作品と掲載誌はまったく逆であり、どうしてこういう間違いが起きたのかは分からない。ただ、『新青年』に吉川英治が連載している小説は実は北明が書いていると伝わって、『少年倶楽部』への連載が舞い込み、同じ講談社系の『講談倶楽部』や『現代』、『冨士』へと活動の幅を広げていったのではないかと、いちおうは考えられる。梅原正紀は、『少年倶楽部』編集部にいた須藤憲造などが仕事を回したと記しているが（前掲「梅原北明　その足跡」）、あるいは吉川英治に話を付け、『新青年』に紹介したのも講談社の人間だったのかもしれない。右に引いた野坂の小説の場面は、『新青年』ではなく『少年倶楽部』の古い編集者と置き換えれば、それなりに辻褄は合うのだから。

一九三八年から四一年にかけて我妻名義で小説を発表している間に「公然と娑婆を歩けるようになった」（梅原正紀、前掲）北明は、四一年になって科学工業情報所を設立し欧米の科学技術関係書を翻訳、海賊出版し始める。これは後に科学技術新興会へと発展し、政府の保護を受けるようになったという。

一九四五年に敗戦を迎え、世の中はカストリ出版ブームで再び北明の時代が来たかに思われた。周囲も北明が出版に乗り出すことを期待したが、気が乗らないままに仕事の方向性を考えあぐねている内に、発疹チブスに罹患、一九四六（昭和二一）年四月五日に歿した。

2

北明の中学時代の同窓生で、文芸市場社でも手伝っていた青山倭文二（しずし）は「異端者の生涯——梅原北明苦闘譚」（『あまとりあ』五一・一二）において、「初期の本当の処女出版に『殺人会社』と云う探偵小説がある」と書いている。同書は、原稿が書けなくて苦しんでいる小説家の「僕」の許へ、学生時代の友人・三太郎が訪ねてきて、彼が所属している秘密結社「F殺人会社」での経験を語るという設定の物語で、竹内瑞穂によれば「事前検閲の結果、部分によってはストーリーがまともに追えないほどの多くの伏せ字や削除がなされたにも関わらず、結局は風俗壊乱の恐れありとされ、発禁の憂き目にあっている」のだという（『「変態」という文化』ひつじ書房、二〇一五）。殺人会社は犠牲者の人肉を缶詰にして売りさばくという事業も行っており、後の江戸川乱歩や夢野久作の作品を髣髴させもする。その源流としての位置づけも考えられなくもない。

江戸川乱歩は戦後になって書かれたエッセイ「グルーサムとセンジュアリティ」（『赤と黒』四六・九）の冒頭で以下のように述べている。

戦争前「エロ・グロ」という言葉が流行し、私の探偵小説もその代表的なるものの一つとして、心ある向きより非難攻撃をあびせられていた。私は必ずしも態と時流に迎合したわけではないが、少くとも、子供ども読む程度の低い大衆娯楽雑誌にセンジュアル且つグルーサムな探偵小説を書いたことは非常にいけなかったと悔んでいる。今後はそういうあやまちを再び繰返さないつもりである。（引用は『江戸川乱歩全集』第25巻、光文社文庫、二〇〇五から。以下同じ）

乱歩は続けて、「エロ・グロ」というより「むしろセンジュアリズムといいグルーサムというのが当っている」と述べた上で、「探偵小説にグルーサムとセンジュアリティを取入れ、これを流行せしめ、その追随者を生じ、日本の探偵小説を毒したもの」として乱歩を非難するのが「戦前探偵評論界の定説の如くなっていた」と回想しているが、非難こそされないものの、そうした認識自体は現在でも多かれ少なかれ残っていると考えていいだろう。そうした背景を思えば、『殺人会社』もまたグルーサムとセンジュアリズムのテクストと見ることができ、日本探偵小説史の一角を占める資格があるといえるかもしれない。

だが、「部分によってはストーリーがまともに追えないほどの多くの伏せ字や削除がなされた」上に前編のみで中絶していることを鑑みると、復刻にはためらわれる。長らく入手難だったが、現在は国会図書館のデジタルライブラリーに収められており、館外からでも簡単に読めるようになっていることでもあり、復刻は見送ることとした。代わりに、憲兵に追われて潜伏した時代の冒険小説・スパイ小説・犯罪小説をまとめ、合わせて『探偵趣味』などに掲載された初期の探偵小説論を収録することとした。

戦時下の冒険小説・スパイ小説が時局的言説に覆われ、今日、再評価を難しいものにしていることは、『中村美与子探偵小説選』や『桜田十九郎探偵小説選』の解題でもふれた通りである。殊に梅原北明が我妻大陸名義で発表した作品は、最初から「時局迎合の血沸き肉躍る熱血小説」(野坂昭如、前掲)であることをめざして書かれているのだから、いっそう評価は難しい。だが実際に読んでみると、若い頃は海外文学に親しみ、また後には、内外の探偵小説を濫読しているだけあって、時局的言説に覆われたテクストの背後に横たわっているプロットには、探偵小説的興趣を覚えさせるものが少なくない。先にも書いたが、『殺人会社』の人肉の缶詰製造が乱歩や夢野を連想させると書いたが、「懺悔の進撃路」に描かれる犯罪者の自己抹消トリック、「特急『亜細亜』」や「吼ゆる黒龍江」の整形手術や硫酸で容貌を変えて敵を欺くといった趣向は、いずれも乱歩作品に見られるプロットやモチーフを連想させずにはいられまい。もっとも、北明が乱歩のプロットから影響を受けたというより、乱歩が紡ぎだすプロットが当時の一般読者の欲望を掬い上げたものであったと考えてみるなら、北明もまた同じ「探偵小説」的なものを掬い上げていた結果だといえるかもしれない。

現在の眼から見て、いかに時局的言説に歪められた通俗的なプロットだとしても、当時の一般読者にとってはそれが冒険小説であり、スパイ小説であり、犯罪小説であった。プロパーの視点からは程度が低いもののように思われても、そうした読者のジャンル意識がジャンル全体を下支えしていたということを忘れるわけにはいかない。『新青年』や『ぷろふいる』などに掲載されたものがジャンルの主流だとしても、一方で『講談倶楽部』や

『キング』などにも「探偵」を売り物にした小説が載っていたわけで、そうしたものも含めて「探偵小説」というジャンルが形成されていたのである。そうした状況は、現在のエンターテインメント文学を巡る状況と、変らないはずなのだ。

ところで北明は、『文芸市場』の編集に携わっていた一九二五年から二六年にかけて、集中的に探偵小説を論じている。そこでは「探偵小説の生活化」が提唱されており、犯人に「人間としての生活意識を持たせる」ことで、探偵小説は芸術的効果を高め、「現在の通俗小説の大部分が、此のために征服されて了」い、「通俗を標榜する大雑誌は悉く家庭小説大事より抜けて生活化探偵小説万能を現出せしめるであらう」と説かれている（「探偵小説万能来」『探偵趣味』二六・六）。ここでいう「生活」とは、日常的生活そのものというよりも、もっと広く、人間そのものの嗜好性に絡む事柄や、人生観、社会観なども含んでいる。たとえば右にも引いた「探偵小説万能来」では、娼婦を屍のように装わせた「仮装屍体」でなければ性的関係を持てない「屍好者」の僧侶に言及し「これは彼の生活的一断片に過ぎない」が「斯うした種類の変質者が往々にして生む奇怪な犯罪を取材にしたら、在来の探偵ものに見出すことの不可能な深刻な芸術が現はれはしまいか」と書いている。北明にとっては、そうした「変質的性慾者」によるその観念に縛られた行動を描けば、そしてそれが犯罪的なら、それは「生活化探偵小説」なのである。要は、人間を描けということを北明流に述べているだけなのだが、そこには下部構造が上部構造を規定するというマルクス主義の考え方が影響を与えていると見なせないこともない。そしてまた、こうした北明の主張は、後に木々高太郎が提唱することになる探偵小説芸術論に近しいものを感じさせる。

その意味ではむしろ、北明の探偵小説論の方が、今日的意義を持っているといえるかもしれない。当時、そうした方法論に則った創作が北明自身によって書かれることは、ついになかったものの（『文芸市場』二六年四月号に発表された「火の用心」という、詐欺を扱った掌編が、その主張を反映しているともいえなくはないのだが）、後年の冒険小説・スパイ小説・犯罪小説などにその片鱗が見られないこともない。たとえば「特急『亜細亜』」で、ロシア側の捜査を描いてきたストーリーから一転して、ヒロイン山崎ゆき子の人生ドラマを描き始める点、「懺悔の進撃路」で、保険金詐欺事件の捜査を描いてきたストーリーから一転して、関係者間の過去の恋愛事件を描き始める点などは、北明のいうキャラクターの「生活」を描くという方法論の現われではないだろうか。「吼ゆる黒龍江」の連載第一回が、主人公・永田太郎の生い立ちと現在の状況に至る背景を描くことに筆を費やしているのも同様である。

時局的言説にとらわれず、それを取り払ったときに見えてくる創作テクストの可能性を、創作と評論・随筆に目配りしつつ汲み取っていただければ幸いである。

以下、本書に収録した各編について簡単に解題を付しておく。作品によっては内容に踏み込んでいるので、未読の方は注意されたい。

3

〈創作篇〉

「特急「亜細亜」」は、『新青年』一九三八年二月号（一九巻二号）から一一月号（一九巻一六号）まで、吉川英治名義で連載された。単行本に収録されるのは今回が初めてである。「亜細亜」のカギカッコ表記は、挿絵画家の描き文字によるタイトルは二重カギカッコだったが、目次や柱では回によってバラバラで統一されていない。本書では一重カギで統一した。

連載時の章の配分は以下の通り。

第一回　はしがき～「レーニン章」所持者
第二回　鍵輪（キイリング）～国外か・国内か
第三回　彼は生きてゐる～三日月痣
第四回　中篇・はしがき～隣の空室（あきしつ）
第五回　スパイ第一課　封蠟
第六回　燐寸（マッチ）の現像　出帆
第七回　真実一路～鉄の環（かん）
第八回　眼でつかむ藁～痺れた肩
第九回　女に回（かへ）れば　閘北（ぎほく）の金庫
第十回　弾光の間（かん）に　彼女の死

佐々木桔梗は『探偵小説と鉄道』（プレス・ビブリオマーヌ、七五）で本作品にふれ、「鉄道事件ものとはいい難いスパイ小説で」「天下の吉川英治が、この一篇を書いたことは意外に知られてないが、題材としては面白い」と述べ、「作者は昭和一二年六月のトハチェフスキイ粛清事件をこの一篇の背景としてペンを執ったのであろう」と指摘している。ミハイル・トハチェフスキーは「赤いナポレオン」と呼ばれたソビエト連邦の元帥で、ドイツのスパイという容疑をかけられ、自白を強要された上で銃殺された。これがきっかけとなって、翌一九三八年まで「赤軍大粛清」が行なわれたという。

ちなみに、謎の死体遺棄事件の調査に当たるヘンリック・ヤゴーダは、実在するソビエト連邦の政治家ゲンリフ・ヤゴーダ（一八九一～一九三八）をモデルとしているのではないかと思われる。レーニン時代に秘密警察チェーカーの長官を務めており、その後継機関がGPUなのだが、後にはGPUと共に粛清を敢行した内務人民委員会の長官も務めた。一九三七年にスパイ容疑で逮捕され、拷問を受けて自白。翌年、処刑された。「吼ゆる黒龍江」の冒頭で永田太郎の母親が、ヤゴーダの処刑に言及しているのは、この事件をふまえてのものではないだろうか。

「日本（にっぽん）の孤児」は、『少年倶楽部』一九三八年九月号（二五巻一一号）から一二月号（二五巻一四号）まで、我妻大陸名義で連載された。その後、『蔣介石を狙ふ女』（三九）、『吼ゆる黒龍江』（四一）に収録された。初出時本文には「熱血支那事変秘話」（第三回のみ「愛国秘話」）、目次では「愛国秘話」と角書きされていた。

連載時の章の配分は以下の通り。

第一回　上海『大世界（ダスカ）』の奇術団
第二回　市街戦の小英雄
第三回　敵中に潜りて～小先生の御入来（サアオ・シイサン・ライライ）
第四回　南海（ナンハイ）楼の密談～大日本帝国万歳！

なお、本作の主人公である中田少年は、このあと「火薬庫危し」という短編で再登場を果たしている。

「アジア大旋風の前夜」は、『講談倶楽部』一九三八年一一月号（二八巻一五号）に、我妻大陸名義で掲載された後、『蔣介石を狙ふ女』（三九）に収録された。初出時の本文には「熱血事変探偵秘話」と角書きされていた。

本作品に登場する上海国際秘密探偵局の名は「宋美齢をめぐる魔の宝石」（初出不詳）にも登場。そちらでは局長コンラッド博士から聞いた話という体裁がとられていた。また、やはり本作品において重要な役割を果たす暗黒街のギャングの頭目・羅文旦（ローウェンタン）は「暗黒街の機密室」（四〇）でも重要な役割を果たし、「ビルマ公路（ルート）」（四一）ではギャングを解散し中国新民突撃隊を結成している。

「吼ゆる黒龍江」は、『少年倶楽部』一九三九年一月号（二六巻一号）から六月号（二六巻七号）まで、我妻大陸名義で連載された。その後、同題の作品集（四一）に収録された。初出時には目次・本文ともに「熱血冒険談」と角書きされていた。

連載時の章の配分は以下の通り。

第一回　物語の前に～復讐の一念
第二回　国立写真科学研究所～馬追の子供達
第三回　猛犬の大格闘～トーチカの秘密
第四回　毒ガス事件～浮浪児
第五回　はなれ業『列車の飛びおり』～吼える黒龍江へ
第六回　死の冒険～太郎君と会見して

国立写真科学研究所の仕事内容は、北明が日劇の再建に成功し、それによって得た礼金で、映画製作に乗り出した体験が活かされていると思われる。

「**火薬庫危し**（あやふ）」は、『少年倶楽部』一九三九年八月増刊号（二六巻一〇号）に、我妻大陸名義で掲載された。初出時には目次・本文ともに「上海戦秘話」と角書きされていた。単行本に収められるのは今回が初めてである。

「**懺悔の突撃路**」は、初出不詳。一九三九年八月に紫文閣から刊行された我妻大陸名義の著書『蔣介石を狙ふ女』に収録された。『蔣介石を狙ふ女』の扉には「現地実話傑作集」と書かれているが、一九三六年、『文藝春秋』の実話原稿募集に「酒場（バー）ルーレット紛擾記（トラブル）」を投じた橘外男の例のように、実話という体裁をとった創作がこの時期には普通に書かれており、現在ではそれらが小説として受容されていることを鑑みれば、「懺悔の突撃路」はもとより、『蔣介石を狙ふ女』収録作品はいずれも創作と見なして構わないのではないか。

従軍志願のために届け出た人物の戸籍が抹消されており、すでに死亡扱いになっていたというニュースが紹介される出だしは印象的だが、警察の捜査は描かれるものの、推理の要素がなく、結局真犯人の回想ですべてが明かされるというのが物足りない。ただし「探偵小説」ではなく「犯罪小説」として読んだ場合は、推理の欠如も瑕疵とはならないだろう。

保険金詐欺事件を取り上げたのは、北明の実家が保険会社の代理店を経営していて、事情に通じていたからだと思われる。楠本が友人の菊池と共に軍需工業を興して成功するという展開は、北明が科学工業情報所を設立し、それが科学技術新興会へ発展するという経緯を連想させるが、北明が情報所を設立するのは一九四一年のことだから、むしろそうした経験を先取りするかたちになっているのが興味深い。

「暗黒街の機密室」は、『冨士』一九四〇年三月号（一三巻三号）に、我妻大陸名義で掲載された。初出時には「国際間諜戦」と角書きされていた。単行本に収められるのは今回が初めてである。

初出誌の本文には物語に先立って以下のような内容紹介が掲げられていた。

　これは、皇軍の南支・北海(ペイハイ)敵前上陸に絡まる間諜秘話と、いま欧洲海戦の話題の中心となつてゐる独逸の無線機雷に関する間諜戦との交錯せる複雑怪奇な実話である。

なお、初出時はギャングの頭目の名が「羅文亘(らぶんかん)」となっていたが、ここでは「羅文旦(らぶんたん)」と改めた。諒とされたい。

「ビルマ公路(ルート)」は、『冨士』一九四一年二月号（一四巻二号）に、我妻大陸名義で掲載された。初出時の目次には「戦慄冒険」、本文には「スパイ小説」と角書きされていた。単行本に収められるのは今回が初めてである。

以下、本書収録作品以外の我妻名義の創作で、現在までに確認できたものを参考までにあげておく。

「招霊と斥候兵」『講談倶楽部』一九三九年一月号附録（『蔣介石を狙ふ女』収録）
「蔣介石を狙ふ女」『現代』一九三九年六月号
「支那兵の一家」『大陸』一九三九年六月号（『蔣介石を狙ふ女』収録）
「救ひのマッチ」『少年倶楽部』一九三九年七月号
「日本のこゝろ」『少年倶楽部』一九三九年一一月号
「美人密偵」『現代』一九三九年一二月号
「姑娘間諜」『冨士』一九四〇年一月号附録
「宋美齢をめぐる魔の宝石」初出不詳（『蔣介石を狙ふ女』収録）

このうち「姑娘間諜」は『文芸年鑑』の記載に拠ったものだが、『冨士』本誌では掲載が確認できなかった。おそらくは同誌第一附録の「国際スパイ戦」に収録されたものと推測されるが、同附録を確認できていないことを付け加えておく。

〈評論・随筆篇〉

「**秘密結社**」は、『文芸市場』一九二五年一一月号（一巻一号）に掲載された。単行本に収録されるのは今回が初めてである。

「ユ社」とあるのはユニヴァーサル社であろう。「アナ」はアナーキズム、「ボル」はボルシェビキの略。北明のシナリオが採用されたというのはフィクションだろうが、シナリオ・タイトルの「秘密結社」は北明自身の創作『殺人会社』をふまえているものと思われる。

「**探偵小説異論**」は、『新潮』一九二六年四月号（二三年四号）に掲載された。単行本に収録されるのは今回が初めてである。

北明は本エッセイで「探偵小説と云ふ名称も、出来得べくんば『犯罪小説』と改称された方が妥当であるやうに思はれる」と書いているが、これは後年――一九六〇年代になって現われたジュリアン・シモンズの主張を先取りしたものといえなくもない。

「**探偵趣味**」は、『文芸市場』一九二六年五月号（二巻五号）に掲載された。単行本に収録されるのは今回が初めてである。

「**探偵小説万能来**（きたる）」は、『探偵趣味』一九二六年六月号（二年六号）に掲載された。単行本に収録されるのは今回が初めてである。

深谷愛子の事件というのは、一九二五年に起きた、日本軍大佐令嬢がイタリア人貴族を狙撃した事件。

「**悪筆探偵漫談**（新年号月評）」は、『文芸市場』一九二七年二月号（三巻二号）に掲載された。単行本に収録されるのは今回が初めてである。

本エッセイは「大衆文芸批評」と角書きを付して掲載された。次の「予言的中」で「持ち前のずぼらを棄て、私達の雑誌『文芸市場』に毎号、探偵小説の月評をはじめた」とあるが、北明の執筆は今回のみだった。

「**予言的中**」は、『探偵趣味』一九二七年三月号（三年三号）に掲載された。単行本に収録されるのは今回が初めてである。

「**親愛なる吾が日本**（にっぽん）**の少年諸君よ!!**」は、我妻大陸名義で一九四一年二月に壮年社から刊行された『吼ゆる黒龍江』の序文として収録された。

「**ぺてん商法**」は、『猟奇』一九四六年一一月号（通巻二号）に遺稿として掲載された。単行本に収録されるのは今回が初めてである。

［解題］**横井 司**（よこい つかさ）
1962年、石川県金沢市に生まれる。大東文化大学文学部日本文学科卒業。専修大学大学院文学研究科博士後期課程修了。95年、戦前の探偵小説に関する論考で、博士（文学）学位取得。共著に『本格ミステリ・ベスト100』（東京創元社、1997）、『日本ミステリー事典』（新潮社、2000）、『本格ミステリ・フラッシュバック』（東京創元社、2008）、『本格ミステリ・ディケイド300』（原書房、2012）など。現在、専修大学人文科学研究所特別研究員。日本推理作家協会・本格ミステリ作家クラブ会員。

梅原北明探偵小説選（うめはらほくめいたんていしょうせつせん）　〔論創ミステリ叢書91〕

2015年 9月30日　初版第1刷印刷
2015年10月15日　初版第1刷発行

著　者　梅原北明
監　修　横井　司
装　訂　栗原裕孝
発行人　森下紀夫
発行所　論 創 社
〒101-0051 東京都千代田区神田神保町2-23 北井ビル
電話 03-3264-5254　振替口座 00160-1-155266
http://www.ronso.co.jp/

印刷・製本　中央精版印刷

Printed in Japan　ISBN978-4-8460-1478-0